퀴르 강의 푸가

Fugue

by Anne Delaflotte Mehdevi
Copyright © Gaïa Editions, 2010
All rights reserved.

Korean Translation copyright © 2011 by Mujintree, Korea
This Korean edition was published by arrangement with Gaïa Editions, France through
Milkwood Agency, Korea

퀴르 강의 푸가

안 드라플로트 메드비 지음 | 정기헌 옮김

mu**j**intree
뮤진트리

차례

제1제시부
exposition

01 실종 09 | 02 사라진 목소리 18 | 03 모든 게 지나간다 20

04 서른셋 30 | 05 바흐의 인벤션 37 | 06 아이들 42 | 07 남편의 귀가 44

08 빈 바람 소리 58 | 09 붉은 피망, 마늘 조금, 죄책감과 분노 61

10 참으로 사소한 차이 73 | 11 오페라 프로비타 79

12 첫 치료 93 | 13 포도밭의 밥티스트 99

14 소리 연습 104 | 15 아틸레르 씨의 물레방앗간 110

16 노래하는 목소리 123 | 17 Intermezzo 인디언 서머 126

제2전개부
development

01 퀴르 강변 피크닉 139 | 02 매듭 풀기 142 | 03 메조뇌브 부인 146

04 우정의 죽음 151 | 05 성악 교습 1 157 | 06 아니마 문디 160

07 차가운 위임장 165 | 08 증류 공정 168 | 09 수녀회 성가대 171

10 예배당에서 176 | 11 낯선 목소리 187 | 12 곡예비행 191

13 추락 사고 193 | 14 외로움 197 | 15 못 도난 사건 206

16 음악적 시간 213 | 17 '예전의 클로틸' 217

18 성악 교습 2 223 | 19 휴전 1 226

20 휴전 2 230 | 21 개점 233 | 22 손님들 236 | 23 과묵한 남자 239

24 Intermezzo 밥티스트 이야기 246 | 25 최악의 순간 257

26 침묵과 노래 사이에서 263 | 27 성악 교습 3 265 | 28 영원한 작별 267

29 사라진 떨림 276 | 30 성악 교습 4 280 | 31 소심한 반항 282

32 알쏭달쏭한 미소 286 | 33 실용적인 규칙들 294

34 수도원에서의 성악 교습. 7월 말 298 | 35 성악 교습 5 303

36 되찾은 우정 305 | 37 수도원 공연 308

38 알릭스의 임신 319 | 39 성악 교습 6 323

40 아버지의 편지 327 | 41 Intermezzo 크리스마스 푸가 335

🎵 제3재현부   recapitulation

01 향유고래와 쉬쉬 부인의 향수 347 | 02 병든 보 352

03 공연 356 | 04 프로 오페라 가수 365

05 베토벤 교향곡 9번, 첫 세 악장 372

06 또 한 번의 기회 376 | 07 샤티이 오디션 379

08 라일락색 스카프 385 | 09 커 가는 아이들 389

10 페스티벌 393 | 11 로열오페라 주연 가수 399

12 1년 후… 402 | 13 보의 죽음 404

제1제시부

exposition

"어린 딸이 사라져서 공포에 질렸어요. 다행히 딸은 무사해요.
그런데 목소리가 안 나와요. 이유를 모르겠어요.
목구멍에서 빈 바람 소리만 들려요."

클로틸은 정원에서 가지치기용 가위로 회양목을 동그랗게 다듬고 있었다. 그녀의 정확하고 섬세한 가위질에 맞춰 열려 있는 거실 창문으로 음악 소리가 새어 나왔다. 〈푸가의 기법〉 제14곡. 미완성으로 남은 바흐의 푸가가 중간에서 끊기고 정적이 찾아온 후에도 클로틸은 손놀림을 멈추지 않았다.

가지치기에 열중하고 있던 클로틸의 눈에 소사나무의 초록색을 배경으로 초조하게 왔다 갔다 하는 흰 개의 움직임이 들어왔다. 그녀는 무슨 일인지 알아보려고 몸을 일으켰다. 그때 한 줄기 미풍을 타고 전화벨 소리가 들려왔다. 그녀는 꽃들이 화단 밖까지 넘보며 피어 있는 미로 같은 통로를 빠져나와 전화 수화기를 집어 들었다. 정오가 조금 안 된 시간. 학교가 개학하는 날이었다.

교장 선생님의 긴급 호출이었다. 클로틸은 쌍둥이 남매에게 무슨 문제가 생겼음을 직감했다. 아델이 학교에 전쟁을 선포한 것일까? 입학 첫날부터? 그녀가 휘파람을 불자 커다란 흰색 그레이트 피레네가 달려와 주인 옆에 그림자처럼 바싹 붙어 섰다. 클로틸은 보를 자동차에 태우고 학교로 출발했다. 언덕 밑 마을 반대편으로 내려가야 했다. 집을 나서자 저 아래 들판을 가로지르는 강줄기를 따라 안개가 낮게 깔려 있는 것이 내려다보였다. 마치 하늘에서 떨어진 뭉게구름 한 조각이 흰 꼬리를 길게 끌고 가는 것처럼 보였다.

허리가 구부정한 교장 선생님이 학교 문 앞에서 양손을 모은 채 클로틸을 기다리고 있었다. 새로 부임해 온 교장 선생님의 깍지 낀 두 손은 개에게 목줄을 매 달라고 간청하는 듯 보였다. 보에게 목줄을? 그럴 순 없지. 말썽을 피운 건 아델이 아니라 큰딸 마들렌이었다.

교장 선생님이 말했다.

"어머님을 기다리고 있었습니다. 오시는 길에 혹시 어머님이 마들렌을 만나지 않을까 기대했는데. 마들렌이 가슴이 아프다며 양호실에 보내 달라고 했어요. 그런데 양호 선생님이 화장실에 갔다 온 사이 창문으로 빠져나간 거예요. …… 학교 건물 구조는 알고 계시죠? 양호실은 1층이라 어디 다치거나 하지는 않았을 거예요. 창문이 별로 높지 않으니까. …… 어머님 만나 뵙고 나서 경찰에 연락하려고 기다리고 있었습니다."

클로틸은 아무 말도 하지 않았다. 대신 북쪽 방향을 찾는 나침반 바늘처럼 몸을 휙 돌렸다.

"…… 아, 나의 작은 새. 어디로 간 거니?"

그녀는 보와 함께 25년 전에 다녔던 모교 건물을 한 바퀴 돌아 양호실 창문 앞에 멈춰 섰다. 아이의 흔적을 찾은 보가 뛰어가기 시작했다.

"보! 마들렌을 찾아. 너무 빨리 달리지는 마. 내가 쫓아갈 테니까. 어서 가, 마들렌을 찾아. ……"

클로틸은 커다란 흰 개의 뒤를 쫓아 뛰었다. 아이는 곧장 앞으로 걸어간 것 같았다. 마을을 빠져나와 언덕 아래 숲이 있는 곳으로 간 것이다. 북쪽 방향이었다.

클로틸은 벌판 한가운데를 뛰어가며 아이의 이름을 소리쳐 불렀다. 언덕 초입의 구불구불한 큰길을 오르내리는 자동차들을 보자 걱정이 더 커졌다. 길을 벗어난 후에는 유괴나 강간 같은 단어들을 떠올리지 않으려고 애를 써야 했다. 그리고 갑자기 어떤 생각 하나가 그녀의 뇌리를 채찍처럼 후려쳤다. 그 생각은 점점 더 강력하게 그녀를 사로잡았다. 아이의 흔적은 언덕을 오르내리며 곧장 쿠르강을 향하고 있었다. 강에 가까워질수록 새벽부터 그곳에 자리 잡고 꿈쩍도 않는 안개 덩어리들이 앞을 막아서기 시작했다.

"마들렌, 마들렌!!!"

　보가 냄새를 맡으며 점점 강가 쪽으로 다가가자, 아이 이름을 소리쳐 부르는 클로틸의 목소리는 크레센도로 높아졌다. 아이를 찾으라고 했는데 보는 왜 곧장 강 쪽으로 뛰어가는 걸까? 클로틸은 아이가 사라진 길과 강으로 향하는 길이 같은 길이라는 사실이 도저히 믿어지지 않았다. 강까지는 불과 20미터도 채 남지 않았다. 밭고랑에 발목이 걸려 비틀거렸다. 신발에 물먹은 검은 흙들이 달라붙었다. 그녀는 벗겨진 신발 한 짝을 흙 속에 버려 둔 채 뛰었다. 걸음을 한 발짝 옮길 때마다 몸이 점점 무거워졌다. 방금 밭갈이를 끝낸 밭고랑의 끈끈한 흙 속에 자꾸만 빠지는 발을 간신히 빼내면서 앞으로 나아갔다.

　그녀는 제정신이 아니었다. 티 하나 없이 새하얀 보를 시야에서 놓치지 않으려고 애쓰면서 진흙 속을 정신없이 걸었다.

　클로틸은 순간 혼이 빠져나가는 것만 같았다. 신발이 벗겨진 맨발에 진흙이 엉겨 붙었다. 눈과 다리로는 흰 개를 쫓아가면서도 스스로에게 말하고 있었다. "이건 꿈이야. 나는 달리고 있는 게 아니야. 마들렌은 저기 있어. 정말로 사라진 게 아니라 그냥 장난을 치고 있는 거야. 마들렌은 저기 있을 거야."

"마들렌, 마들렌!!!"

보는 강가에 도착하자 갑자기 멈춰 서서 주둥이를 치켜들었다. 클로틸은 그 자리에 주저앉고 말았다. 보마저 마들렌의 행방을 모른다면 어떻게 해야 하나. …… 벌에 쏘인 듯한 날카로운 통증이 발가락 끝에서 머리 꼭대기까지 치밀어 올랐다. 보가 진흙 속에 발을 디디고 선 바로 그 자리에서 마들렌의 흔적이 사라진 것이다. 보가 착각했을 리 없다. 그러나 클로틸은 보를 다그쳤다.

"보, 왜 여기서 멈추는 거야? 계속 달려, 보. 마들렌은 여기 없어."

클로틸은 몸을 일으켜 세우며 딸의 이름을 소리쳐 불렀다. 그러나 아이의 흔적을 찾을 수는 없었다.

그녀는 감옥의 문처럼 앞을 가로막고 흐르는 강을 따라 걸어가며 계속해서 아이의 이름을 소리쳐 불렀다. 마치 그 외침 소리로 온 머릿속과 세계의 모든 빈 공간을 가득 채우기라도 할 것처럼. 저쪽 하류 쪽에 뭔가가 떠내려가는 게 보인 것도 같았다. 그러나 다시 보니 아무것도 없었다.

"마들렌!"

클로틸은 비틀비틀 다리를 절뚝거리며 강가로 다가갔다. 마치 강물에게 딸아이를 돌려 달라고 애원하듯 쉬지 않고 아이의 이름을 소리쳐 부르면서.

혹시나 들릴지도 모르는 아이의 대답을 기다리며 외침과 외침 사이를 다리처럼 가로지르는 침묵을 견디는 건 참으로 괴로운 일이었다. 자신의 거친 숨소리 때문에 중요한 소리를 놓칠지도 모른다고 생각한 클로틸은, 아이의 이름을 소리쳐 부른 후에는 주위에서 들리는 소리를 하나도 놓치지 않으려고 질식할 기분이 들 만큼 숨을 참고 기다렸다.

조그만 소리 하나도 놓치지 않으려고 숨을 꾹 참았다.

갑작스런 침입자에 불안해진 티티새 한 마리가 낮은 소리로 울어댔다. 클로틸은 신경질적으로 새를 향해 소리쳤다. "거기, 조용히 하지 못해!" 그녀는 무심하게 흐르는 강물과 자연을 향해 "쉿!" 하는 소리를 냈다. 그러고는 이 강둑을 그토록 사랑했던 어머니를 마음속으로 불렀다. '엄마! 엄마! 제발 도와주세요!'

갑자기 보가 움찔하며 멈춰 섰다. 더 이상 땅을 파헤치거나 대기 속에 코를 킁킁거리지 않았다. 마치 순간 돌처럼 굳어 버린 것 같았다. 햇빛 아래 드러난 근처 교회의 광택 없는 하얀 석회암처럼. 보는 강 건너편을 바라보며 짖어 대기 시작했다. 보가 짖는 소리는 클로틸이 아이 이름을 소리쳐 부르는 것과 달랐다. 정확하게 4분 음표 한 박자씩, 스타카토로 짖었다. 클로틸은 곧바로 이해했다. 그녀는 보 옆에 무릎을 꿇고 앉아서 조금씩 걷히기 시작한 안개의 장막 너머로 보의 시선이 응시하는 지점을 바라봤다. 20미터쯤 떨어진 강 건너편 떡갈나무 둥치에 기대어 머리를 무릎에 파묻고 잔뜩 몸을 웅크리고 앉아 있는 사람이 보였다. 클로틸은 두 번이나 숨이 넘어가는 줄 알았다. 한 번은 너무 기뻐서, 또 한 번은 거기에 앉아 있는 몸이 미동도 하지 않는다는 사실을 깨달았기 때문이다.

"마들렌!"

클로틸은 웃옷을 벗어젖히고 발을 공중으로 차 올려 아직 남아 있는 신발 한 짝도 마저 벗어 던졌다. 강물에 떨어진 신발은 진흙의 무게 때문에 곧 물속으로 가라앉았다.

클로틸은 건너편까지의 거리가 가장 짧은 지점을 찾아 물속으로 뛰어들었다. 보도 마치 신호를 기다리고 있었던 양 그녀의 뒤를 따라 물속으로 뛰어들었다. 그녀는 보처럼 개헤엄을 치며 앞으로 나아갔다. 물에 젖은 옷이 거치적거렸다.

강 중간까지 왔을 때 클로틸은 마들렌의 몸이 움직인 걸 본 듯한 착각에 자기도 모르게 소리를 질렀다. 그 바람에 잔뜩 물을 먹고 말았다. 물에서 진흙과 금속이 섞인 듯한 맛이 났다. 마치 칼날을 삼킨 것처럼 목이 아팠다.

물살은 빠른 편이 아니었지만 강 흐름을 가로질러 가는 게 만만치 않았다. 물과 진흙, 풀들이 앞으로 나아가는 것을 방해했다. 보가 먼저 강을 건너 아이가 있는 곳에 도착했다. 보가 아이의 볼을 핥았다. 마들렌은 살아 있었다. 울고 있지도 않았다. 단지 지친 표정으로 조용히 앉아 있었다.

클로틸은 아이를 붙잡고, 몸 이곳저곳을 쓰다듬으며 어디 다친 데는 없는지 살펴보고 나서 아이를 꼭 끌어안았다.

클로틸은 방금 전의 강물 소리처럼 조용히 속삭였다.

"학교에서 도망친 건 그렇다 치고, 도대체 왜 강을 건넌 거니? 왜 그런 짓을 했어? …… 누가 쫓아오기라도 한 거야? 아니면 어딜 가려고 했던 거야? 이런 식으로 학교에서 도망친 이유가 뭐야? 나중에 엄마한테 설명해 주렴. 약속하지? …… 그래도 날이 춥지 않아서 다행이다."

    클로틸은 아이를 안아 흔들며 얘기하는 동안 점점 목소리가 사라지는 듯한 느낌을 받았다. 목소리가 점점 입김처럼 잦아들며 강물에 빠진 진흙 묻은 신발처럼 어두운 바닥 속으로 가라앉는 것 같았다. 그녀는 더 이상 자신의 목소리가 아닌 소리를 내며 끊어 말했다.

    "보, 마들렌 옆에 있어. …… 전화…… 웃옷…… 안에……."

    그녀는 다시 헤엄을 쳐서 강을 건너갔다. 강 건너편에 도착한 그녀는 교장 선생님에게 전화를 걸어 모스부호처럼 단조로운 음성으로 말했다. 여자 목소리도 아니고 남자 목소리도 아닌 쉰 소리가 새어 나왔다. 깊은 동굴에서 나오는 듯한 소리였다.

    "…경…차례…전화하지…마세…마…들…레…엔…차…자써…요…제…차…열쇠…아네…빌리…생페르…교…차…로…."

    클로틸은 웃옷과 전화기를 든 손을 공중에 치켜든 채 배영 자세로 헤엄을 치며 강을 건넜다. 마들렌이 떡갈나무 발치에 서서 엄마를 기다리고 있었다. 클로틸은 물에 젖지 않은 웃옷으로 아이의 몸을 덮어 줬다. 클로틸은 아이가 걸을 수 있는 상태인 걸 알았지만 아이를 안아 올렸다. 그녀는 여덟 살 먹은 딸을 가슴에 꼭 끌어안고

길 쪽으로 걸었다. 아이의 젖은 몸이 무겁게 느껴질수록 맨발로 걷고 있는 클로틸의 가슴은 더 벅차올랐다. 그녀는 그렇게 교장 선생님에게 말해 둔 교차로까지 걸어갔다.

마들렌이 짧게 말했다.
"걱정하게 해서 미안해, 엄마. 창문이 열려 있어서……."

클로틸은 딸에게 뭐라고 대답해 주고 싶었지만 가시가 박힌 듯 따끔거리는 목구멍에선 아무 소리도 나오지 않았다. 보가 몇 걸음 뒤에서 둘을 따라오고 있었다. 보는 여러 번 고개를 돌려 강물과 떡갈나무가 있는 쪽을 돌아봤다. 마들렌의 도망이 결말을 맺은 그 떡갈나무 둥치를 바라보며 보는 이미 끝난 모험의 다음 차례가 무엇인지 궁금해 하는 것 같았다. 강물은 여전히 졸졸거리며 흐르고 있었다. 커다란 떡갈나무 꼭대기에 매달린 가지들이 부드러운 미풍에 흔들렸다. 보는 그 움직임에서 무슨 소리를 들은 것일까?

교장 선생님이 차를 몰고 와 기다리고 있었다. 차 안에 마들렌의 책가방이 놓여 있었다.
"루리 부인, 마들렌…… 아…… 둘 다 흠뻑 젖었군요! 오면서 보셨어요? 안개가 다 걷혔어요. 타이밍도 참, 아이를 찾고 나니까 날이 개는군요!"

02
사라진 목소리

만약 말을 할 수 있는 상태였다면 교장 선생님에게 어젯밤 기온이 평년에 비해 지나치게 낮아서 안개가 오랫동안 걷히지 않았던 거라고 설명했을 것이다. 혹은 책임감의 무게에 짓눌려 있는 그 여자에게 자신이 화난 게 아니라는 표시로 몇 마디 말을 건넸을지도 모른다. 클로틸은 다시 말을 하려고 애를 썼지만 굳어 버린 성대를 울리지 못한 바람만 목구멍에서 빠져나왔다. 그녀는 단지 희미한 미소를 띤 얼굴로 교장 선생님을 학교까지 바래다주었다.

집에 도착한 클로틸은 따뜻한 물로 아이를 씻기고 수건으로 몸과 머리칼의 물기를 닦아 준 후 코코아를 타 주었다. 아이는 엄마가 가져온 작은 빵을 제법 먹고는 침대로 들어갔다. 클로틸도 샤워를 하고 옷을 갈아입은 후 아이 옆에 누웠다.

마들렌은 오늘 있었던 사건과는 아무 상관도 없는 얘기들을 했다. 줄 없는 공책, 줄 쳐진 공책, 연필, 색연필 등 선생님이 말한 준비물을 세밀하게 열거했다. 마치 오늘 아침의 일이 정리 파일과 스프링 노트를 준비하는 것처럼 오늘 해야 할 일 중 하나였다는 듯.

마들렌은 학교를 빠져나가려고 일부러 양호실에 간 걸까? 아니면, 양호 선생님이 자기가 아픈 곳을 치료해 주지 못할 거라고 생각한 걸까? 어디가 어떻게 아팠던 걸까?

클로틸은 이제 따끔한 감각조차 사라져 버린 목을 손으로 주무르며 아이가 알아듣지 못하는 작은 소리로 속삭였다. 목에 아무런 감각이 없었다. 무슨 소리든 내려고 억지로 숨을 내뱉어 봤지만 아무 소용이 없었다. 마들렌은 엄마의 목 밑 움푹 파인 곳에 고개를 들이밀고 작고 따뜻한 손을 펴서 엄마의 목을 감쌌다. 클로틸은 마지막으로 한 번 더 용기를 내서 말을 해 보려고 했지만 숨소리만 새어 나왔다. '오늘 저녁에 아빠가 돌아오실 거야.'

저녁 일곱 시에서 여덟 시 사이에 뱅상이 조종사 일을 마치고 돌아올 것이다. 그는 3과 4분의 1일마다 집에 돌아온다. 집에 오면 꼬박 사흘간 곁에 있어 줄 것이다.

엄마와 딸은 잠이 들었다. 마들렌의 손은 여전히 엄마의 목을 감싸고 있었다.

03

모든 게 지나간다

목 소리를 잃은 클로틸은 학교로 앙투안과 다비드, 아델을 데리러 가야 할 시간에 정확히 눈을 떴다. 마들렌을 곁에서 지키는 일은 보가 담당할 것이다. 항상 클로틸 곁을 따라다니는 보에게는 굳이 자세하게 설명해 주지 않아도 되었다. 눈짓 한 번이면 충분했다. 보는 곧바로 마들렌의 침대 발치에 다리를 펴고 누웠다.

학교로 가는 길에 클로틸은 오늘 아침의 장면들을 다시 떠올렸다. 아직은 목소리를 낼 수 있었던, 아이들 등교 준비를 시키던 장면들. 벌써 까마득한 옛날처럼 여겨졌다.

마들렌이 학교에서 도망치지 않았더라도 오늘은 오랫동안 기억

에 남을 개학 날이었다. 첫 개학이면서 동시에 마지막 개학이기도 했다. 우선, 쌍둥이 아델과 다비드에게는 처음으로 학교에 가는 날이었다. 콧물을 훌쩍이는 시절은 이제 끝난 것이다. 따라서 엄마에게는 '졸업식'인 셈이었다. 아이들은 이제 유아기를 지나 전혀 다른 시절을 보내게 될 것이다.

아침에 자리에서 눈을 뜨자마자 클로틸은 생각했다. '어서 빨리 내일이 와서 이 작별 의식이 모두 끝나기를.'

클로틸은 마음을 억누르려고 했지만, 아이들 앞에서 가슴이 벅차오르는 흥분을 다 감추지 못했다. "내 작은딸아, 엄마는 개학 날을 좋아했단다. 학교 가는 것도 좋아했지……. 그때의 엄마처럼 너에게도 모든 게 다 신기해 보일 거야. 너희들이 갑자기 훌쩍 커 버린 기분이 들어……. 원래 그런 거야, 얘들아. 한 시절이 끝나면 또 다른 시절이 시작되는 거야. 엄마도 그걸 받아들여야겠지. 오늘 저녁에는 엄마한테 해 줄 이야기가 이만큼이나 될걸?"

클로틸에게는 아이가 넷 있다. 앙투안과 마들렌, 그리고 '다비드와 아델'.

쌍둥이 다비드와 아델은 오늘 아침 엄마를 많이 도와줬다. 둘은 참으로 의젓해 보였다. 원래 그렇게 의젓한 아이들이 아니었는데. 엄마가 무척 바쁜 걸 눈치 챈 쌍둥이 남매는 평소와는 다르게 엄마가 바라는 대로 고분고분하게 따랐다.

맏이 앙투안은 제가 먼저 흥분해서 잔뜩 폼을 잡고는, 묻지도 않았는데 오늘은 '최고로 재미있는 날'이 될 거라며 동생들을 안심시켰다. 마들렌은 이미 학교 갈 채비를 마치고 음악실로 피신해서 그랜드피아노 앞에 앉아 있었다. 출발할 시간이 되면 알아서 나타날 것이었다.

여섯 살인 다비드와 아델은 아기용 소파에 앉아서 열심히 신발끈을 맸다.

아이들을 너무 쳐다보면 안 된다.

막 출발하려는 순간이었다.

"보? 어디 있니, 보?"

"엄마 뒤에 있잖아."

"아, 그랬구나. 자, 가자. 마들렌, 내 작은 새야, 어서 학교 가야지?"

그때 클로틸의 신경줄을 공기 중에서 떨게 할 수 있었다면 아마도 DJ가 반복적으로 턴테이블을 스크래치할 때처럼 이상한 소리가 났을 것이다.

클로틸은 학교 앞에 차를 세우고 아이들에게 쉴 새 없이 말을 했다. 아무것도 말하지 않으려면 계속 말하는 수밖에 없었다. 아이의 옷깃을 여며 주고 코를 풀어 주고, 마주치는 엄마들과 눈을 맞추는 척하며 인사를 주고받았다.

가장 먼저 앙투안부터 보냈다. 담임선생님과 앙투안의 몇몇 친구들과 인사를 했다. 클로틸은 앙투안이 그 속에서 세상을 배우게 될 아홉 살, 열 살 소년들의 눈빛을 지그시 바라봤다. "아들아, 안녕."

클로틸은 마들렌의 손을 놓아 주었다. 마들렌은 천천히 책상 사이로 난 길을 걸어 들어갔다. 작년에도 그 전년에도 짝꿍이었던 친구 옆에는 다른 아이가 앉아 있었다. 마들렌은 여왕처럼 의젓하게 그 책상을 지나쳤다. 서로 비밀 얘기를 주고받고 악기 연주도 함께하는 짝꿍이었다. 클로틸은 서둘러 등을 돌렸다. 그러는 편이 나을 것 같았다. 그래도 아이에게 "이따 봐."라고 속삭이는 걸 잊지 않았다.

클로틸은 운동장을 가로질러 '1학년' 교실들이 모여 있는 곳으로 갔다. 다비드의 담임선생님과 악수를 하며 인사했다. 그녀는 선생님의 손을 너무 오래 붙들고 있었다. 그러고는 번쩍거리는 책가방 손잡이를 꼭 쥐고 조용히 서 있는 아이에게 어린애처럼 서투르게 작별 인사를 했다.

다음 교실. 클로틸은 엄마의 팔목을 꼭 붙잡고 있는 아델의 손을 떼어 냈다. 엄마를 원망하듯 조용히 꼭 붙잡고 있는 그 손을 냉정하게 떼어 냈다. 이 세계의 스승이자 심판인 담임선생님에게 아이를 순순히 넘겨주는 수밖에 없었다.
클로틸은 입술을 꼭 다문 채 화난 듯한 표정으로 앉아 있는 아델을 바라봤다. 아델은 지난밤에 꼭 끌어안고 잘 정도로 애지중지하던 책가방에는 시선조차 주지 않았다. 가방은 책상들 사이에 난 통로에 아무렇게나 내팽개쳐져 있었다. 클로틸은 뒤돌아서 교실을 나왔다.

아이들과 헤어지고 홀로 남아 할 일이 없게 된 클로틸은 넓은 운동장 입구에 서서 두서넛 혹은 예닐곱씩 무리를 지어 서 있는 엄마들의 면면을 천천히 살펴봤다. 그리고 나서 운동장을 가로질러 걷기 시작했다. …… 엄마들이 서로 대화를 나누고 있었다. 한 엄마가 비밀스럽게 속삭이면 다른 엄마가 웃었다. …… 어떤 엄마는 한숨을 내쉬기도 했다. 그녀는 사람들에게 더 가까이 다가갔다. 한 무리의 소리들이 크레센도로, 한 점으로 수렴되고 있었다. 제각각 흩어져 떠드는 소리들이 한데 합쳐져 하나의 화음을 이루는 것 같았다. 또 다른 쪽에서는 그 소리들이 마치 돌림노래처럼 들려왔다. 클로틸은 학교 담장 밖으로 빠져나왔다.

"모든 게 지나간다. 내 딸아. 아이를 낳는 고통도 개학 날도 음악도…… 모든 게 지나간다."

담장 건너편에서 보가 기다리고 있었다.

클로틸은 차를 몰며 중얼거렸다.

"아기들을 키우던 시절은 끝났다, 보. 끝났어……. '그이'가 지금 곁에 있으면 참 좋으련만! 나 참 한심하지?!!"

그리고 나서 클로틸은 입을 다물어 버렸다. 보는 그녀가 평소와 달리 음악을 틀지 않고 침묵만 지키는 것이 낯선지 낑낑거리는 소리를 냈다.

클로틸은 학교를 등지고 곧장 마을 쪽으로 차를 몰아 르베이즈의 수도원 뒤편으로 향했다.

르베이즈는 초원 한가운데에 솟은 석회암 언덕 위에 자리 잡은 소도시다. 주변을 둘러봐도 온통 초원뿐이다. 깎아지른 듯한 산이나 파도가 넘실대는 바다 따위는 없다. 부식토 냄새로 가득한 울창한 숲과 침식작용으로 기복이 심해진 초원 위로 드넓은 하늘이 펼쳐져 있다. 지붕이 내려앉은 폐가들과 날씬한 종탑들이 우뚝 솟은 예쁜 마을에는 맛 좋은 와인과 부드러운 시드르(능금주—옮긴이)가 있다. 구불구불한 길들이 갑자기 사라졌다가 예기치 않은 곳에서 고원 위로 솟아올라 지평선 너머 까마득한 곳으로 다시 사라진다. 천년이 넘은 수도원 건물들이 서 있는 곳, 유럽의 기독교 십자군들이 출정하던 곳, 그러나 군이 원하지 않으면 신神을 믿지 않아도 되는 곳, 부르고뉴.

옛날에 드루이드승僧(전통 켈트족·골족 사회에서 종교·교육·사법 기능을 담당한 승려—옮긴이)들이 모여 기도를 드리던 신성한 언덕의 남동쪽 비탈에 클로틸의 커다란 현대식 가옥이 자리 잡고 있다.

13세기에 지어진 이중 성벽으로 둘러싸인 마을 쪽 '윗길'에서 내려다보면 두 개의 직육면체가 겹쳐진 형태로 지어진 집의 한쪽 벽면만 보인다. 원목으로 된 소박하고 낮은, 반듯한 직사각형의 벽면이다. 나무숲에 파묻혀 살짝 보이는 차고의 슬라이딩 도어 속으로 자동차가 들어가는 게 보일 때도 있다. 벽면 한쪽에 난 손님용 출입문에는 주먹 쥔 손 모양의 커다란 청동 손잡이가 달려 있다. 그 위로 삼각형 모양의 고정 창이 나 있어 찾아온 손님이 누구인지 확인할 수 있다. 출입문을 열고 들어서면 이 지역 특유의 붉은색 무늬가 새겨진 베이지색 포석이 깔린 통로가 나타난다. 각 벽면은 회색과 흰색, 파란색이 뒤섞인 하늘색으로 칠해져 있다. 통로를 따라가면 통유리 벽에 다다른다. 유리에 비친 하늘이 움직이는 그림 같다. 집 정원을 통과하는 통로는 뒤쪽 숲으로 이어진다. 통유리 앞에서 왼쪽으로 꺾어져 너비가 3미터 정도 되는 완만한 계단을 내려가면 커다란 응접실이 나온다.

오늘 아침, 학교에서 돌아오는 길에 클로틸은 집 안에 감돌고 있을 정적을 생각하고는 집을 지나쳐 계속 차를 달렸다. 보가 불안해서 몸을 일으켰다.

클로틸이 말했다.

"걱정하지 마. 알릭스 보러 가는 거니까."

알릭스의 증류 공장은 클로틸이 아무 때나 들러도 평화를 맛볼 수 있는 유일한 장소였다. 알릭스는 그런 친구였다. 공장은 클로틸의 언덕 비탈 집과 반대편인 르베이즈 르 바, 남서쪽 평지에 자리 잡고 있다. 그쪽으로 가려면 새로 난 길을 통해야 한다. 중간 중간

초원을 통과하며 길을 따라가다 보면 꽃밭과 온실들이 늘어서 있는 게 보인다. 길 끝에 다다르면 울창한 떡갈나무 숲으로 둘러싸인 원형의 석회암 계곡 안에 증류 공장이 서 있다.

이 흰색 시멘트 건물의 유일한 멋이라면 원형 계곡과 어울리는 원호圓弧 모양으로 지어졌다는 것이다. 단층 건물이지만 천장 높이가 5미터나 된다. 가로 30미터에 세로가 10미터인 건물 안에는 500리터 용량의 '단지', 즉 탱크가 네 개, 볏짚으로 타는 보일러와 고압 보일러가 각각 한 대씩 있다. 증류 작업에 꼭 필요한 장치들이다. 증류 작업대에는 정밀 저울과 기계식 절구들이 놓여 있다.

중앙 출입문들을 지나면 비탈 위에 피어난 라벤더 꽃향기를 맡을 수 있다. 거기서 좀 더 걸어가면 한때는 포도밭이었던 곳에 인동덩굴과 캐모마일이 향기를 내뿜고 있다. 이제 곧 증류의 계절이 끝나고 나면, 알릭스는 그 증류액을 우려내어 비누나 샴푸, 아로마 연고 등을 만들 것이다.

한데 뒤섞인 강한 향이 코를 찔렀다. 클로틸은 향을 좀 더 분명히 느끼려고 두 눈을 감았다. 여기저기서 산만하게 졸졸거리며 흐르는 희미한 물소리와 불투명한 침묵 사이에 간헐적으로 들려오는 금속성 소리에 맞춰 고개를 두리번거리며 숨을 들이쉬었다.

이곳에 도착한 재료들은 모두 최소한의 양으로 압축되어 마지막에는 에센스만 남게 된다.

클로틸은 알릭스가 해 준 설명을 떠올렸다.

"향에는 세 가지 차원, 그러니까 세 가지 노트note(메모.주석.음흡.음표.분위기—옮긴이)가 있어. 우선, '탑 노트'. 머리로 느끼는 향이지. 그리고 '미들 노트' 혹은 '가슴 노트'가 있어. 세 번째로 '베이스 노트'가 있는데, 마지막까지 남는 향을 말해."

클로틸은 자신은 어떤 노트들을 가지고 있을까 생각해 보았다. 그리고 자신의 음악에 대해서, 각각의 노트들이 탄생하는 언어 너머의 세계에 대해서 생각했다.

클로틸은 에센셜 오일을 만들고 있는 증류기로 다가갔다. 전에 알릭스가 꽃과 잎, 뿌리, 이끼 등을 증류기에 채워 넣는 것을 몇 번 도운 적이 있다. 그런 후에는 물을 붓는다. 재료들에 뜨거운 수증기와 함께 높은 압력이 가해지면 재료에서 추출된 향이 수증기를 따라 움직이다가 구불구불한 관을 흐르는 차가운 물과 만나 에센스로 응결된다. 이 액체를 침전시켜 물과 에센스를 분리해 낸다. 마치 자식이 부모를 떠나는 과정 같다.

클로틸은 에센스가 용기 속으로 한 방울씩 떨어지는 모습을 지켜봤다. 물 위에 뜬 순수한 오일 위로 에센스 방울이 떨어지면서 둥근 고리를 그렸다. 이런 과정을 거쳐 에센셜 오일이 물과 완전히 분리되는 것이다. 클로틸은 다음 방울이 떨어지길 기다렸다. 시간이 흘렀다. 향수 노트 사이의 간격만큼.

클로틸은 이제 자신의 '유배 생활'이 썩 나쁘지 않게 느껴졌다. 끝나 가는 한 시절의 화음을 한 번 힘주어 연주하고 이제 그 마지막 울림을 느끼고 있는 터였다. 다른 여자들은 클로틸처럼 엄마 노릇

만 하고 살지 않았다. 그러나 새로 짓는 집 신경 쓰랴 아이 넷 낳고
키우랴 정신이 없었던 클로틸에게는 다른 선택의 여지가 없었다.
클로틸은 고여 있는 오일 위로 에센스가 한 방울씩 떨어지는 모습
을 바라보았다. 그녀는 병든 어머니가 숨을 거둘 때까지 보살펴야
했다. 어머니를 간호하고 아이들을 키우는 사이에 시간이 흘러가
버렸다. 클로틸은 후회하지 않았다. 하지만 이제 뭘 하면 좋을까?

식물학자이자 사업가인 알릭스는 흰색 작업복 차림으로 위쪽 사무실을 지키고 있었다. 활 모양으로 굽은 건물 안 오른편, 나무로 올린 반地이층에 사무실이 있다. 알릭스는 거기서 클로틸이 생각에 잠겨 있는 모습을 처음부터 죽 지켜보고 서 있었다. 그녀는 손뼉을 쳐서 인기척을 낸 후 계단을 걸어 내려갔다.

둘은 서로 미소를 지으며 다가갔다. 클로틸은 가슴을 부풀리며 향기로 가득한 공기를 들이마셨다. 청바지와 운동화, 남자 스웨터 차림의 클로틸은 성큼성큼 걸었다. 역시 향기에 취한 보가 그 뒤를 따랐다. 아이들 걱정 따위는 모두 잊은 채였다.

클로틸은 중간 길이의 갈색 머리를 목 뒤로 질끈 동여매고 어깨에 크로스백을 메고 있었다. 보기보다 키는 크지 않았지만 날씬한 몸매 때문에 아무 옷이나 걸쳐도 여왕 같은 품위를 풍겼다.

이제 보는 자기 주인이 그곳에 잠시 머물 것이라는 사실을 알고 마음 편하게 맑은 공기를 마시러 밖으로 뛰어나갔다.

알릭스는 클로틸보다 작은 키에 머리는 금발이었다. 오늘은 구릿빛의 머리띠를 하고 있어서 '베로니카 꽃'처럼 푸른 눈이 더욱 반짝거렸다. 두 눈동자가 정말 새파란 작은 꽃처럼 빛났다.

둘의 관계를 이해하려면 클로틸의 자연스러운 우아함과 알릭스의 아름다운 파란 눈에 대한 설명만으로는 부족하다. 둘은 열다섯 살, 고등학생 때 만나 2년간 함께 학창 시절을 보냈다. 졸업을 하고 지금은 평생 친구가 된 클로틸과 알릭스는 항상 자신보다 친구가 더 예쁘다고 생각했다.

"쌍둥이들 첫 등교는 어땠어? 잘 끝난 거야?"

"응……."

"자……, 다 끝났다. 이제 자유네!"

"자유? 내일은 되어 봐야 알 것 같은데? 아직은 우리에 갇힌 늑대 같은 기분이야. 아이들 학교에 데려다 주고 집을 지나쳐서 곧장 이리로 왔어. 한 시간 안에 다시 그 소굴로 돌아가야 돼. 빗자루를 들고 거미줄을 치우거나, 머리는 엉망이 돼서 쇼스타코비치나 베토벤을 듣고 있겠지……. 내일이면 괜찮아질 거야……. 이제 아이는 낳지 않을 거야……. 음악을 다시 시작해 보려고……. 이래봬도 국립

고등음악학교 학위까지 땄는걸! 어떻게 내가 입학시험과 오디션에
합격할 수 있었는지 지금 생각해도 신기해. 떨려서 죽는 줄 알았거
든. 그 후에는 피아노 교사 자격도 어렵지 않게 취득했어……. 그걸
로 뭔가 할 수 있을 거야. 아니면, 번역을 하는 건 어떨까? 비교언어
학 공부도 했고 외국어도 세 개나 할 수 있으니까. 정신없이 어질러
진 집 치우면서 사는 것 이젠 못하겠어. 열심히 치워 봐야 고개만
돌리면 금세 또 엉망이 돼 있는걸. 마치 집 안 곳곳에 숨어 있던 혼
돈이 알을 깨고 나오는 것 같아. 그런 날들의 연속이야……. 이제는
내가 하고 싶은 일을 할 테야. 남이 시키는 일 말고. 그런데 날 봐.
나한테 누가 일을 주기나 하겠어?"

알릭스는 클로틸을 위아래로 훑어보며 놀리는 투로 말했다.
"더 심한 경우도 봤어……."
"나보다 더? 서른셋이면 예수가 십자가에 못 박힌 나이야. 허리
도 없어지고 아이는 넷이나 되고 머릿결도 다 상하고 눈가에는 다
크서클까지. 안색은 누리끼리하지, 아침에 잠에서 깨면 허리가 아
파 죽겠어! 침대에서 일어나는 데 인류 역사만큼이나 긴 시간이 걸
려. 예전에 발굴한 인류 조상의 유골 화석 이름이 뭐였더라?"
"루시?"
"그래, 사바나의 루시! 그게 바로 나야! 침대에서 일어나려면 최
소한 15분은 걸려. 아침마다 혼자서 인류의 역사를 반복하고 있는
셈이지. 일단 아이를 낳고 나면 여자를 건너뛰어서 곧장 할머니가

되어 버린다고! 무슨 보드게임도 아니고 말이지. 내게 주어진 시간은 딱 10년이야. 대부분의 여자들은 선택의 여지조차 없지. 먹고 살아야 하니까. 먹고 살다니, 표현도 참. 내 경우는 그래도 선택의 여지가 있지. 차라리 선택의 여지조차 없으면 좋겠어! 하지만 허드렛일이나 하려고 금으로 치장된 이 감옥을 벗어날 자신은 없어."

"…… 꽤 괜찮은 그림이잖아! 넌 가치 있는 일을 한 거야. 예쁘고 건강한 아이들이 있잖아. 5년 동안 아이 넷을 낳고 키우는 동안 너 자신을 보살피지 못했을 뿐이야."

"세 번째가 쌍둥이일 줄 누가 알았겠어? 성경책에서 말하듯 '태초에' 내가 하늘에 사는 파일럿과 사랑에 빠질 줄은 또 어떻게 알았겠어? 다비드와 아델 낳고 5년이 지나서 거실 소파에 눈길이 갈 때마다……."

"네 뗏목."

"그래, 내가 거기 누워 있는 모습이 아직도 눈에 선해. 산처럼 불러 오른 배를 하고 뭍으로 올라온 고래처럼 누워 있었지. 오, 내 괴물들, 망아지들, 그 작은 아이들이 벌써 학교에 가다니. 지금 기분 같으면 애들을 학교에 두고서 돌아서지 못했을 것 같아. 아이들에게 나도 뭔가 집 밖에서 일을 해 볼 생각이라고 말했어. 벵상이 집에 없는 저녁이었는데, 마들렌이 내 방으로 오더니 흥분해서, 엄마, 무슨 일을 할 건데, 하고 묻더라. 그땐 아이에게 자신 있는 표정을 지었지만 괜한 짓을 하는 게 아닌가 하는 생각도 들어."

"…… 마들렌에게 '아니마 문디anima mundi'(세상의 영혼—옮긴이)의 제품을 직접 판매하는 가게의 개점을 책임질 거라고 말해 주지 그 랬어."

"이름은 정한 거야? '아니마 문디?' 그냥 그렇게 부를 거야? 그 렇게 불러도 괜찮을 것 같은데? 증류 공장과 어울리는 이름 같아. 그런데 방금 '개점 책임' 어쩌고 한 건 무슨 말이야?"

"가게를 열 생각이야. 일단은 하나만 열어 보고 잘되면 더 내려 고. 그래서 회사 이름도 바꾼 거야. 솔직히 나 같으면 괜찮은 비누 하나 사려고 '르베이즈 허벌리스트 숍' 같은 이름의 가게를 찾지는 않을 것 같아. 유통 방식도 바꾸고 싶어. 더 다양한 제품을 선보일 필요가 있어. 그래서 내가 직접 판매 부문을 열겠다는 거야. 그런데 시간이 없어. 사업 신경 쓰랴, 밭이랑 온실에서 원료 재배하랴 정신 이 없어. 원료 재배는 항상 신경을 써야 하거든. 그래서 첫 가게 개 점 준비를 책임지고 맡아 줄 사람을 찾고 있어. 내부 배치라든가 장 식이 손님들의 감각을 일깨우고 호기심을 불러일으킬 수 있는 가게 를 구상해 줄 사람이 필요해. 매력적인 연구소이면서 제품도 판매 하는 그런 곳. 손님들이 차 만드는 법이나 아로마 연고 사용법을 배 우고 서로 정보도 교환할 수 있는 분위기를 만들고 싶어. 물론 손님 들에게는 검증된 용법만 제공할 거야. 가능하다면 내년 봄에 가게 를 열면 좋겠어. 너라면 그런 가게를 구상할 수 있을 것 같아. 잘할 거야. 개점한 다음에 가게 관리나 판매까지 맡아 달라는 말은 아니 야. 그런 건 네 적성에 안 맞으니까. 단지 가게 내부 설계부터 개점 까지만 맡아 주면 돼."

"그런데 왜 날 떠올렸어? 왜 내가 잘할 거라고 생각해?"

"네가 집 지을 때 설계도 그리고 공사 관리하는 모습을 봤어. '전문가들'의 의견에 쉽게 굴복하지 않고 자기 취향대로 자유롭게 자재나 색상을 고르더군. 그리고 결국 네가 항상 옳았어. 나는 밤마다 섬 위에 흰색과 녹색의 공장을 짓는 꿈을 꿔. 내 주위에 향초와 꽃들이 만발해 있는 꿈. 아침에 잠에서 깨고 나면 내가 꾼 꿈이 정말로 현실이 돼 있는 거야. 아직 완벽하진 않지만."

"아직?"

"꿈속에서 아이들의 웃음소리를 들어. 그런데 아무리 찾아도 그 모습이 보이질 않아. 혹시 온실 속에서 풀처럼 자라고 있나 싶어 가봐도 보이지 않아. 내 나이 서른셋인데, 내가 십자가에 못 박힌 예수처럼 영원의 문턱에 도달했다고 생각하지는 않아. 주위에 남자들은 있는데 아이가 없어. 나한테는 그 반대가 필요한데. 어떤 사람에겐 그토록 간단해 보이는 일이 왜 다른 사람에겐 불가능해 보이는 걸까?"

"우리 둘을 합치면 행복한 여자가 되겠는걸……."

"행복한 여자라는 말이 나와서 하는 말인데, 이제 자유 시간도 많아졌겠다, 노래를 해 보는 게 어때?"

"노래는 매일 하는걸. 피아노 치면서!"

"아니, 그런 노래 말고, 오페라 말이야. 넌 좋은 목소리를 가지고 있어. 그걸 썩히지 마."

"나한텐 안 어울려. 엄마 노릇 말고는 지금까지 제대로 한 게 하나도 없어. 만약 진지하게 다시 음악을 시작한다면 피아노를 치고 싶긴 한데, 바흐의 푸가나 모차르트 〈환상곡〉 같은 걸 제대로 치려면 6개월은 꼬박 연습해야 할 거야. 한심하지 않니? 그런데 시간이 갈수록 음악에 대한 미련이 강해지니 더 한심한 노릇이지. 자, 난 이제 가야겠다. 보가 밖에서 기다리고 있을 거야. 집을 계속 비워놓을 순 없지."

"잠깐만 기다려!"

알릭스가 급하게 계단을 뛰어올라 사무실에 들어갔다가 다시 내려와서는 클로틸의 가방 속에 명함 하나와 라벤더 꽃다발, 새로 만든 비누들을 밀어 넣었다.

"명함에 메조뇌브 부인 주소랑 전화번호 있어. 내 성악 선생님이야. 너도 알다시피 나는 바빠서 수업 못 들은 지가 2년은 됐어. 너는 시간이 있으니까 한번 해 보는 것도 괜찮을 것 같은데?"

"고마워. 조만간에 집에 들러. 아이들이 보고 싶어 해."

"내가 제안한 거 생각해 봐. 대답은 빠를수록 좋아."

클로틸은 알릭스와의 대화를 다시 떠올리며 운명의 장난 같다고 생각했다. 그녀는 더 이상 노래하지 못한다. 벙어리가 되어 버렸으니까.

05
바흐의 인벤션

클로틸은 증류 공장을 나와 빈집을 향해 차를 달렸다. 내가 알릭스가 만든 제품을 판매할 가게를 설계한다고?

아니마 문디.

혼자 힘으로 해낼 수 있을까?

집 앞에 도착한 클로틸은 리모컨으로 차고의 자동문을 열고 안으로 들어갔다.

벌써 아니마 문디의 개략적인 내부 구조가 머릿속에 떠올랐지만, 그 구상을 어떻게 실행에 옮길지는 생각이 나지 않았다. 그녀는 머릿속에 떠오른 영상을 지우고 리모컨 버튼을 누른 후 나무 셔터가 바닥까지 내려오는 모습을 지켜봤다.

'딸깍. 다시 집 안에 완전히 갇혀 버렸군.'

클로틸은 보와 함께 하늘색 통로를 따라 걸었다.

통로 중간쯤에서 왼쪽을 보면 넓은 층계참이 들여다보인다. 계단을 몇 개 내려가면 집의 맨 위층으로 갈 수 있다. 집 전체는 3층으로 되어 있다. 3층에 침실들이 있다. 몇 계단 더 내려가면 부엌과 식당, 음악실이 있다. 그 아래 1층에는 정원이 내다보이는 거실이 있다. 각 층의 공간들은 모두 외부와 연결되어 있다. 경사진 곳에 지어진 집이라 각 층의 옆면에 층계식 정원으로 나가는 문이 달려 있다. 각 계단 옆에는 경사로가 설치되어 있다. 손수레나 짐 가방 따위를 옮길 때 사용한다. 그 위로 아이들 구슬이나 공, 장난감 자동차, 사과, 유모차, 호박, 오렌지 등이 굴러다닐 때도 있다. 물론 아이들도 오르내린다. 서거나 누운 자세로.

클로틸은 계단을 내려가기 직전 바닥에 떨어져 있는 아이 모자와 공을 주우려고 반사적으로 허리를 굽히다가 문득 창밖 숲 풍경에 시선이 멎었다. 마음이 괄호 친 시간 속을 부유하며 휴식을 취하고 있었다. 보가 옆에 앉아 풍경을 바라보는 클로틸을 바라봤다.

집 공사도 모두 끝나고 아이들도 모두 학교에 보냈으니 이제 뭔가를 새로 시작할 수 있을 터이다. 그러나 클로틸은 모든 게 끝났다는 느낌에 사로잡혔다. 마치 음악이 흐르듯 집을 가로질러 정원으로 나가 숲 속으로 사라져 버리고 싶다는 생각을 했다. 그녀는 안개로 희미해져 어렴풋이 보이는 지평선을 바라봤다. 안개의 장막을 걸으면 그 뒤에 벌써 드문드문 금빛과 붉은빛으로 물들기 시작한 푸른 숲이 있을 것이다.

클로틸은 자기 허리에 기대앉아 있는 보의 따뜻한 숨결을 느꼈다.

"걱정하지 마. 잠시 떠나고 싶다는 생각을 했어. 그뿐이야."

클로틸은 라벤더 꽃향기를 맡고 몽상에서 깨어났다. 그녀는 가방에서 꽃다발과 비누들을 꺼냈다. 가방에서 빠져나온 명함이 팔랑거리며 떨어졌다. 그녀는 바닥에 떨어진 명함을 집어 들었다. ……성악 교습……콩세르바투아르……메조뇌브……. 그녀는 흰색 명함을 복도 서랍장 오른쪽 위 서랍에 넣어 두었다. 두 번은 갈 것 같지 않은 외국 여행지에서 사 온 기념품들과 버리지 못하고 보관해 둔 아이들 젓니 사이에.

어디서부터 시작할까? 열린 침실 문 사이로 슬리퍼와 파자마, 아이 스타킹 같은 게 널려 있는 게 보였다…….

보는 오디오 쪽으로 걸어갔다. 그 앞에 자리를 잡고 누워 있을 생각인 게다.

"좋은 생각이야, 보."

아이들은 아이들만의 시간을 보내고 있고, 클로틸은 그녀만의 시간을 보내고 있는 것이다. 모든 게 제자리에 놓여 있다.

무슨 음악을 들을까? 화려하고 웅장한 걸 들어야겠다. 베토벤 교향곡 3번? 쇼스타코비치 교향곡 8번은 어떨까?

클로틸은 개학 첫날의 임무를 끝까지 완수할 것이다. 아이들이 돌아오기 전에 집을 깨끗이 치워 놓아야지! 아, 베토벤 교향곡 9번은 안 돼. 더 중요한 날을 위해 아껴 둬야지…… . 그래, 쇼스타코비치가 낫겠어.

클로틸은 보의 예민한 귀를 생각해서 처음에는 볼륨을 너무 높이지 않았다. 그러고 나서 보가 밖으로 나가 뛰노는 것을 확인한 다음에 볼륨을 높였다. 음악이 그녀를 둘러쌌다. 너무 작지도 크지도 않게 꼭 맞는 장갑이 손을 감싸듯이. 보는 베란다 창 앞에 앉아 클로틸이 음악으로 가득 찬 실내를 오가며 정리하는 모습을 바라보며 보초를 섰다.

클로틸은 한 시간 내내 집안 곳곳의 거미줄과 씨름을 했다. 곧 겨울이 올 것을 예감한 거미들이 피난처를 찾아 집 안으로 들어온 것이다. 그녀는 손이 잘 닿지 않는 구석에 은밀하게 숨어 있는 먼지들을 청소했다. 그러고 나서 아이 넷의 침대보와 베갯잇을 갈았다. 밝은색 위주로 세심하게 골랐다.

쇼스타코비치가 멈췄다. 클로틸은 정원으로 나가기 전에 '뗏목'에 앉아 잠시 침묵의 시간을 가졌다. 그러나 이 시간이 '잠시'로 끝난 적은 한 번도 없다. 그녀는 음악을 감상하듯 침묵을 즐겼다.
갑자기 연주가 하고 싶어진 클로틸은 피아노 앞에 앉아 바흐의 인벤션 한 곡을 연주했다. 아직 정원에 할 일이 남아 있었다. 그녀는 정원으로 나가기 전에 깨끗해진 실내 안에 늘임표를 찍듯 〈푸가의 기법〉 음반을 틀었다. 볼륨을 최대로 높이고 베란다 창을 활짝 열고 밖으로 나갔다.

클로틸은 괭이를 쓰거나 맨손으로 가시덤불을 쳐내고 웃자란 민들레를 뽑아냈다. 그러고 나서 장미 가지를 친 후에 회양목 가지들을 동그랗게 치고 다듬었다. 그러면서도 드문드문 아니마 문디 개점 준비를 맡아 달라는 알릭스의 제안을 떠올렸다. 10년 동안 살림만 하다가 사회생활을 다시 시작하는 시점에 그 일을 맡는 건 좋은 생각일까? 아니마 문디……. 친구와 사업으로 얽히는 건 좋지 않다. 하지만 단지 가게 문 여는 것만 도와주는 것인데? 그 다음은 그때 가서 생각해 볼 일이다.

학교 교장 선생님에게 전화가 걸려 온 것은 바로 그때였다. 이미 끝나 버린 한 시절에 작별을 고하고 새로운 시간에 적응할 수 있을 거라고 생각하던 바로 그 순간, 클로틸은 다시 집을 나서야 했다. 마치 정오가 되어서야 하루가 시작된 것처럼.

06
아이들

학교에 도착한 클로틸은 잠시 학교 운동장에서 놀고 있는 앙투 안과 다비드, 아델을 지켜봤다. 다비드는 달리다가 멈춰 서 서 또래 남자애가 하는 말을 듣고 있었다. 아델 주위로는 한 무리의 여자애들이 모여 서 있었다. 벌써부터 친구들 위에 군림하는 듯 보 였다. 밝은 표정으로 서 있던 아델은 엄마와 눈이 마주치자 예의 그 찡그린 표정을 지어 보였다. 앙투안은 다 큰 사내처럼 친구들에게 작별 인사를 하고 뛰어와 클로틸의 품에 안겼다. 이제 목소리도 잃 어버리고, 아이들도 없는 오전 시간을 어떻게 보내야 하나?

아이들 셋이 모두 모였을 때 클로틸은 손가락을 들어 올려 주위 를 환기시켰다. 그리고 한 걸음 뒤로 물러나 손바닥을 위로 올리며 미안하다는 표정으로 미소를 지어 보였다. 그녀는 손을 목과 벌린 입 사이로 올렸다 내려서 자신이 말을 할 수 없다는 사실을 알리려 했다. 그러나 제대로 전달이 안 된 모양이었다. 아이들은 엄마가 말을 하지 않는 이유가 궁금해 연신 질문을 퍼부어 대기 시작했다.

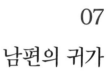

07

남편의 귀가

아이들이 개학을 하고 마들렌이 학교에서 사라진 그날 저녁, 클로틸은 뱅상을 기다리고 있었다. 목소리를 잃고, 남편의 푸른색 실크 스카프를 목에 두른 채 부엌의 통유리를 마주 보고 서서 저녁을 준비하고 있었다. 그러면서 이따금 하얀 자기 그릇에 담긴 오렌지빛 당근들에서 시선을 거둬 정원 풀밭 쪽을 바라보았다. 풀밭은 바로 코앞에서 시작하여 저 아래 숲까지 이어져 있었다.

집 오른편 서쪽으로 르베이즈의 유명한 포도밭 비탈이 펼쳐져 있다. 왼편, 동쪽으로는 이 작은 마을의 자랑인 12세기 로마네스크 양식의 수도원이 있다. 수도원 중앙 홀에서부터 곧장 정면으로 시선을 옮기면 바위가 많고 경사가 심해서 경작이 힘든 땅이 펼쳐진다. 클로틸이 어머니에게 물려받은 땅은 이 불모지와 포도밭의 경계에 있다.

남쪽 정면, 풀밭이 숲으로 바뀌는 곳에서 아이들이 보와 뛰어놀고 있는 게 보였다. 마들렌이 웃으며 앞장서 뛰어가고 있었다. 마들렌은 침대에 누워 있으려고 하지 않았다. 오늘 학교에서 일어난 사건은 벌써 다 잊어버린 것 같았다.

아이들이 너무 멀리 있어서 목소리는 들리지 않았다. 대신 아이들 주위를 2분 음표, 안단테로 맴도는 보의 모습이 아무 일도 없음을 말해 주었다.

클로틸은 항상 동물을 경계하는 편이었다. 시대에 뒤떨어졌다고 말할 수도 있으리라. 대신 동물을 학대하거나 방치하는 것, 동물을 인간처럼 만들려고 애쓰는 것도 용납하지 못했다. 한 마디로, 보를 키우기 전까지 클로틸은 동물과 별 인연이 없었다.

첫 임신 기간 동안 별다른 식탐조차 없었던 클로틸은, 아이를 출산한 날 밤에 뜬금없이 개를 한 마리 키워야겠다고 결심했다. 가능한 한 몸집이 크고 털이 하얀 개를 키우고 싶었다.

다음 날, 캥거루 주머니같이 생긴 포대기에 아이를 안고 퇴원한 그녀는 곧바로 개를 찾으러 나섰다. 그리고 그날 저녁, 목동들이 키우는 그레이트 피레네 한 마리와 함께 집에 돌아왔다. 그 개가 바로 '보'였다.(프랑스어로 '보Beau'는 '잘생긴', '아름다운'이라는 뜻이다.—옮긴이)

클로틸의 어머니는 앙투안과 보를 보고 세상을 떠났다. 이미 쇠

약해진 어머니는 강가의 긴 의자에 담요를 덮고 누워 아기를 봐주곤 했다. 강아지의 재롱을 보며 웃기도 했다. 아직 그 정도의 기운은 남아 있었다.

어머니는 마들렌이 태어나기 몇 주 전 세상을 떠났다.

클로틸은 아들과 개를 함께 키웠다. 보만큼 사람을 안심시키고 신비하며, 가까운 듯 멀고, 그토록 하얗게 빛나는 존재를 본 적이 없었다. 굳이 비슷한 걸 찾는다면 음악이 그렇지 않을까?

남편이 말했다. "엉뚱한 생각이군, 클로틸. 동물일 뿐인 개를 음악과 연관시키다니!"

그녀는 벵상 루리 기장님, 그러니까 남편에게 대답했다.

"뭐 어때? 당신도 여객기 조종사를 모험가라고 생각하잖아. 3과 4분의 1일 동안 집을 떠나 있으려고 작은 가방을 챙겨 들고 나서는 당신을 나는 단 한 번도 비웃거나 한 적 없어. 나는 당신이 하는 말들을 이해하려고 노력해. 나는 땅 위에 발을 딛고 살아야 하지만, 적어도 당신이 하는 말을 이해하려고 노력한다고."

아이들이 심하게 다투거나 나무 위로 너무 높이 올라가 위험에 처하거나 하면 보는 점점 빠른 속도로 그 주위를 맴돌며 신호를 보낸다. 그래도 위험한 상황이 계속되면 갑자기 제자리에 멈춰 선다. 아이들 엄마에게 짖어 대서 위험을 알리기 전에 보가 보내는 마지막 경고 같은 것이다.

클로틸은 이따금 고개를 들어 보가 타원형을 그리며 빙빙 돌고 있는 모습을 지켜보며 남편을 기다렸다.

기장님은 평소보다 조금 늦게 집에 도착했다. 보는 집으로 다가오는 자동차 소리를 듣고 식구들에게 벵상의 도착을 알리는 신호로 한 번 짖었다. 방과 욕실에 있던 아이들은 욕조에서 빠져나오거나 파자마를 입으려고 한바탕 수선을 피워 댔다.

그 와중에도 마들렌은 제 방에 들어앉아 꼼짝도 하지 않았다. 클로틸은 부엌에서 손놀림을 멈추지 않으며 위에서 들려오는 소리에 귀를 기울였다. 그 소리들의 출처가 어디인지를 죄다 구별할 수 있었다. 마들렌의 방에서만 돌연 정적이 흐르고 있었다. 클로틸은 자신의 심장이 규칙적으로 뛰며 내는 베이스음을 듣고 있었다. 마들렌의 침묵의 의미가 궁금했다.

늘 그렇듯 아이들 셋이 아빠에게 달려가 안겼다. 아빠가 아이들을 들어 빙글빙글 돌리자 깔깔거리는 웃음소리가 퍼져 나갔다.

"마들렌은?"

"자기 방에 있어."

벵상은 웃옷도 벗지 않고 곧바로 딸의 방으로 가서 잠시 머물렀다가 아내에게로 왔다.

"마들렌이 한 말이 사실이야? 목소리를 잃었다고? 애가 학교에서 도망쳐서 강을 건넜다는 얘기는 또 뭐야? 도대체 다 무슨 소린지 모르겠군."

클로틸은 남편의 목을 자기 쪽으로 끌어당겨 귀에 대고 거의 들리지 않는 소리로 속삭였다.
"……너무…… 소리…… 질러서…… 애…… 이름…… 글로……쓸게……."

이번엔 벵상이 클로틸의 말소리를 더 잘 들으려고 그녀의 머리를 자기 귀 쪽으로 끌어당겼다. 그는 클로틸의 입술을 자신의 귀에 밀착시킨 다음 그녀를 포옹하며 머리칼을 만지작거렸다. 그러고 나서는 클로틸의 몸을 강하게 끌어당기며 그녀의 허리와 목덜미를 쓰다듬었다. 클로틸은 눈을 감은 채 벵상의 목에 매달린 자세로 한참을 가만히 있었다. 아이들이 몰려와서 두 사람을 둘러싸고 성가시게 하면서 떼어 놓을 때까지 그대로 가만히 서 있었다. 아이들이 배가 고픈 모양이었다.

클로틸은 벵상에게 전화번호부 책을 내밀며 손가락으로 가족 주치의 전화번호를 가리켰다. 클로틸의 사촌이기도 한 의사 선생님이 곧 집으로 왔다. 브누아는 한참동안 마들렌과 단둘이 얘기를 나누었다.
진찰이 끝나고 클로틸과 벵상이 마들렌의 방으로 올라갔다. 브누아는 마들렌의 상태에 아무 문제가 없다고 했다. 그리고 강까지

가는 도중에 나쁜 사람이든 좋은 사람이든 아무도 만나지 않았다고 확인해 주었다. 그는 마들렌에게 학교에서 도망친 이유를 엄마와 아빠에게 다시 얘기해 달라고 부탁했다.

마들렌이 말했다.

"브누아 아저씨한테 이미 말했지만, 숨 쉬기가 힘들었어. 그래서 선생님께 말씀드리고 양호실로 간 거야. 양호 선생님이 잠시 자리를 비웠을 때 창문이 열려 있는 걸 보고 창문을 넘어갔어. 밖에 나가면 숨 쉬기가 더 쉬울 것 같았거든. 그리고 달리기 시작했어. 학교에서 도망친다는 생각은 들지 않았어. 강 쪽으로 달리면서 할아버지의 풍차를 생각했어. 할아버지가 첼로를 켜면서 혼자 살고 계시는 곳 말야. 길을 따라가면 멀지만, 강을 건넌 다음 넓은 벌판과 작은 숲을 지나면 더 빨리 갈 수 있거든. 그래서 강을 건넌 거야. 세실이 나랑 같이 바이올린 연주를 하지 않을 거라고 생각하니까 속상했어. 나한테는 그게 가장 즐거운 일이었는데."

벵상이 말했다.

"그런데 왜 강을 건너고 나서 거기에 앉아 있었어? 할아버지를 보러 가는 길이었다고 했잖아."

"달리기를 하고 강도 건너고 나니까 몸이 힘들었어. 헤엄치다가 물도 먹고. 미끄러워서 강 밖으로 나오는 게 힘들었거든."

벵상은 마들렌에게 몸을 기울여 딸의 얼굴을 두 손으로 감싸고 이마에 입을 맞추었다.

"다 끝났다. 이제 괜찮아. 내일 학교 가서 그 친구하고 얘기해 봐. 올해에도 같이 연주를 하면 어떠냐고 물어봐. 만약 싫다고 하면 같이 연주할 다른 친구를 찾아보면 되지 뭐."

"상관없어. 나 혼자서도 음악 연주는 할 수 있으니까. 나한테는 음악이 전부야. 연주를 할 때 그걸 들어 줄 사람만 있으면 돼. 누군 가와 함께 연주를 하는 것도 좋지만 나 혼자서도 내가 원하는 걸 찾을 수 있을 거야. 엄마도 그렇게 하잖아."

보고가 다 끝났다고 생각한 마들렌은 책상 의자에서 일어나 아이들과 보가 놀고 있는 거실로 내려갔다.

클로틸이 종이 위에 썼다.

"내일 학교에 보내는 게 나을까?"

브누아가 대답했다.

"그러는 게 나을 것 같아. 일단 밤에 아이가 어떤지 살펴보고. 아이가 자는 동안 별 문제가 없고 아침에 일어나서 학교에 가고 싶어 하면 그렇게 하도록 해 줘. 그나저나 클로틸, 너는 어때? 목소리가 안 나온다면서. 쿠르셀 병원에 아주 괜찮은 음성치료사가 있어. 내일 아침에 바로 찾아가 봐."

클로틸은 브누아를 보내고 저녁 준비를 마친 다음, 아빠와 아이들이 식탁에 둘러앉아 나누는 얘기를 들으며 휴식을 취했다.

벵상이 집에 돌아온 날은 늘 기분 좋은 저녁을 보냈다. 그런데 클로틸은 다정한 가족들에 둘러싸여 휴식을 취했음에도 불구하고, 당연히 그래야 하는 건 아니지만, 다음 날 아침에도 목소리가 돌아오지 않은 것에 놀랐다. 평소 같으면 다음 날 늦게까지 잠을 잤을 뱅상은 일찍 일어나 아이 넷을 학교에 바래다 주었다.

아이들과 아빠가 집을 나선 후에도 클로틸은 집 정리를 시작하지 않았다. 침대에 걸터앉아 성대를 통과하는 바람의 흐름을 느껴 보려고 애썼다. 숨을 코까지, 양미간까지, 그보다 더 높이, 이마까지 들이마신 후, 입천장에 혀를 대고 숨을 내뱉으며 성대를 울려 보려고 용을 썼다……. 무슨 소리든 나오기를. 아기처럼 목을 긴장시키고 턱을 아래로 최대한 내려 입을 크게 벌리기를 반복했다. 보가 방 입구에 앉아 그녀의 입에서 어떤 말이든 나오길 기다리고 있었다.

클로틸은 잔뜩 찌푸렸던 얼굴을 풀고 보를 바라보며 소리 없이 발음했다. "보." 보는 그녀가 부르는 소리에 일어나 다가왔다. 그러나 그 소리는 비눗방울 하나가 터지는 소리보다도 작았다. 보가 질문하는 눈빛으로 클로틸을 바라봤다. 클로틸은 보를 쓰다듬어 주는 것으로 대답을 대신했다. 주인의 침묵을 궁금해 하는 눈빛으로 코를 킁킁거리며 사라진 목소리를 찾고 있는 보에게 그녀는 미소를 지어 보였다.

이 집에서는 누구도 보에게 '나가'라든가 '들어와' 같은 말을 하지 않는다. '앉아', '엎드려', '발 내려놔!' 같은 말도 하지 않는다. 하물며 목에 줄을 맨다거나 하는 건 있을 수도 없는 일이다!

누군가가 집 주위를 배회할 때, 산책하는 사람이나 호기심에 두리번거리는 사람, 혹은 걸어가면서 연신 입을 맞추는 연인들에게, 보는 피아노(약하게―옮긴이)로 딱 세 번 짖었다. 집을 방문한 사람이 현관을 들어설 때에는 메조 포르테(조금 세게―옮긴이)로 한 번 짖었다. 아이들이 다투거나 하면 그 방으로 들어가 앉아 아이들을 쳐다보곤 했다. 그렇게만 해도 아이들은 저절로 싸움을 멈추었다.

보의 반응을 보면 집 근처의 분위기를 알 수 있었다. 밝은지 어두운지, 찾아온 사람이 아는 사람인지 모르는 사람인지 등등. 그런데 보가 특별히 신호를 보내지 않는 사람이 딱 한 명 있었다. 그 사람이 나타나면 보는 곧장 달려가서 그 주위를 맴돌며 냄새를 맡았다. 마치 그가 공기 중에 흩어져 버리기라도 한 것처럼. 그는 마을의 광인狂人, 밥티스트였다. 그는 클로틸의 포도밭 사이에서 불쑥 모습을 드러내곤 했다. 보는 마치 이상하게 생긴 새 한 마리가 나타났을 때처럼 그를 맞이했다.

여전히 침대에 걸터앉은 채 클로틸은 마들렌에 대해 생각했다. 딸은 오늘 아침 학교에 가겠다고 했다. 마들렌은 자신과 연주를 그만하겠다고 한 그 친구와 얘기를 나눴을까? 마들렌이 정말 원하는 건 뭘까? 친구인가 바이올린인가?

마들렌은 길고 날씬한 몸매에 밝은 갈색 눈과 긴 갈색 머리칼을 가진 아이다. 하얀 피부에 얼굴선이 곱고, 춤추는 듯한 몸짓이 매력적이다. 이 아이는 꼭 참든가 불같이 화를 내든가 둘 중 하나다. 마들렌에게 중간이란 없다.

마들렌이 침묵을 지키거나 '불같이' 화를 내는 것에 따라 집 안의 공기가 달라졌다. 가령, 혼자 있고 싶은데 쌍둥이 동생들이 방해를 하거나 피아노를 치고 있을 때 그 위로 기어오르기라도 하면 난리가 났다. 보와 비교해도 훨씬 덜 길들여진 아이였다. 음악적으로는 엄마에게서 물려받은 것 이상의 재능을 가지고 있었다. 클로틸은 항상 악보에 충실하게 연주하지만, 마들렌은 곡을 탐구하거나 즉흥곡을 즐겨 연주했다. 마들렌은 피아노와 플루트를 연주할 줄 알았다. 연주하기 전에는 허공에 시선을 집중한 채 악기 앞에 한참을 앉아 있곤 했다. 그리고 연주를 시작한다. 마음속에서 상상했던 선율의 길을 따라가는 것이다. 아이의 손가락 끝에서 곡이 탄생하고 그 형태를 잡아 나갔다. 마치 조각을 하듯 즉흥곡을 빚어냈다. 마들렌이 창조해 내는 건 멜로디라기보다는 다른 재료로 빚어냈지만 서로 분리할 수 없는 두 목소리가 나누는 대화 같은 것이었다.

올해부터 마들렌과 함께 연주를 하지 않기로 한 친구 세실은 바이올린을 연주한다. 마들렌은 세실과 함께 연주하려고 플루트나 피아노곡을 작곡했다. 혼자서 즉흥연주를 즐기는 마들렌이지만 세실과 함께 호흡을 맞추는 순간이면 얼굴에 빛이 났다. 클로틸은 기회가 있을 때마다 딸과 함께 연주를 하고 싶었지만, 그때마다 마들렌은 엄마의 제안을 거절했다. 딸은 엄마의 음악을 위해서는 즉흥곡을 연주하지 않았다.

그렇다고 마들렌이 다루기 힘든 아이는 아니었다. 남을 배려할 줄도 알고, 필요할 땐 가족과 타협을 할 줄도 알며, 해야 할 일이 있을 땐 잘 해냈다. 평범한 또래들보다 자유로운 아이였지만, 다른 한편으로 그 자유 때문에 외로워질 때도 있었다.

마들렌은 보나 동생들과 잘 어울려 놀았고 좋은 친구들도 있었다. 그렇게 아이들과 웃으며 뛰놀다가도 어느 순간에 피아노 앞에 혼자 앉아 있곤 했다. 하루에 최소 한 시간은 피아노를 쳤다. 그 순간은 오직 혼자만의 시간이었다.

클로틸은 두 얼굴을 가진 딸의 성격이 어떤 식으로 드러나는지 유심히 관찰했다. 마치 한 면은 있는 그대로의 얼굴을 비추고, 다른 한 면은 열 배는 예뻐 보이게 해서 원래 얼굴을 알아볼 수 없게 만드는 거울을 보고 있는 것 같았다.

마들렌은 도대체 왜 강을 건넜던 걸까?

알릭스는 마들렌이 에센셜 오일 같은 아이라고 했다.

마들렌은 음악이 '보인다'고 말하곤 했다. 요정 같은 아이.

클로틸은 옷을 입을 생각도, 목소리를 다시 찾겠다는 생각도 잊고 생각에 잠겨 있었다. 마치 진주알로 목걸이를 엮듯이 머릿속에서 말들을 이어 나갔다. 왜 딸아이는 강을 건너갔을까?

클로틸은 두껍게 깔린 축축하고 따뜻한 흙을 밟으며 간신히 강변을 걸어가던 장면을 떠올렸다. 강 건너편에는 물에 젖은 아이가 갓 태어난 아기처럼 몸을 웅크리고 앉아 있었다.

마들렌의 설명은 그럴듯했지만 클로틸은 그것으로는 성이 차지 않았다. 물레방앗간에 살고 있는 할아버지를 만나러 가는 길이었다는 건 알겠다. 그러나 상류 쪽으로 1킬로미터도 안 가면 길이 나오는데 굳이 수영을 해서 강을 건넌 이유는 쉽게 납득이 되지 않았다…….

클로틸은 동네 선술집의 남정네들처럼 가랑이를 쫙 벌리고 양손을 엉덩이에 올려놓은 자세로 침대에 걸터앉아 상체를 살짝 앞으로 기울이며 숨을 내뱉었다. 겨울의 찬 공기 속으로 퍼지는 입김을 보려고 일부러 숨을 내뱉는 동작과 비슷했다. 그녀는 현기증이 날 만큼 여러 번 반복해서 숨을 내뱉었다. 그러나 성대는 조금도 울리지 않았다. 한때 자신이 성대를 사용했다는 사실이 믿어지지 않았다.

그때 클로틸은 아이들 개학을 며칠 앞둔 날, 마들렌과 자신의 미래에 대해서 나눈 대화를 떠올렸다. 클로틸은 생각이 아직 정리가 안 된 상태로 엄마에게 올해는 변화의 해가 될 것이라고 말했다. 주변과 거리를 유지하고 시간도 관리하면서 몇 가지 선택도 해야 할 것이라고 했다. 엄마의 말을 진지하게 듣고 있던 마들렌이 물었다.

"엄마, 왜 엄마들은 인생이 하나뿐이야?"

그 질문이 다시 떠오르자 클로틸은 등골이 오싹했다. 그리고 순간적인 깨달음이 뇌리를 스치고 지나갔다. 그 깨달음이 너무 갑작스러워서 클로틸은 생각할 겨를도 없이 두 눈을 질끈 감아 버리고 말았다. 마들렌이 강을 건너간 것은 엄마, 즉 자기 때문이었다는 사실을 깨달은 것이다.

벵상이 학교에서 돌아왔을 때, 클로틸은 마들렌의 학용품 상자에서 찾아낸 칠판에 분필로 병원에 갈 거라고 써서 보여 줬다. 브누아가 추천한 음성치료사가 근무하는 병원은 도청 소재지인 쿠르셀 로르괴이외에 있었다. 그녀는 남편이 칠판에 쓴 글씨를 읽었는지 확인한 후 차 열쇠를 챙기고 크로스백에 분필 상자와 스펀지, 칠판을 챙겨 넣고 집을 나섰다.

벵상은 아직도 김이 모락모락 나는 커피 두 잔이 놓인 쟁반을 손에 든 채 부엌 한가운데에 우두커니 서 있었다. 그의 친절한 배려에 젊은 아내는 미안하다는 듯 어깨만 한 번 으쓱하고는 밖으로 나갔다.

9월의 부드러운 햇살이 화창한 기분 좋은 날이었다. 벵상은 혼자서 테라스로 나가 커피 두 잔이 놓인 쟁반을 내려놓고 앉아 눈을 감고 얼굴을 감싸는 따스한 햇볕의 감촉을 즐겼다……. 보가 그의 곁에 앉아 우울한 표정을 지어 보였다.

벵상은 앉은 자세를 바꾸지 않고 여전히 눈을 감은 채로 말했다.

"그런 얼굴 하지 마. 나한테도 같이 가자는 말을 안 했는걸……. 내가 운전해서 데려다 주려고 했는데 말이지……."

그는 의자 밑으로 보를 쓰다듬었다.

"마들렌은 괜찮아. 오늘 아침 세실이 마들렌을 보고 뛰어오는 걸 봤어……. 클로틸도 목소리가 괜찮아져서 돌아올 거야……. 그렇게 모든 게 제자리로 돌아올 거야……."

보는 석연찮아 하는 소리를 내더니 벵상 곁에서 따뜻한 돌 위에 몸을 누이고 검은 콧방울을 눈처럼 하얀 다리 위에 파묻었다.

벵상은 커피를 한 모금 마시고 자신의 일터이기도 한 하늘을 올려다보는 자세로 누웠다. 제트기들이 지나가면서 만든 흰 선들이 눈에 들어왔다. 그는 다시 눈을 감았다.

보는 만약의 경우에 대비해 한쪽 눈은 뜬 채로 누워 있었다.

08
빈 바람 소리

차를 몰면서 클로틸은 CD플레이어 재생 버튼을 누르려다 관
두었다. CD플레이어 안에는 드보르자크 교향곡 제9번, 일명
〈신세계 교향곡〉이 들어 있을 터였다. 요즘 아이들에게 들려주고
있는 곡이었다. 다른 걸 들을까? 아니야. 아무것도 듣고 싶지 않아.
어제 정오 이후부터 전혀 음악을 듣지 않았다. 목소리가 나오지 않
으면서 음악에 대한 욕구나 욕망도 사라졌다.

그녀는 쿠르셀 로르끄이외 병원으로 차를 몰았다. 병원에 도착
해서 화살표를 따라 여러 가지 색으로 칠해진 건물 복도를 통과하
여 음성치료실을 찾았다. 그녀는 가지고 온 칠판에 가능한 한 빨리
진찰을 받고 싶다고 써서 간호사에게 보여 주었다.

그러나 오늘은 진찰이 불가능하다고 했다. 대신 내일모레로 예약을 해 줄 수 있다고 했다. 그것도 목소리를 전혀 내지 못하는 위급한 상황을 감안해서 해 주는 거라고 했다.

자신의 증상을 설명할 기회조차 얻지 못한 것에 화가 난 클로틸은 물러서지 않았다. 그녀는 음성치료실 앞에 버티고 서서 한 시간을 기다렸다. 진료실 문이 열리자, 간호사의 만류를 뿌리치고 의사에게 다가가 칠판을 내밀었다. 칠판에는 다음과 같이 씌어 있었다.

"어린 딸이 사라져서 공포에 질렸어요. 다행히 딸은 무사해요. 그런데 목소리가 안 나와요. 이유를 모르겠어요. 목구멍에서 빈 바람 소리만 들려요."

"예약은 하셨어요?"

클로틸은 쓴 글을 지우고 다시 썼다.

"내일모레 오라는데, 너무 늦어요."

"좋아요, 내일 아침 8시에 오세요. 그때까지 무리하지 마시고요. 소리를 많이 지르셨나 보죠?"

클로틸이 썼다.

"네, 딸 이름."

"성대에 무리가 간 거예요. 게다가 겁에 질려 있었으니까. 공포심 때문에 목소리를 잃은 건지 아니면 무리하게 소리를 질러서 성대가 마비된 건지는 진찰을 해 봐야 알 것 같아요. 아무튼 무리하시면 안 돼요. 말하려고 애쓰지 마세요. 속삭이지도 마세요. 성대가 마비된 거라면 치료할 수 있을 겁니다. 만약 심리적인 공포심 때문이라면 뭔가 방법을 찾아보도록 하죠. 그럼 내일 뵙겠습니다."

클로틸은 오른손을 가슴 위에 얹고 고개 숙여 인사한 후 뒤돌아섰다.

09

붉은 피망,
마늘 조금, 죄책감과 분노

내일 아침 8시 약속을 얻어 낸 후 클로틸은 마치 물속에 빠진 사람처럼 무거운 침묵에 잠겨 르베이즈 언덕 집으로 돌아왔다. 오는 길에 왼편으로 아이들 학교를 지나쳐 왔다. 멀리 오른편으로는 알릭스의 증류 공장이 있을 터였다. 알릭스는 지난 하루 동안 클로틸에게 무슨 일이 벌어졌는지 전혀 몰랐다. 보가 대문 뒤에 앉아서 그녀를 기다리고 있었다. 뱅상은 정원에서 나무 발치에 떨어져 썩은 과일들을 줍고 잡초들을 뽑아내고 있었다. 곧 겨울이 올 것이다.

테라스에는 빈 잔 하나와 커피가 담긴 잔이 놓인 쟁반이 그대로 있었다.

클로틸은 남편에게 다가갔다.

"어떻게 됐어?"

클로틸은 양팔을 치켜들어 무력감을 표시했다.

벵상이 참지 못하고 말했다.

"나는 이틀 후에 또 일하러 가야 한단 말이야! 도대체 다들 무슨 일이야? 애가 학교에서 도망치지를 않나, 당신은 목소리를 잃어버리지 않나!"

클로틸은 등을 돌려 현관 쪽으로 천천히 걸어갔다.

그녀는 자신의 '뗏목'에 앉았다. 쌍둥이를 임신해서 숨조차 제대로 쉬지 못할 만큼 배가 불렀을 때 앉아 있던 그 자리. 보가 곁에 와 앉았다.

벵상이 와서 옆에 앉았다.

클로틸은 가방에서 분필을 꺼내 칠판에 썼다. 칠판 앞면과 뒷면을 번갈아 가며 자리가 부족하면 방금 쓴 글들을 지우고 그 위에 또 다른 문장들을 써 내려갔다.

"나는 지난 10년간 아파 본 적이 없어. 나쁜 습관이지. 하지만 걱정하지 마. 아이들 돌보는 데 꼭 목소리가 필요한 건 아니니까. 그리고 당신에게도 달라질 건 없어."

"미안해. 당신이 금방 나아서 돌아올 거라고 상상한 내가 어리석었어. 아니면 최소한 이유라도 알아올 거라고 생각했어. 병원에서는 뭐라고 하는데?"

"두 가지 가능성. 소리를 질러서 성대가 상했거나 공포심. 내일 8시 약속."

"그래……, 당신 생각에는 이유가 뭔 것 같아?"

"둘 다. 원숭이와 인간의 유일한 차이점. 말을 가능하게 하는 유전자의 유무. 상관없어. 나는 원숭이가 좋으니까."

"농담은 그만해. 그런데 정말 아무 소리도 안 나오는 거야?"

"희미한 소리 정도. 느낌이 없어. 그냥 바람만 빠져나오는 기분. 예전에는 이 빌어먹을 성대를 어떻게 울렸는지 기억이 안 나."

클로틸은 화를 내며 '기억이 안 나' 밑에 다섯 번이나 밑줄을 그었다. 어찌나 세게 그었던지 분필이 부러져 버렸다.

"의사가 무슨 방법을 찾아 주겠지. 그리고 마들렌도 괜찮아졌잖아……. 자…… 진정해……. 내일 가 보면 이유를 알게 되겠지. 오늘 비행 연습에는 가지 않을게……."

벵상은 옆에서 아내를 꼭 안았다.

클로틸은 눈물을 훔치고 자신의 '폴 뉴먼'을 가까이서 바라봤다. 물론 완전히 똑같지는 않다. 폴 뉴먼의 눈은 완전한 파란색이지만 남편의 눈은 라일락색이다. '연보랏빛'이라고 말하는 게 정확할 것이다. 그러나 한때 클로틸은 그 색깔이 라일락색이라고 우겼다.

벵상은 그녀의 얼굴을 보려고 포옹을 풀었다.

"나는 당신이 아픈 게 싫어. 비빌 언덕이 하나도 없어지는 기분이거든."

그는 아내의 손을 들어 입을 맞추고 다시 그녀를 안았다. 벵상의 목 밑에 안긴 자세로 클로틸은 그의 입술과 볼과 스웨터에 분필 가루가 묻어 있는 걸 발견했다. 짓궂은 기분이 든 그녀는 그의 입술에 묻은 분필 가루를 일부러 닦아 주지 않았다.

뱅상…….

친구들에게 뱅상을 처음 소개한 날, 친구들은 클로틸에게 은밀하게 속삭였다.

"저 사람이 네 애인이야? 그 미국 배우랑 닮았다. 로버트 레드포드 말고, 말런 브랜도 아닌데? 왜 그…… 있잖아."

"폴 뉴먼?"

"맞아 맞아……. 어쩜, 폴 뉴먼과 한집에 살 거라는 거 아냐, 지금?"

"매일 집에 안 와."

"내 애인은 누구 닮았다고 할 사람도 없다고!"

그러고는 모두 사심 없이 깔깔거리며 웃었다.

"저 남자를 어떻게 만났는지 말해 봐!"

"파리에서. 비 오는 날이었어. 밤늦은 시간에, 파라디 가 쪽에서 포부르 생 드니 가와 피델리테 가가 만나는 교차로 쪽으로 걸어가고 있을 때였어. 비가 내렸지만 별로 상관하지 않았어. 나는 우산을 써 본 적이 없으니까. 우산 위로 빗방울 떨어지는 소리 듣는 게 싫어서……."

"그래서 어떻게 됐어?"

"채소 가게에서 막 걸어 나오던 참이었어. 고개를 숙이고 빠른 걸음으로 걷다가 누군가와 부딪힌 거야. 봉지가 찢어지고 사과들이

도로 위며 사람들 지나다니는 보도 사이로 굴러다녔지. '그 사람'
이랑 나는 사과들을 주우려고 이리저리 뛰어다니느라 서로 얼굴 볼
틈도 없었어……. 양손에 사과를 들고…… 마주 보고 서서 웃었지.
주은 사과를 넣을 곳이 없었어. 그 사람도 가방이 없었고. 그래서
사과를 들고 날 따라온 거야……. 바로 우리 집 근처였거든."

"그러고 나서?"

"그리고 같이 저녁 먹으러 갔지."

"그리고?"

"다음번에는 내가 저녁을 사라며 약속을 잡자더군."

"그래서?"

"그래서 말했지. 내일 저녁 8시에 파라디 가, 카페 '라마르 오페'
에서 보자고."

카트린이 말했다.

"이게 웬 순정만화야? 나는 마음에 드는 남자가 생기면 덫을 놔
서 잡으려고 미리 온갖 계획을 다 짜는데 말야. 그 남자 할머니의
장바구니를 들어 주며 남자의 생년월일과 고향을 알아내서 친구가
갖고 있는 컴퓨터 프로그램으로 별자리 궁합을 본다든가! 그런데
너는 채소 가게에서 나와 길모퉁이를 돌다가 '폴 뉴먼'과 부딪혔다
는 거잖아……. 정말 믿기지 않는 얘기다!"

그로부터 10년 후, 그 잘생긴 남자와 벙어리가 된 여자는 뗏목 위

에 앉아 역설적인 휴식을 즐기고 있었다.

벵상은 아내를 안은 자세로 라일락빛 눈으로 허공을 응시하며, 언제부터인지는 모르지만 이미 뭔가가 틀어지기 시작한 것은 아닐까 생각하고 있었다. 클로틸은 먼저 대화를 시작해 놓고 입을 다물어 버리기 일쑤였다. 그녀는 일을 하고 싶다고, 일을 '해야 한다'고 했다. 선택의 여지가 많을수록 잘못 생각할 여지도 많아진다고 했다. 벵상은 그녀가 왜 자신을 다급하게 몰아붙이는지 이해할 수가 없었다. 클로틸은 그렇게 자신을 닦달하다가 결국 목소리까지 잃은 것이 아닐까. 그는 아내를 안은 팔에 더욱 힘을 주었다.

클로틸은 맥박이 뛰고 있는 남편의 목 언저리에서 5센티미터쯤 떨어진 곳에 시선을 응시한 채 생각했다. '이 사람은 거의 완벽해.' 삶이 자신의 명령에 잘 따라 주는 한 완벽하지. 마치 비행기 조종석 계기판과 승무원들이 자신의 지휘대로 움직여 줄 때처럼. 그녀는 맥박이 뛰고 있는 곳에 입을 맞췄다.

두 사람은 포옹을 풀고 일어섰다. 보도 따라 일어섰다. 벵상은 다시 사과를 주우러 나갔다. 마멀레이드 만드는 데 쓸 사과와 지하 창고에 보관할 사과를 골라내기 위해서였다.

클로틸은 집 정리를 시작했다. 뭔가를 용서받고 싶은 마음에 집 안일에 열중했다. 뭘 용서받겠다는 건지 알 수 없었다. 그녀는 빨래를 하고, 마른 빨래를 개고, 침대 구석을 돌아다니는 양말들을 치웠다. 손에 뭔가를 든 채로 온 집 안을 바쁘게 돌아다녔다. 그러나 평소와 다르게 음악을 듣지 않았다. 그녀는 목소리를 잃은 뒤로 음악을 못 견뎌 하는 자신을 이해할 수가 없었다. 이러다가 음악에 대한 욕구 자체가 사라져 버리는 게 아닐까. 그건 목소리를 되찾지 못하는 것보다 더 무서운 일이었다.

이제 집 안 정리가 모두 끝났다. 아이들이 와자지껄 학교에서 돌아오면 다시 어질러질 준비가 됐다는 뜻이다. 아이들이 많은 집은 다 그런 법이다. 열심히 청소를 해 놔도 금세 어질러진다. 하늘에서 일하는 벵상의 눈에는 그런 것들이 보이지 않을 것이다.

전화벨이 울렸다. 정원에 있던 벵상이 거실로 와 수화기를 집어들었다.

"안녕, 이게 누구야? 프레데르크! 응, 오늘 쉬는 날이야…… 르베이즈산 고급 와인을 마시며 체스 한 판? 당연히 좋고말고! 곧 가지!"

……

"클로틸, 프레데리크 보러 갔다 올게……. 두 시간이면 될 거야……. 괜찮지?"

클로틸은 고개를 끄덕였다.

물론, 괜찮고말고. 하루 종일 말도 안 하는 아내 옆에 있는 게 즐거울 턱이 있나. 그렇다고 아내가 병이 난 것도 아니잖은가. 비행 연습을 하러 가지 못한 것에 대한 보상으로 체스를 두러 가겠다는 것인데. 그래도, 보상도 좋지만, 그녀는 그가 집에 있어 주었으면 하고 바랐다.

클로틸은 벵상을 위해 점심으로 사프란 리소토를 준비했다. 심술궂은 요리사처럼, 그녀는 건포도와 벵상이 옆에 있어 줬으면 하는 마음, 붉은색 피망, 마늘 조금, 죄책감과 분노, 훈제된 슬라이스 베이컨도 함께 곁들였다.

클로틸은 점심을 준비하며 사용한 조리 기구들을 설거지하며 이따금씩 아래쪽으로 내려다보이는 숲으로 시선을 던졌다. 한 구석에 외롭게 서 있는 암은행나무도 나이가 들어가는구나. 잎이 금빛으로 물들고 있군. 알릭스의 제안을 받아들여야 하나? 해야 할 일이 바로 그것이었을까? 아니면 집에 있으면서 '살림'에 열중하는 편이 나을까?

앞으로 얼마나 더 벙어리로 살아야 하나? 내일 음성치료사가 정확히 언제 목소리를 되찾을 수 있을지 말해 준다면 좋을 텐데.

그때 그 부르고뉴 억양이 살짝 섞인, 알토 음정의 목소리가 귓가에 들려왔다.

"…… 일할 필요 없잖아! 벵상이 잘 벌어다 주는데 뭐가 걱정이야? 내가 너였으면……. 아이들 잘 크겠다, 정원 있는 집도 있겠다! 배부른 걱정 하는 거 아냐? 아니면, 공부를 너무 많이 해서 생각이 많은 건가? 살림하면서 여유가 좀 생기면, 그럴 시간이 있을지 모르겠지만, 책을 읽거나 피아노를 치렴! 아니면 그냥 낮잠이나 자든가! 멋진 테라스도 있고 개도 있잖아! 네 잘생긴 남편도 매일 퇴근해서 집에 오는 것도 아니고, 좋잖아! 나 참, 공부 많이 한 여자들은 왜 그렇게 쓸데없는 고민을 사서 하나 몰라. 그러니까 현실에 적응하기 힘든 거야."

　사촌 코린이 한 말이었다. 어려서 클로틸이 여름방학 때마다 파리에서 내려오면 함께 놀던 소꿉친구였다. 나이가 들어서도 둘은 친한 친구로 지냈다.

　클로틸은 일주일에 한 번 코린의 작은 슈퍼마켓에 가서 장을 봤다. 그때마다 코린과 인사를 나누거나 앉아서 수다를 떨곤 했다.

　코린의 아이들에게 처음 비행기를 태워 주고, 파리를 구경시켜 준 것도 뱅상과 클로틸이었다.

　마들렌과 앙투안이 엄마 없이 집에 돌아가는 날이면, 아이들이 그 가게 앞을 지나칠 때 코린이 입구에서 기다리다가 아이들을 불렀다. 날씨가 추우면 외투를 여며 주면서 호주머니에 사탕을 넣어 주기도 하고, 비뚤어진 모자를 바로 씌워 주며 엄마에게 안부를 전하기도 했다. 자신의 포도밭에서 맛좋은 와인이 나오면 클로틸에게 가장 먼저 연락했다.

　그렇게 아이들 학교 근처에 있는 슈퍼마켓 '스파 드 르베이즈'에 가면 언제나 거침없는 입담을 자랑하는 여장부 코린이 있었다.

　코린은 '내 슈퍼마켓'이라고 자랑스럽게 말하곤 했다. 흰색과 분홍색 줄무늬 유니폼을 입고 그렇게 말하는 그녀는, 그 말 한 마디면 세상과 대적할 수 있다고 주장하는 것 같았다. 통통한 몸매에 숯처럼 검은 눈. 머리칼 색깔은…… 잘 기억이 나지 않는다. 코린의 머리 색깔은 붉은색이었다가 금발이었다가 갈색으로 바뀌기도 했다.

머리 색깔을 바꿀 때마다 어찌나 자신감이 넘치는지!

코린은 종업원도 없이 100제곱미터쯤 되는 가게를 혼자 운영했지만 가게 안은 늘 완벽하게 정리되어 있었다.

코린은 아들 하나, 딸 하나가 있었다. 둘 다 이미 근처 도시의 중학교에 다녔다. 수업이 끝나면 스쿨버스가 아이들을 사거리에 내려 주었다. 아이들은 엄마 가게 뒷방에 앉아 숙제를 했다. 딸은 포도밭 일을 물려받고 싶어 했고, 아들은 학교 선생님이 되겠다고 했다. 아들과 딸이 뒤바뀐 셈이다. 자기들이 원한다면 어쩔 수 없는 일이다.

가게 문을 닫고 코린과 클로틸은 보와 함께 르베이즈 대로를 걸어 올라갔다. 경사가 가파른 길이었다. 마을 사람들이 걷는 속도를 조절하려고 몸을 뒤로 젖힌 채 빠른 걸음으로 그들을 지나쳐 갔다. 늘상 보는 얼굴들이었다. 때로는 포도밭에서 급히 뛰어나와 길을 가로질러 빵집으로 뛰어가기도 했다. 곧 빵집이 문 닫을 시간이었던 것이다.

무거운 책가방을 맨 두 아이가 구부정한 자세로 지나갔다. 코린은 양손에 저녁거리를 들고 시계추처럼 뒤뚱거리며 걸었다. 셋은 울퉁불퉁한 자갈길을 발자국 소리에 맞춰 흔들거리며 조용히 걸어 올라갔다.

시끄러운 발자국 소리 사이사이 찾아오는 침묵 속에서 그들은 잠깐 날씨나 계절에 대해 생각하거나 곁을 지나가는 이웃에게 짓궂지만 우정 어린 농담을 건넸다.

"뛰어, 미셸! 아마 유기농 빵이나 시리얼이 백열두 개 박힌 빵밖에 안 남았을 거야. 가엾어라!"

"이런 젠장, 또 늦었네……."

"이상한 나라의 토끼처럼 뛰어가네! 달려라, 달려!"

코린은 포도를 재배하는 남자와 결혼했다. 그녀가 신성하게 떠받드는 건 오직 와인뿐이었다. 그 외에, 아이와 남편, 여성의 권리, 음악 같은 것은 아무래도 좋았다.

그녀는 심지어 집 옆의 수도원 때문에 '빌어먹을 비탈길 위에 있는' 자기 집에 햇볕이 잘 들지 않는다고 욕설을 퍼붓곤 했다. 그녀가 사는 집은 마을에서 가장 오래되고 아름다운 집이었다. 넓은 수도원 부지 안에 남아 있던 부속 건물을 개조하여 만든 집. 천 년 전에는 분명 영화를 누리던 곳이었으리라. 집에는 깊은 지하 창고가 있었다. 십자군 원정 시대부터 한 해 동안 마실 와인을 저장하던 곳. 기도와 와인에 취한 순례자들이 머물던 곳.

코린은 아직 남아 있는 수도원 첨탑 하나가 햇볕을 가려서 가뜩이나 해를 보기 힘든 겨울에 오래된 돌집 안에서 추위를 견뎌야 한다고 화를 냈다. "다른 하나는 불타 없어졌어……. 날 그런 눈으로 보지 마! 내가 그런 게 아니니까. 아주 오래전에 그 위로 벼락이 떨어졌대. 지금 남은 첨탑도 없애 버리면 좋으련만. 그러면 수도원 건물도 균형이 맞을 것 아냐! 봐, 너무 오래 돼서 죽은 나무 그루터기 같잖아!"

클로틸이 대신 여름에는 첨탑이 시원한 그늘을 만들어 주지 않느냐고 하자, 코린은 "그걸로는 위안이 안 돼. 스파 슈퍼마켓 본사에서 공짜로 파라솔을 나눠 주는데 뭘……." 하며 웃음을 터뜨렸다.

클로틸은 자리에 앉아 이제는 불가능해진 코린과의 대화를 떠올리며 미소를 지었다. 그들은 가게에 앉아 유쾌하고 신랄한 농담들을 주고받았다. 가끔 손님이 들어올 때마다 대화가 끊기긴 했지만. 그런데 정말 대화가 끊겼다고 말하기는 힘들다. 코린은 마치 머리카락을 자르고 있는 미용사처럼, 수술 중인 외과 의사처럼 대화에 열중했기 때문이다. 손님이 오건 말건 신경 쓰지 않았다. 대화에 끼고 말고는 손님 마음이었다. 싫으면? 가라지. 안녕히 가세요! 코린의 친절은 마치 와인처럼 적당한 농도를 유지했다. 이제 목소리를 잃어버렸으니 당분간은 알릭스뿐 아니라 코린과도 수다를 떨 수 없다. 클로틸에게 그건 소금 없이 사는 것과 같았다.

음악학교에서 학생들을 가르치는 건 어떨까? 아니면, 외국어나 피아노 과외를 해 볼까? 아니마 문디 개점을 책임지게 되면 하루에 몇 시간 정도를 그 일에 투자해야 할까? 벵상이 집에 없으니 나흘 중 사흘은 혼자서 아이들을 돌봐야 하는데. 아, 언제쯤 다시 말을 할 수 있을까.

클로틸은 두 명분의 점심을 차렸다.

10
참으로 사소한 차이

벵상은 식구들이 기다리는 집으로 돌아오는 길을 좋아했다. 갈수록 좁아지는, 200킬로미터쯤 되는 길을 달리다 보면 일하면서 쌓인 긴장이 풀렸다. 공항을 나서면 4차선의 고속도로가 나온다. 길은 어느덧 3차선으로 바뀌고 국도와 지방도를 지나 마지막으로 굽이길을 오르면 집 앞이었다. 벵상은 세계 곳곳의 도시들을 누비다가 아내가 기다리는 이 시골집으로 돌아오는 순간을 사랑했다.

벵상의 부모는 그가 열네 살 때 자동차 사고로 세상을 떠났다. 방학 때 벵상을 할아버지 집에 데려다 주고 돌아가는 길이었다. 사고의 진상은 명확하게 밝혀지지 않았다. 사고 지점의 도로는 완전한 직선인 데다 폭도 넓었다. 운전자의 시야도 잘 확보되고 근처에 가로수조차 없었다. 다른 차량과 충돌한 흔적도 없었다. 어린 벵상은 부모님의 찌그러진 자동차가 발견된 지점에 가서 시간을 보내곤 했다. 아이가 생긴 뒤로는 더 이상 그곳에 가지 않았지만 가끔씩 사고 직전의 순간을 머릿속으로 상상해 보곤 했다. 자동차가 경로를 이탈해서 뒤집어진 후 부모님이 목숨을 잃는 장면. 심장마비였을까? 운전 중에 두 분이 다툰 걸까? 눈에 먼지라도 들어간 걸까? 운전석에 벌이 날아든 걸까? 아니면, 갑자기 노루라도 뛰어든 걸까?

일을 마치고 차를 달려 가족들이 기다리는 르베이즈의 집 문 앞에 당도할 때마다, 벵상은 몇 초간 기쁨과 감사의 마음으로 운전석에 앉아 있었다. 마치 다른 누군가가 그를 그곳까지 무사하게 바래다준 것처럼.

벵상은 일찍부터 비행기에 관심이 많았다. 부모님이 돌아가신 후에는 그 관심이 운명이 되었다. 그는 조종사가 되기로 결심했다. 거칠 것 없는 하늘로 난 '이상적인' 길을 따라가기로 한 것이다. 일종의 도전이었다. 열여섯 살부터 그는 준비를 시작해서 결국 하늘을 나는 조종사가 되었다.

그는 항상 훌륭한 학생이었다. 착실하고 머리 회전이 빨랐으며 공부 방법도 효율적이었다. 일테면 고장률 제로의 기계 같았다. 벵상의 아이들 중 아델 말고는 그만큼 집중력이 높고 고집스럽게 정답을 찾아내는 성격을 가진 아이는 없었다. 초등학교부터 대학 때까지 그가 실수를 하는 경우는 전 시간에 결석한 때뿐이었다. 어떤 암기 사항이나 정리, 추론 모델이 한 번 머릿속에 자리 잡으면 필요할 때 언제든 그것들을 기억해 내거나 응용할 준비가 되어 있었다. 한 마디로, 명석하고 빈틈없는 성격이었다.

그러나 그는 자석이었다. 자신의 양극 사이에서 흔들리는 세계를 읽어 낼 능력이 없었다. 그래서 클로틸의 설명에 의지해야 했다. 클로틸은 그 의미들을 해독하고 번역하고 연결할 수 있는 안테나가 있었다. 그녀는 벵상에게 왜 누가 특정 상황에서 특정한 방식으로 행동하는지를 설명해 주었다. 벵상은 아내가 아이들에 대해 하는 말을 듣고 자신이 생각하지 못했던 차원과 빛깔을 통해 아이들을 이해할 수 있었다. 그는 아내를 통해서만 자기 자신을 온전한 한 사람으로 느꼈다.

일주일 후에 벵상은 동료들과 함께 비행 시뮬레이션 훈련을 받을 것이다. 다양한 고장 상황이나 예기치 못한 기상 변동에 대응하는 훈련이었다. 훈련을 마치고 신체검사까지 통과하면 파일럿 경력의 최고봉이라 할 수 있는 비행 교관이 될 것이다. 벵상에게는 이미 정해진 수순이나 다름없었다.

마들렌이 태어난 후부터는 장거리 비행을 하지 않았다. 큰애를 낳고 둘째를 낳기 직전에 클로틸의 어머니가 돌아가시지 않았다면 지금도 계속 장거리 비행을 했을 것이다. 마들렌의 탄생을 앞두고 모녀는 가슴 아픈 작별을 고해야 했다. 그래도 클로틸의 어머니는 새로 태어날 아이가 딸이라는 것과 그 이름이 마들렌이라는 것을 알고 세상을 떠났다.

중거리 비행은 장거리에 비해 덜 '이국적'이지만, 그런 타협 덕분에 한 가족이 그럭저럭 단란하게 살아갈 수 있게 되었다. 그는 기꺼운 마음으로 희생을 감내했다. 만사가 순조로웠다.

체스 게임과 그랑 크뤼 와인 시음이 끝났을 시간이었다. 클로틸은 리소토를 다시 데우고 자신의 접시 옆에 칠판과 분필을 놓아두었다. 자신이 지운 단어들이 흰 분필 가루가 되어 묻어 있는 스펀지를 털었다. 그러다가 창으로 불어온 바람에 되날아온 분필 가루를 얼굴에 뒤집어쓰고 말았다. 그녀는 얼굴에 묻은 가루를 털어 내고 이번에는 바람을 피해 스펀지를 털었다. 사과나무 뒤편의 장미나무들을 바라보다가 장미꽃을 한 움큼 따 와서 꽃병에 담아 식탁 위에 올려놓았다.

전화벨이 울렸다. 클로틸은 수화기를 들며 자동적으로 '여보세요?' 하고 말하려 했다. 그러나 목구멍 밖으로 한 줄기 김빠진 공기만 빠져나왔다.

뱅상이었다. 친구가 점심 먹고 가라며 붙잡는다고 했다.

"그럼, 당신도 쉴 수 있잖아. 점심 준비 안 해도 되고. 혹시 이미 준비했다면 저녁에 먹을 테니까 놔둬……. 이따 봐."

보가 일어섰다. 보의 시선이 부동자세로 서 있는 클로틸에게로 향했다.

하긴, 아내와 마주 앉아 밥 먹는 게 뭐 그리 중요한 일이겠는가? 더욱이 말도 못하는 아내하고.

클로틸은 자신이 딱하게 느껴졌다! 정성스럽게 상을 차려 놓고 오지 않는 남편을 기다리는 불쌍한 여자. 자수 식탁보 위에 놓인 접시들만 서로 다정하게 마주 보고 있는 게 슬펐다. 남자의 손길이 닿지 않은 식탁보는 저녁까지 깨끗이 남아 있을 터였다.

이렇게까지 속상해 할 필요가 있을까? 뱅상 말마따나 쉴 수 있어서 좋은 것 아닌가? 남편이 친구 집에서 점심을 먹는 게 문제 될 건 없지 않은가?

뱅상은 점심을 먹으며 친구에게 마들렌이 학교에서 도망친 사건은 얘기하지 않을 것이다.

자신의 아내가 딸이 강물에 휩쓸려 간 줄 알고 아이 이름을 소리쳐 부르다가 목소리를 잃었다는 것도, 가족의 생사가 걸려 있던 그 순간을 남편 없이 혼자 외롭게 감당해야 했다는 사실도 말하지 않을 것이다. 단지 친구의 건강을 빌며 건배만 하겠지.

그래, 그런 얘기는 하지 않을 게 분명했다. 남자들은 자기들끼리 있을 때 아내나 아이들 얘기를 하지 않는다. 간혹 얘기를 하더라도 지나가는 말처럼, 여담처럼 언급할 뿐이다. 뱅상은 쑥스럽기 때문이라고 했다. 클로틸은 소리 없이 냉소했다. 그 웃음은 우선 자신을 향한 것이었다. 목소리를 잃은 것에 대해 용서를 구하려고 했던 자신 말이다! 그녀는 거실 한가운데 놓인 자신의 '멧목'에 앉았다. 보가 곁에 와 앉았다.

아마도 그게 남자와 여자의 차이인지 모른다. 사적인 세계에서 드러나는 이 참으로 사소한 차이. 마치 목구멍 속처럼 어둡고 좁은 심연 혹은 틈과 같은 것.

초인종이 울렸다.

11
오페라 프로비타

클로틸은 그 소리를 듣지 못했다. 보가 그녀의 소맷자락을 물고 잡아당겼다. 그녀는 무겁게 몸을 일으켰다.

이탈리아 오페라 가수, 체칠리아 바르톨리의 최근 앨범 〈오페라 프로비타〉(금지된 오페라—옮긴이)를 전해 주려고 알릭스가 잠깐 들른 것이었다.

"이 앨범 알아?"

클로틸은 말없이 고개만 가로저었다.

"무슨 일이야? 목소리를 잃기라도 한 거야?"

클로틸이 고개를 끄덕였다. 그녀는 종이를 가져와 지난 스물네 시간 동안 일어난 일을 전보문처럼 간략하게 써서 보여 주었다. 알릭스의 시선이 종이 위에 적힌 글과 클로틸의 굳게 다문 입술 사이를 번갈아 오갔다. 글의 마지막은, 뱅상에게 전화해서 물어보면 더 자세한 얘기를 들을 수 있을 거야, 였다.

"뱅상, 점심 먹으러 집에 올 거지?"

"아니, 방금 전화 왔어. 먹고 온대."

"아…… 나, 금방 가 봐야 돼……. 네가 해 준 얘기를 다 소화하려면 좀 앉아 있다 가는 게 나을 것 같긴 한데……. 증류 공장에 약속이 있어서……. 내일 병원 갔다 와서 전화 줄래? 아, 참, 내 정신 좀 봐, 내일도 목소리가 안 나올 텐데……. 이거 받아, 일곱 가족 카드게임이야. 가게 앞을 지나다가 유혹을 못 이기고 샀어……. 애들한테 하나씩 줘. 내일 다시 들를게……. 간다……. 그 앨범 들어 봐. 부탁이니까 꼭 들어 봐야 돼."

알릭스는 클로틸의 손에 그 이탈리아 가수 음반을 꼭 쥐어 주고 집을 나섰다.

클로틸은 무심한 표정으로 앨범 재킷을 훑어봤다. 그녀도 이 유명한 가수를 알았다. 다만 오페라에 관심을 가져 본 적이 없을 뿐이다. 가발을 쓰고 분을 잔뜩 바른 얼굴에 애교점까지 찍고 연기를 하는 건 자신에게 어울리지 않는다고 생각했다.

하긴, 음악에 대한 애착이 사라져 버린 지금은 딱히 자신에게 어울리는 음악이라고 할 만한 것도 없었다.

아이들 개학 날 학교 운동장을 떠나면서 느꼈던 휴가 같은 기분이 뗏목 위에 앉아 있는 클로틸을 다시 사로잡았다. 알릭스가 떠나고 클로틸은 다시금 생각에 사로잡혔다. 그녀는 이제 자신이 현재에 존재하지 않는 것처럼 느껴졌다. 오직 과거, 짧은 과거에만 속해 있는 것 같았다. 유년 시절과 아이들의 탄생, 어머니의 죽음으로 이루어진 과거. 그녀에겐 그게 인생의 전부였다. 오직 그뿐이었다. 아, 한 가지 잊은 것이 있다. 뱅상의 사랑과 욕망이 그녀의 삶을 바꾸어 놓았다는 사실. 그게 전부였다.

깨끗하게 정리된 집이 휑했다. 공허함이 집 안을 맴돌았다. 침묵에는 쉽게 익숙해질 수 있어도 공허함에는 그게 어려웠다. 항상 음악에 둘러싸여 지내던 그녀가 음악에 대한 욕구를 잃어버린 이유를 누군가가 말해 준다면. 어제 이후로 모든 의미를 상실하고 만 것일까?

어제, 누군가가 음악에 대해 얘기하는 소리를 들었을 때 자신과 상관없는 그 대화에 끼어들고 싶은 충동을 억눌러야 했다. 그 충동이 어디서 나온 건지는 알 수 없었다.

누군가 음악을 입에 올리지 않아도 음악을 하고 싶다는 강렬한 욕망에 종종 사로잡혔다. 의식적으로 음악을 생각하지 않아도 그 욕망은 어디서부턴가 불현듯 찾아와 그녀를 사로잡았다.

아이들은 잠시 동안은 벙어리 엄마를 견딜 것이다. 지친 성대를 쉬게 해 줘야 엄마가 빨리 회복될 테니까. 엄마의 목소리는 사라진 게 아니라 단지 침묵하고 있을 뿐이다. 하지만 공허감에 휩싸여 있는 엄마는 어쩔 것인가?

어제 저녁 잠들기 전, 그리고 오늘 아침 아빠와 함께 집을 나서면서 아이들은 엄마에게 평소보다 더 많은 질문을 퍼부었다. 왜 어떤 나무는 과일이 열리고 어떤 나무는 과일이 열리지 않는지, 왜 누구는 병에 걸리고 누구는 병에 걸리지 않는지 등등.

"엄마는 개미랑 꿀벌 중에서 어느 쪽이 더 좋아? 고양이랑 개는? 낮과 밤은? 빨간색과 파란색은? 내 그림이랑 저 그림 중에서는?"

"짠맛이랑 단맛 중 어느 쪽이 더 좋아? 이 토마토랑 저 토마토는? 엄마의 엄마랑 아빠 중 누가 더 좋아? 보랑 아빠 중에서는?"

아이들은 엄마가 대답을 할 수 없다는 사실을 잊었다가 다시 생각해 내기를 반복하며 질문을 잔뜩 떠올려서 끊임없이 엄마에게 쏟아 부었다.

어제 저녁, 클로틸은 종이에 큰 글씨로 다음과 같이 썼다.

1. 답 A
2. 답 B
3. 선택하고 싶지 않음
4. 선택할 수 없음

클로틸은 대답 대신 손가락으로 번호를 가리켰다. 아이들은 그게 재밌는지 더 신이 나서 질문을 던지기 시작했다. 결국 클로틸은 아이들을 재우려고 그 종이를 구겨서 쓰레기통에 던져 버려야 했다. 그런데 한밤중에 다비드와 아델이 침대를 빠져나와 그 종이를 다시 찾아내어 판판하게 펴 놓았다. 귀여운 녀석들.

　자리에서 일어서야 했다. 곧 아이들이 돌아올 시간이었다. 클로틸은 벵상이 자신의 침묵을 피하려고 하는 걸 이해해 주고 싶었다. 가능하다면 그녀 역시 이 침묵에서 벗어나고 싶었다.

　클로틸은 뗏목에서 일어나 테라스로 가서 아침에 벵상이 타 놓은 식은 커피를 마셨다.

　클로틸은 그 음성치료사가 마음에 들었다. 내일 아침 그녀를 만날 생각을 하니 목소리에 대한 걱정이 좀 덜어지는 기분이었다.

　평화롭고 조용한 바깥 공기가 들어오자 집 안을 맴돌던 공허가 사라졌다.

　클로틸은 거실로 들어가 뗏목 위에 놓아두었던 체칠리아 바르톨리의 앨범을 찾았다. CD를 집어 든 후 무심하게 앨범 재킷을 보았다. 파란색 바탕 위에 붉은색과 검은색이라니!

　그녀는 오디오 쪽으로 걸어가 겉포장에 씌워진 비닐을 이로 뜯어서 벗긴 후 플레이어에 CD를 넣고 재생 버튼을 눌렀다. 아이들을 기다리는 동안 마땅히 할 일도 없으니 부엌으로 가 음식 부스러기 하나 떨어져 있지 않은 식탁 위 접시들을 치울 생각이었다. 그렇게 부엌 쪽으로 가려고 일어선 그녀는 노래 첫 구절을 듣고는 그 자리에 우뚝 서 버리고 말았다.

　등 뒤에서 흘러나오는 음악 소리를 들으며 클로틴은 온몸이 마비된 듯 서 있었다. 금관악기와 현악기 소리에 실려 들려오는 목소리가 마치 그녀의 신경줄을 톱으로 켜는 것 같았다……. 도대체 지금 들리는 이 소리는 뭔가?

1번 곡. 스카를라티의 〈주목하라, 맹렬한 전사들이여〉. 납처럼 무거운 소리의 망토가 클로틸의 어깨를 덮고 등을 감쌌다. 그녀는 온몸으로 소리를 듣고 관찰했다. 손가락 하나하나, 뱃속까지 음악이 파고들었다. 눈앞에 선명한 색깔의 베일들이 춤추듯 너울거렸다.

그녀는 뗏목 위에 털썩 주저앉고 말았다.

다리는 마치 뿌리처럼 바닥에 붙박힌 듯했고, 머리카락 한 올 한 올이 안테나처럼 곤두서는 것 같았다.

2번 곡. 스카를라티의 〈장미의 정원〉. 그녀는 시간이 멈춰 버린 먼 나라에 와 있었다. 소리만으로 이루어진 세계에서 숨조차 쉬기 어려웠다.

3번 곡. 〈시간과 깨달음의 승리〉. 클로틸은 소리에 포위된 신경 조직을 깨우고자 이 세상으로 다시 돌아왔다. 가능했다면 소리라도 질렀을 것이다.

4번 곡. 안토니오 칼다라의 〈순수의 승리〉. 클로틸은 조용히 눈물을 흘렸다. 이 목소리가 가는 곳이면 어디라도 따라갈 수 있을 것 같았다.

5번 곡. 안토니오 칼다라의 〈위협받는 승리〉. 클로틸은 여가수의 노래 속에서 주인공이 큰 위험에 처했으며 공포심에 사로잡혔다는 것 말고는 아무것도 이해할 수가 없었다.

6번 곡. 스카를라티의 〈예루살렘의 왕〉. 클로틸은 뗏목에서 내려와 바닥에 무릎을 꿇고 앉았다.

보가 그녀 앞에 드러누웠다.

뱅상이 집에 돌아와 그러고 있는 클로틸을 발견했다.

"클로틸!"

그는 바닥에 쓰러져 있는 아내를 일으켜 세웠다. 그는 식탁에 두 명분의 식사가 차려져 있는 걸 봤지만, 집 전체를 채우고 있는 음악 소리는 귀에 들어오지 않는 듯했다.

"무슨 일이야? 왜 이러고 있어? 목소리는? 마들렌은? 친구와 점심 먹은 게 그렇게 잘못한 일인가? 대답 좀 해……."

클로틸은 그의 팔을 뿌리치고 비틀거리며 일어나 칠판과 분필을 들고 와서 천천히 썼다.

"학교 가서 아이들 데려와. 두 시간쯤 후에는 일어날 수 있을 거야."

여전히 지친 기색으로 그녀는 오디오 쪽으로 걸어가 〈오페라 프로비타〉 CD를 꺼냈다. 그러고는 입으로 바람 소리를 내서 보를 불러 함께 방으로 들어가 문을 닫았다. 방 안을 가득 채운 음악 소리가 뱅상의 귀에까지 들렸다. 그는 식탁 위에 놓인 접시들을 재빨리 치웠다.

장을 보고 아이들을 데리러 가기 전, 뱅상은 발소리를 죽이며 아내가 자고 있는 방으로 들어갔다. 보가 아내 옆을 지키고 있었다. 음악은 멈춰 있었다. 클로틸은 이불 속에 파묻혀 보이지 않았다. 그는 가까이 다가가 이불 한 귀퉁이를 살짝 들쳐 올렸다……. 그녀는 깊이 잠들어 있었다. 마들렌은 이런 엄마의 얼굴을 많이 닮았다. 잠든 얼굴이 평소보다 훨씬 젊어 보였다. 뱅상은 그녀가 '아픈 걸' 원망했다. 유치하지만 사실이었다. 그는 아내가 평소 같지 않은 걸 원망했고, 예기치 못한 행동으로 목소리를 잃고 눈물을 흘리면서 지금까지 쌓아 온 일상을 위태롭게 하는 것을 원망했다. 그녀의 머리카락 한 오라기가 콧김에 흔들렸다. 다른 하나는 예쁘게 귓불에 감겨 있었다. 모든 게 이 가는 머리카락 두 오라기처럼 위태로워 보였다.

그는 늙은 사과나무 뿌리가 살짝 땅 위로 드러나듯이 클로틸에 대한 사랑을 느꼈다. 땅속을 구불거리며 자라는 사과나무 뿌리는 땅 위로 너무 많지도 적지도 않은 만큼만 드러난다. 나무가 흔들릴 수 있을 만큼만, 쓰러지지 않을 만큼만. 바로 그만큼만.

그는 클로틸이 마들렌의 행동을 감당하지 못하는 것 같아 불만이었다. 아이를 임신하고 출산할 때도, 아이가 높은 곳에서 떨어지거나 몸이 아플 때도 남편 없이 혼자 잘 견뎌 오지 않았던가.

클로틸의 몸에 무슨 일이 생기고 있는지는 몰라도 그의 처지에서는 하나도 좋을 게 없어 보였다. 그는 클로틸을 흔들어 깨우고 싶었지만 그렇게 하지 않았다. 어차피 두 시간만 자겠다고 했으니까 한 시간 후면 일어나겠지.

한 시간 후 벵상이 아이들과 함께 돌아왔을 때, 클로틸은 부엌에서 간식을 준비하고 있었다. 벵상은 그녀의 눈치를 살폈다. 그녀는 평상시의 모습으로 돌아와 있었다. 벵상은 안심하고 모레 일터로 떠날 수 있을 것이었다. 그러나 처음으로 그는, 자신이 집을 떠나 있는 동안 아내가 말로도 글로도 표현하지 않은 마음에 대해 내내 궁금해 할 것이었다.

벵상은 클로틸의 '몟목'에 드러누웠다. 그는 안개 속을 더듬듯 마들렌이 학교에서 도망친 사건 이후 클로틸에게 찾아온 여러 가지 변화들을 생각했다. 목소리를 잃은 클로틸이 거실 한가운데에 쓰러져 있던 모습이 떠올랐다. 그의 손은 조금 전 쓰러져 있던 아내의 어깨를 부축해 일으켜 세울 때의 느낌을 아직 간직하고 있었다. 차갑게 식어 버린 몸이 아주 먼 곳에 있는 것 같았다. 지난밤 아무 소리도 내지 못하고 거친 숨만 내쉬며 몸을 떨던 그녀의 모습이 떠올랐다. 벵상도 그 침묵에 동참했다. 일테면 사랑놀이 같은 것이었다. 썩 나쁘지 않았다. 그 순간 그의 침묵은 사실 유희 같은 것이었을 뿐이다.

클로틸은 일자리를 구하겠다고, 아니 일자리를 만들겠다고 했다. 그는 클로틸을 격려했지만, 속으로는 그럴 일이 없을 거라고 여겼다. 비교언어학 석사 학위로 여기서 뭘 하겠다는 건가? 클로틸은 영어, 독일어, 스페인어, 세 개의 외국어를 완벽하게 구사했다. 하

지만 여기서 그게 무슨 소용인가? 외국어 과외라도 할 셈인가? 아
니면 국립음악학교 학위로 뭘 해 보겠다는 거지? 파리 쪽으로 이사
를 가면? 그럼 이 집은 어떻게 하지?

벵상은 클로틸이 매일 자동차로 출퇴근하는 걸 바라지 않았다.
길에서는 너무 많은 '사고들'이 일어난다. 그녀는 가족 전체가 그
주위를 공전하는 태양 같은 존재였다. 벵상은 그녀도 그 속에서 보
호받는다고 생각했다. 이 집을 떠난다? 그건 아이들에게 혼란만 주
게 될 것이다. 그녀는 훌륭한 음악가다. 그러니 음악을 통해 아름다
운 삶을 꾸려 가면 되지 않는가? 아무도 방해할 사람은 없다. 지난
10년간 행복한 가정생활을 꾸려 놓고 이제 와서 왜 굳이 뭔가를 바
꿔야 한단 말인가? '왜'보다는 '어떻게'라는 질문을 선호하는 그에
게는 이런 질문을 던지는 것 자체가 그 무엇보다 어려운 일이었다.

벵상은 아이들이 제 방에서 떠드는 소리, 아내가 칠판을 들고 아
이들 방을 차례로 들락거리는 소리를 들으며 스르르 잠이 들었다.
잠시 후 잠에서 깬 그의 눈에 피아노 밑에 앉아 있는 마들렌의 모습
이 들어왔다. 마들렌은 평소 습관대로 피아노 밑에 온갖 괴물과 인
형들이 사는 조그만 세계를 꾸며 놓았다. 엄마가 준 아기 담요가 그
랜드피아노 뚜껑 위에 메트로놈(피아노 연습에 필수적인 박자를 알려 주는 기
구―옮긴이)과 악보 책으로 고정된 채 바닥까지 늘어뜨려져 있었다.
마들렌의 동생들은 그날의 암호를 대야만 그 천막 안으로 들어갈
수 있었다.

벵상은 클로틸이 마들렌에게 메트로놈을 무거운 물건 대용으로 쓰지 말라고 했던 게 생각났다. 그러나 그는 마들렌에게 아무 말도 하지 않았다. 실용적이며 이성적인 그는 다른 기회에 말하는 편이 낫다고 생각했다. 당장 말할 필요는 없다. 적절한 타이밍을 기다리면 된다.

아델이 얼룩덜룩한 담요를 하나 가져와서는 마들렌에게 아기 담요 대신에 그걸 걸어 놓겠다고 우겼다.

"그 이불 안 예뻐. 이걸로 바꿔."

"싫어."

"바꿔."

아델은 자기 이불을 걸겠다며 마들렌의 '흉측하고' 못생긴 아기 담요를 잡아당겼다. 그 순간, 메트로놈이 바닥에 떨어졌다. 피라미드 모양의 나무 메트로놈은 말 그대로 산산조각이 났다. 급히 뛰어 온 클로틸이 이불을 빼앗아 아델의 목에 감고는 가차 없이 방 쪽으로 등을 떠밀었다. 화가 난 아델은 발을 구르며 자기 방으로 들어가 문을 닫아 버렸다.

클로틸은 벵상에게 원망의 눈빛을 던지며 부서진 메트로놈 조각을 주워 모았다. 벵상은 자리에서 일어나 커피를 타러 갔다. 메트로놈이 떨어질 줄 뻔히 알면서 왜 아무것도 하지 않았을까 생각하며.

마들렌이 말했다.

"내 잘못이야. 엄마가 만지지 말라고 한 건데."

클로틸이 칠판에 썼다.

"그런데, 왜 만졌니? 엄마가 아끼는 메트로놈이라는 걸 잘 알면서."

클로틸은 쓴 걸 지우고 다시 썼다.

"너희 모두 잘 알고 있으면서."

그리고 마들렌이 그 문장을 채 읽기도 전에 지우고 다시 썼다.

"네가 이해해야지. 아델도 피아노에서 놀고 싶었던 거야. 너희들에게 한 대 씩 피아노를 사 줄 순 없잖니. 그러니까 같이 써야지."

"그럼 내가 없을 때 쓰면 되잖아."

"내일 아델에게 선물을 하나 해 줘야겠다."

클로틸은 아델이 베개에 얼굴을 파묻고 울부짖고 있는 방으로 갔다. 그녀는 부서진 메트로놈 조각들을 아델 방 휴지통에 쏟아 버렸다.

그 메트로놈은 예전에 나이 든 피아노 선생님이 그녀에게 선물로 준 것이었다. 한때 미모와 명성을 자랑하던 그 여자는 이탈리아어 악센트를 섞어 말했다. "나는 늙지 않는다. 과거는 꿈일 뿐이야. 그 걸로 뭘 할지는 전부 내 맘이야!"

클로틸은 아델의 울음소리를 들었다. 그녀는 침대 머리맡에 앉아 아델의 머리를 오랫동안 쓰다듬어 주었다. 아델이 울음을 그쳤다. 클로틸은 아이에게 입을 맞추고 볼에 난 눈물 자국을 닦아 주었다. 그리고 잠시 기다리라는 의미로 손가락을 들어 올려 신호를 보낸 후 거실로 뛰어가 칠판을 들고 왔다. 그녀가 썼다. "내일, 너만을 위한 선물을 하나 줄게."

잠자리에 든 클로틸은 잃어버린 목소리를 생각하지 않으려고 아이들에 대해서 생각했다. 아무리 성가셔도 예쁜 건 어쩔 수 없었다. 제 자식 안 예쁜 부모가 어디 있겠는가마는 그녀의 눈에는 정말 아이들이 예뻐 보였다. 아이들이 원하는 대로 행동하지 않을 때도 있었다. 당연한 일이었지만 그녀는 분통을 터뜨리고 실망과 질투심에 사로잡혔다. 그럴 때마다 '그래도…… 아이들이 예쁜걸.' 혼잣말을 하며 자신을 위로했다. 그녀는 눈을 감고서 아이들의 얼굴을 하나씩 떠올려 보았다. 다비드와 아델은 벵상의 라일락빛 눈을 닮았다. 다비드의 머리카락 색은 갈색이고 아델은 금발이었다. 앙투안은 엄마와 아빠를 반씩 닮았다. 눈은 엄마를 닮아 밝은 갈색이지만, 골격이나 몸짓은 틀림없는 제 아빠였다. 마들렌은 엄마와 완전히 붕어빵이었다. 그 대신 입 모양과 웃음은 아빠를 닮았다.

클로틸은 아이들 얼굴과 오늘 처음 들은 체칠리아 바르톨리의 목소리를 떠올리며 잠이 들었다.

한밤중에 클로틸은 비명 소리를 듣고 잠에서 깼다. 마들렌이 엄마를 찾고 있었다. 클로틸은 자리에서 일어나 '마들렌!' 하고 소리치고 싶었다. 그러나 잠 저편에서조차 입 밖으로는 아무 소리도 새어 나오지 않았다. 방문 앞에서 보가 보챘다. 그녀는 마들렌이 전날 있었던 사건 때문에 악몽에 시달리는 것이라고 짐작하며 아이 방으로 달려갔다. 보가 그 뒤를 따랐다. 그러나 아이는 악몽을 꾼 게 아니라 양쪽 귀의 통증 때문에 고통스러워하고 있었다. 클로틸은 눈물을 흘리며 아이의 두 귀를 손으로 감싸 주었다. 중이염이었다.

12
첫 치료

늦은 새벽까지 클로틸은 잠들지 못하고 마들렌의 곁을 지켰다. 그녀는 자신을 무자비하게 사로잡은 〈오페라 프로비타〉속 그 디바의 목소리를 다시 떠올렸다. 그리고 아델에게 뭘 선물할지를 고민했다. 뭔가 독특한 것, 아델의 허락 없이는 마들렌이 건드릴 수 없는 그런 게 없을까. 인디언 텐트? 누구의 방해도 받지 않고 혼자 숨어들 수 있는 공간. 그래, 인디언 텐트가 좋겠다.

아침에 클로틸은 평소처럼 자리에서 일어나 아이들 학교 보낼 채비를 했다. 아직 잠들어 있는 아델의 방 커튼을 열다가 조그만 책상 위에 어지럽게 널려 있는 물건들을 발견했다. 뚜껑도 닫지 않은 흰색 풀과 헝클어진 검은 실이 보였다. 바닥에는 물감 붓 하나가 말라 붙어 있고 책상은 온통 물감 천지였다……. 책상 한가운데에 피라미드 모양의 메트로놈이 놓여 있었다. 끈으로 묶고 풀로 붙여 놓은 게 마치 '입체파' 화가의 작품처럼 괴상한 모양이었다. 아델이 메트로놈 밑에 깔아 놓은 종이 위에는 빨강색 물감으로 '엄마'라고 씌어 있었고, 역시 빨강색 물감으로 하트 모양이 그려져 있었다. "아델, 아델, 내 보물."

아침 식탁을 차려 놓은 후 클로틸은 아이들을 아빠에게 맡기고 혼자 집을 나섰다. 벵상은 우선 아이들을 학교에 바래다주고, 마들렌을 데리고 브누아의 병원에 갈 것이었다.

8시. 클로틸은 칠판과 분필을 챙겼다. 만일의 경우에 대비해 노트북 컴퓨터도 가져갔다. 음성치료사는 서른 쯤 돼 보이는 여자였다. 곱슬거리는 검은색 단발머리에 부드러워 보이는 큰 입술과 거무스름한 피부, 목소리가 고왔다.

음성치료사는 우선 클로틸의 성대를 검사했다. 그녀는 클로틸의 목구멍 속으로 90도 각도로 관찰이 가능한 내시경 고무관을 집어넣었다. 관을 넣을 때마다 클로틸이 헛구역질을 해 대는 바람에 여러 차례 시도한 끝에 간신히 성공했다.

음성치료사는 <u>스트로보스코프</u>(주기적으로 깜박이는 빛을 쬐어 급속히 회전

또는 진동하는 물체를 정지 상태로 관측하는 장치—옮긴이) 광선을 이용해 성대의 진동을 느린 동작으로 관찰했다. 그녀의 지시대로 하자 클로틸의 성대가 미세하게 진동했다. 클로틸은 내시경으로 찍은 커다란 성대 사진을 바라봤다. 놀라울 만큼 새하얀 것이 두툼한 근육 사이에 끼어 있었다. 여성의 가장 은밀한 곳과 흡사한 모양이었다. 그 모양이 너무 비슷해서 수치심이 들 정도였다. 아이들을 임신했을 때 이후로 그런 기분은 처음이었다.

음성치료사는 클로틸의 성대에서 결절을 찾지 못했다. 성대막에는 이상이 없다는 뜻이었다.

"우선 발성 재활 훈련을 할 거예요. 금세 효과를 느낄 수 있을 거예요. 잘하면 '예전처럼' 말할 수 있게 될 거예요. 처음엔 목소리가 불완전하게 나오다가 차차 나아질 수도 있어요. 그러면 실력 있는 발음교정사를 소개해 드릴 테니까 장기적인 치료를 받으세요. 재활 과정에서 목소리가 안 나오는 원인을 찾기 위해 심리 상담을 받아야 할지도 몰라요. 우선 몸 전체의 긴장을 푸는 연습을 해야 해요. 그중에서도 특히 여기, 인후근의 긴장을 풀어야 해요. 별로 예쁜 이름은 아니지만 이 근육이 움직여 줘야 말을 제대로 할 수 있거든요. 후두의 위치, 머리와 목, 척추의 움직임은 서로 연결돼 있어요…… 발화 과정은 다양한 근육들의 떨림으로 이루어져 있죠. 물론 명령을 내리는 뇌와 공기가 필요하지만요. 이 장치들이 마치 심장박동처럼 무의식적으로 작동해야만 말을 할 수 있게 되는 거예요. 하지만 의식적으로 이 과정을 연습하려면 상당한 시간이 필요해요. 이해하시겠어요?"

클로틸이 고개를 끄덕였다.

음성치료사는 클로틸에게 설명을 하면서 이런저런 자세와 몸짓을 따라하게 했다. 클로틸이 고개를 들었다.

"이번엔 호흡에 대해서 얘기해 보죠. 목소리는 일테면 호흡과 같은 거예요……. 호흡이라는 말 때문에 우시는 거예요?"

클로틸이 칠판에 썼다.

"죽으면 숨을 쉴 수 없죠."

"겁이 많이 났었나 봐요……. 자, 조금 전처럼 허리를 펴시고…… 목소리는 호흡이에요. 그걸 느껴 보세요."

음성치료사는 클로틸에게 입을 다물고 코로 천천히 숨을 쉬면서 호흡과 성대의 진동을 연결시켜 보라고 했다. 잠시 후 그녀는 클로틸에게 호흡과 성대 울림의 관계를 생각하며 아직은 약한 울림소리를 입속과 머릿속으로 느껴 보라고 했다……. "나는 호흡한다. 고로, 말한다."

진료가 끝났다. 클로틸에겐 너무 짧게 느껴졌다.

클로틸은 아델의 아지트가 될 인디언 텐트 하나와 메트로놈 두 개를 샀다. 하나는 자신을 위해서, 다른 하나는 마들렌에게 줄 것이었다.

클로틸은 마들렌과 뱅상이 기다리는 집으로 돌아왔다. 그녀가 돌아오자마자 벵상은 지역 비행장에 간다며 나가 버렸다. 그는 중단했던 비행 연습을 다시 시작했다. 쌍둥이가 태어나기 전까지는 엘리트 등급 회원 자격으로 국내외에서 열리는 모든 대회에 참가했었다. 그러나 셋째와 넷째가 태어나면서 연습을 포기하고 근무가 없는 날은 클로틸 곁에서 아이들과 가정을 돌보며 지냈다. 몇 년간 취미 삼아 가끔 비행장에 가는 데 만족해야 했다. 하지만 이제 아이들도 어느 정도 컸으니 다시 집 밖에서 자신의 열정에 집중할 수 있게 된 것이다.

오후 늦게 클로틸은 중이염을 앓고 있는 마들렌을 보와 함께 집에 두고 나머지 세 아이들을 데리러 학교에 갔다. 학교에서 돌아왔을 때 클로틸은 집 문 뒤에 보가 없는 것을 보고 깜짝 놀랐다. 보가 한 번도 거르지 않고 지켜 오던 습관이었다. 그녀는 귀를 세우고 마들렌의 방에서 들려오는 소리에 귀를 기울였다. 처음 들어보는 목소리 같았다. 남자도 여자도 아닌 듯한 목소리. 그녀는 급히 마들렌의 방으로 뛰어갔다. 보는 마들렌의 침대 곁에 앉아 있었다. 주둥이로 마들렌을 가리키며 '대문에서 기다리고 있을 수가 없었어요. 여기를 지키고 있어야 했기 때문에'라고 말하는 것 같았다.

클로틸이 양미간을 잔뜩 찌푸린 무서운 얼굴을 하고 방에 들어서자, 마들렌의 방에 있던 동네 바보, 밥티스트가 먼저 선수를 치며 둘러댔다.

"클로틸! 포도밭을 가로질러 왔어. 거실 창문이 열려 있어서 들어왔지. 창문이 열려 있으면 난 들어간다. 아, 그렇지만 보가 나를 지키고 있잖아. 그렇게 놀란 눈으로 날 바라보지 마, 클로틸. 보는 짓지조차 않았다니까. 그건 들어와도 좋다는 뜻이야. 마들렌 목소리가 들려서 방에 들어와 돌봐 주고 있는 거야……."

밥티스트는 자신의 손수건으로 아직도 진물이 흘러나오는 마들렌의 귀를 닦아 주고 있었다. 마들렌은 급하게 용서를 구하는 밥티스트에게 미소를 지어 보였다. 클로틸은 조심스럽게 밥티스트가 손에 쥐고 있던 손수건을 집어 들었다.

밥티스트가 말했다.

"고름이 흘러나와서 귀를 닦아 주고 있었어."

클로틸은 속삭이는 목소리로 '고마워' 비슷한 단어를 발음한 후 마들렌 쪽으로 고개를 숙이고 질문의 의미로 눈썹을 치켜 올렸다.

"많이 좋아졌어, 엄마. 밥티스트가 날 웃겨 줬거든."

밥티스트가 말했다.

"그것 봐. 둘이 이야기 속을 산책하고 있었다고."

13
포도밭의 밥티스트

밥티스트는 운명적 존재, 계시 받은 사람이었다. 르베이즈의 깃 발과도 같은 존재. 클로틸드보다 다섯 살이 많은 그는 마흔도 안 된 나이인데도 거의 백발에 가까웠다. 그러나 그의 미소, 완벽한 포물선 모양의 눈썹, 동그랗게 뜬 파란 눈은 아직도 어린 시절의 모 습을 간직하고 있었다. 청소년기에 신체 발육이 정지되어 키가 작고 팔다리도 가늘었다. 그는 항상 바쁜 걸음으로 돌아다녔다. 그러다 무슨 생각이라도 난 듯 돌연 그 자리에 우뚝 서곤 했다. 그러고는 다 시 가슴을 앞으로 내밀고 다리를 곧게 뻗으며 행진하듯 걸어갔다.

밥티스트는 마치 자신의 영토를 지나가는 여성들을 대하듯 르베 이즈의 모든 여자들에게 추파를 던졌다. 사랑을 받을 만한 나이의 여자들은 물론이고, 아직 그럴 나이가 되지 않았거나 이미 그럴 나이가 지난 여자들도 예외가 아니었다. 여자들은 모두 그의 칭찬에 기분이 좋아지곤 했다. 그녀들에겐 그게 일종의 놀이, 초보적인 수작, 추억 혹은 약속 같은 것이었다면, 그에겐 여자들에게 달콤한 말을 속삭이는 게 자기 나름의 남자구실이었다. 그는 동네 여자들의 이름을 모두 기억했다. "안녕 카롤린…… 내 포도밭처럼 예쁜…… 카롤린!"

그는 포도밭을 바라보며 한참을 서 있곤 했다. 가지치기도 하지 않은 채 방치하는 그의 포도밭은 수확량이 적었다.

코린을 비롯한 주변의 포도 재배자들은 자신들의 밭으로 병이 옮을지 모른다는 걱정에 밥티스트 몰래 그의 밭에 가서 병충해 방지 작업을 했다.

밥티스트는 자신의 포도밭에서 저절로 자란 포도송이들을 따 먹었다. 포도나무 한 그루를 통째로 먹어 버리기도 했다. 그는 자기 맘에 드는 사람들에게 포도 알갱이를 하나씩 떼어서 주었다. 주변의 포도밭이 수확으로 한창 바쁠 때면 미소 띤 얼굴로 자신의 포도나무 가지 사이를 돌아다녔다. 때로 그는 이웃의 포도 수확을 거들기도 했지만, 그의 수확을 도와주는 이는 아무도 없었다.

이웃들은 그가 자신의 포도밭 한가운데에 앉거나 서서 주변 풍경을 둘러보는 광경을 자주 목격했다. 포도나무 사이로 그의 모습이 보이지 않으면 그가 구부러진 포도나무 가지에 머리를 기대고 낮잠을 자고 있다는 뜻이었다.

기후의 변덕에 의지한 채 포도송이를 쓰다듬거나 소리를 지르거나 소풍을 즐기다가 밭 한가운데에 그대로 드러누워 낮잠을 즐기는 것. 그게 그 나름의 포도 재배법이었다.

밥티스트는 누구에게도 밭을 빌려 주지 않았다. 그의 가족들도 다른 밭은 모두 임대해도 밥티스트 아버지의 뜻대로 그 작은 밭만은 그대로 두었다. 다른 밭들은 모두 타인에게 맡겨졌으나, 그 밭만은 주인에게 계속 속해 있었던 것이다.

"참 딱한 노릇이군!" 이웃의 포도 재배자들은 혀를 찼다.

포도 수확철이 되면 그들은 밥티스트에게 농담 삼아 물어보곤 했다.

"밥티스트, 올해에는 수확이 얼마나 될 것 같은가?"

"많이, 많이, 좋은 것으로!"

밥티스트의 아버지는 어느 해 초봄에 숨을 거뒀다. 매년 겨울이 끝나고 봄을 예고하는 시기가 되면 밥티스트는 심하게 동요했다. 걷다가 갑자기 머리를 크게 흔들며 소리를 질러 대곤 했다. 마치 머릿속에 쫓아내고 싶은 존재라도 있는 것처럼.

소리를 지를 때에는 "오", "아", "이", "에" 같은 모음이나 "앙" 같은 소리가 났다. 아버지의 죽음에서 비롯된 충격과 상처, 분노에 휩싸인 채 밥티스트는 머릿속에 웅크린 '난주글거야'를 쫓아내려고 소리를 질렀다.

그는 자신의 고함 소리가 포도밭 아래 과수원에 설치된 '톤포르

tonnefort'가 내는 소리만큼 크다고 말했다. '톤포르'는 대포의 일종으로 시계 장치가 부착되어 있어 규칙적으로 폭음을 낸다. 대포가 내는 엄청난 소음 때문에 까마귀, 토끼, 찌르레기 같은 동물들이 주위에 얼씬하지 못하게 된다. 밥티스트도 소리를 질러서 죽음을 겁주어 쫓아내는 것이다. 그는 죽음이라는 말을 피하려고 '난주글거야'라는 단어를 만들어 냈다.

"내가 '빵' 하고 소리치면…… 난주글거야가 달아나지. 토끼처럼 줄행랑을 치는 그 녀석의 흰 궁둥이가 보인다!"

밥티스트에게 아버지의 죽음은 곧 세계의 종말이었다. 마치 내면 깊숙이 포도나무뿌리진디병에 걸린 것 같았다. 그는 포도밭을 있는 그대로 내버려 두었다. 아버지를 거두어 간 것처럼 자연이 모든 걸 알아서 할 테니.

그는 포도밭을 방치했다. 남에게 임대하거나 팔 생각도 없었다. 그 포도밭으로 나름대로 먹고 사는 방법도 있었다. 그의 호주머니는 항상 여러 색깔의 비닐봉지들로 가득 차 있었다. 그 안에는 자기 포도밭의 흙이 조금씩 담겨 있었다. 그는 숟가락으로 포도밭 흙을 떠서 각각의 비닐봉지에 포도주 한 잔 분량만큼 넣어 가지고 다녔다. 그는 그 흙을 이웃들에게 주고 그 대신 자신의 밭에서는 더 이상 생산되지 않는 와인을 한 잔씩 받아 마셨다.

그렇게 밥티스트의 포도밭 흙은 르베이즈 전체로 퍼져 나갔다. 그 흙은 이웃집 정원 한구석, 장미 화단, 등나무 줄기 옆, 동네 할머니의 제라늄 화분 같은 곳에 뿌려졌다.

사람들은 밥티스트에게 잘 대해 줬다. 누가 알겠는가? 갑자기 밥티스트가 변덕을 부려 자기 포도밭을 맡기기라도 할는지.

흙 몇 숟가락을 받고 사람들이 내미는 와인의 품질이 실제로 어떻든 간에, 그 와인이 자기 포도밭에서 나왔다고 믿는 밥티스트는 언제나 그게 '맛있다'고 말했다.

클로틸은 일주일에 두 번 쿠르셀 로르괴이외에 가서 음성치료
사를 만나 치료를 받았다. 처음엔 낯설었지만 그 치료사와
의 만남을 점점 좋아하게 되었다. 클로틸은 그녀가 가깝게 느껴졌
다. 알릭스가 질투심을 느낄 만큼.

　음성치료를 받는 동안 클로틸은 모순된 감정에 사로잡혔다. 목소
리를 되찾는 작업에 별 진전이 없는 것은 실망스러웠지만, 언어나
메시지를 떠난 소리 그 자체에 대한 탐구와 훈련 과정은 흥미로웠
다. 그녀는 자신의 피아노 의자와 비슷하게 생긴 동그란 의자에 앉
아 허리를 곧게 펴고 연습을 시작했다. 입 밖으로 소리를 낼 때마다
노력을 기울여야 한다는 사실에서 오는 답답한 감정을 다스리려고

애썼다. 호흡의 강도, 각각의 소리마다 다른 진동과 그것에 도달하는 방법들, 후두의 높낮이, 혀의 위치 등 모든 것을 느끼고 머릿속에 기억해 두어야 했다. 아주 소중한 자료를 저장하듯이.

클로틸은 호흡과 순수한 소리 자체를 연습하는 게 마음에 들었다. 그러나 겉으로 내색하지는 않았다. 그녀는 침묵 뒤에 기쁨을 감추어 두었다. 그렇다고 다시 말을 하게 되는 것을 원치 않는 것은 아니었다. 단지 소리에 대한 탐구가 즐거웠을 뿐이다.

재활 치료를 시작한 지 3주가 지나자 조금 진전이 있었다. 치료 시간이 끝날 때쯤 그녀는 이렇게 말을 할 수 있게 되었다.

"클로틸, 따라해 보세요. '나 원 참!'"

클로틸은 자신의 호흡에 집중하려 눈을 감고 단조로운 목소리로 말했다.

"…(…)… 나 원 참."

"잘했어요. '누가 누구지?'"

"…(…)… 누가 누구지."

"나 원 참 누가 누구지!"

"…(…)… 나 원 참…(…)… 누누누누가 누누누누(속삭임)."

'그곳'에서 치료를 거듭할수록 뭔가 문제가 있다는 확신이 강해졌다. 전문가의 도움으로 클로틸은 사실상 목소리를 되찾긴 했지만, 애초의 신체적 트라우마에 언어적 장애가 새롭게 덧붙여진 셈이었다. 경련성 발성장애라고 했다.

음성치료사는 클로틸의 기운을 북돋워 주려고 애썼지만 그 사실을 부정할 수는 없었다. 지금까지의 진전은 다시 새로운 문제에 부딪혔다. 클로틸은 말을 하려면 깊이 숨을 들이쉬어야 했기 때문에 한두 개의 음절로 이루어진 단어를 한 번에 세 개 이상 발음하지 못했다. 그러고는 다시 숨을 크게 들이쉬었다가 세 개 정도의 짧은 단어를 내뱉는 식이었다.

만약 짧은 음절의 단어를 세 개 정도 발음한 후 호흡할 시간을 갖지 못하면 그 다음 말들은 중간 중간 이가 빠져 이해할 수 없는 문장이 되어 버렸다. 한 음절을 제대로 발음하면 그 다음 음절을 알아들을 수가 없었고, 한 단어를 제대로 발음하면 그 다음은 성대가 울려 주지 않았다. 잘되면 속삭이는 소리로 말을 이어 가거나, 문장의 앞이나 끝에서 심하게 말을 더듬었다.

클로틸은 치료를 받을 때를 제외하고는 아예 말하려는 시도조차 하지 않았다.

음성치료사가 말했다.

"이건 매우 드문 증상이에요. 후두근의 경련으로 목소리 변형이 생기는 경우인데, 이게 성대에도 영향을 미쳐서 쉰 목소리가 나거나 때로는 소리가 갈라져 나오는 거예요. 그래서 호흡이 소리를 전달하지 못하게 되는 거죠. 성대결절이나 폴립(말미잘 모양의 부드러운 종기가 성대에 생기는 성대폴립—옮긴이)은 아니에요. 아직 이 증상을 치료할 수 있는 약은 없어요. 그래서 때로는 심리학적으로 접근하기도 하죠. 결론적으로 신경계통 문제라고 볼 수 있는데, 방법이 없는 건 아니에요. 후두근에 보톡스를 주입하는 방법인데, 치료 효과가 상당히 좋아요. 문제는 넉 달에서 여섯 달이 지나면 그 효과가 사라져 버린다는 거죠. 그럼 다시 주사를 맞는 수밖에 없어요. 부작용은 거의 없거나 일시적이에요. 주사를 맞고 첫 한두 주 동안은 좀 힘이 들 수도 있어요. 이 치료법은 원인이 아닌 증상만 치료하는 대증요법이기 때문에 일정 기간 동안 음성장애를 멈출 수는 있지만 완치는 불가능해요……. 그 대신 말더듬 현상은 음성장애의 일종이지만 자신을 제대로 표현하지 못하는 데서 오는 답답함 때문에 증상이 더 악화될 수 있으니까 치료를 계속하셔야 해요."

"…(…)… 선생님…(…)… 그 주사를 지금…(…) 마마마자야…(…)… 된다고 생각하세요(속삭임)?"

"아직은 일러요. 좀 더 치료를 하면서 경과를 지켜봅시다. 그렇지만 마음의 준비는 해 두세요."

"…(…)… 좋은 생각이 아닌 거 같아요…(…)…."

"환자 분이 일상생활 속에서 정상적으로 대화를 할 수 있으려면 그게 유일한 방법이에요. 대신에 지금까지 한 연습을 장기적으로 계속할 수 있도록 유명한 발음교정사 한 분을 소개해 드릴게요."

클로틸의 표정이 일그러졌다.

"…(…)… 하지만 전…(…) 선생님한테…(…)… 치료받고…(…)… 싶은데요."

긴 침묵.

"……좋아요. 예외적으로 그렇게 하도록 하죠……. 계속 같이 해 봅시다. 싫은 걸 억지로 하겠다는 말은 아니에요. 저한테도 환자 분이 흥미로운 케이스거든요. 정말로 그러길 원하시는 거예요?"

클로틸은 힘차게 고개를 끄덕였다.

"좋아요, 그럼 다음 주에 봐요. 환자 분이 긴장을 풀 수 있도록 다양한 방법을 시도해 볼 거예요. 다음번에는 노래를 불러 보죠!"

"아직 말도…(…)… 제제제제제대로 못하는데……."

"진짜 노래는 아니더라도…… 노래 흉내는 낼 수 있을 거예요……. 시험 삼아 해 보는 거죠……."

클로틸이 웃으며 양팔을 번쩍 치켜 올렸다.

돌아오는 길에 클로틸은 알릭스와 오후에 만나기로 한 약속을 떠올렸다. 이미 결심이 선 클로틸은 마음이 변하기 전에 어서 알릭스에게 아니마 문디 일을 맡겠다고 말해 주고 싶었다. 물론 말이 아니라 써서 보여 주는 수밖에 없지만. 지금이라도 알릭스의 제안을 거절하려면 핑계는 얼마든지 있다. 하지만 이제 와서 마음을 바꿀 이유는 없었다. 아니마 문디 개점 공사를 진행하고 관리하는 데 반드시 목소리가 필요한 것은 아니었다. 꼭 말이 필요한 경우에는 무슨 방법이 있을 것이다. 그 외에는 이메일로 처리하면 된다.

클로틸은 음성치료사가 가감 없이 솔직하게 해 준 설명을 듣고도 별로 걱정하지 않았다. 그녀가 정작 두려웠던 건 '그녀의' 음성치료사가 아닌 다른 치료사에게 처음부터 다시 치료를 받아야 하는 일이었다. 집으로 돌아온 클로틸은 그렇게 하지 않아도 된다는 사실에 마음을 놓았다. 그녀는 피아노 앞에 앉아 모차르트의 〈환상곡〉을 연주했다. 집중이 잘됐다. 섬세하고 정확한 연주였다.

정오에 클로틸은 아버지와의 점심 약속에 가려고 집을 나섰다. 아버지에게 보톡스 주사 얘기는 꺼내지 않을 것이다. 나중에 기회가 있으면 말할 생각이었다. 아버지와 점심을 먹고 곧바로 알릭스에게 가서 아니마 문디가 봄에 문을 열 수 있도록 돕겠다고 말할 참이었다.

15
아틸레르 씨의
물레방앗간

아틸레르 씨, 그러니까 클로틸의 아버지는 유명한 과학자였다. 퇴직을 하고 방앗간 주인이 된 지금도 그가 과학자라는 사실에는 변함이 없다. 그의 마지막 연구는 인공위성의 크기와 무게를 줄이는 일이었다. 더 정확히 말하면, 탄소 나노튜브에 관한 연구였다. 원통 모양으로 말린 이 극소 흑연판이 인공위성의 증폭기 부품으로 쓰인다고 했다.

르베이즈에서 몇 킬로미터 떨어진 곳에 17세기에 세워진 물레방앗간이 하나 있었다. 물살이 빠른 강 상류 협곡 근처였다. 아틸레르 씨는 그곳에서 혼자 살았다. 르베이즈와 강 상류 사이의 마을에서 태어난 그는 이 폐가가 된 방앗간 근처에서 소풍이나 낚시를 즐기며 어린 시절과 청소년기를 보냈다. 이끼로 뒤덮인 시커먼 물레방아를 다시 돌리고 싶었던 그는 오랫동안 방치해서 습기로 부식된 채 멈춰 서 버린 톱니바퀴들을 상상 속에서 다시 작동시켜 보곤 했다.

과학자가 되어 이곳저곳을 여행하고 학교에서 학생들을 가르치면서도 그는 단 한 번도 그 꿈을 잊은 적이 없었다. 어디를 가든 그는 귀를 쫑긋 세우고 눈을 반짝이며 숫돌이나 기계 벨트, 도르래, 바퀴, 물갈퀴판 같은 것에 대한 정보를 찾아다녔다.

물론 물레방아의 부품을 찾는 일은 펜이나 나이프, 조각품 따위를 수집하는 것과는 달랐다. 그러나 그는 포기하지 않았다. 그는 몇 년에 걸쳐 끈기 있게 유럽 전역을 돌아다니며 이런저런 부품들을 사 모았다. 그리고 마침내 그 낡은 방앗간을 인수해서 수리를 시작했다.

다른 물레방앗간을 인수할 수도 있었지만 그가 원했던 건 오직 그곳뿐이었다.

그곳을 손에 넣으려고 그는 물레방앗간 복원과 관련된 여러 단체에 가입했고, 회원들에게 마치 스승과 같은 대접을 받았다.

완전히 그곳에 정착하기 전에 그는 나노튜브에 관한 막바지 연구에 심혈을 기울였다. 그리고 어느 정도 연구가 마무리됐다는 판단이 서자마자 미련 없이 연구소를 떠났다.

아버지는 물레방앗간을 대대적으로 수리한 후 컴퓨터와 탁자, 의자, 침대, 버너 그리고 그의 곁을 한시도 떠난 적이 없는 첼로를 들고 그곳으로 이사했다.

그렇다고 일을 완전히 그만둔 것은 아니었다. 예정보다 일찍 연구소를 떠나는 대신에 그 빈자리를 메울 방안을 마련했다. 한 달에 한 번 파리에 가서 수학자, 물리학자 동료들을 만나고 몇몇 학생들을 지도하고, 학회 발표를 하기도 했다. 그런 일들이 끝나고 나면 지체 없이 물레방앗간으로 돌아왔다.

그의 본업은 이제 물레방앗간 주인이었다. 그는 인터넷에 홈페이지를 만들어 고객들을 끌어모았다. 유기농 곡물이나 희귀 곡물, 겨자 가루, 밤 가루, 옥수수 가루 등에 관심 있는 고객들이 몰려왔다. 그가 가장 자랑스러워하는 고객은 '아틸레르 씨'의 통밀 가루를 사러 파리에서 그곳까지 찾아오는 파키스탄인과 인도인들이었다. 그는 자신의 물레방앗간 덕택에 유럽에서 가장 맛있는 '차파티'(철판에 굽는 동글납작한 인도의 밀가루빵—옮긴이)를 만들 수 있다며 자랑스러워했다.

그는 혼자 살았다. 비사교적인 성격의 그에게는 그런 생활이 오히려 편했다.

그와 함께 살 수 있는 사람은 클로틸의 어머니뿐이었다.

클로틸의 어머니는 세상을 떠나기 전 마지막 1년 동안, 오리나무 밭치에 남편이 개조해 준 긴 의자에 기대어 몇 시간씩 앉아 있곤 했었다. 그녀는 그곳에서 남편이 물레방앗간을 고치는 모습을 바라보거나 연장 부딪히는 소리를 들었다. 그렇게 남편을 격려하다가 조용히 숨을 거뒀다. 그 아름답고 품위 있는 여성은 조용히 고통을 견더 냈다. 그러나 아버지의 정리定理에 따르면, 어머니는 죽은 그날부터 불완전한 존재가 되었다. 어머니 생전에는 단 한 번도 아내를 비판하는 말을 해 본 적이 없던 그가 이따금 어머니에 대해 나쁜 말을 내뱉곤 했다. 마치 회초리를 내려치듯 재빠르게 가혹한 말을 내뱉었다. 옆에서 노려보는 클로틸의 시선을 느끼고 나서야 부끄러움에 눈을 내리깔곤 했다.

어머니는 물레방앗간이 거의 완성될 무렵에 세상을 떠났다. 과학자이면서 이제 물레방앗간 주인이 된 아버지는 강물을 떠다가 뜨겁게 데운 다음 보온 주머니에 넣어서 어머니의 깃털이불 밑에 넣어 주곤 했다. 어머니의 병세가 악화되자 이번엔 피크닉에 대한 열정에 사로잡혔다. 그는 매번 새로운 주제의 피크닉을 생각해 냈다. 어머니는 새 모이 먹듯 음식을 거의 넘길 수 없는 상태였지만 남편이 연출한 피크닉 덕분에 이따금 즐거운 기분을 만끽할 수 있었다.

어머니는 강가에 놓아둔, 카롤링거 시대 여왕의 가마처럼 생긴 침상에서 숨을 거뒀다. 물레방아 바퀴의 회전에서 나오는 힘을 분산시켜 주는 톱니바퀴 장치의 작동 실험이 성공한 직후였다. 몇 가지 문제점만 해결하면 마침내 작품이 탄생하게 될 순간이었다. 아버지는 그 사실을 알리려고 어머니에게 뛰어간 참이었다.

물레방앗간에 난 몇 개의 창문 너머로 강변의 오리나무가 바라다보였다. 아틸레르 씨는 딸에게 가끔 어머니가 방앗간 쪽으로 걸어오는 환영을 본다고 했다. 클로틸 역시 물레방앗간 옆 강변에 어머니가 누워 있고 첼로 소리가 나는 풍경을 떠올리며 소박한 행복이라는 말을 생각했다.

물레방앗간에 도착한 클로틸은 노트북과 칠판, 스펀지, 분필 등을 들고 차에서 내렸다. 대화가 길어질 경우에는 노트북의 워드프로세서 프로그램을 켜서 큰 글씨로 타이핑을 해야 했다. 그 외에는 칠판과 분필만으로도 충분했다.

딸이 도착하는 걸 본 아버지가 나와 클로틸을 맞이했다. 그는 딸과 키가 비슷했다. 호리호리한 몸에 얼굴은 각이 지고 길었다. 초록색 눈에 눈썹이 짙었다. 하지만 지금은 온몸이 흰색으로 덮여 있었다. 그가 원래 색을 되찾는 건 제분 일을 쉴 때뿐이었다.

"안녕, 클로틸."

"…(…)… 안녕, 아빠(속삭임)."

"치료사를 다른 사람으로 바꿔야 할 것 같구나."

클로틸은 천천히 그러나 단호하게 고개를 저었다.

"네 '음성치료사'하고 방금 전화 통화를 했다. 음성치료사라니, 별로 예쁜 말은 아니구나, 그렇지? 그 여자가 내게 전부 설명해 줬다. 한 마디로, 아무것도 확신할 수 없다는 얘기더군. 의학은 정밀 과학이 아니야. 내가 만약 의사가 됐다면 돌팔이가 됐을지도 몰라. 나는 논리가 맞아떨어지는 과학이 좋아…… 아니면 음악, 둘 중 하나지. 그 중간은 싫어."

그는 자기 의견을 말하고는 곧장 물레방앗간의 자기 방으로 들어간 후 종이 한 장을 집어 들어 그 위에 얇은 층으로 덮인 밀가루를 입으로 불어 털어 냈다. 그 안에서는 모든 게 흰 밀가루를 뒤집어쓰고 있었다. 그는 얘기를 계속하며 음성치료사에게 들은 설명을 떠올리며 종이 위에 구강 구조를 그렸다. 그는 각 부위에 긴 화살표들을 연결해서 명칭을 적어 넣은 후 장광설을 늘어놓기 시작했다.

"그 여자가 전화로 설명을 하는 동안 나는 인터넷에서 여기 옮겨 놓은 이 그림을 찾아냈지. 설명에 따르면, 수많은 근육과 인대의 움직임 덕분에 성대가 진동한다는군. 그리고 보톡스 주입법이 효과가 있다는 거야. 보톡스는 일종의 박테리아를 이용해서 만드는데, 근육을 마비시키지 않을 정도로만 약화시켜서 경련을 멈추게 할 수 있어…… 그 여자 말로는, 성대 주변의 근육, 신경 분포, 점막, 인대 중 어느 한 곳에라도 문제가 생기면 음성장애가 발생할 수 있다는 거야. 네 경우는 근육 경련이 문제인 거지…… 말을 한다는 게 이처럼 복잡한 과정을 필요로 한다는 걸 나도 처음 알았다. 호흡, 진동, 근육의 움직임, 점막, 신경 등등…… 일일이 열거하자면 끝이 없을 거야…… 무슨 말인지 알겠니?"

클로틸은 종이 위에 그려진 사람의 구강 구조를 바라보며 고개를 끄덕였다. 그 그림에는 설명에 필요한 기관이나 근육, 입만 그려져 있었다. 심장이나 눈이 없는 것까진 봐줄 만했다. 클로틸은 아버지의 손에서 펜을 빼앗아 그 양쪽에 귀를 그려 넣은 후 썼다.

"이게 없으면, 나머지는 아무 의미도 없어요."

"…… 물론 그렇겠지. 점심 준비해 놨다. 피크닉 가서 먹는 것보다 조금 나은 수준이긴 하지만 맛좋은 와인과 빵이 있단다. 더 필요한 건 없니?"

"…(…)… 없어요."

"네 치료사가 그러는데 어쨌든 그동안 상당한 발전이 있었다더구나. 네가 방금 '없어요'라고 했을 때 발음은 완벽했지만 무미건조하게 들렸다. 마치 기계에서 나오는 음성처럼. 어쩌면 좋으냐. 말을 할 때 느낌표나 물음표를 첨가할 수 없다는 거잖니."

세월과 밀가루로 하얗게 바랜 참나무 탁자 위에 점심 식사가 차려져 있었다. 소나무로 깔아 놓은 마룻바닥 역시 하얀 밀가루로 덮여 있어서 탁자와 마루가 잘 구분이 안 될 정도였다. 아버지의 첼로는 창문 옆 구석에 세워져 있었다.

클로틸은 조심스럽게 어려운 질문을 던졌다.

"…(…)… 요즘…(…)… 연주…(…)… 자주 하하하세요?"

"응. 주로 밤에. 앉아라. 너는 뭘 하면서 지내니? 대답하지 마라. 너 말하는 소리 듣고 있으면 내가 숨을 제대로 쉴 수가 없다. 글로 써라."

클로틸은 노트북을 집어 들었다.

"알릭스에게 아로마 가게 문 여는 일을 맡겠다고 말할 생각이에요."

"…… 그것도 나쁘지 않겠다. 난 널 알아. 아마 잘 해낼 수 있을 거야……. 상상력도 있고 세밀한 곳까지 신경을 쓰는 성격이니까……. 그 다음엔?"

"그 다음이라뇨?"

"가게 문 열고 나서는? 그 가게에서 에센셜 오일이나 비누 같은 걸 팔거니? 아니면 진짜 일을 찾아볼 셈이니?"

클로틸이 썼다.

"언제부터 아버지는 제가 일을 하길 바라셨어요?"

"…… 물론 그전에 네 음성치료사가 말한 대로 보톡스 시술을 받아야겠지. 괜찮은 일자리를 찾거나 제대로 사업을 시작하려면 현재로선 그게 최선의 방법이잖니. 하지만 그 치료사 말로는 네가 그 방법을 원치 않는다고 하던데, 나로서는 이해할 수가 없다. 유일한 해결책을 거절하다니. 애들을 출산할 때에는 무통분만을 하자고 해도 안 하겠다고 고집을 부리더니만. 그렇다고 마조히스트적인 증상 같은 건 없는 것 같은데……. 무슨 말이든 좀 해 보렴. 아니면, 쓰든지."

클로틸은 머리를 가로저었다.

그는 말을 멈추고 손에 든 작은 빵의 냄새를 맡았다. 그러고는 빵을 두 조각으로 쪼개어 그 속살을 엄지와 검지로 눌러서 탄력과 밀도를 살폈다. 그는 그중 큰 조각을 클로틸에게 내밀었다.

"사실은 말이다, 클로틸. 나는 내 딸이 커리어 우먼이 될 거라는 기대를 버렸다……. 네가 결혼식을 올리던 때만 해도 그런 생각은 하지 않았는데……. 네가 아이들을 출산하는 걸 보고 생각이 바뀐 거지……. 그 순간, 나는 네가 정말 여자구나 실감했단다……. 나는 속으로 '이제 다 끝났다'고 생각했지. 네가 날 교양 없는 사람이라고 욕해도 할 말은 없다. 그런데 내 길을 찾고 나니까, 다시 말해서 물레방앗간 주인이 되고 나니까 세상에 불가능한 게 없어 보였어. 그때 네가 아이들을 키우는 모습을 봤는데, 마치 전쟁터에서 군대를 호령하듯 치열해 보이더구나. 이제 아이들이 모두 학교에 들어갔으니 그 에너지를 다른 곳에 써 보고 싶어 한다는 거 안다……. 어쩌면 너도 '네 길'을 찾을 수 있을지도 모르지……. 너는 훌륭한 피아니스트가 될 수도 있었어. 재능이 있었으니까……. 하지만 네가 원하질 않았지. 그 이상은 나도 잘 모르겠다. 아마도 다른 뭔가가 널 기다리고 있을지도 몰라……. 네 엄마도 그렇게 믿었다. 네 엄마는 결혼하고 너를 낳고부터는 밖에서 일을 하지 않았지. 하지만 그 사람은 넌 강한 성격을 타고났기 때문에 '밖'에 나가 뭔가를 할 거라고 항상 기대했단다……. 반드시 그럴 거라고 굳게 믿었지. 하지만 네가 사고로 말을 못하게 될 줄 누가 알았겠니……. 참 안타까운 노릇이다……."

그는 흰색 슬라이스 햄 큰 조각 하나를 딸에게 준 후 자신의 접시에도 한 조각을 올려놓았다.

"엄마도 내가 피아니스트가 되지 않은 것에 실망하고 있었다는 건 몰랐어요."

그는 딸이 쓴 글에 힐끗 시선을 던진 후 말을 이었다.

"그랬다는 말은 아니야. 네 엄마는 실망하지 않았어. 그 사람은 네게 이래라 저래라 하는 걸 싫어했거든. 굳이 뭔가를 하라고 등을 떠밀지 않아도 스스로 알아서 할 만큼 네가 강하다고 생각했으니까. 나도 네가 그러는 모습을 보고 싶구나. 그 목소리 문제도 해결하고 말이야. 뭔가 방법을 찾아보렴. 지금 치료사도 괜찮긴 하지만 필요하다면 치료사를 바꿀 수도 있을 거야. 와인 더 마실래? 맛 괜찮지, 어때? 모든 게 다 잘 돌아가고 있었는데 갑자기 벙어리가 되어 버리다니, 이게 도대체 무슨 일이냐? 밥이나 먹자."

아버지와 점심을 먹는 중에 클로틸의 휴대전화에 알릭스의 메시지가 도착했다. 오후 약속을 취소하자는 내용이었다. 며칠 어딘가 다녀온다고 했다.

클로틸은 실망감에 입술을 깨물었다.

"무슨 일 있니?"

클로틸은 아버지에게 휴대전화 메시지를 보여 주었다.

"알릭스를 초대하자! 이번 주는 안 되고 다음 주 일요일에. 내가 피크닉을 하나 준비할 테니까. 시적인 걸로! 서프라이즈가 기다리고 있을 거야! 벵상에게도 물어봤는데 그날 근무가 없다고 했어. 날씨가 좋아야 할 텐데. 혹시 날씨가 안 좋아도 큰 창고 안에서 하면 되니까……. 정확히 정오에 시작할 거야. 꼭 시간 지켜야 한다."

점심을 먹고 아틸레르 씨의 눈꺼풀이 무거워진 것을 보고 클로틸은 자리에서 일어났다. 그가 자동차까지 배웅을 나왔다.

"다음 주 일요일까지는 말하는 게 아직 힘들겠지? 정말 보톡스 주사 안 맞을 거냐?"

"아직요."

"나는 내 딸이 또박또박 말을 할 수 있으면 좋겠다! 언제쯤 결정을 내릴 건지라도 좀 말해 주렴!"

클로틸은 고개를 가로저었다.

"넌 네 엄마만큼이나 고집이 세구나."

자동차가 멀어지기도 전에 그는 몸을 돌려 다리를 건너 물레방앗
간으로 들어가 버렸다.

훌륭한 과학자였던 그는 예상치 못한 일이 벌어지는 것을 싫어했
다. 물론 자신이 준비한 서프라이즈는 예외였다. 그는 모든 종류의
나쁜 소식을 견디지 못했다. 지금 딸이 직면한 문제 혹은 운명 역시
그중 하나였다.

물레방앗간을 뒤로하며 클로틸은 아버지에 대해 생각했다. 그녀
는 오늘 아버지가 자신의 연주를 들어 보겠냐고 묻지 않은 것에 서
운함을 느꼈다. 예전 같으면 당신이 연습하고 있는 부분을 들려주
고 싶어 했을 텐데. 편집광처럼 바흐를 좋아하는 아버지는 규칙적
으로 바흐의 무반주 첼로 곡들을 연습했다. 그 곡들을 연주할 때마
다 그는 다시금 '세 식구'가 모인 것 같은 느낌에 사로잡힌다고 했
다. 그는 물속에서 도는 물레방아 소리와 낟알을 빻는 맷돌 소리 사
이에서 첼로를 연주했다. 그러나 마들렌이 학교에서 도망친 사건
이후로 한참 동안은 그의 연주를 들을 수 없을 것이라고 클로틸은
생각했다. 적어도 그녀가 정상적으로 말을 하게 되거나 보톡스 시
술을 승낙하기 전까지는, 혹은 그가 딸이 목소리를 잃은 것을 핑계
로 도발적인 언사를 계속하는 한에서는 그의 연주를 들을 일은 없

을 것이다. 과학자로서의 정확성은 추상적인 세계에서나 소용 있는 것이다. 과학자이자 물레방앗간 주인인 아버지는 항상 눈썹이나 손목시계 눈금판에 하얗게 밀가루를 묻히고 다녔다. 클로틸 역시 칠판을 들고 다니기 시작한 후로 여기저기 분필 가루를 묻히고 다녔다. 두 부녀 사이에 닮은 점이 아예 없지는 않은 셈이다.

알릭스에게서 다시 문자메시지가 왔다. 일주일간 더 자리를 비운다는 내용이었다.

클로틸은 알릭스의 태도가 최근 들어 달라진 이유를 생각하느라 아버지에 대한 생각은 잊었다. 아버지의 태도는 별로 놀라울 것도 없었다. 그러나 알릭스의 경우는 달랐다. 평소와 다름없이 그녀를 대했지만 어딘지 거리감이 느껴졌다. 알릭스가 나를 피하고 있는 걸까? 클로틸에게는 그게 아버지의 변덕보다 더 걱정스러운 일이었다. 그녀는 알릭스를 기다리지 않고 몰래 일을 꾸미듯 혼자서 아니마 문디 개점 구상을 시작하기로 했다.

벵상은 집을 떠나 있을 때면 늘 그러듯 저녁에 집으로 전화를 했다. 클로틸은 단지 수화기에 대고 뽀뽀하는 소리를 내는 것으로 만족해야 했다. 그녀는 아이들 장난감 중에서 찾아낸 공을 울려 아이들을 전화기 주위로 불러 모았다. 그리고 벵상에게 문자메시지를 보냈다.

그녀는 아이들에게 하고 싶은 말이 있을 땐 휴대용 칠판이나 음악실에 걸어 놓은 커다란 칠판을 사용했다.

클로틸은 오랜만에 그림도 많이 그려야 했다. 알쏭달쏭한 그녀의 그림이 아이들에게 폭소를 자아내기도 하고 천둥을 동반한 비 그림이 뿔난 아이들을 달래 주기도 했다. 클로틸과 아이들에게는 목소리가 나오지 않는 것이 그리 대수로운 일이 아니었다. 그녀는 중요한 얘기가 있을 때마다 아이들을 모아 놓고 칠판에 글을 쓰거나 그림을 그려서 설명하는 방식이 마음에 들었다. 아이들은 이제 날마다 엄마에게 오늘의 그림 퀴즈를 그려 달라고 졸라 댔다.

예전에 그녀는 두세 가지 일을 한꺼번에 하면서 아이들에게 잔소리를 늘어놓곤 했었다. 그녀는 여러 가지 문제를 동시에 처리해야만 했다. 그러나 더는 그럴 수 없게 됐다. 이제 무슨 문제가 생기면 일단 자리에 앉아 자신이 하고 싶은 말을 쓰거나 그려서 보여 줘야 했다. 덕분에 아이들도 변하기 시작했다. 예전보다 침착해지고 주변에서 벌어지는 일들에도 더 주의를 기울일 줄 알게 되었다. 아이들은 엄마가 말을 못 한다는 사실을 아빠보다 훨씬 잘 받아들였다. 심지어는 알릭스보다도.

뱅상은 3과 4분의 1일을 밖에서 보내고 돌아왔는데도 여전히 아내가 말을 못 한다는 사실에 실망했다. 겉으로 내색하지는 않았지만 집에 들어서자마자 클로틸에게 던진 시선이 그렇게 말하고 있었다. 클로틸은 그의 무거운 시선 속에 담긴 질문에 아무 대답도 할 수가 없었다.

16
노래하는 목소리

벵상이 집으로 돌아오는 길을 좋아하듯이, 클로틸은 음성치료를 받으러 쿠르셀 로르괴이외 병원으로 가는 길을 좋아하게 되었다. 그 길을 달리는 동안은 타인들의 실망과 기대에서 벗어날 수 있었다. 음성치료를 병원에서 받는 것도 맘에 들었다. 그 안에서는 그녀도 여러 환자들 중 한 명으로 대접받았다. 또한 발성에 대한 그녀의 호기심도 존중받았다. 클로틸에게는 조명이 비추는 음성치료실 내부가 마치 과학 연구실처럼 느껴졌다. 그곳에서 그녀는 실험 도구이자 실험 대상이었다.

그날도 음성치료는 평소와 다름없이 시작됐다. 음성치료사는 클로틸에게 점점 길게, 숨이 닿는 데까지 소리를 내 보라고 했다. 그러고는 이런저런 방식으로 소리를 변형시키거나 몇 가지 모음을 삽입하라고 주문했다……. 이번엔 노래를 해 볼 테니까 정신을 집중하라고 했다. 클로틸은 노래 부르기에 좋은 자세를 취했다. 그녀는 자신의 상체가 '저절로' 평소와 '다른' 자세를 취하는 걸 느꼈다. 그녀는 노래에 필요한 호흡법에 맞춰 숨을 쉬었다. 그리고 노래하기 시작했다. 아이들이 부르는 간단하고 짧은 노래였다. 그녀의 목소리는 경련을 일으키지도 않았고 소리가 이어지다가 갑자기 잦아들거나 하지도 않았다. 노랫가락이 부드럽게 이어졌다. 그녀의 목소리는 튼튼한 실처럼 끊김이 없었다.

"노래하는 목소리가 참 아름다우시네요. 놀랐어요……. 노래를 하면 말더듬 증상이 사라지기도 한다는 건 이미 알려져 있어요. 하지만 경련성 발성장애인 상태에서 그처럼 노래를 잘할 수 있다는 건 놀라운 일이에요. 통계적으로도 불가능에 가까운 일이죠. 사실 저희도 환자 분이 가진 증상의 원인에 대해 거의 아는 게 없어요. 제가 노래를 해 보자고 한 이유는 지난번에 환자 분이 '말'이라는 단어보다 '소리'라는 단어를 더 좋아한다는 사실을 발견했기 때문이에요."

"…(…)… 어떻게 그게…(…)… 가능하죠?"

"노래하는 목소리는 여러 가지 면에서 말하는 목소리와 차이가 있어요. 우선은 신체적인 측면에서 다르죠. 노래를 할 때에는 호흡의 리듬이 바뀌고 노래 구절에 따라서 숨을 적게 혹은 더 깊게 들이

쉬어야 하죠. 그리고 발성 시간이 더 길어져요. 숨을 내쉴 때에는 고르게 일정 강도를 유지해야 해요. 말을 할 때보다 훨씬 많은 양의 공기가 필요해요. 노래를 하겠다고 생각하는 순간, 몸은 평소에 말을 할 때와는 완전히 다른 자세를 취하게 되죠."

"…(…)… 그럼 다른…(…)… 측면은요?"

"심리적이거나 미학적인 측면이 있겠죠."

17

Intermezzo[*]

인디언 서머

10 월의 어느 일요일. 맑고 온화한 인디언 서머의 날씨. 길을 따라 울긋불긋하게 물든 나뭇잎들이 미풍에 흔들리며 소리를 냈다. 차창 밖의 평온한 풍경과 대조적으로 차 안은 앙투안, 마들렌, 다비드, 아델이 난리법석을 피우는 통에 정신이 하나도 없었다. 아틸레르 씨가 손자들에게 어찌나 이번 피크닉을 선전했던지 아이들은 잔뜩 기대에 부풀어 있었다.

벵상 루리, 클로틸 아틸레르 가족이 탄 차가 약속된 서프라이즈가 기다리고 있는 물레방앗간에 도착했다. 강변 곳곳에 놓인 화로

*인테르메초. 간주곡 혹은 막간극—옮긴이

에 불이 지펴져 있고, 오리나무와 버드나무 그늘이 드리워진 풀밭 위에 커다란 흰 천들이 깔려 있었다. 클로틸과 벵상이 서로 마주 봤다. 바닥에 깔린 천이 두 개인 걸 보니 초대 손님이 많은 모양이었다. 하지만 근처에 주차된 차도 없고 사람도 보이지 않았다. 아이들이 참지 못하고 방앗간 문 앞에서 "할아버지!" 하고 큰 소리로 불렀다. 그러나 아무 대답도 없었다. 안쪽에서 누군가가 부산스럽게 움직이는 소리가 들렸지만 문은 굳게 잠겨 있었다.

마침내 석회질 바닥을 긁는 소리를 내며 천천히 문이 열렸다. 앙투안, 마들렌, 다비드, 아델은 곧바로 문 쪽으로 뛰어가지 않았다. 제자리에 우뚝 선 채로 이리저리 눈동자를 굴리며 저쪽에 떨어져 서 있는 벵상과 클로틸조차 짐작하지 못하는 무엇인가가 나타나기를 기다리고 있었다. 보는 냄새를 맡기도 하고 이리저리 뛰며 짖어 댔지만 문 쪽으로 다가가지는 않았다. 아이들은 제각기 다리 위에서 뒷걸음질을 치며 강변 쪽으로 물러섰다.

보가 아이들을 보호하려고 다리 앞에 버티고 섰다. 방앗간에서 특이한 차림의 사람들이 열을 지어 걸어 나오고 있었기 때문이다. 터번을 두른 남자들, 붉은색, 녹색, 금색, 사프란색의 사리를 걸친 여자들이 햇빛을 받아 번쩍거리는 커다랗고 둥근 구리 그릇에 고기와 차파티, 밥, 민트 소스를 가득 담아 들고 다리를 건너왔다. 그들은 친구인 아틸레르 씨가 손자들을 위해 준비한 이벤트가 재미있는지 즐겁게 웃으며 흰 천이 깔려 있는 쪽으로 걸어왔다. 처음엔 긴장하던 보도 길을 비켜 줬다.

이번엔 아틸레르 씨가 기쁜 표정으로 문밖으로 걸어 나왔다. 아이들이 다리를 건너 할아버지 쪽으로 뛰어갔다. 그는 아이들을 한 명씩 안아 준 후, 다시 물레방앗간으로 들어가 지금껏 들어 본 적이 없는 이름들을 불렀다. 그러자 열 명쯤 되는 아이들이 수줍은 표정을 지으며 한 명씩 차례로 걸어 나왔다. 윤기 나는 검은 머리칼에 구릿빛 피부를 한, 여섯 살에서 열 두 살쯤 돼 보이는 아이들은 그 부모들과 마찬가지로 비단처럼 부드러운 갖가지 색의 옷을 걸치고 있었다. 어른들이 인사를 나누는 동안 두 집단의 아이들은 서로 데면데면하게 서 있기만 했다. 아이들이 아직 서로 눈치만 보며 마지못해 손끝으로 인사를 하는 동안 어른들은 이미 흥겨운 분위기를 즐기고 있었다.

그 초대 손님들은 아틸레르 씨의 단골 고객이었다. 그는 그들 중에서 한 인도인 커플과 친구처럼 지내고 있었다. 이번 시골 피크닉도 그들과 함께 준비한 것이었다. 손님들은 준비해 온 사리를 마들렌에게 입혀 주었다. 긴 노란색 비단 천에 둘러싸여 포즈를 취하는 마들렌은 마치 어릴 때부터 줄곧 그걸 입었던 것처럼 그 의상과 잘 어울렸다. 아델도 사리를 얻어 입고 신기한 표정으로 감탄사를 연발하며 걸어 다녔다. 마치 유리로 된 옷이라도 입은 것 같은 표정이었다. 앙투안과 다비드에게는 머리에 터번을 씌워 주었다.

클로틸은 학자들이 입는 사리를 입었다. 상아색 바탕에 금실로 작은 마름모꼴 문양의 자수를 놓은 사리였다. 갑자기 수도승이라도 된 기분에 클로틸은 평상시와 다른 몸짓을 해 보았다. 그녀는 초대된 여자들을 바라보며 그들의 몸짓을 따라하려고 했다. 만약 말을 할 수 있는 상태였다면 아마 그 여자들의 목소리까지 흉내 내려 했을 것이다.

클로틸은 그들의 음성이나 특유의 억양을 흉내 내는 대신, 누군가가 자신에게 인사를 할 때마다 메아리처럼 그들의 동작을 따라하며 답례하는 수밖에 없었다.

아틸레르 씨는 클로틸에게 인사를 하고 잠시 딸의 눈치를 살폈다. 보톡스 주사를 맞았든 안 맞았든 그녀가 무슨 말인가를 한다면 그건 목소리를 되찾았다는 뜻일 터였다. 그는 클로틸이 아직 목소리를 되찾지 못했다는 것을 확인하고는 실망한 나머지 다른 곳으로 가 버렸다. 안 그래도 매우 바쁜 터였다.

클로틸은 초대 손님들이 영어가 뒤섞인 자기들 말로 대화를 나누는 소리를 들었다. 그녀는 모국어가 아닌 언어로 말을 해도 여전히 자신이 말을 더듬을지 궁금했다. 아직 영어로 말을 해 본 적은 없었다. 그러나 시도하지 않기로 했다. 외국어로 말할 때에는 호흡 경련이나 말더듬이 없어질지도 모른다는 환상을 깨고 싶지 않았다.

아틸레르 씨가 나이프로 크리스털 잔을 두드렸다. 사람들이 모여들었다. 그는 환영 연설을 시작했다. 모두 조용히 그의 말에 귀를 기울였다. 축제 같은 분위기의 피크닉에 온 손님들을 환영한다는 내용이었다. 비단과 향기로 가득한 퀴르 강변! 그는 모두에게 건배를 권하기에 앞서 갑자기 클로틸 쪽을 가리켰다.

"잠시 주목해 주세요. 여러분에게 제 딸을 소개하게 되어 무척 기쁩니다. 언어학을 공부하고 외국어도 유창하게 구사하는 등 재주가 많답니다. 그런데 얼마 전부터 말을 못하게 되었죠. 그래서 지금은 모국어로도 말을 못하는 처지라 여러분을 제대로 대접할 수가 없답니다. 부디 넓은 아량으로 이해해 주시길 바랍니다. 그런 것까지 제 엄마를 쏙 빼닮았다니까요, 글쎄! '과묵한 여인들'이라고나 할까요? 물론 그것 때문에 오늘의 축제에 지장이 있거나 하지는 않을 겁니다!"

클로틸은 다리에서 힘이 빠져나가는 걸 느꼈다. 모두 서서 건배를 하려고 잔을 드는 순간, 그녀는 자리에 주저앉고 말았다. 아틸레르 씨를 친아버지처럼 존경하는 벵상조차도 그의 엉뚱하고 공격적인 언사에 놀람과 비난의 표시로 고개를 가로저었다. 벵상은 클로틸이 최근 음성치료에서 얻은 괄목할 만한 성과를 아버지에게 얘기하지 않은 걸 원망했다. 클로틸이 노래를 할 수 있게 된 것이다. 그러니 곧 말을 할 수 있게 될지도 모른다. 그 소식을 들으면 아틸레르 씨도 안심했을 텐데. 그러나 클로틸은 노래를 할 수 있게 되었을 뿐, 말하는 능력에는 별 진전이 없는 상태에서 아버지에게 괜한 말을 하고 싶지 않았다. 벵상은 그 소식을 전하지 않은 걸 후회했다.

아틸레르 씨는 딸에게 '앙갚음'을 하려던 시도가 별 소득 없이

끝나 버리자 얼굴이 붉으락푸르락해서는 장황한 연설을 멈추고 손
님들에게 건배를 권했다.

"…… 즐거운 피크닉과 공연을 위해!"

그러고는 약간 뒤로 물러서 있던 네 명의 손님들에게 신호를 보
냈다. 그러자 그들은 방앗간 옆 건물로 들어가 악기를 들고 다시 나
타났다. 양면 북과 피리, 비나, 남인도의 시타르 등이 손에 들려 있
었다. 그들은 흰색 천 한구석에 현악기들을 내려놓고 타악기만 들
고 클로틸이 앉은 곳에서 대각선 방향 끝에 자리를 잡았다. 그때 방
앗간에서 두 명의 무용수가 걸어 나왔다. 짧고 넓은 치마를 입고 멋
진 모자를 썼다. 자연스러운 황갈색과 금빛으로 치장된 모자는 얼
굴에 쓴 가면과 대조를 이루었다. 한 사람은 눈에 띄는 초록색 가면
을 썼고, 다른 한 사람은 검은색과 빨간색으로 칠해진 가면을 쓰고
있었다. 옆에 앉아 있던 여자가 클로틸에게 설명을 해 주었다.

"카타칼리를 출 거예요. 인도 남부 케랄라에서 시작된 무용극이
죠. 마하바라타의 한 구절을 극으로 보여 줄 거예요. 일테면 저희에
게는 구약성서 같은 거죠."

앉아 있던 두 사람이 북을 치며 춤추기 시작하자, 두 무용수가 율
동을 시작했다.

클로틸이 옆에 앉은 여자에게 물었다.

"…(…)… 가면?"

"가면에는 여러 가지가 있어요. 쌀죽을 이용해서 사람 얼굴을 본
떠서 만들죠. 각각의 색깔은 다른 의미를 가지고 있어요. 선한 왕자

역인지 악당 역인지에 따라 색깔이 달라지죠. 신분이나 성에 따라서도 달라져요. 극에 여성이 등장하는 경우는 거의 없지만 필요하면 남자가 대신 연기해요."

클로틸은 친절한 설명에 대한 감사의 표시로 머리를 숙였다. 클로틸은 그녀가 자신의 말을 잘 들으려고 걷어 올렸던 베일을 손바닥으로 정수리에서 이마 쪽으로 다시 내리는 모습을 지켜봤다.

클로틸은 아버지가 한 말을 잊으려고 가면 쓴 배우들의 노랫소리에 집중하려고 애썼다. 상념에 잠겼다가 갑자기 대학에서 어원학 수업을 듣던 시절로 되돌아갔다. 중세에는 '페르소네persone'(사람—옮긴이)라는 말이 '말하고 있는 그 혹은 그녀, 말하는 상대, 대화의 화제가 되는 사람'을 모두 지칭했다고 한다. 따라서 타인의 말에 귀 기울일 줄 알고, 타인의 메시지를 이해할 수 있다면 한 사람으로 대접받기에 충분한 것이다.

어원학 수업의 기억을 더듬던 그녀는 이번엔 '페르소나persona'라는 단어를 생각해 냈다. 페르소나는 에트루리아에서 기원한 라틴어 단어로 '배우의 가면'을 뜻한다. 이 가면은 특정 배역을 표현할 뿐 아니라, 관객들에게 잘 들릴 만큼 목소리가 멀리 울려 퍼지도록 하는 기능도 있었다고 한다. 클로틸은 가끔 가면을 쓸 수 있다면 참 편할 것 같다는 생각을 했다. '페르-소나레per-sonare'. 무언가를 통해 말하기.

커다란 흰 천 위로 가벼운 바람이 불었다. 배우들의 노랫소리와 규칙적인 북소리가 흰 천 위에 놓인 갖가지 빛깔의 음식과 꽃 장식 위로 울려 퍼졌다. 그 소리들이 '벙어리' 클로틸의 귀를 편하게 감싸 주었다. 클로틸은 배우들의 재빠른 도약, 팔을 크게 벌려 둥글게 구부리거나 검은 눈동자를 이리저리 굴리는 동작들에 매혹당했다. 아버지가 자신에게 준 달콤하면서도 쓰디쓴 선물에 눈물이 나올 것 같았다.

무용수들이 북을 들고 자리에서 물러난 후 앉아 있던 연주자들이 피리와 시타르를 연주하기 시작했다. 악기에서 유리 혹은 빛의 파편 같은 음들이 흘러나와 오리나무 가지를 스치는 바람을 따라 흘러 다녔다. 와인에 적당히 취해 기분이 좋아진 클로틸은 연주 소리에 폭 빠져들었다. 벙어리인 채로도 피아노를 연주하고 사랑하고 배우며 살 수 있다. 더욱이 잔인한 말 따위는 하지 않아도 된다. 그런데 굳이 말을 해야 할 이유가 없지 않은가.

클로틸은 찬찬히 주변을 관찰했다. 아무도 그녀를 귀찮게 하지 않았다. 그녀는 달콤한 와인에 취해 느긋한 기분으로 앉아 있었다. 그래, 벙어리도 썩 나쁘지 않은걸. 모두 날 조용히 내버려 두잖아.

아이들은 자기들끼리 노느라 정신이 없었다. 손님들은 클로틸에게 밝은 미소를 짓거나 공손히 고개를 숙이는 것으로 말을 대신했다. 그들끼리 클로틸에 대해 얘기할 때에도 목소리를 낮추었다. 어쨌든 클로틸은 중세 사람의 개념 세 가지 중 두 가지에는 해당되는 셈이었다. 클로틸은 다양한 색의 비단옷을 걸친 그 사람들에게 거울에 비친 것처럼 똑같은 동작으로 답례를 했다. 그녀는 이 모든 게 연극 같다고 생각했다.

그런데 왜 아버지는 어머니를 비난했던 걸까?

시간이 흐르면서 클로틸은 계속해서 새롭게 변주되는 그 즉흥연주의 풍부하고 다양한 음색을 더 잘 이해할 수 있게 되었다. 클로틸은 기꺼운 마음으로 음식의 맛을 즐겼다. 화롯불이 피워내는 민트, 고수, 카레 그리고 강물의 냄새가 그녀의 콧속을 가득 채웠다. 계속되는 음악 소리가 그녀의 몸과 마음을 사로잡았다. 와인에 취한 클로틸의 입술과 손끝이 맛있는 음식들을 집어 먹느라 바쁘게 움직였다. 그녀는 남편이 영어로 말할 때 내는 다른 톤의 목소리 울림을 즐겼다. 이국적인 옷을 입은 아이들의 모습에 웃음이 나왔다. 그녀는 다른 아이들과 떨어져서 그네에 앉아 계속해서 흘러나오는 음악을 듣고 있는 마들렌을 바라봤다. 그녀는 알릭스가 다른 볼일 때문에 오지 않을 거라는 사실과, 알릭스가 뱅상과 오랫동안 얘기를 나눈 후 자신과 관련하여 '의견 일치'를 봤다는 사실을 잊어버렸다. 그들이 무엇에 의견 일치를 본 건지는 알 수 없지만.

클로틸은 자신과 가장 가까운 세 사람이 모두 자신에게 보톡스 주사를 맞게 하지 못해 안달하는 모습을 이해할 수가 없었다. 후두근을 마비시키는 게 정말 '반드시 해야 할 일'인가? 그래서 내가 말을 하게 되면 무슨 말을 듣고 싶은 건가? 만약 아이들이 그녀의 침묵으로 고통받는다면, 오직 그 경우에만 클로틸은 보톡스 주사를 맞을 것이다.

Coda*

　클로틸의 귀에는 더 이상 아버지의 음성이 들리지 않았다. 잡음으로조차 들리지 않았다. 그때 강물 속에서 어머니의 차분하게 가라앉은 음성을 얼핏 들은 것 같았다. 이제 술을 그만 마실 생각으로 마지막 잔을 비울 참이었다. 그러나 술기운이 떨어지길 기다리는 사이, 그 목소리가 자신에게 속삭이는 소리를 들은 것이다. 나는 조용히 아니마 문디 개점 준비를 해낼 것이다. 아니, 그보다 더 멀리 나아갈 것이다. 당신들 모두의 꿈보다, 심지어 나 자신의 꿈보다, 퀴르 강변에서 벌어진 빛으로 가득한 이국적인 피크닉보다 더 낯선 일을 해내리라.
　클로틸이 다소 취한 건 사실이었다. 가면을 쓴 사람들이 연주하는 신선한 음악 소리에 기분이 좋아진 탓도 있었다. 그녀는 자신도 뭔가 새로운 음악을 시도해 보고 싶다고 생각했다.

* 종결부. 특히 푸가의 결미 ─옮긴이

제2전개부

development

"착한 여자 콤플렉스는 이제 좀 벗어 버리는 게 어때! 네가 노래를 해도
주변 사람들은 아무것도 잃을 게 없어. 무언가를 얻으면 얻었지.
아직도 모르겠어? 너를 그토록 의심하게 하고 괴롭게 만드는
그 '저음'은 바로 네가 평소에 말할 때 사용하는 그 목소리야!"

01
퀴르 강변 피크닉

지금까지 아틸레르 씨가 준비했던 것 중 단연 최고였던 피크닉이 끝나고 한참이 지난 후에, 다비드는 부르고뉴 지방의 물레방앗간에서 사리를 입은 여인들과 금빛의 아이들이 열을 지어 걸어 나오는 장면을 그림으로 그렸다. 학교 선생님은 상상력이 풍부하다며 다비드를 칭찬해 주었다.

그 피크닉은 아델과 마들렌의 소꿉놀이에도 영향을 미쳤다. 아델과 마들렌은 오후 나절 같은 때 선물로 받은 사리를 입혀 달라고 엄마를 자주 졸라 댔다. 클로틸은 순순히 아이들의 부탁을 들어주었다. 마들렌에게는 반짝거리는 노란색 비단 사리를, 아델에게는 파란색 사리를 입혀 주었다. 그러면 마들렌과 아델이 엄마에게 상아색과 금빛의 사리를 입혀 주었다. 아델은 언니와 엄마를 인디언 텐트로 초대했다. 마들렌은 라비 샹카(인도의 시타르 연주자—옮긴이)의 음반을 들고 왔다. 바깥의 빛이 스며드는 텐트 안에서 갖가지 색의 비단 사리를 입은 '세 여자'가 둘러앉아 웃고 속닥거리며 놀았다. 클로틸은 그 놀이가 재밌었지만 한편으로는 부끄러운 기분이 들었다. 아이들과 같이 소꿉장난을 하는 건 아무렇지도 않았지만, 낯선 의상으로 분장을 하고 앉아 있는 게 어색하게 느껴졌다.

벵상은 기뻐했다. 알릭스도 마찬가지였다. 클로틸이 노래를 할 수 있다면 곧 말도 할 수 있을 것 아닌가. 말이나 노래나 그게 그거 아닌가. 드디어 치료가 효과를 보는구나. 노래를 통해 치료를 한다는 게 좀 이상하긴 했지만, 클로틸이 다시 말을 할 수만 있다면 방법이야 무슨 상관이겠는가.

알릭스 역시 클로틸이 '해냈다'며 흥분을 감추지 못했다. 그녀는 일주일에서 2주일만 기다리면 곧 목소리가 '완벽하게' 돌아올 테니 그때 가서 아니마 문디 개점을 준비해도 늦지 않을 거라고 고집을 피웠다. 2주일 정도만 기다리면 모든 게 다 제자리로 돌아올 것이다. 클로틸은 알릭스의 기분에 맞추려고 그냥 '알았다'고 대답했지만, 알릭스의 동의도 구하지 않고 혼자서 일을 시작했다. 그녀는 이미 집에 걸린 칠판 위에 아니마 문디의 설계도를 그리기 시작했다.

그러나 아틸레르 씨는 벙어리 딸이 노래를 할 수 있다는 이상한 소식을 듣고 뚱한 표정만 지었다.

여전히 미심쩍었던 것이다. 딸이 말을 하는 걸 직접 봐야, 아니 들어 봐야 비로소 안심할 수 있을 것이다.

무언가를 기다리는 건 그들만이 아니었다. 클로틸 역시 음성치료사와 노래 연습하는 날을 손꼽아 기다렸다. 매번 치료가 끝나고 다음번 치료를 기다리는 시간은 고통에 가까운 인내심을 요구했다. 그러나 쿼르 강변에서의 피크닉이 끝나고 며칠 지난 후, 그녀가 음성치료사를 만날 날만 고대하던 그때 일어난 사건 하나가 모든 것을 바꾸어 놓았다.

마 들렌은 피아노 밑에 들어가 혼자서 놀고 있었다. 아이는 그
곳에 파란색 사리를 막처럼 펼쳐 걸어서 연극 무대 같은 것
을 꾸며 놓았다. 터번을 씌운 인형들로 공연을 하겠다며 엄마에게
부탁해 CD플레이어를 가지고 갔다. 두 달째 엄마 아빠 침대 머리맡
에 놓여만 있던 물건이었다.

클로틸은 그 사이 마들렌이 학교에서 도망친 사건이 생기기 전의
습관으로 돌아가 다시 음악도 듣고 피아노도 연주하기 시작했다.
그러나 '체칠리아 바르톨리'의 음반은 다시 듣지 않았다. 느닷없이
사람을 바닥에 주저앉게 만들어 버리는 그런 음악은 듣고 싶지 않
았다.

마들렌은 CD플레이어 전원을 연결하고, 그 속에 무슨 CD가 들어 있는지도 모른 채 재생 버튼을 눌렀다. 정말 모르고 있었던 걸까?

갑자기 노랫소리가 들리기 시작했을 때 클로틸은 재활용 폐지들을 정리하고 있었다. 〈오페라 프로비타〉 3번 곡이었다. 헨델의 〈시간과 깨달음의 승리〉.

보가 먼저 일어서고, 뒤이어 클로틸이 자리에서 일어섰다. 그녀는 음악 소리가 들려오는 방향으로 걸어갔다. 피아노가 놓인 위층으로 연결된 계단을 걸어 올라가니, 피아노 밑에 마들렌의 연극 무대가 설치되어 있는 것이 보였다. 클로틸은 마지막 층계참에 주저앉아 엄마가 온 것을 아는지 모르는지 놀이를 계속하고 있는 마들렌을 바라보며 노래를 들었다.

한쪽에서 줄넘기 줄의 엉킨 매듭을 풀고 있던 아델이 엄마 품에 안겨 아무 일도 없다는 듯이 매듭 풀기를 계속했다.

♬♬♬ 이 목소리가 지금 노래하는 것은 전쟁인가 평화인가?…… 일제히 사격을 가하듯 거칠게 연주하는 바이올린 소리. 마치 이탈리아어처럼…….

♬♬♬ 느리고 부드러운 악장…… 템포 피우 템포 논 에tempo più tempo non è…….

클로틸은 아델을 도와 남은 매듭을 마저 풀어 주었다. 아델은 곧 자리에서 일어나 거실을 가로질러 숲이 바라다 보이는 테라스로 나가 깡충깡충 줄넘기를 하기 시작했다. 시선은 똑바로 앞을 향하고 있었다.

클로틸은 피아노 밑으로 들어가 작은 셀룰로이드 인형을 춤추게 하는 데 여념이 없는 마들렌의 이마에 입을 맞추었다. 그러고는 자리에서 일어나 서랍장 쪽으로 걸어갔다. 그녀는 서랍을 열어 아이들 젖니를 넣어 둔 봉투들 사이에서 성악 선생님인 메조뇌브 부인의 명함을 찾아냈다.

클로틸은 명함에 적힌 주소로, 약속을 잡고 싶다는 내용의 이메일을 보냈다. 곧 답신이 왔다.

월요일 11시, 저희 집에서 봐요. (아래 주소 참조) **만나 뵙게 되어서 기뻐요.**

약속이 잡히자 클로틸은 거실의 큰 소파 위에 털썩 주저앉았다.
한 20년은 걸려야 할 수 있을 것 같은 일을 몇 분 사이에 해치운 기분이었다. 벵상과 아버지, 알릭스가 그녀에 대해 품는 생각들이 그녀의 행복을 산산조각 냈다. 클로틸은 가능하다면 그 세 사람의 이미지를 아이들 젖니가 담긴 봉투 안에 넣어 정리해 버리고 싶었다. 그녀는 벵상의 보랏빛 눈동자를 머릿속에서 떨쳐 버리고 지금의 편안한 행복감을 만끽했다. 마들렌은 엄마의 눈을 물끄러미 바라보다가 미련 없이 인형과 연극 무대를 버려둔 채 테라스에서 줄넘기를 하고 있는 아델에게 뛰어갔다.

♬♬♬ 체칠리아 바르톨리는 어느덧 6번 곡, 스카를라티의 〈예루살렘의 왕〉을 노래하고 있었다. 클로틸은 가사를 듣고 바르톨리가 지금 피와 영원한 이별을 노래하고 있다는 걸 어렴풋이 이해했다.

바르톨리의 노랫소리는 말을 할 때와 그 억양이 비슷하다. 다른 점이 있다면 단지 목소리 톤이 더 높다는 것.

♬♬♬ 9번 곡. 스카를라티의 〈멈춰라…비록 고귀한 로마가〉.

클로틸은 '뗏목'에 앉아 잘 나오지 않는 목소리로 가사를 외우며 연습할 준비를 했다. 노래를 시작하기 전 그녀는 바이올린 화음에 몸을 꼿꼿이 세우고 그 고대 로마 여인의 목소리에 귀를 기울였다. 무시무시한 두려움이 그녀를 사로잡았다.

03

메조뇌브 부인

메조뇌브 부인은 콩세르바투아르(음악학교—옮긴이) 교수였다. 그
러나 클로틸은 학교에 가기보다는 개인 교습을 받는 쪽을 택
했다. 문 앞에서 이루어진 첫 대면은 서먹서먹했다. 클로틸은 말을
더듬을까 봐 한 마디도 하지 못한 채 구부정하게 서서 연신 미소만
지었다. 그녀는 잠시만 참아 달라는 몸짓으로 양해를 구하고, 노트
북을 꺼내 전원을 켠 후 열려라 참깨 주문을 외듯 비밀번호를 입력
했다. 그러고 나서 메조뇌브 부인에게 자신이 지금 어떤 문제를 겪
고 있는지 설명되어 있는 컴퓨터 화면을 봐 달라고 부탁했다. 메조
뇌브 부인의 동그랗고 큰 눈이 화면에 쓰인 것을 읽기 시작했다.

"이상 증상 속에서 또 다른 이상 증상을 발견했어요. 말을 못하게 되어 음성 치료사에게 치료를 받던 중, 노래를 부를 때에는 목소리가 끊기지 않는다는 것을 알게 됐어요."

"그렇군요……. 예전에 노래를 하신 적이 있으세요, 루리 부인?"

"그냥 클로틸이라고 부르셔도 돼요."

"좋아요, 클로틸."

"성악을 해 본 적은 없어요."

"어쨌든 음악을 하시나요?"

클로틸은 고개를 끄덕였다.

"지금도 계속?"

"일곱 살부터 열여덟 살까지 콩세르바투아르에서 피아노를 배웠어요. 그 후로도 계속 연주를 했어요."

"어쨌든 성악을 배우는 데 좋은 조건을 갖추고 계시군요. 피아노를 연주할 때 노래도 부르시나요?"

"네, 그런데 주로 재즈예요."

"실례지만 지금 나이가 어떻게 되는지 물어봐도 될까요?"

"서른세 살이에요. 아이가 넷 있어요."

메조뇌브 부인은 피아노 앞에 앉았다.

"대단하시네요……. 자, 그럼 말을 초월해서 나온다는 그 노랫소리를 들어 볼까요? 일단은 무리하지 말고 발성 연습부터 해 봅시다. 따라 불러 보세요……."

클로틸은 두 걸음 뒤로 물러선 후 땀에 젖은 손바닥을 청바지에

문질러 닦았다. 첫 발성 연습을 하면서 그녀는 수줍음을 극복하려고 애썼다. 자신의 성대 사진을 보며 떠올렸던 여성의 신체 부위가 다시 생각나 입을 크게 벌릴 수가 없었다. 그녀는 한 걸음 더 뒤로 물러섰다.

일단 수줍음을 극복하고 나자, 클로틸은 자신의 벌린 입과 배와 호흡으로 부풀려진 가슴을 차례로 바라보는 메조뇌브 부인의 시선을 별로 의식하지 않게 되었다. 그녀는 음성치료실에서 자신이 노래를 할 수 있다는 사실을 발견하던 순간을 떠올렸다. 그 덕분에 지금 이 금발의 머리를 틀어 올린 여성의 피아노 앞에 서 있는 것이다. 클로틸은 목과 후두를 열고자 몸을 꼿꼿이 세웠다. 그리고 그 이탈리아 디바의 목소리를 머릿속에서 떨쳐 내려고 애썼다. 마음속 심연의 입구를 열어 준 그 목소리. 하지만 목소리라는 게 뭔지 완전히 이해하기 전에 그 심연 속으로 빠져 버리고 싶지는 않았다. 그녀는 성악 교수가 부르는 노랫말을 기억에 담고, 배에서 시작해 입술까지 오르내리는 호흡에 정신을 집중했다. 그리고 자신의 입을 빠져나간 소리가 멀리까지 퍼져 나가는 궤적을 따라갔다.

"아주 좋아요. 벌써 소리가 달라지고 있어요. 계속하세요…….
아니, 잠깐만요……. 말을 한번 해 보세요……. 말할 때 목소리가
어떤지 들어 보고 싶어요……."

"…(…)… 애를 쓰면 마마마마를 할 순 있어요.(속삭임) …(…)… 몇 마

디 하하하하고 나면(속삭임) ···(···)··· 성대를 ···(···)··· 울리지 못하고(속삭임) ···(···)··· 공기만 빠져나와요.(속삭임)"

메조뇌브 부인은 놀라움을 감추지 못했다.

"정말…… 어려워 보이네요…….'"

클로틸이 얼굴을 붉혔다.

메조뇌브 부인은 클로틸에게 입을 다물거나 크게 벌리며 소리를 내 보라고 주문한 후, 그 소리를 다양한 자음이나 모음과 결합하거나 저음에서 고음으로, 크레센도에서 데크레센도로 이어지는 아르페지오(화음의 각 음을 동시에 연주하는 것이 아니라 연속으로 차례대로 연주하는 주법—옮긴이) 연습을 시켰다.

한 차례 연습이 끝나자, 메조뇌브 부인은 한참 동안 침묵을 지켰다. 클로틸은 그녀의 입에서 무슨 말인가가 나오기를 기다렸다.

"좋은 목소리를 가지고 계시네요. 메조소프라노가 어울려요. 하지만 그 이상으로도 쉽게 올라갈 수 있을 것 같아요. 호흡을 다스리는 힘이 좋아요. 남들은 몇 년을 노력해야 다다를 수 있는 경지를 이미 터득하셨어요. 제 생각에는 음성치료 과정이 많은 도움이 된 것 같아요. 그런데 제가 왜 '좋은 목소리'라고 했냐면, 호흡 조절이 잘될 뿐 아니라 목소리의 울림이 풍부하기 때문이에요. 저음은 부드럽고 고음은 화려해요. 더 정확히 말해서 그럴 가능성이 보여요. 성량이 풍부하고 유연한 목소리를 타고나셨어요. 그 타고난 목소리를 기술적으로 가다듬으면, 이미 오랫동안 음악을 해 오셨기 때문에 매우 좋은 결과를 얻을 수 있을 거예요."

클로틸은 노트북이 있는 곳으로 걸어갔다.

"오늘 연습 더 할 건가요?"

"더 하고 싶으세요?"

클로틸이 힘차게 고개를 끄덕였다.

클로틸은 일주일에 두 번 수업을 받고 싶다고 했다. 그러나 메조뇌브 부인은 천천히 시작하는 게 좋다면서 우선은 일주일에 한 시간씩 교습을 해 주겠다고 했다. 클로틸은 다음 수업 시간까지 일주일 동안 혼자서 해야 할 연습 과제를 메모하는 것으로 만족해야 했다.

"마치 목마른 사람이 샘 앞에 당도한 것처럼 보여요."

"…(…)… 맞아요."

04
우정의 죽음

클로틸은 반복해서 속삭였다. "나는 호흡한다. 고로 노래한다."
메조뇌브 부인의 아파트를 나선 클로틸은 주차해 둔 자신의
자동차를 지나쳐 곧장 걸어갔다.

그녀는 경쾌하고 빠른 발걸음으로 길을 내려가 시내 뒤편으로 난
경사로를 오르기 시작했다. 아래쪽 강둑에서 성당 사제관까지 이어
진 길이었다. 흥분을 가라앉히고 싶어 걸어가기로 마음먹은 것이
다. 온몸이 에너지로 꽉 차고 가벼워져서 날아오를 것만 같았다. 지
난 두 달 동안 매 세 음절마다 호흡이 막혀 제대로 알아들을 수 없
는 말만 중얼거려야 했던 그녀는 이 성악 교습을 통해 제2의 인생
을 살 게 된 것 같은 기분이었다. 뼛속 깊숙이까지 날카롭고 긴 전

율을 느꼈다. "나는 호흡한다. 고로 노래한다."

르베이즈에 도착한 클로틸은 마음을 진정시키고 증류 공장으로 들어갔다.

그러나 알릭스는 그곳에 없었다. 강변에 있는 온실에 갔나?

'좋은 소식'을 조금이라도 빨리 알리고 싶은 마음에, 클로틸은 온실까지 난 길을 놔두고 물결 모양으로 잘 경작된 비옥한 포도밭 한가운데를 가로질러 갔다……. 밭을 건너다 신발 한 짝을 잃어버린 경험이 있었지만 개의치 않았다.

이번엔 밭 한가운데 신발이 빠지는 일 따위는 없을 것이다. 그녀는 가볍게 스치듯 밭고랑을 밟으며 뛰었다. 이렇게 뛰어 보는 건 어린 시절 이후로 처음이었다. 밭고랑 사이를 뛰어가는 속도가 점점 빨라지면서 그녀는 더 능숙하게 발에 가해지는 무게와 발을 들어 올리는 힘을 조절할 수 있게 되었다.

온실 안쪽에 있던 알릭스는 클로틸이 입구로 들어서는 것을 보고 미소를 지었다. 알릭스의 미소가 그녀를 더 흥분시켰다. 그녀에게 노래를 해 보라고 권한 것도 알릭스가 아니었던가? 클로틸은 숨을 몰아쉬며 노트북을 꺼냈다.

"메조뇌브 부인 집에서 오는 길이야. 첫 교습을 받았어. 성악을 배우러 가게 된 건 다 네 덕분이야. 〈오페라 프로비타〉. 기억하지? 새로운 인생을 시작한 기분이야. 아니마 문디 일도 벌써 시작했어. 일주일 후에 프랑스와 외국에 있는 비슷한 상점들에 대해 조사한 걸 보여 줄게. 그 다음 주에는 내 아이디어가 뭔지 설명해 줄 수 있을 거야. 가게를 열 만한 장소도 곧 찾을 수 있을 것 같아."

알릭스가 말했다.

"그래, 그건 그렇고, 말해 봐……, 좀 차도가 있는 거야? 말하는 걸 좀 들어 보자."

당황한 클로틸은 노트북에서 고개를 돌려 괜찮은 것처럼 보이려고 표정을 꾸민 채 말을 하기 시작했다.

"응…(…)… 바바바름 치료(속삭임)…(…)… 받고 있어. …(…)… 최선을…(…)… 다다다하고 있어."

알릭스는 클로틸이 띄엄띄엄 이어 가던 말을 채 끝내기도 전에 고개를 돌렸다.

클로틸은 노트북에 타이핑을 해서 알릭스 코앞에 모니터를 디밀었다.

"무슨 말이 하고 싶은 거야?"

알릭스는 눈을 내리깔았다.

"네가 노래를 할 수 있다면 말도 할 수 있게 될 거라고 정말로 믿고 있었어……. 실망이야. 더 이상 나도 모르겠다, 클로틸. 도대체 널 이해할 수가 없어. 네가 뭔가를 숨기고 있는 것 같아. 내게 뭔가 숨기는 게 있는 거지?"

클로틸은 고개를 가로저었다.

"나는 네가 심리 상담을 받았으면 좋겠어. 음성치료사도 그러라고 했잖아. 얘기 들었어. 왜 보톡스 주사를 안 맞겠다는 거지? 너는 지금 문제를 피해 가려고만 하는 것 같아. 내게 성악 교습 받은 얘기를 해 주려고 그렇게 발갛게 달뜬 얼굴로 뛰어온 거니? 아직 말조차 제대로 못하면서? 물론 네가 음악을 얼마나 사랑하는지는 알지만, 내가 보기에 그건…… 부차적인 문제야……. 애들이야, 지금은 글과 그림으로 너와 대화하는 게 재밌겠지만 그것도 잠시뿐일 거야. 뱅상도 나와 같은 생각이야. 네 문제로 둘이 얘기 많이 했어. 계속 그렇게 지낼 셈이야? 네 곁에서 널 사랑해 주는 남편과 귀여운 아이들 생각도 해야지……. 그 복을 다 걷어찰 셈이니? 목소리를 되찾을 방법을 강구해야지. 도대체 어쩌자는 심산이니? 네가 노래를 못하는 일이 있더라도 다시 말을 할 수 있다면 그 편이 더 낫겠다는 생각까지 들어! 지금까지 네게 부담을 주거나 기분을 거스르고 싶지 않아서 참아 왔는데 더는 안 되겠어서 하는 말이야."

클로틸은 알릭스 앞에 서서 팔을 축 늘어뜨린 자세로 서서 생각했다. '말은 안 했을지 몰라도 지금까지 그 화난 표정으로 방금 한 말들을 끊임없이 되풀이하고 있었잖아.' 그러나 그녀는 단지 다음과 같이 썼을 뿐이다.

"그럼 아니마 문디는?"

알릭스는 지친 목소리로 대답했다.

"같이 해 보자. 그러기로 했잖아. 네 문제가 먼저 해결된 후에 시작하고 싶지만 할 수 없지 뭐. 시작하자. 네가 특별하고 '예쁜' 가게를 만들어 낼 거라고 믿어. 널 잘 아니까 하는 말이야. 하지만 가게 문을 연다고 네 목소리가 돌아오는 것도 아니고 다시 너와 마음껏 수다를 떨고 깔깔거리며 웃을 수 있는 건 아니잖아. 다른 건 다 그렇다 치고 말야……. 이쪽으로 와. 계약서 준비해 놨어. 사인해야지."

클로틸은 노트북을 덮고 알릭스의 뒤를 따랐다.

클로틸은 집으로 운전을 하고 오는 내내 눈물을 흘렸다. 조수석에는 사인한 계약서가 놓여 있었다. 우정은 죽는다. 그들의 우정도 결국 죽어 가는 걸까?

우정은 대부분 자연스럽게 죽음을 맞이한다. 홧김에 헤어지는 관계는 생각보다 적다. 우정은 어떻게 죽음을 맞이하는가? 특별한 일이 없어도 관계의 균형은 언젠가 깨지기 마련이다. 그냥 때가 되어서일 수도 있다. 혹은 둘만의 관계가 밟아 온 무의식적인 여정이 뚝 끊겨 버렸거나. 어디선가 무너져 내린 흙더미가 낯설게 길 한가운데를 가로막아 버리는 것이다.

그날 저녁 뱅상이 집에 돌아왔을 때, 클로틸은 "오늘 첫 성악 교습 받았어."로 남편과의 대면을 시작했다. 그게 오랜만에 집에 돌아온 뱅상의 기분을 망쳤다.

"정말? 오페라를 한다고? 음성치료실에서 대단한 재능을 발견했군. 멋진걸. 당신이 노래를 하는 것도 좋지만 난 대화를 원해. 집에 돌아왔을 때 함께 말을 나눌 사람이 필요하다고. 음성치료는 잘돼 가고 있는 거야? 이쯤해서 다른 전문가를 알아보는 편이 낫지 않을까?!"

"음성치료사 안 바꿀 거야. 계속 그 사람에게 음성치료를 받을 생각이야. 내가 노래를 할 수 있다는 사실도 이자벨 덕분에 발견한 거잖아."

"그 사람을 이자벨이라고 부르는군. 둘이 친구라도 된 거야?"

"친구? 아마도."

벵상이 냉소적으로 말했다.

"그런 관계라면 치료에도 많은 도움이 되겠는걸……. 말을 못하는 당신이 노래를 부를 수 있다는 걸 발견하다니, 참 놀랍지 뭐야. 처음부터 이해하기 힘들었던 증상이 더 불가사의하게 된 셈이군. 그리고 당신……."

클로틸은 벵상의 코앞에 대고 노트북 화면을 흔들어 댔다.

"그만."

05

성악 교습 1

"입을 벌려요. 입만 벌리지 말고 목구멍도 열어야 돼요. 위쪽으로도, 뒤쪽으로도. 뜨거운 게 입 속에 있다고 상상하세요. 입을 델 것 같아서 그 뜨거운 물체와의 접촉을 피하고 있다고 생각하세요. 벌릴 수 있는 데까지 최대한 벌려 보세요…… 자."

"…♩♩♩… 안 돼요."

"아니, 그게 아니에요. 이런 고음이 나와야 해요. 아시겠어요?"

"네, 잘 알겠어요. 거기까지 올라갈 수는 있을 것 같은데, 가는 길을 모르겠어요."

"긴장을 풀고 땅에 단단히 발을 딛으세요. 내야 할 고음을 머릿속으로 상상하다가 한 번에 앞으로 내뱉는 거예요. 소리가 포물선을 그리며 날아간다고 상상해 보세요……. 자, 다시 연주할 테니까 해 보세요."

"…♪♪♪ …(…)… 안 돼요."

"맞아…… 이런, 반말을 했네……. 그냥 말 놔도 되겠어요?"

"…(…)… 네."

"아까보다는 나아졌지만 아직은 아니야. 그런데 내가 노래를 부른 후에는 정확하게 따라 부르면서, 내가 옆에서 피아노로 반주하면 방금 본능적으로 따라 불렀던 음을 잊어버리는 이유가 뭘까?"

"저는 원숭이처럼 잘 따라하지만 혼자서는 조절이 잘 안 돼요."

"다시 해 보자. 이번엔 방금 들은 고음을 모델 없이 혼자서 내 보는 거야. 이번엔 내가 노래하는 걸 듣지 않고 바로 시작하는 거야."

"그 음을 내는 게 겁나요. 입을 너무 크게 벌리는 게 싫어요."

"이제 숨바꼭질은 그만하자, 클로틸. 좋아, 처음에는 네 쪽을 바라보지 않을게. 대신 나중에는 사람들의 시선을 견디는 훈련도 해야 할 거야. 그 음을 머릿속에 가득 채운 후에 입을 여는 게 아니라 턱이 아래로 떨어지게 내버려 둔다고 상상해 봐. 몸속으로부터 소리가 올라오도록 내버려 두는 거야."

"…♪♪♪ …(…)… 안 돼요 …(…)… 에너지가 …(…)… 너무."

"맞아요. 당신 속에 그만 한 에너지가 있어요. 엄청난 에너지. 그걸 밖으로 분출시키세요. 자제하고 있는데도 그만 한 소리가 나오잖아요. 이런, 내가 다시 말을 높이고 있네. 이번엔 네가 노래할 때 고개를 돌리고 있지 않을 거야. 지금까지 한 연습과 내가 한 말을 잘 기억하고 다시 한 번 해 보자. 한 가지 알아 두어야 할 것은, 호흡은 잘되고 있는데 거기에 소리를 실을 엄두를 못 내고 있다는 거야. 들이쉰 숨이 밑으로 내려가면서 소리는 위로 올라가는 거야. 마치 피스톤 운동처럼. 아이가 넷 있다고 했지? 출산하던 때를 떠올려 봐. 서 있는데 진통이 왔다고 생각해 봐. 비명 소리가 위로 솟구치는 순간, 숨은 아래쪽으로 내려가는 거야."

클로틸은 그 설명을 잘 이해할 수 있었다. 그녀는 잠시 그때의 장면을 떠올린 후 노래를 시작했다.

"······♫♫♫"

메조뇌브 부인이 물었다.

"어때?"

클로틸이 대답했다.

"…(…)… 이거였어요."

"맞아. 우리가 찾고 있던 소리가 바로 '그거'였어."

06

아니마 문디

고음과 저음을 맞추며 노래하는 동안, 클로틸은 알릭스도 벵상도 아버지에 대해서도 생각하지 않았다. 아버지는 두 사람에게 이렇게 말했다고 한다. "그럴 줄 알았다. 그 녀석은 겉으로는 잔잔한 수면처럼 시치미를 뚝 떼고 있지만 언제 무슨 엉뚱한 짓을 할지 모른다고! 예전에도 앙투안 출산하자마자 개를 키우고 싶다고 하질 않나, 무통분만도 싫다고 하고, 피아니스트가 될 수 있었는데도 중도에서 포기해 버렸잖아. 주변 사람들 모두 만류했지만 듣지 않았어. 나만 말린 게 아니었다고! 그러고는 한다는 소리가 언어학을 공부하겠다고? 도대체 그 속을 누가 알겠어?"

클로틸은 노래를 하지 않는 동안에도 그 세 사람에 대한 생각을 머릿속에서 지우려고 애썼다. 그 대신 아이들과 아니마 문디에 대해서만 생각했다.

그녀에겐 이제 목표가 생겼다. 5월에 아니마 문디의 문을 여는 것.

침묵과 노래를 오가는 생활이었지만 이상하게도 자신감이 있었다. 그녀는 신속하고 결단력 있게 아니마 문디 일을 진행해 나갔다. 그러다 이따금 알릭스의 너무 예의 바르게 격식을 차린 이메일이나 문자메시지를 받고 충격을 받았다. 마치 전속력으로 날던 새가 투명한 유리창에 부딪혀 몸이 산산조각 나는 것과 같았다. 그때마다 클로틸은 머리를 세차게 흔들어 정신을 차린 후에 다시 갈 길을 갔다.

노래를 할 때면 자신이 말을 더듬는다는 사실을 잊었다. 세 단어를 연속으로 말하거나 세 음절 이상의 단어를 발음하면 속삭이는 목소리가 되어 버린다는 사실도 잊었다. 또한 그녀가 뭔가를 말로 표현하려고 애쓸 때마다 그 세 사람이 완곡하게 혹은 노골적으로 고개를 돌려 버린다는 사실도 잊었다. 그녀는 더 이상 그들 앞에서 말을 하려고 노력하지 않았다.

다행히 마들렌은 잘 지냈다. 마들렌은 자기 나름의 방식으로, 즉 음악을 통해 엄마를 거들었다. 중이염도 완전히 나았고, 매주 수요일마다 세실이 바이올린을 들고 집에 찾아왔다.

마들렌은 예전처럼 세실의 연주에 맞춰 즉흥연주를 했지만 이번엔 플루트가 아닌 첼로를 연주했다. 아틸레르 씨가 자신의 오래된 첼로를 마들렌에게 선물한 것이다. 그는 아내에게서 받은 첼로를 쓰기로 했다.

첼로든 플루트든 즉흥연주를 하고 있는 마들렌을 방해하는 건 금물이었다. 그랬다가는 '모든 걸 다 망쳐 놨다'는 말을 들어야 했다. 아이는 자주 연주를 멈춘 상태에서 작곡의 영감을 얻었다. 물론 항상 성공하는 건 아니었지만 아이에게는 집요한 구석이 있었다. 마들렌은 즉흥연주가 마음에 들면 벵상과 클로틸이 사 준 녹음기에 녹음을 해 두었다. 올해부터는 자신이 작곡한 곡을 악보에 옮겨 적기 시작했다.

마들렌은 클로틸에게 자신이 다섯 살부터 플루트를 연주하게 된 건 클로틸이 들려준 이야기 때문이었다고 말했다.

"엄마, 그 얘기 다시 해 줘!"

아이 넷이 클로틸 주위에 둘러앉았다. 앉아 있는 아이, 누워 있는 아이, 거실 '뗏목'에 괴상한 자세로 매달린 아이 앞에서 클로틸은 그림을 그려 가며 주문을 외우듯 이야기를 시작했다.

"♫♫♫ 옛날 옛적에, 곰의 뼈를 깎아 만든 플루트가 있었어요♫♫♫."

클로틸은 플루트를 그렸다.

"♫♫♫ 지나가던 노인 한 분이 내게 말하길, 그 플루트의 나이는 4만 3천 2백 5십……9살이요. 그의 이름은 네안데르탈인이었어요♫♫♫."

클로틸은 네안데르탈인을 그렸다.

"♫♫♫ 그 플루트를 만든 사람이 바로 그였어요. 그 사람은 우리와 다른 모습의 사람이었지요. 아치형의 눈썹이 이렇게 튀어나오고, 다부진 어깨를 갖고 있었지요. 우리와 싸움을 한 적도 있었겠지만 자주 함께 모여 음악을 연주하기도 했지요♫♫♫."

클로틸은 각자 플루트를 하나씩 들고 마주 보고 서 있는 네안데르탈인과 호모사피엔스를 한 명씩 그렸다.

"♫♫♫ 4만 년 전에 서로 다른 종의 사람들이 죽은 동물의 뼈로 악기를 만들어 서로 연주를 들려주었다는 얘기가 꿈만 같지요? 우리는 듣는 법을 배워야 한답니다. 우리가 듣지 못하는 소리를 듣는 보를 보세요……♫♫♫."

클로틸은 사람에게는 들리지 않는 소리를 듣고 있는 보를 그렸다.

"♫♫♫ 그 머나먼 옛날의 음악가들은 또한 주술사이자 치료사였답니다. 알릭스처럼 그들도 식물에게서 그 재능을 배워 익혔던 거예요…… 음악가, 마법사, 치료사……♫♫♫."

아델이 말했다.

"엄마, 아니마 문디 얘기 해 줘. 쿠르셀 로르괴이외에 문을 열 알릭스의 가게가 어떤 모습일지 알고 싶어……."

클로틸은 칠판에 썼다. 마들렌과 앙투안이 아델과 다비드에게 엄마가 쓴 걸 읽어 주었다.

"괜찮은 장소를 한 곳 찾았어. 크리스마스 전에 계약을 할 수 있을 것 같아. 그리고 나서 공사를 해 줄 사람을 찾아야 해. 석 달에서 넉 달쯤 지나면 색깔도 칠하고 서랍장들도 들일 수 있을 거야. 그리고 칸막이들을 설치해서 손님들이 각각 다른 향을 맡을 수 있게 할 거야. 각각의 칸막이 안 받침대 밑에서 올라오는 관 끝에 동그란 고무 꼭지를 달아서 그걸 누르면 향기가 나오게끔 할 거야. 푸식…… 라벤더…… 푸식…… 민트…… 백리향…… 소리에 귀를 기울일 때처럼 향을 맡을 때에도 주위를 기울여야 한단다."

클로틸은 색분필로 머릿속으로 구상해 놓은 아니마 문디의 모습을 그렸다.

07
차가운 위임장

클로틸은 쿠르셀 로르괴이외 시내에서 아니마 문디를 열기에
이상적인 장소를 찾아냈다. 예전에 양장점이 있던 자리였
다. 가게 정면에는 색칠한 나무틀로 된 진열창이 있었다. 쇠시리 장
식이 어찌나 화려했던지 마치 극장 입구 같은 느낌을 줬다. 은퇴할
나이를 훌쩍 뛰어넘은 듯 보이는 주인 부부는 알릭스에게 가게 자
리를 넘겨주기로 결정했다.

오래전부터 이 가게 자리를 탐내는 사람들이 많았다. 마치 곧 내
놓을 거라는 소문이 난 포도밭처럼. 모두 주인 부부의 마음을 사려
고 했다. 자식들에게 가게 자리를 마련해 주려고 꽤 오랫동안 기다
리고 있던 시내 상인들도 있었다. 그러나 순진함으로 무장한 클로

틸에게 당해 낼 순 없었다. 클로틸은 알릭스의 증류 공장에서 만든 상품 샘플이 담긴 커다란 바구니를 들고 예의 바르게 주인 부부를 방문하는 것만으로 온갖 꾀를 부리는 경쟁자들을 단번에 물리쳤다.

클로틸은 주인 부부에게 노트북 화면을 통해 자신이 말을 할 수 없는 상태라는 것을 설명했다. 주인 부부는 처음엔 놀랐지만 곧 익숙해졌다. 클로틸은 미소와 시선을 최대한 활용해 침묵으로 생긴 빈 공간을 메웠다.

노부부는 클로틸을 한 번 만나고 곧바로 결정을 내렸다. 클로틸이 소개한 알릭스의 사업 계획과 가게 내부 구상이 마음에 들었던 것이다. 오히려 그들 쪽에서 안도감을 표시할 정도였다.

알릭스가 제시한 가격이 낮았던 건 아니지만 다른 경쟁자들이 더 높은 가격을 제시했을 수도 있었다. 그러나 노부부는 시외에서 온 사람에게 가게 자리를 넘겨줌으로써 쿠르셀 로르괴이외의 상인들 중 한 사람을 골라야 하는 곤혹스러움에서 벗어날 수 있었다.

알릭스는 매매 계약서에 사인을 한 날 저녁 샴페인 한 병을 들고 클로틸의 집에 들렀다. 알릭스는 그 가게 자리가 마음에 들었다. 너무 이상적인 자리여서 자신이 차지할 수 있으리라고는 꿈도 꾸지 못한 곳이었다. 알릭스는 아이들과 한참을 놀아 주고 벵상과도 얘기를 나누었지만 클로틸과는 잠시만 대면했다. 알릭스는 클로틸이 해낸 일을 칭찬하면서도 5월에 가게 문을 여는 건 무리라고 말했다. 이미 가게 자리는 확보했으니 몇 달 쉬어도 되지 않겠느냐, 봄에 가게를 여는 건 무리다, 몸을 혹사하지 말고 그 사이에 음성치료에 집중하는 편이 낫다, 그러니까 9월쯤 가게 문을 여는 편이 좋겠다는 얘기였다.

"…(…)… 만약 아니마 문디 …(…)… 봄에 열면(속삭임) …(…)… 일 시작할 수 있어?"
"문제는 내가 아니잖아. 물론 나야 시작할 수 있지."
"…(…)… 그럼 나도 괜찮아."
"너 참 고집 세구나……. 그럼 마음대로 하렴."

이번에도 클로틸은 알릭스에게서 차가운 백지 위임장을 받는 것에 만족해야 했다.
그렇게 해서 클로틸은 내부 공간이 둘로 나뉜 가게를 설계하기 시작했다.

클로틸은 너비 8미터, 길이 15미터 크기의 가게 안에 테이블 높이의 긴 가구를 들여놓아 내부를 세로 방향으로 정확하게 이등분할 생각이었다. 그리고 번호가 붙은 서랍이 달린 10미터 길이의 가구에 일정한 간격으로 원기둥을 반 토막 낸 모양의 칸막이를 병풍처럼 세워 놓을 생각이었다. 손님들이 그 안에 들어가 간단하게 시향해 볼 수 있도록 말이다. 각 칸막이 안마다 여섯 개씩 설치되어 있는 벽돌색 천으로 싼 공 모양의 스위치를 누르면 향수가 분무되는 식이었다. 천장에는 환기 장치를 설치하여 각 향들이 서로 섞이지 않도록 할 생각이었다.

이렇게 둘로 나눈 공간의 왼쪽 편에는 칸 수가 많지 않은 진열대에 아니마 문디 제품들을 진열할 것이다. 벽과 진열대의 주 색상은 흰색으로, 칸막이가 설치된 긴 가구의 오른편에는 벽과 20센티미터쯤 간격을 두고 널빤지들이 설치될 것이다. 그 사이 빈 공간에 방향을 바꿀 수 있는 다양한 색의 조명을 설치하고 그 조명 빛들이 위와 아래, 널빤지 사이의 틈으로 새어 나오게 하면 계절과 날씨, 기분에 따라 다양한 색상으로 분위기를 연출할 수 있을 것이다. 그리고 각 널빤지에 선반을 달아서 아로마 식물이나 약초 화분들을 놓아둘 생각이었다.

클로틸은 증류 공정을 구경하는 것을 몹시 좋아했다. 가게 열쇠를 받자마자 알릭스의 증류 공장에 가서 구리 증류기를 들고 온 것도 그 때문이었다. 몇 개의 통으로 나뉘고 둥글게 구부러진 주둥이가 달린 19세기 증류기였다. 알릭스가 공장 간이 2층에 처박아 둔 물건이었다. 알릭스는 그 증류기가 박물관에 보낼 만큼 가치 있는 물건이라고 생각했지만 더는 사용하지 않게 된 그 물건의 존재를 까맣게 잊고 있었다. 클로틸은 몇 시간 동안 공을 들여 증류기를 윤이 나도록 닦았다. 아니마 문디 입구 안쪽에 놓아둘 생각이었다. 그 증류기는 일테면 칸막이가 쳐진 긴 테이블을 장식하는 보석 같은 존재였다. 증류기의 적갈색 표면 위에 반사된 빛깔이 가게 앞을 지나는 행인들의 시선을 사로잡을 것이다. 몇 개의 마디를 이어 붙여 놓은 것 같은 곱사등이 혹 모양의 이 증류기를 보면서 클로틸은 르베이즈 수도원의 한 기둥머리에 조각된, 촉수 같은 머리칼을 흩날리는 무용수와 음악가들을 떠올렸다.

클로틸은 최근에 시공 회사를 창업한 젊은 남자를 한 명 알게 됐다. 클로틸은 그가 은행 직원과 나누는 대화를 살짝 엿듣고 그에게 다가가 자신의 계획을 소개하고 견적서 양식을 내밀었다. 클로틸은 아니마 문디 내부 수리에 그렇게 긴 시간이 걸리지는 않을 거라며 그를 설득했다. 그는 이미 예정돼 있는 더 큰 공사 두 건을 시작하기 전에 아니마 문디 수리를 맡아 주기로 했다. 알릭스는 그가 제시한 견적 비용을 받아들였다. 그렇게 해서 1월 초부터 당장 공사를 시작할 수 있게 되었다.

09
수녀회 성가대

메조뇌브 부인이 클로틸에게 새로운 소식을 전한 것도 1월 초였다. 르베이즈의 베네딕트 수녀회에서 평신도 여성들을 포함한 합창단을 만든다고 했다. 그들은 메조뇌브 부인에게 합창 연습을 도와달라고 부탁했다.

"당연히 성가를 부르겠죠?"

"응, 그레고리오 성가."

"왜 선생님께 부탁한 거죠?"

"오래전에 그레고리오 성가를 공부한 적이 있어. 그렇지만 내가 합창단을 지휘하는 건 아니고 막달레나 수녀님을 옆에서 도와드리는 거야. 콩세르바투아르에서 오랫동안 그레고리오 성가를 깊이 공부하신 분이야. 나는 합창단원들 발성 연습과 각 파트 사이에 균형을 맞추는 작업을 맡게 될 거야. 필요하다면 내가 직접 노래를 불러야 할 때도 있겠지. 내가 할 수 있는 한에서 합창단원들에게 그레고리오 성가가 어떤 건지 설명해 주고 각 파트의 소리들을 하나로 모아 내는 일을 하게 될 거야……. 나는 콘서트나 독창회를 열기에는 이제 나이가 너무 들어 버렸어. 이제 새로운 시간이 내게 주어진 거고, 그중 일부를 이 합창단에 투자하겠다는 거지……."

"그분들 노래 참 잘하세요. 그 노래 들으러 가끔 미사에 참석하곤 해요."

"이번 기획 의도가 바로 그거야. 평신도들이 합창단에 참여하고 싶다고 부탁을 했고, 베네딕트 수도원에서 결국 그 부탁을 들어주기로 한 거야. 수녀님들이 평신도들과 섞여서 합창을 한다고 해서 신성한 수도원 담장을 벗어나는 건 아니니까. 스무 명쯤 되는 수녀님들 중에서 열 분이 합창단에 참여하기로 하셨어. 모두 성실한 분들이야. 수도원을 찾는 손님들이 많으니까 분명 콘서트 같은 것도 열릴 거야. 관객들에게 신앙심을 불러일으킬 수 있을지도 모르지……. 어제 오랜만에 알릭스와 얘기했어."

"그래요?"

"알릭스도 합창단에 참여하기로 했어. 클로틸은 어때?"

"지금은 힘들어요. 아직은요. 알릭스 가게를 5월에는 열어야 되거든요. 아이들도 있고, 음성치료도 받아야 되고, 성악 교습에, 가게 공사도 곧 시작해요. 시간이 꽉 찼어요. 나중에 한번 생각해 볼게요."

"일주일에 두 번 수업을 받고 싶다고 했지? 클로틸이 이미 도달한 단계를 생각하면 충분히 가능한 일인 것 같은데. 여러 단계를 그 토록 간단히 건너뛸 만큼 실력이 있잖아. 아예 이참에 시간을 잡자. 금요일마다 르베이즈에서 보는 걸로 해. 합창단 발성 연습 시작하기 한 시간 전, 그러니까 여섯 시쯤 교회 안에서 만나는 건 어때? 그리고 화요일에는 평소에 하던 대로 쿠르셀 로르괴이외에서 수업을 하고."

클로틸은 르베이즈 수도원에서 노래 연습을 하게 되어서 너무 기뻤다. 그녀는 그 수도원이 좋았다. 그곳에 가면 집처럼 편안하면서도 낯선 곳에 와 있는 기분을 동시에 느꼈다. 그곳에 들어서는 순간, 그녀는 자기 자신의 비밀 속으로 발을 들여놓는 것 같은 기분에 사로잡히곤 했다. 가끔 아이들을 데리고 가기도 했다. 수도원은 일테면 집 앞 숲처럼 산책의 종점 같은 곳이었다. 아이들은 마치 숲 공터의 나무 주위를 맴돌 듯 수도원 기둥을 빙글빙글 돌며 놀았다. 이제 아이들은 저희들끼리 수도원에 놀러 가기도 했다. 클로틸이 어린 시절에 그랬듯이.

뱅상이 말했다.

"성악 교습이 한 시간 더 늘었다고? 차라리 그럴 시간이 있으면 심리 상담을 받아 보지 그래?"

클로틸이 말했다.

"왜 당신들 세 사람은 내가 예전처럼 말을 할 수 있기를 그토록 간절히 원하는 거지? 내가 했던 말들이 당신들에게 얼마나 중요했기에 그토록 내 말을 듣기를 원하는 거냐고?"

'그 셋 모두' 차례로 음성치료사를 찾아가 만났다. 이자벨은 치료에 진전이 있으니 앞으로 무슨 결과든 있을 거라며 인내심을 가지고 기다려 달라고 그들을 설득했다. 그러나 그들은 마지막 남은 방법을 써 보는 수밖에 없다고 말했다. 그 방법이란 물론 클로틸에게 보톡스 주사를 맞게 하거나 심리 상담을 받게 하는 것이었다. 클로틸은 자기 나름의 방법으로 말을 다시 할 수 있게 되기를 바랐고 그러려고 노력했다. 노래를 한다고 해서 다른 일에 소홀해진 것도 아니었다. 노래는 그녀가 말을 되찾는 동안의 시간들을 견디게 해줬다. 혹은 그 이상의 것을 가져다줬다. 더욱이 우울증 같은 것에 시달리는 것도 아니었다.

그 후로 클로틸은 그 세 사람의 태도가 조금 나아진 것을 느꼈다. 그러나 마치 보톡스 주사의 약효가 떨어지듯 그것도 잠시뿐이었다. 물이 높은 곳에서 낮은 곳으로 흐르듯, 클로틸에 대한 불신이 다시금 고개를 들기 시작한 것이다.

코린에게는 여전히 사람을 기분 좋게 하는 재주가 있었다.

"…… 항상 그 칠판을 들고 다니는 거야? 차라리 줄 달린 안경처럼 목에 걸고 다니지 그래? 어때, 괜찮은 생각 아냐? 일주일 정도 어디 다녀오는 건 어때? 파리에 가든지, 아니면 섬 같은 곳도 괜찮겠

다. 벵상이 있으니까 비행기 표 걱정은 없을 거 아냐. 아무도 널 귀
찮게 하지 않는 먼 곳으로 가는 거야. 며칠 경치 좋은 곳에서 푹 쉬
다 와. 아이들도 잊고, 보와 벵상, 알릭스, 아버지도 잊고, 르베이즈
에서 먼 곳으로 가서 기분 전환을 하고 오는 거야. 아이들은 내가
맡아 줄 테니까."

　클로틸은 다음과 같이 말할 수도 있었지만, 코린의 볼을 살짝 쓰
다듬는 것으로 대답을 대신했다. …(…)… 괜찮아…(…)… 시간이
없어…(…)… 너무 바빠…(…)… 아니마 문디…(…)… 성악 교습.
　그렇게 말했어도 코린은 클로틸을 이해하지 못했을 것이다.

10
예배당에서

수도원에서 첫 수업이 있는 날. 추위로 얼어붙은 1월의 오후, 클로틸은 집 뒤편으로 난 구부러진 길을 걸어 올라갔다. 압정 머리 모양처럼 묘지를 한 바퀴 돌아 이끼로 뒤덮인 석회석 계단 앞까지 이어지는 길이었다. 계단을 몇 미터쯤 걸어 올라가면 숲의 나무들이 버티고 서 있다. 보리수와 참나무, 밤나무들. 넓은 숲길이 추위로 굳어 있었다. 클로틸은 회색과 흰색의 잔돌맹이들이 깔린 다져진 흙길을 따라 걸었다. 갑자기 코앞에 수도원 벽이 나타났다. 마치 지금까지 따라온 길이 갑자기 하늘을 향해 수직으로 솟아오른 것 같았다. 화창한 햇빛 아래 흙길과 수도원 벽이 하나로 이어진 것처럼 보였다.

클로틸은 고딕 양식으로 지어진 수도원 뒤편을 돌아 북쪽 벽을 따라 걸었다. 그쪽에 난 출입문이 열려 있을 터였다.

부속 건물들은 수도원 중앙 홀과 직각으로 남쪽 가로 회랑 쪽에 연결돼 있었다. 종교전쟁과 혁명을 거치면서도 파괴되지 않고 지금까지 남아 있는 유서 깊은 건축물들이었다. 메조뇌브 부인과 만나기로 한 예배당은 수도원 가로 회랑과 베네딕트회 수녀들이 생활하는 부속 건물이 만나는 곳에 있었다.

클로틸은 아치 모양의 작은 문을 통해 수도원 안으로 들어갔다. 무쇠로 만든 소박한 걸쇠의 납작한 끄트머리를 밀자 금속 부딪히는 소리가 돌로 쌓아 올린 커다란 궁륭 안으로 울려 퍼졌다. 석회암 바닥에 금속 긁히는 소리가 울린 후의 여운 너머로 오르간 소리가 들려 왔다. 그 소리는 수녀들의 숙소 쪽에서 났다. 메조뇌브 부인이 클로틸을 기다리며 오르간을 연주하고 있었다.

클로틸은 북쪽 측랑을 따라 걸어갔다. 오르간의 푸가 연주 소리 위로 그녀의 발자국 소리가 울려 퍼졌다.

클로틸은 중앙 홀 한가운데 멈춰 서서 성가대석 위의 스테인드글라스를 올려다봤다. 파란색과 붉은색으로 채색된 유리창이 밤의 어둠 속에 묻혀 있었다. 낮에 보면 스테인드글라스를 통과한 빛이 분홍빛이나 황갈색을 띠었다. 때로는 유령처럼 희뿌연 빛깔이 되기도 했다. 그러나 밤이 되면 불 켜진 램프의 위아래로 수도원의 기둥들은 적갈색과 녹색이 섞인 나무들처럼 보였다. 화관花冠처럼 장식된 기둥머리는 어둠 속에서 짙은 황적색이나 갈색으로 보였다.

젖혔던 고개를 내리던 클로틸의 시선이 문득 한 기둥 위에 멈췄다. 여인에게 유혹을 느끼는 성 베네딕트가 기둥머리 장식으로 조각되어 있었다.

클로틸은 그 여인을 잘 알았다. 그녀는 성 베네딕트와 악마 사이에서 무표정하게 그저 앞만 응시하고 있었다. 기둥머리의 다른 쪽 면에는 성 베네딕트가 유혹을 떨쳐 버리려고 나체로 쐐기풀 속으로 뛰어드는 장면이 조각되어 있었다. 돌로 만든 그 작은 여인은 성 베네딕트의 욕망에도, 치마를 잡아당기는 악마에도 아랑곳하지 않고 계속해서 앞만 바라보고 있었다. 그 여인은 그곳에 있지만 존재하지 않는 것과 마찬가지였다. 그녀는 무언가에 대한 '구실'일 뿐이었다.

조각 밑에는 각 인물의 이름이 새겨져 있었다. 성 베네딕트 밑에는 'Benedictus', 악마 밑에는 'Diabolus', 그리고 아무것도 원하지 않고 아무것도 기대하지 않는 그 여인 밑에도 'Diabolus'라고 새겨져 있었다. 모순되어 보일수록 기적처럼 보이는 것이다.

중앙 홀에 서 있던 클로틸이 성악 교습에 가려고 발걸음을 떼려는 순간, 마치 폭죽사탕에서 꼬마 악마가 튀어나오듯 기둥 뒤에서 갑자기 누군가가 모습을 드러냈다. 밥티스트였다…….

"…(…)… 아, 밥티스트! …(…)… 놀랐잖아!(속삭임)"

"어? 내가? 놀라게 했다고?"

저음과 고음이 한데 뒤섞인 그의 웃음소리가 궁륭 안을 메아리쳤다. 방금 쇠 빗장이 내던 소리처럼. 밥티스트는 자신의 목소리가 그토록 힘차게 울려 퍼진 것에 만족하며 노아가 조각된 기둥 주위를 한 바퀴 돌았다.

"…(…)… 그래. 놀랐어…(…)… 심장이…(…)… 내려앉는 줄 알았잖아.(속삭임)"

"여자들한테 배는 있어도 심장은 없어."

"…(…)… 그럼 남자들은…… 뭐가 있는데……."

"남자들? 포도밭에서 일하거나 여자들 배를 쓰다듬기 위한 손이 있지. 하지만 밥티스트는 손이 없다……."

"…(…)… 심장은…(…)… 누가 가졌는데."

"나만 가지고 있지. 그리고 저기 난장이들처럼 큰 귀도 있고."

밥티스트는 정문 현관 쪽을 가리켰다.

"…(…)… 여기서…(…)… 혼자…(…)… 뭐 해."

"그냥 문 열리는 소리가 들려서. 문이 열려 있으면 나는 들어간다. 그런데 왜 오늘 저녁에는 문이 안 잠겨 있었을까?"

그러고는 클로틸의 귀에 대고 속삭였다.

"그 여자들이 노래를 할 거야……. 하얀 얼굴의 알릭스도 노래한대……."

"…(…)… 노래하는 거…(…)… 듣고 싶니 …(…)… 조용히.(속삭임)"

밥티스트가 소리쳤다.

"네에!!!!"

웃음소리로 마무리된 그의 '네' 소리는 어둠에 무겁게 가라앉은 커다란 수도원을 가득 채우며 메아리쳤다.

"…(…)… 나도…(…)… 노래…(…)…할 거야…(…)… 올래?"

"네. 네. 같이 갈게."

그러고는 밥티스트가 앞장서 걸어갔다.

클로틸은 손가락으로 방향을 가리켰다.

밥티스트는 잰걸음으로 클로틸을 앞질러 중앙 통로를 걸어갔다. 그리고 3미터쯤 거리가 벌어졌을 때 제자리에 우뚝 서서 클로틸이 자신을 앞지를 때까지 기다렸다. 한 2초쯤 나란히 걸었을까? 클로틸의 오른편으로 밥티스트가 빠른 속도로 지나갔다. 그러고는 클로틸을 기다리고 섰다가 다시 앞지르기를 반복했다.

클로틸은 밥티스트의 리듬을 발견했다. 복잡하긴 해도 분명 리듬이 존재했다.

그들은 오른쪽으로 돌아 가로 회랑 끝에 있는 몇 개의 계단을 내려가 수도원 경내로 통하는 로마네스크 양식의 현관으로 들어섰다. 회랑 왼편에 '예배당'이 있고, 바로 그 옆에 '소예배당'이 있었다. 넓은 반원형 아치 형태의 입구를 통과하면 예배당 안으로 들어갈 수 있었다.

현관 오른편 벽은 가슴 높이밖에 되지 않았다. 그 위로는 반대편 아치의 절반쯤 되는 크기의 아치형 구멍이 뚫려 있었는데, 바람과 추위를 막고자 유리창으로 막아 놓은 상태였다. 주중뿐만 아니라

일요일에도 자주 수도원 본 건물이 아닌 이 '예배당'에서 미사가 진행되기 때문이었다.

회랑 끝에는 베네딕트회 사제들만 들어갈 수 있는 문이 있었다. 문 오른편으로는 우물을 보호하는 네모난 부속 건물이 딸려 있었다. 회랑과 부속 건물이 만나는 모서리에는 채소밭 길로 나갈 수 있는 작은 문이 있고, 그 길의 한쪽 벽에는 중간 높이에 너비 4미터는 족히 되어 보이는 철책이 세워져 있었다. 그 뒤로 번갈아 가며 심어 놓은 회양목, 소사나무, 월계수 잎들이 철책을 완전히 뒤덮고 있었다. 수도원 앞마당의 남쪽에서 바라보면 이 나뭇잎으로 이루어진 벽만 시야에 들어왔다. 여름이 되면 그 너머에 드리워진 그늘 속으로 물뿌리개들을 실은 작은 손수레가 자갈길 위를 삐걱거리며 지나가는 소리가 들려오곤 했다.

클로틸과 밥티스트의 발자국 소리가 들리자 오르간 연주가 멈췄다. 소예배당의 오르간 앞에 앉아서 클로틸을 기다리던 메조뇌브 부인은 몸을 돌려 방금 도착한 두 사람을 바라봤다.

밥티스트는 미사에 온 사람처럼 뒤쪽 자리에 가서 앉았다. 그는 노래 한 곡이 끝날 때마다 조금씩 앞으로 자리를 옮기더니 결국 맨 앞줄까지 왔다.

클로틸은 자세를 가다듬고 노래를 불렀다. 그녀의 목소리가 돌벽 위로 낭랑하게 울려 퍼졌다. 클로틸은 마치 다른 사람의 목소리처럼 들리는 그 소리가 마음에 들었다.

클로틸의 완전한 침묵, 혹은 그녀가 부득이하게 말을 해야 할 때 나오는 낯설고 생기 없는 목소리는 음악을 통해 노래하는 목소리로 다시 태어났다. 영감과 힘이 담긴 그녀의 아름다운 목소리가 돌에 생명을 부여했다. 클로틸은 그 소리에 매혹된 나머지 자신의 목소리를 부정하려고 했다.

"…(…)… 소리가…(…)… 여기서는…(…)… 더 예쁘게…(…)… 들려요."

"예쁘게 들리는 게 아니라 변형되는 거야. 돌이 꾀를 부릴 리는 없잖아. 네 음성의 떨림이 돌에 부딪혀 울리는 것뿐이야. 너를 둘러싸고 있는 모든 사물과 공기가 네가 내는 소리를 흡수하고 반사시키지. 이곳에서는 목소리가 더 좋게 들릴지 모르지만 다른 곳, 가령 다른 교회에 가서 혼자 혹은 사람들 앞에서 노래를 하면 지금과 반대로 실제보다 '덜 예쁘게' 들린다고 느낄 수도 있어. 실제로는 정확하게 부르고 있는데 듣기에 따라서는 음성을 바꿔야겠다고 생각하게 할 만큼 큰 차이가 날 수도 있지. 내면의 느낌, 그러니까 자신의 입속에서 느껴지는 울림을 믿는 수밖에 없어……. 여기 음향은 어떤 것 같아? 소리가 넓게 퍼지는 것 같아, 아니면 건조한 것 같아?"

클로틸은 노트북 쪽으로 걸어가 타이핑을 했다.

"소리가 일직선으로 뻗어 나가요. 음향이 넓지는 않은 것 같고 건조한 편이에요."

"맞아. 그리고 잘 기억해 둬. 목청을 크게 열고 음정을 잘 조절하면서 깊고 절제된 호흡을 하는 거야. 이 모든 요소를 갖추고 얼마나 쉽게 소리를 내는지에 따라 노래의 수준이 결정되는 거야."

성악 교습을 난생 처음 구경하는 밥티스트는 어찌나 눈을 깜박거렸던지 눈물이 나올 지경이었다. 클로틸과 메조뇌브 부인이 잠시 노래나 말을 멈출 때마다 무릎 위에 여러 번 손을 비비며 자꾸 자세를 고쳐 앉았다. 그의 행동을 이상하게 여긴 클로틸과 메조뇌브 부인이 무슨 일이냐고 물으면 '좋은 자세'를 찾고 있는 중이라고 했다. 그러다가 클로틸이 노래를 부르거나 메조뇌브 부인이 클로틸에게 조언을 할 때면 미동도 하지 않고 앉아 있었다.

수업이 아직 끝나지 않았을 때 수녀 한 명이 들어와 밥티스트 옆에 앉았다. 밥티스트는 노랫소리에 정신이 팔려 옆에 누가 온지도 몰랐다.

막달레나 수녀였다. 보헤미아에서 태어난 수녀는 음악가이기도 해서 성가대의 지휘를 맡기로 되어 있었다.

그날부터 다른 성가대원들이 도착하기 전에 막달레나 수녀가 클로틸과 메조뇌브 부인을 보러 오는 게 습관처럼 되었다. 긴 수녀복에 빛나는 하얀 윔플(머리 가리개―옮긴이)로 얼굴을 감싸고 검은 베일을 쓴 수녀는 매주 그곳을 찾아와 동네 바보의 옆에 앉아 클로틸이 노래하는 모습을 지켜보았다.

알릭스를 포함한 성가대원들이 도착해서 성가대석에 자리를 잡고 메조뇌브 부인의 지도 아래 발성 연습을 하는 동안, 클로틸은 막달레나 수녀와 대화를 나누곤 했다. 성 베네딕트회의 규율이나 교회에 대해서, 특히 이 수도원에 관한 얘기를 나누었다. 이 수도원은 신의 말씀에 더 잘 귀 기울이고자 침묵을 섬기는 곳이라고 했다.

침묵을 경배하는 그곳에서 인간의 노랫소리 혹은 돌에 반사된 외침 소리가 그 어느 곳에서보다 아름답게 들린다는 사실은 모순적이었다. 그 영리한 돌들은 땅속 깊은 곳 혹은 동굴 속 울림까지 그대로 흉내 낼 줄 알았다. 클로틸은 어린 시절 어머니를 따라 공연을 보러 다녔는데, 그중에서 밤에 교회에서 열리는 공연을 가장 좋아했다. 혈거인穴居人 조상들이 사용하던 등잔불 밑에서 노래를 하거나 악기를 연주하는 사람들의 그림자가 교회 기둥 위에서 춤추는 걸 볼 수 있기 때문이었다. 그곳에서는 길들여지지 않은 소리들이 제 마음대로 이곳저곳을 울리며 사람들을 놀라게 했다. 클로틸에게 교회는 그 어떤 극장보다도 훌륭한 공연장이었다. 정성스럽게 '가꾸어진' 돌들은 소리의 반향과 그림자를 통해 자연과 인간의 몸에 본래의 자리를 되돌려 주었다.

하지만 막달레나 수녀에게는 교회가 창조주에게 기도를 드리는 귀중한 공간이었다. 그녀는 클로틸의 생각이 교회 고유의 신성을 박탈하는 것이라며 불쾌해 했다. "신은 말씀이십니다. 인간에게는 말하는 능력이 있지요. 우리는 신을 보는 것이 아니라 신의 말씀을 듣습니다. 기도가 없다면 이 교회는 한낱 돌무더기에 지나지 않습니다."

클로틸은 예민한 청각을 갖추었을 뿐 아니라 외국어에도 소질이 있었지만 단 한 번도 신의 음성을 들어 본 적이 없었다. 그녀는 죽음은 그저 죽음일 뿐이라는 평범한 믿음이 있었다. 어린 시절 수도원에 놀러왔을 때 누군가가 땅에 쓰러져 등을 잔뜩 구부린 채 눈을 감고 혼자 기도를 올리는 모습을 보고 울컥했던 적이 있다. 지금 그런 장면을 다시 본다면 눈물이 나오지는 않아도 그 사람을 꼭 안아 주고 싶을 것 같다. 어머니의 심정보다는 누이의 마음으로. 그 사람이 느낄 끔찍한 외로움이 남의 일처럼 느껴지지 않을 테니까. 클로틸이 신을 믿지 않는다는 사실을 알게 된 날, 막달레나 수녀가 말했다.

"오, 설마, 당신 같은 분이."

클로틸은 노트북에 타이핑을 했다.

"그토록 부드럽고 상냥하게 말씀해 주셔서 감사합니다. 슬퍼하지 마세요. 신앙심이란 게 솔페지오(시창력, 독보력, 청음 능력 등을 기르는 음악 교과 과정—옮긴이)와 비슷해서 어려서부터 배우지 않으면 안 되나 봐요. 아니면 저도 '바보' 밥티스트처럼 영원히 신을 믿지 못하는 종류의 사람인지도 모르겠어요. 하지만 밥티스트가 묵상하는 모습을 보신 적이 있으세요? 음악을 들을 때에도 얼마나 내면 깊숙이 받아들이는데요. 음악이 멈추면 어떤 예감 같은 것에 사로잡혀서 몸을 제대로 가누지 못할 정도예요. 그 순간 밥티스트가 만난 것은 신이 아니라 바로 가장 높이 고양된 자기 자신이라고 생각해요."

어린 시절의 클로틸에게 '르베이즈'는 곧 포도밭과 수도원을 뜻했다. 르베이즈에서 살 때에도, 도시에서 살다가 방학 때 놀러 왔을 때에도, 겨울이나 여름에도, 수도원은 그녀의 가장 중요한 놀이터였다. 그녀는 무너진 돌무더기 사이를 뛰어다니거나, 나무 울타리 뒤에 숨어 수녀님들을 엿보거나, 수도원 중앙 홀의 기둥 주위를 돌며 놀곤 했다. 클로틸은 어느 장소에 가건 그곳의 분위기에 자신을 맞추는 사람이었다. 밖에서 뛰놀다가도 수도원 현관에 들어서면, 그 순간 갑자기 속도를 늦추고 두 팔을 가지런히 늘어뜨린 채 걸었다. 마치 어두운 숲길을 돌아 공터나 동굴 같은 곳에 들어갈 때 사람들의 태도가 달라지는 것과도 같았다. 어린 클로틸은 수도원에 들어서는 순간 다른 모습으로 변모했다. 몸짓의 속도가 달라졌다. 그곳에서는 소리가 다르게 들렸다. 확실히 고딕 양식의 궁륭으로 덮인 그 건물은 독창이나 독주보다는 성가대가 부르는 단선율 성가(그레고리오 성가처럼 하나의 선율만으로 이루어진 성가—옮긴이)가 더 어울렸다. 참으로 아름다운 소리였다! 돌벽에 흡수되고 반사된 소리들이 마치 방향성 진통제처럼 그녀의 피부 속으로 스며들었다.

수업 첫날, 클로틸은 수도원을 나서기 전 성가대 단원들이 각자 자리를 잡을 때까지 기다렸다. 막달레나 수녀님이 단원들의 위치를 정해 주었다. 단원들은 앞으로 밀착했다가 뒷걸음질 치며 자리를 잡은 후 바닥에 각자가 서야 할 위치를 표시했다. 여성 성가대원들 앞에 단 한 명의 남성이 관객처럼 앉아 있었다. 밥티스트였다. 그는 맨 앞줄 짚의자에 앉아 있었다. 마치 방금 피어오르는 연기 속에서 교황에라도 임명된 듯 엄숙한 자세였다. 이 광경의 한가운데에 서 있던 알릭스의 파란 눈이 클로틸에게 예의 바르게 인사했다. 클로틸은 수도원을 나왔다.

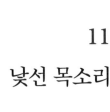

11
낯선 목소리

번째 연습 시간에 메조뇌브 부인은 클로틸에게 지난번 성가
대 연습 시간에 생긴 일을 얘기해 주었다. 음향이 마음에 들
지 않았던 막달레나 수녀가 각 성부聲部의 배치를 파격적으로 바꾸
었다고 했다. 가장 고음의 소프라노가 정중앙에 배치되고 오른쪽
멀리에 콘트랄토(여성 가수의 가장 낮은 음역인 알토—옮긴이)가, 메조소프라
노가 왼쪽에 배치됐다.

그렇게 하니 전체적인 균형이 완벽하게 맞았다. 흡족한 막달레
나 수녀는 신에게 감사의 기도를 드렸다. 수녀님의 청음聽音 능력에
감탄하면서도 그녀가 신에게 감사 기도를 드리는 모습에 짜증이 난
메조뇌브 부인은, 성가대 단원들에게 좀 더 세속적인 맥락에서 설

명을 해 주었다.

"여러분은 이 수도원에서 여성 성가대 단원이 된다는 것이 어떤 점에서 특별한지 알고 있나요? 정말 모르세요? …… 답은 여러분이 처음이라는 거예요. …… '사람들은' 여성이 미사에서 노래를 하는 걸 좋아하지 않았어요. 여성의 목소리를 듣고 싶지 않았던 거죠. 11세기, 아리봉이라는 남자가 이 문제를 해결했죠. 그는 선법旋法(음계를 음정 관계·으뜸음의 위치·음역 등에 따라 세분한 음열音列 및 그 개념—옮긴이)을 원 모양으로 배치해서 보여 준 것으로 유명한데, 그 원을 살펴보면 미사 때 부르는 성가 부분에 여성의 자리가 표시되어 있어요. 현실에서는 여성이 미사 때 노래를 부르지 못하게 되어 있는데 이론적인 완벽함을 추구하여 여성의 자리를 넣은 것인지, 아니면 그가 표시한 대로 실제로 여성들이 노래를 불렀는지는 알 수 없어요. 이 여성들의 '모임'이 실존했든 안 했든지 간에, 아리봉의 지시에 따랐다면 이 성부가 저음을 담당했을 겁니다. 왜냐하면 신을 향해 상승하는 고음은 남성에게만 허락되었기 때문이죠. 사람들은 자연을 거스르는 이 음계를 '정격正格'이라고 부르고, 악마에게로 내려가는 저음계를 '변격變格'이라고 불렀어요. 이 변격을 여성들이 담당한 거죠. 그런데 이런 모순된 상황은 기독교 세계에만 국한된 게 아니었어요. 동양에서도 남성이 고음을 담당하고 여성이 저음을 담당하는 일이 흔했으니까요. 아랍이 지배하던 안달루시아나 보헤미아에서도 마찬가지였어요. 자, 한 마디로 정리할게요. 높게 부르세요, 여러분 높게!"

그날 저녁 연습을 마친 클로틸은 악보를 정리한 후 막달레나 수녀에게 인사했다. 그러고는 수도원 중앙 홀로 가려고 수녀를 따라 회랑에 들어서려던 참에 뱅상과 마주쳤다. 그는 반원형 아치 다리에 기대어 서 있었다.

　클로틸의 얼굴이 붉어졌다. 오늘 노래가 썩 잘 나왔다. 그도 들었을까? 언제부터 여기 서 있었던 걸까? 메조뇌브 부인이 다가왔다. 뱅상과 메조뇌브 부인은 서로 통성명도 없이 가볍게 인사만 했다. 뱅상은 움직이지 않았다. 메조뇌브 부인도 그가 클로틸의 남편이라는 걸 알았지만 인사만 하고는 성가대 쪽으로 발걸음을 옮겼다.

　클로틸이 다가서자 뱅상이 말했다.

　"비행이 취소됐어. 그래서 예정보다 일찍 퇴근한 거야. 아이들과 시간을 보내다가 당신을 데리러 가야겠다고 생각했지……."

　클로틸의 이마 옆에 입을 맞추는 뱅상의 몸짓이 다소 어색했다. 퇴근해서 집에 오면 하는 인사를 밖에서 하게 됐기 때문이다. 그는 클로틸과 나란히 걸었다. 클로틸은 그가 방금 들은 노래에 대해서 뭔가 얘기해 주기를 기다렸다. 클로틸은 가방에서 칠판을 꺼내 썼다.

　"어땠어?"

　"뭐가?"

　"노래, 들었어?"

　뱅상은 클로틸의 시선을 피하며 대답했다.

　"들었어. 당신 목소리 같지가 않았어. 낯설었어……. 당신 목소리는 원래 부드럽거든. 말할 때, 아니 말을 할 수 있던 때 목소리 말이야. 내 기억이 맞다면……. 그런데 아까 들은 목소리는 상당히 강렬했어. 힘이 느껴졌다고나 할까……. 그 소리를 들으니까 당신이 말을 할 수 없다는 게 더 이해가 안 가더군……. 어쨌든, 집에 가자. 내가 저녁 준비 도울까? 장 볼 거 있어? 빵 사야 되지 않아?"

클로틸과 벵상은 그날 저녁 더 이상 노래에 관한 얘기는 꺼내지 않았다. 그날 이후로도 가급적이면 그 얘기는 피하려고 노력했다. 벵상은 단지 어떻게 얘기를 해야 할지 몰랐을 뿐이다. 그는 클로틸이 노래를 통해 찾고자 하는 게 뭔지 알지 못했다. 그 뭔가를 이미 찾았다면 그게 뭔지는 더더욱 알 수 없었다. 그는 노래는 할 수 있으면서 말을 할 수 없다는 신기한 상황에만 집착했다. 그렇다고 그가 보려고도 들으려고도 하지 않는 유의 사람인 것은 아니었다. 다른 남자들에 비해 더 둔하거나 예의가 없다고도 볼 수 없다. 여자들과 비교해도 마찬가지였다. 사랑하는 사람이 겪고 있는 크고 작은 고통을 부정하고픈 유혹을 느껴 보지 않은 사람, 화를 내

거나 인내심을 잃어 본 적이 없는 사람이 있다면 그에게 돌을 던져
도 좋으리라.

벵상은 기계에 대해 잘 알고, 알릭스는 식물에 대해 잘 알았다.
코린이 슈퍼마켓 안을 오가며 하루를 보내듯, 아틸레르 씨는 수학
적인 추상 속에서 살았다. 클로틸은 관계를 엮는 사람이었다. 그녀
의 분야는 음악이었다. 클로틸은 알릭스가 자신에게 느끼는 실망감
과 아버지를 사로잡고 있는 유령 같은 집착을 이해하기 시작했다.
그리고 벵상의 곡예비행에 대한 열정을 받아들이기로 했다. 그의
모험심은 여객기 조종으로는 만족시킬 수 없는 것이었다. 그는 부
모의 목숨을 앗아 간 사고에 대해서 아무런 설명도 해 주지 않는 운
명에 도전하고 있었다. 만에 하나 자신에게 사고가 난다면 그 운명
이 모든 걸 설명해 줄 터였다.

예전에 클로틸은 자신의 노래와 벵상의 곡예비행을 비교한 적이
있었다. 그러나 벵상은 곡예비행 연습을 다시 시작하면서 클로틸에
게 그녀가 목소리를 잃은 것은 선택한 모험에서 비롯된 것이 아니
라 단지 사고에 불과하며, 노래로 그 결과를 수습하고 있는 것이라
고 주장했다. 한 마디로, 그에겐 클로틸의 행동이 곡예비행사의 기
계적 정확성과는 거리가 먼 얘기였던 것이다.

클로틸은 훌륭한 뱃사람은 결국 바다에서 죽는다는 사실을 벵상
에게 상기시키며 겸손해지라고 요구했다. 벵상이 말한 '수습'의 의
미는 자신이 알아서 해석하기로 했다.

13
추락 사고

호기심에 수도원 성악 교습을 구경하러 갔던 다음 날, 벵상은 낙하산을 등에 매고 비행장 격납고에 세워져 있는 1인승 경비행기에 올라탔다. 탄소 소재에 300CV 엔진을 탑재한 CAP232 신모델이었다.

비행을 준비하면서도 그는 아내에게 생긴 일들을 이해할 수 없다는 생각에 사로잡혀 있었다. 일테면 같은 매듭 가닥을 계속 잡아당기고 있는 셈이었다. 매듭을 풀고 있다고 생각하면서 사실은 더 죄고 있었다. 그는 마치 비행 계획을 짜듯이 방정식의 모든 요소를 하나하나 검토했다. 경련성 음성장애라는 복잡한 희귀병을 말더듬 현상의 일종으로 이해한다고 해도, 일부 환자들은 말을 못해도 노래는 부를 수는 있다는 것이 널리 알려진 사실이라고 하더라도, 클로틸이 보톡스 주입을 거부하는 것은 이해할 수 없었다. 다시 말을 할 수 있는 유일한 방법인데 말이다! 노래를 시작하기 전에는 보톡스 주입 자체가 싫다고 하더니, 이제는 노래를 부를 수 없게 될지도 모른다는 이유로 거절했다. 그건 '어불성설'이 아닌가!

클로틸의 노래를 듣기 전까지는 이 정도의 생각에 머물렀을지도 모른다. 그러나 잠깐이지만 그녀의 노래를 듣고 말았다. 더 이상 어불성설이냐 아니냐의 문제가 아니었다. 생각했던 것보다 문제가 훨씬 심각했다. 클로틸은 짧은 노래를 흥얼거리는 수준이 아니었다. 그녀의 노래는 단호하고 힘찼으며 긴 호흡도 무리 없이 소화했다. 말을 할 때에는 몇 마디만 하면 알아들을 수 없는 소리를 내뱉는 그녀가, 노래를 할 때에는 그토록 자유자재로 음정을 오르내릴 수 있다는 게 믿어지지 않았다……. 벵상은 모든 질문에 체계적인 답이 마련되어 있는 이상적인 세계와 감정과 감각의 세계라는 양극을 오가며 살았다. 클로틸은 두 세계 사이의 빈 공간을 채워 주는 존재였다. 그러나 노래를 할 때에는 달랐다. 노래와 침묵 사이의 빈 공간은 바로 그녀 자신에게서 비롯된 것이었다.

벵상은 격납고에 들어서며 입구에 걸린 비행사를 위한 격언을 올려다봤다.

비행기와 한 몸이 되어 모든 조작에 완벽을 기할 것.
신체감각을 과신하지 말고 기계 조작에 집중할 것.

조종사는 고도의 기술을 갖춰야 한다. 비행기에 대한 지식은 물론이고, 정확하게 기계를 조작할 수 있는 기술, 예민한 감각, 신속하게 판단하고 결정하는 순발력 등을 두루 갖추어야 한다. 뱅상이 곡예비행을 좋아하는 이유는 비행 중 닥치는 위험을 적절히 모면하는 순간마다 느끼는 쾌감 때문이었다. 일단 한번 맛보면 결코 잊을 수 없는 쾌감이었다. 엔진을 끄고 허공 속으로 급강하한다. 동체가 추락한다고 느끼는 순간, 조종관을 잡아당긴다. 엔진 속에 가스가 주입되고 기계가 응답을 한다. 동체는 중력을 거슬러 위로 솟구친다. 조종사의 명령에 복종하는 것이다. 인간은 이런 식으로 무력함에 대한 보상을 얻는다.

좋은 날씨였다. 체스 친구 프레데리크와 의사인 사촌 브누아가 비행 연습을 구경하러 왔다. 뱅상은 규칙에 따라 기계를 점검한 후 비행 교관과 10분 정도 얘기를 나눴다. 뱅상이 탄 비행기는 교관의 지시에 따라 75미터에서 200미터 상공에서 급강하와 공중회전을 시도했다. 연습을 시작한 지 20분쯤 되었을 때 비행기가 수직으로 급강하하기 시작했다. 평소에 해 오던 연습이라 밑에서 구경하고 있던 두 친구는 그걸 대수롭게 여기지 않았다. 거기까지는 모든 게 정상이었다. 그러나 방향을 선회하며 다시 떠올라야 할 비행기가 전속력으로 땅으로 추락했다……. 상황을 파악한 프레데리크와 브누아가 겁에 질릴 틈도 없이 간신히 수평을 잡은 비행기가 땅 위로 미끄러지며 먼 곳으로 튕겨 나갔다. 한쪽 날개가 떨어져 나가고 기계가 파손된 동체는 마치 죽은 물고기처럼 배를 하늘로 향한 채 뒤집어졌다.

　사고 직후 3분 만에 구조대가 도착했다. 동체에서 불길이 치솟기 시작했다. 구조대원들이 뼈대만 남은 동체 속에서 실신해 있는 벵상의 몸을 끄집어냈다.

클로틸에게 연락을 한 건 브누아였다. 병원에서 모든 검사를 마친 후였다. 일단 벵상의 상태를 파악한 후에 연락을 하는 편이 낫다고 판단한 것이다. 클로틸은 다음과 같은 문자메시지를 받았다.

벵상에게 사고가 났어. 큰 사고는 아니야. 경미한 두개골 외상, 등 위 부분 화상, 오른손 외상, 오른쪽 다리 골절. 개방골절은 아니야. 30분쯤 후에 집으로 갈게. 내가 아이들 보고 있을 테니까 병원에 다녀와.

클로틸이 이자벨 피에트리 선생에게 음성치료를 받는 '그 병원'

이었다. 병원으로 가는 길에 클로틸은 밥티스트가 죽음에 대한 생각을 떨쳐 버리고 싶을 때 하듯이 소리를 내지르며 욕설을 퍼부었다. 벵상을 한 대 때려 주고 싶었다. 마치 남의 생명을 위태롭게 할 만큼 큰 잘못을 저지른 아이에게 따귀를 올려붙일 때와 같은 심정이었다.

그러나 병원에 도착해 붕대를 감고 누워 있는 그를 보는 순간, 그를 혼내 줘야겠다는 생각이 순식간에 달아나고 말았다. 벵상은 한쪽 다리에 깁스를 한 채 등 위쪽의 화상 때문에 모로 누워 있었다. 그녀는 할 말을 잃었다. 어차피 말을 할 수도 없는 상태였다. 클로틸은 그의 곁에 앉아 그의 얼굴 가까이 고개를 숙이고 크게 치켜뜬 그의 눈을 바라보았다. 그늘이 드리운 라일락빛 눈동자를.

병원에서 열흘 동안 입원 치료를 받고 화상 부위가 좀 나아지자, 벵상은 퇴원해서 집으로 돌아왔다. 두 달 동안이나 집에 머무는 건 처음 있는 일이었다. 이 두 달은 벵상의 회복을 위해 필요한 시간이었지만, 아이들이 아빠의 사고로 받은 충격을 이기는 데 필요한 시간이기도 했다. 앙투안은 악몽을 꾸곤 했다. 마들렌은 자주 아빠 곁에 앉아서 놀았다. 그때마다 마들렌은 아빠의 손이나 다리 혹은 몸의 일부분이라도 만지고 싶어 했다. 다비드는 되풀이해서 아빠의 사고 장면을 그렸다. 새 그림을 그릴 때마다 다비드는 좀 더 정확한 묘사를 하고 싶어 했다. 그때마다 벵상은 비행기가 어떤 궤적을 그리며 날았는지, 추락 후에 어떤 상태가 되었는지 등을 자세히 설명해 줘야 했다. 아델은 간호사 놀이를 했다. 흰색 가운을 입고 진지한 표정으로 말하곤 했다. "이건 놀이가 아냐!" 뱅상은 아이들 곁에 머물렀다. 아이들의 질문에도 예전보다 참을성 있게 대답해 주고, 아이들을 품에 안거나 함께 놀아 줬다. 클로틸은 거실 소파에 서로 뒤엉켜 있는 다섯 식구들을 바라보다가 곁으로 가서 낯선 재회의 기분을 함께 나눴다.

뱅상은 두개골 외상 후유증을 앓았다. 갑자기 몸의 균형을 잃거나 난청에 시달리기도 했다. 귀 안쪽에서 외림프액이 흘러나오는 외림프 누공瘻孔이라는 증상이었다. 의사는 심각하진 않으니 인내심을 가지고 기다리라고 했다. 뱅상은 귓속에서 뭔가가 폭발하는 듯한 느낌이 들면 이후 한 시간 동안은 아무 소리도 듣지 못했다. 그럴 때면 아이들이 놀아 달라고 떼를 쓰든 말든 방에 들어가 문을 걸어 잠그고 나오지 않았다. 또, 갑자기 몸의 균형을 잃을지도 모른다는 두려움 때문에 지팡이를 짚고 조금씩만 걸어 다녔다. 그는 인간이 걷는 데에는 발보다 귀가 더 필요하다는 사실을 못마땅해 했다.

클로틸과 뱅상은 병원에 함께 가려고 예약 시간을 조정했다. 병원에 도착하면 한 명은 음성치료실로, 다른 한 명은 물리치료실로 향했다. 벙어리 아내와 귀머거리 남편은 아이들이 없는 틈을 이용해 서로 마주 보며 웃었다.

경비행기 추락 사고 원인에 대한 조사가 시작됐다. 뱅상은 처음엔 엔진을 재시동한 후 동체가 반응하는 시간이 너무 길게 느껴졌다고 말했다. 그러나 곧 자신이 착각했을 수도 있다는 점을 시인했다. 동체의 반응시간이 너무 길다고 느낀 순간, '내 조작이 너무 늦은 게 아닌가' 하는 생각이 퍼뜩 들었다고 했다. 그게 사실이라면, 그 순간 그가 충분히 집중하지 않았다는 얘기가 되며 사고의 모든 책임은 그에게 있는 셈이었다. 그는 잠정적으로 그렇게 결론을 내리고 조사 결과가 나오기 전부터 마음의 준비를 했다. 겸손함을 배우는 대가 치고는 너무 비싼 게 아닌가 하는 생각이 들기도 했지만 용기를 가지고 시련을 받아들이려고 노력했다.

부상에서 회복되는 동안 벵상은 클로틸에게 하고 싶은 질문이나 말을 참는 법을 배웠다. 그 대신 휴대전화에 그 질문들을 기록해 두었다. 쿠르셀 로르괴이외 병원, 아니마 문디, 성악 교습, 음성치료실을 오가고, 아이들을 보살피고, 집안일을 처리하는 사이사이에 클로틸과 벵상은 자주 나란히 앉아 말로 혹은 필담으로 대화를 나누었다. 클로틸의 노래나 '이자벨 피에트리 선생의 음성치료'가 화제로 오르지 않는 한 두 사람의 대화는 비교적 유쾌했다. 어쩌다 그 두 가지에 대한 얘기가 나오기라도 하면, 두 사람은 그게 무슨 위험한 것이라도 되는 양 차갑게 굳어져서는 재빨리 화제를 바꾸었다.

클로틸은 벵상이 집에 있는 동안은 노래를 부르지 않았다. 그가 낮잠을 자거나 테라스에 나가 있을 때만 노래를 불렀다. 그녀는 평소처럼 피아노를 연주했지만, 벵상의 아픈 귀를 염려하여 약음弱音 페달을 밟고 쳤다.

클로틸이 정말로 원하는 것은 그녀의 노래와 음악에 관해 벵상과 정면으로 부딪쳐 보는 것이었다. 그러나 그럴 일은 없었다. 벵상이 소리를 제대로 들을 수 없는 상태였기 때문이다. 더욱이 클로틸은 자신이 노래를 하는 게 벵상과 별 상관이 없다는 사실을 깨달았다. 물론 벵상이 격려해 준다면 힘이 될 것이다. 하지만 그의 격려가 없어도 그녀는 노래를 계속할 것이었다. 그녀는 자신의 주변 사람들을 위해 노래하는 게 아니었다. 자기 자신을 위한 것이었다. '실력'이 갖추어지면 가족이나 친구가 아닌 '대중'들 앞에 설 것이었다.

이런 식으로 두 사람은 노래에 관한 얘기를 조심스럽게 피했다.

클로틸의 성악 교습 이야기를 회피하는 벵상과 달리, 아틸레르 씨는 대놓고 할 말을 했다. 아틸레르 씨는 벵상이 집에서 쉬는 두 달 동안 자주 집에 들렀다. 그는 벵상과 대화를 나누거나 체스를 뒀다. 클로틸이 아니마 문디 일을 마치고, 혹은 학교에 가서 아이들을 데리고 집에 돌아오는 시간에 둘은 마주 보고 대화를 나누거나 체스를 두었다.

여전히 딸의 침묵과 말더듬을 견디지 못하는 아틸레르 씨는 자주 딸의 심기를 건드렸다.

"노래도 치료의 일종이겠지?"

클로틸은 화를 억누르며 노트북을 가지고 왔다.

"아니요. 이미 말씀드렸듯이 치료 때문이 아니에요. 당장 내일 말을 다시 할 수 있게 돼도 노래를 계속할 거예요. 제가 하는 건 음악이에요, 아버지. 와서 제가 노래하는 걸 들어 보세요!"

"그러마……. 그런데 네 정신적 지주이신 이자벨 피에트리 양은 계속 만날 셈이냐? 나는 상처만 벌려 놓고 뒷감당도 못하는 의사는 싫다. 결국에는 심리 상담을 받는 것 말고는 방법이 없을 것 같다."

"정신적 지주가 아니라 음성치료사예요. 그리고 말을 못하는데 어떻게 심리 상담을 받아요?"

"지금 나와 대화하듯이 글로 쓰면 되잖니? 너는 지금 노래를 할 수 있다는 것에 만족해서 간단한 대화의 필요성조차 못 느끼고 있는 거야. 그런 식으로 자꾸 자신을 고립시키다가는 머리가 돌아 버리고 말 거야!"

"와서 들어 보시라니까요! 제가 노래를 할 때 정신이 나가서 멍청한 표정을 짓고 있는지 와서 보시라구요! 도대체 뭘 상상하시는 거예요? 절 미치게 하는 건 바로 아버지예요. 도대체 다들 뭐가 문제죠? 벵상은 예전으로 돌아가고 싶어 해요! 도대체 예전이 어땠기에 그러는지 모르겠어요. 그리고 아버지는 딸의 장래가 이미 끝났다고 생각하고 있었잖아요! 알릭스는 제가 말을 못한다는 것에 실망하고는 말도 잘 안 해요! 세 사람이 모두 한통속이에요. 거기에 동네 사람들까지 합심해서는 한다는 말이 뭔지 아세요? '남부럽지 않게 살던 여자였는데. 예쁜 차에 예쁜 집에 예쁜 아이들에 잘생긴 남편까지.' 모두 정말……! 다시 한 번 말씀드리지만 심리 상담은 싫어요. 보톡스 주사도 싫구요. 말을 해야 한다고요? 무슨 말이 듣고 싶은데요? 게다가 2주 동안 성대가 마비될 수도 있고 어쩌면 영영 노래를 못하게 될지도 몰라요. 영원히 말예요. 나는 미친 게 아니에요, 아버지. 제가 진정으로 원하는 걸 지금처럼 분명하게 알고 있던 적이 없었어요. 아니마 문디 일도 하고 있고요. 벵상과 체스를 두면서 어떤 경우의

수들을 계산하고 있는지는 모르겠지만 그건 두 분이 알아서 하세요."

클로틸은 아버지가 그 글을 끝까지 읽었는지 확인도 하지 않고 거칠게 노트북 화면을 닫아 버렸다.

마음이 넓긴 하지만 현실적인 것밖에 볼 줄 모르는 코린 역시 클로틸의 희귀한 증상을 답답해 하기는 마찬가지였다. "암 같은 거라면 어쨌든 이해는 할 수 있잖아! 굳이 설명할 필요도 없다고! 그런데 네 증상은 도대체 어떻게 이해해야 하는 거니?"

클로틸이 말을 더듬는 게 그나마 다행이었다. 사람들이 어쨌든 그녀가 고통스러운 언어장애라는 감옥에 갇혀 있다는 사실은 이해해 주었으니 말이다.

그리고 앙투안이 있었다. 지금까지는 다른 아이들처럼 엄마가 말을 못하게 된 대신 얻게 된 색다른 재미를 즐기던 앙투안도 인내심을 잃기 시작했다. 쿠르셀 로르괴이외에 함께 장을 보러 갔다가 생긴 일 이후로는 심지어 엄마를 비난하기 시작했다. 둘은 장을 보고 오는 길에 깜빡하고 빵을 사지 않았다는 걸 깨달았다. 클로틸은 중간에 차를 세우고 빵집에 들어갔다. 그녀는 칠판을 차 안에 두고 내렸다. 사고 싶은 빵을 손으로 가리키면 그만일 터였다. 앙투안도 엄마와 함께 줄을 섰다. 클로틸의 차례가 왔을 때 진열대에는 그녀가 자주 사 가는 호두 빵이 남아 있지 않았다.

그녀는 그 억양 없는 목소리로 주문을 했다.

"…(…)… 저기요. …(…)… 호호호호……."

주문이 불가능했다. 뒤에 서 있던 손님들이 터져 나오는 웃음을 참느라 킥킥거리는 소리가 들렸다. 앙투안이 재빨리 나서서 사태를 수습했다. "호두 빵 하나 주세요." 클로틸은 돈을 지불하고 거스름 돈을 받다가 바닥에 동전들을 떨어뜨렸다. 앙투안이 흩어진 동전들을 주워 담았다.

르베이즈의 집까지 오는 동안 앙투안은 한 마디도 하지 않았다. 클로틸은 방금 빵집에서 겪은 곤욕스런 일보다 아들의 침묵이 더 견디기 힘들었다. 클로틸은 아이의 무릎 위에 손을 얹었다. 앙투안은 엄마의 손을 밀쳐 냈다. 그러고는 입술을 깨물며 매몰차게 고개를 돌렸다.

알릭스 말이 맞았다. 아이들이 엄마가 말을 하지 못한다는 사실을 더는 견디지 못하는 순간이 올지도 모른다. 밥티스트, 심지어 보 역시 그럴지도 모른다.

하지만 어떻게 해야 한단 말인가? 이자벨과 메조뇌브 부인과 함께 열심히 노력하고 있지 않은가? 본능적으로 자연스럽게 나와야 하는 말을 잃은 상태에서 벽돌을 하나하나 쌓아 복잡한 구조의 집을 새로 짓듯이 음성치료를 해 나가고 있지 않은가? 그리고 행운처럼 주어진 노래하는 목소리를 발견해 나가고 있는 것이다. 주변 사람들에게 자신이 우울증도 아니며 미친 것도 아니라는 사실을 증명하려고 아니마 문디 일도 열심히 하고 있다. 설사 이런 노력들이 아무 소득 없이 끝난다고 해도 최소한 아니마 문디 일은 알릭스와 클로틸을 연결해 주는 끈 같은 것이었다. 물론 한 번 끊어진 끈을 다

시 잇는다고 둘의 관계가 예전처럼 회복될 수 없다는 건 클로틸도
잘 알았다.

그 일이 있고 나서 클로틸의 외로움이 절정에 달하게 된 사건이
있었으니, 일명 '못 도난 사건'이다.

15
못 도난 사건

클로틸은 5년 전에 배관 공사에서부터 커튼 봉 설치까지 집 신축 과정을 처음부터 끝까지 세세하게 관리했었다. 니콜라 마르탱이 아니마 문디 공사를 시작하자마자 클로틸은 한눈에 그가 솜씨 좋은 일꾼이라는 걸 알아봤다.

클로틸의 시선을 끈 건 그의 조수였다. 능숙하고 정확했지만 마치 무중력 상태 속에 있는 사람처럼 굼떴다. 천천히 팔을 놀리는 모습이 우주복만 안 입었다 뿐이지 영락없이 우주유형을 하는 우주인이었다. 그러나 젊은 사장은 꼼꼼하게 일에 집착하는 자신의 조수에 대해 단 한 번도 불평하지 않았다.

클로틸은 과묵하게 느린 몸짓으로 일을 하는 이 정체불명의 사내에 대해 아무런 질문도 하지 않았다. 이 사내는 어디서 목소리를 잃은 걸까?

말이 잘 통하는 니콜라에게 그에 대해 물어볼 수도 있었지만 관두었다.

그녀는 매일 공사 현장에 출근했다. 제시간에 공사를 마치려면 그녀도 이 일 저 일 도와야 했다. 경우에 따라서는 청소를 하거나 부품이나 연장을 사러 가는 일도 있었다. 예전에 집을 지을 때와 마찬가지로 설계도대로 공사가 진행되기 힘든 상황이 되면 결정을 내려야 했다. 도울 일이 없을 때에는 구석의 접이식 책상 위에 노트북을 펴 놓고 다른 작업을 했다. 가게 개점 행사 계획을 세우고 명함과 초대장, 선전 포스터, 팸플릿 등을 디자인하고 언론사에 연락을 하는 등의 일이었다.

4월 어느 날 오전이 끝나 갈 무렵, 니콜라가 클로틸에게 한 가지 부탁을 했다. 급하게 못과 나사 몇 개가 필요하다고 했다. 그는 클로틸에게 본보기 못과 나사 몇 개를 줬다. 클로틸은 그것들을 청바지 호주머니 속에 쑤셔 넣고, 급하게 컴퓨터로 작업하던 데이터를 저장한 다음 동네 위쪽에 있는 철물점으로 향했다.

그녀는 서랍식 진열대 앞에 서서 들고 온 모델과 똑같은 제품을 찾느라 한참을 망설였다. 나사의 홈 간격이나 머리 모양을 꼼꼼히 확인해야 했다……. 누군가 자신을 엿보고 있다는 느낌에 마음이 초조해졌다. 미친 사람이거나 그녀에게 수작을 부리려는 건지도 몰랐다. 마침내 필요한 제품을 찾아낸 그녀는 호주머니에서 니콜라가 준 못과 나사를 꺼내 오랫동안 양쪽을 비교했다. 그러고 나서 그것들을 다시 호주머니에 집어넣고 작은 비닐봉지에 담긴 못과 나사를 들고 계산대로 갔다. 돈을 지불하고 구입한 물건들과 영수증을 가방에 담은 후 가게를 나서려던 순간, 어깨가 떡 벌어지고 장의사 직원처럼 무뚝뚝한 표정의 사내가 그녀 앞을 가로막았다. 그가 작은 카드를 들어 보여 줬지만 너무 가까이 들이민 탓에 그게 뭔지 확인할 겨를도 없었다.

"실례합니다, 부인. 경비 요원입니다. 호주머니 속에 있는 물건들을 좀 볼 수 있을까요?"

클로틸은 얼굴을 붉히며 물건들을 하나씩 꺼냈다. 동전 몇 개와 방금 구입한 못과 나사 봉지가 나왔다……. 그리고 니콜라가 본보기로 준 못과 나사들도 나왔다.

"자, 설명해 보시죠. 도대체 못 따위를 훔쳐서 뭘 하시겠다는 겁니까?"

그때 갑자기 좀 전에 그녀를 엿보고 있던 남자가 나타났다.

"못을 훔치다니! 방금 전에 저 부르주아 여편네가 자동차에서 내리는 걸 봤어요! 어떤 자동차인지 한 번 가서 보세요!"

클로틸은 몸짓으로 자신이 말을 할 수 없는 상태라는 걸 알렸다.

"대답하세요, 부인!"

지난번 빵집에서 겪은 일도 있고 해서 클로틸은 항상 칠판과 분필을 지니고 다녀야겠다고 결심한 터였다. 그런데 계산대 옆 작은 진열대에서 칠판과 분필을 본 기억이 떠올라서 뒤로 한 발짝 물러선 후 급히 그쪽으로 걸어가려고 했다. 그러나 두 발짝도 채 못 가서 남자에게 붙들려 등 뒤로 팔이 꺾이고 말았다. 그는 클로틸이 계산대 쪽으로 달아나려 한다고 생각한 것이다.

"자, 진정하고 절 따라오세요, 부인!"

클로틸은 글로 쓸 말이 있다는 걸 알리고 싶었다.

"…(…)… 그그그글로 쓰쓰쓰쓰……."

"자, 이쪽으로 오세요."

진열대 뒤편에서 한 여자가 하는 말이 들렸다.

"…… 머리가 돌았나 봐……. 얼굴은 예쁘게 생긴 여자가…… 안됐지 뭐야……. 술에 취했나?"

클로틸은 남자에게 등을 떠밀리며 상점 한복판을 가로질러 걸었다. 그녀는 무슨 일인지 빤히 알겠다는 시선들과 심술궂은 비웃음 사이를 걸어갔다. 상점은 상당히 컸다. 공구들로 가득한 사막 한가운데를 통과하는 기분이었다. 늘임표가 붙은 음표처럼 긴 시간이었다.

또 한 명의 손님이 입을 열었다.

"저 여자 동네에서 본 적이 있어요. 커다란 흰 개를 데리고 다녀요. 아이도 여럿 있고요……. 저런 사람들은 용서해 주면 안 돼요."

남자는 그녀를 사무실로 데리고 들어가 가방과 호주머니에 든 것을 모두 꺼내 보라고 했다. 그러고는 클로틸에게 '훔친' 못과 나사 값을 지불하라고 요구했다. 그러지 않으면 경찰을 부르겠다고 했다. 클로틸은 돈을 지불하고 비상구를 통해 상점을 빠져나왔다.

클로틸은 차에 올라탄 후 문을 잠갔다. 그러고도 여러 번 문이 제대로 잠겼는지 확인했다. 그녀는 정지된 차의 운전대를 움켜쥔 채 앉아 있었다. 뒷좌석에 있던 보가 조수석으로 넘어와서 클로틸 쪽으로 큰 머리를 들이밀고 코를 킁킁대다가 그녀의 볼을 핥았다.

갑자기 외로움이 밀려왔다. 지난 몇 달간의 싸움에 지친 것이다. 물론 생존을 위한 싸움은 아니었다. 육체적인 생존을 위해 싸우는 사람들은 광기에 사로잡히지 않는다. 그러나 클로틸은 미칠 것만 같았다. 아니, 차라리 미칠 수 있었으면 좋겠다고 생각했다.

그때 아이들의 얼굴이 떠올랐다. 클로틸은 정신줄을 놓지 않으려고 닻을 내리듯 아이들의 이미지를 마음속에 깊이 새겼다. 음악의 바다를 향해 나아가리라. 음악은 모든 부조리함과 죄책감, 죽음 같은 침묵, '공구 상자' 같은 것들로 이루어진 현실로부터 그녀를 보호해 줄 것이다.

아, 그러나 음악 속에 자신을 녹여 내는 일이란! 그건 마치 학교에서 도망친 마들렌의 흔적을 쫓는 것과도 같았다.

클로틸은 CD플레이어를 켰다. 오넷 콜맨. 오넷이라. 매지큐브(정육면체 플래시—옮긴이) 같은 음을 선사하는 남자의 이름 치고는 참으로 예쁘고 귀엽게 들린다. 〈로운리 워먼Lonely woman〉. 클로틸은 볼륨을 올리고 선율을 감상했다.

주인의 행동에 혼란스러워진 보는 클로틸의 목덜미에 부드럽게 코끝을 들이밀었다. 온몸의 감각이 사라지고 목덜미에 보가 규칙적으로 내뱉는 축축하면서 따뜻한 숨결만 느껴졌다.

보 덕분에 마음이 가라앉은 그녀는 차에 시동을 걸고 아니마 문디를 향해 출발했다. 그녀는 어사 키트로 CD를 바꿨다. 〈아이 원 투 비 이블I want to be evil〉. 클로틸은 혼자 킥킥거렸다. 그녀는 마치 숨을 쉬듯 노래하는 어사 키트의 목소리에 매혹되었다. 그녀는 제발 남들이 자신의 음악에 대해 이러쿵저러쿵 간섭하지 않기를 바랐다. 그녀는 자신의 칠판과 부채負債와 이중의 고통에 대해 생각했다. 모든 여성은 항상 두 배의 고통을 지불해야 한다. 하나는 자신이 가진 것 때문에, 다른 하나는 자신이 가지지 못한 것 때문에.

클로틸이 아니마 문디에 돌아왔을 때 니콜라는 뭔가 낌새를 채고는 클로틸에게 물었다. "무슨 일 있었어요? 방금 무슨 사고라도 당한 사람 같아요……."

클로틸은 노트북에 타이핑을 하며 큰 소리로 웃었다. 고음과 저음이 마구 뒤섞인 밥티스트의 웃음처럼. 그 과묵하고 느린 조수는 니콜라가 클로틸의 글을 읽으며 그녀가 겪은 일에 대해 이런저런 질문을 하는 걸 듣고 무슨 일이 있었는지 이해했다. 그가 연장을 내려놓고 자리에서 일어났다. 클로틸은 노트북 앞에 앉아 그가 가게 한쪽 끝에서 그녀 쪽으로 걸어오는 모습을 바라보았다. 그는 클로틸의 어깨에 한 손을 올려놓았다. 이름도 모르고 목소리도 제대로 들어 본 적이 없는 그가 여전히 밀랍 가면처럼 굳은 얼굴을 한 채 그 무거운 손을 클로틸의 가냘픈 어깨 위에 올려놓았다. 클로틸은 어깨에 닿은 그 손의 촉감과 그 눈빛을 잊을 수 없을 것 같았다. 그는 철물점 사람들한테 빼앗긴 인간성을 그녀에게 되돌려 주었다.

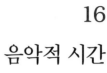

16
음악적 시간

클로틸은 다시 일에 열중했다. 못 도난 사건은 다른 일들과 함께 머릿속에서 증발해 사라졌다.

그녀는 벵상에게 철물점에서 생긴 일을 얘기하지 않았다. 벵상이 그 일을 기회로 목소리 치료와 관련해서 알릭스와 아틸레르 씨와 합세해 또다시 그녀를 설득하려 들까 봐 겁이 났다.

삶은 잃어버린 기회들로 가득하다. 벵상은 속귀의 상태가 좋아져 몸의 균형을 되찾았지만, 그렇다고 클로틸의 말을 더 잘 듣게 된 것은 아니었다. 두 사람은 겨울 동안 각자의 길을 나란히 걸어왔을 뿐이었다. 지난 겨울 동안 클로틸은 자신의 노래나 목소리 치료에 관한 얘기들을 가급적 피했고, 벵상은 사실상 그 문제를 거의 생각하지 않았다. 그는 난생 처음 겪은 자신의 사고 원인에 대해 골몰하느라 클로틸에 대해서는 생각할 겨를이 없었다. 그의 생각은 항상 자신의 부모가 당한 사고에 가서 멈췄다. 장애물이 전혀 없는 도로 위를 보통 속도로 달리는 자동차와 끊임없이 한계상황을 만들어 내며 공중 곡예를 하는 비행기는 분명 다른 상황이지만 동일한 결말에 도달할 수도 있었다. 그 결말이란 곧 죽음을 의미했다. 벵상은 같은 답이 나올 수 있는 이 두 개의 방정식에 대해 생각하면서 이상하게도 마음이 편해지는 것을 느꼈다. 그는 결국 부모와 같은 일을 겪은 것이나 다름없었다. 그의 생각은 그 지점에서 멈췄다.

철물점에서 겪은 수치스러운 장면들이 다시 떠오를 때마다 클로틸은 밥티스트처럼 마구 고개를 내저었다. 혼자 있을 땐 소리를 지르기도 했다.

이처럼 소리를 지르는 게 점점 습관처럼 되었다. 처음엔 견딜 수 없는 기억이나 공포심을 떨쳐 버리는 게 목적이었지만, 나중에는 머릿속에 떠오른 음을 분명히 표현해 보고 싶어서 소리를 지르기 시작했다. 부엌이든, 욕실이든, 정원이든 장소를 가리지 않고 머릿속으로 노래 연습을 하다가 귀로 들어 보고 싶은 음정이 있으면 갑자기 소리를 질렀다. 길을 걷다가도 갑자기 양팔을 벌리고 몇 개의 음정을 쏜살같이 내지를 때도 있었다. 그러다가 뒤늦게 자신을 향한 사람들의 시선을 깨닫고는 머쓱해 하며 발걸음을 재촉하곤 했다.

클로틸은 니콜라가 가게 내부를 칠할 색을 세심하게 준비하는 모습을 지켜봤다. 바닥은 흰색으로 칠하고 벽에 세워 놓은 널빤지는 각각 라벤더 블루, 쐐기풀의 초록색, 개양귀비의 붉은색, 황금빛 노란색으로 칠할 생각이었다. 니콜라는 차례차례 패널들에 색을 입혀 나갔다. 마지막으로 황금빛 노란색만 남았다. 이 위험하리만치 강렬한 노란색의 광채와 꽃잎 같은 부드러움을 어떻게 표현하면 좋을까?

니콜라가 색을 고르는 동안 클로틸은 자신이 간절히 표현하고자하는 하나의 음색, 하나의 음정에 대해 생각했다.

클로틸은 단순한 직선 위에 표시할 수 없는 음악적 시간에 대해서 생각했다. 자신의 음역보다 더 높거나 낮은 음을 가진 '아' 혹은 '오'를 어떻게 발음해야 할지를 고민했다. 어떤 입 모양으로 어떻게 호흡해야 할까? 소리의 흐름을 어느 쪽으로 이끌어야 할까? 머리 쪽으로 수직으로 끌어올려야 하나, 아니면 입속을 향해야 하나? 그 순간, 지난 3개월 동안 그토록 찾아 헤맸던 질문에 대한 답이 그녀의 머릿속을 스치고 지나갔다.

클로틸은 아이를 임신했을 때를 떠올렸다. 그녀는 낮잠을 자다가 깨어나 모차르트 〈환상곡〉 중 한 곡을 연주했다. 그녀에게 허락된 반 시간 정도의 평화 속으로 음악이 스며들었다. 클로틸은 연주를 끝낸 후 단지 12분 정도밖에 시간이 흐르지 않았다는 사실을 믿을 수가 없었다. 음악이 시간의 틈을 벌려 놓은 걸까? 마치 오랫동안 먼 곳으로 여행을 다녀온 기분이었다.

니콜라는 곧 아빠가 될 터였다. 그의 아내가 가게에 들른 적이 있었다. 스물다섯의 나이에 소녀처럼 작고 가냘픈 몸매였다. 작은 골반 위로 배가 수박처럼 불러 있었다. 니콜라와 그의 아내는 조용히 얘기를 나누거나 서로 말없이 미소를 지으며 나란히 앉아 있었다. 클로틸의 기억 속에서 뱃속에 아이를 가지고 있던 시간은 마치 다른 차원으로 이동하는 통로와도 같았다.

17
'예전의 클로틸'

봄 햇살이 고개를 내민 날, 벵상은 테라스에 앉아 커피를 마시고 있었다. 사고 조사 결과가 곧 나올 예정이었다. 그는 오늘 당장 조사 결과 보고서까지 받아 보고 싶었다.

다시금 클로틸이 문제의 중심에 놓이게 될 순간이 온 것이었다.

클로틸이 쿠르셀 로르괴이외에서 돌아올 시간이었다. 아니마 문디는 문 열 준비를 거의 마친 상태였다.

벵상은 클로틸을 기다렸다.

자동차가 집 담벼락을 따라 다가오는 소리가 들렸다.

집에 도착한 클로틸이 그에게 다가왔다.

벵상이 말했다.

"앉아. 아이들은 내가 가서 데려올 테니까."

클로틸은 의자를 하나 끌어당겨 앉은 후 노트북을 열고 전원을 켰다.

"걱정스런 표정이야. 조사 결과는 나왔어?"

"아니. 담당자가 오늘이나 내일 나온다고 했어. 내게 잘못이 없다는 결과가 나오더라도 이 찜찜한 기분은 사라지지 않을 것 같아……. 그나저나 머리에 묻은 그 석고 가루는 뭐야? 도대체 매일 뭘 하고 다니는 거야? 오후 늦게까지 가게에만 있고. 그 남자 이름이 뭐였더라? 니콜라? 오페라 가수도 부족해서 이젠 공사 일에 인테리어까지…… 도대체 뭐가 되고 싶은 거야? 솔직히 말해서 나는 이제 뭐가 뭔지 모르겠어."

클로틸은 몸을 일으켜 노트북을 폈다.

"진지한 얘기가 하고 싶은 거였어? 당신 얘기를 하던 참 아니었나? 뭐가 되고 싶으냐고? 그래, 공사 일도 하고 인테리어도 하고 있어. 알릭스에게 봄까지 가게 문을 열겠다고 약속했거든. 가능한 한 자주 현장에 가서 내가 도울 수 있는 일이 있으면 돕고, 내가 설계한 대로 공사가 진행되는지 가까이에서 지켜봐야 하거든. 나는 알릭스가 원하는 멋진 가게를 만들 거야. 우리 집 지을 때에는 내가 매일 공사장에 드나들어도 개의치 않았잖아. 심지어 내 머리에 석고나 페인트가 묻은 걸 보고 감동한 적도 있잖아. 아니야? 지금은 내가 알릭스를 위해 일하고 있다는 게 다를 뿐이야. 보수도 받고 있는걸. 그래 나는 공사 일에 인테리어까지 하고 있어."

"하지만 알릭스는 우선 당신이 치료를 받아야 한다고 생각하고 있어. 9월까지 기다릴 수도 있었잖아. 아무도 당신에게 어떤 일이 있더라도 5월에 가게 문을 열어야 한다고 등을 떠민 적은 없어."

"그럴지도 모르지. 아무도 당신에게 곡예비행을 하라고 강요한 적이 없는 것처럼. 나는 지금 치료도 받고 있어. 이자벨 피에트리와 함께 치료를 계속하고 있다고."

"오늘 아침에 받은 치료가 어떤 도움이 됐는지 말해 줄 수 있어? 만약 치료에 진전이 없으면 심리 상담을 받고 보톡스 주사를 맞아야 한다고 의사가 말한 게 작년 12월이야. 당신은 또 그 얘기냐고 할지 모르지만 작년 크리스마스 이후로 이 얘기 처음 하는 거야. 의사 말이 신경과에 가서 진찰을 받아 보는 게 좋겠대! 의사 말대로 신경과에 가 보긴 한 거야? 아, 잊어버리고 있었네. 당신이 노래를 할 수 있다는 사실을 놀라워하는 의사 얼굴을 봐야 하는데. 한 마디로 아무것도 모르는 의사야……."

"몇 달 동안 잠만 자다가 깨어나서 한다는 말이 고작 그거야? 하나도 변한 게 없군. 말을 더듬는 건 나뿐만이 아니야! 한 달에 한 번씩 당신과 알릭스, 내 아버지가 똑같은 불평만 늘어놓고 있잖아. 이자벨은 내가 노래를 한다는 사실에 만족하지 않고 치료를 계속해 주고 있어. 말을 할 때의 호흡법을 되찾기 위해 숨쉬기에서부터 집중력을 기르고 몸을 이완하는 훈련까지 하고 있다고. 이자벨은 내게 자주 심리 상담을 받아 보라고 권하지만 내가 주저하고 있는 거야. 내게 시간을 줘. 지금 심리 상담을 받는다고 해도 무슨 얘기를 어떻게 해야 할지 모르겠단 말이야."

"가서 얘기해. 지금 행복하지 않다고. 그리고 지금까지 우리가 함께 살아온 몇 년이 실은 가족의 행복에 대한 환상이었을 뿐이라고."

"그런 말을 하는 걸 보니 뭔가 후회하는 게 있는 모양이군. 당신처럼 하늘에서 내려다보면 그 '행복'이 환상으로 보일지 모르겠지만 내겐 달라. 실재로 행복했거든. 아이를 임신하고 출산하고 출산 후유증에 시달리고 아이에게 젖을 물려 가며 키우고 했던 일들이 다 환상이었다고? 아이들이 커 가는 모습을 보며 얼마나 행복했는지 몰라. 다비드와 아델이 학교에 처음 등교한 날 끝난 것은 아이들의 유년 시절이었을 뿐이야. 아이들을 낳고 젖을 물리면서 보낸 10년이 끝나는 날이었던 거야. 늘 아이들 곁에 붙어 있었고 집에는 늘 해야 할 일들이 쌓여 있었지. 그런 날 마들렌이 학교에서 도망쳤다는 소식을 들었으니 내 기분이 어땠겠어? 하늘이 무너지는 줄 알았다고."

클로틸이 계속 타이핑을 하자 벵상은 의자를 끌어다 그녀 옆에 나란히 앉아 노트북 모니터 쪽으로 고개를 숙이고 글을 읽었다.

"…… 나는 내가 모든 걸 바꾸고 싶어 한다는 걸 모르고 있었어. 단지 아무 일도 없다는 듯이 아무것도 바꿀 필요가 없다는 듯이 가장하고 있었을 뿐이야. 지금 심리 상담을 받으러 간다고 해도 할 말이 없어. 그리운 어머니에 대해서도 얘기하고 싶지 않고, 항상 내 기분을 망쳐 놓는 사랑하는 내 아버지에 대해서도 얘기하고 싶지 않아. 그렇다고 우리 둘의 관계에 대해서도 얘기하고 싶지 않아. 음악에 대해서도 얘기하고 싶지 않아. 난 단지 음악을 하고 싶을 뿐이야. 그래도 둘 중의 하나를 택하라면 임시방편에 불과한 보톡스 주사보다는 심리 상담이 나을 것 같아. 보톡스 주사는 눈속임에 불과해. 당신이나 아버지, 알릭스에게는 그게 예전의 클로틸을 되찾는 방법일지 모르겠지만!"

"그럼, 그 '예전의 클로틸'은 도대체 누구지?"

"나 자신을 비롯해서 모든 사람들의 마음에 들려고 노력했던 클로틸. 하지만 마들렌이 학교에서 도망친 그날 모든 게 끝났어. 알릭스를 봐. 걔는 나를 통해 자신이 누리지 못하는 행복을 보상받고 싶어 했어. 당신 같은 남편과 예쁜 아이들, 경제적인 안정, 화목한 집. 알릭스 사장님은 그런 '자연스러운' 미래를 갖고 싶었던 거야. 하지만 내가 목소리를 잃게 되자 그 그림이 엉망이 되어 버린 거지. 알릭스는 예전에 곧잘 연락도 없이 집에 들러 커피를 마시고 가곤 했어. 알릭스가 집에 놀러오는 건 내게는 숨을 쉬듯 자연스러운 일이었어. 알릭스는 내게 이야기보따리를 한 가득 풀어놓고 가곤 했어. 우리 집이 편했던 거야. 그런데 지금은 알릭스가 이메일을 보내는 건 내가 아니라 당신이야. 마들렌 일 이후로는 나보다는 당신하고 훨씬 얘기를 많이 하잖아. 알릭스에게는 그게 '우리'와 계속 관계를 맺는 방식인 것 같아. 지금 글을 쓰면서 깨달은 사실이야. 알릭스가 우리 집 현관문을 들어설 때마다 내가 얼마나 기뻐했는지 당신은 모를 거야."

보가 짖었다. 곧 초인종이 울릴 것이었다. 클로틸이 자리에서 일어섰다. 벵상은 현관 쪽으로 멀어져 가는 클로틸의 뒷모습을 바라보았다. 보가 그녀의 주위를 빙빙 돌며 쫓아갔다. 벵상은 기계적으로 클로틸이 방금 타이핑한 글을 저장했다.

클로틸은 지난 몇 달간 타이핑한 대화들을 저장해 놓았을까? 벵상은 의자 등받이에서 몸을 일으켜 재빠르게 클로틸이 파일을 저장해 두는 폴더들을 열어 보았다. 클로틸이 집배원에게 더듬거리며 말하는 소리가 들렸다. 소포나 등기우편이 온 모양이다. 금방 돌아올 것이다. 클로틸은 지난 8개월 동안 타이핑했던 대화들을 하나도 저장해 두지 않았단 말인가? 자신과 나눈 대화는 물론이고 알릭스나 그 니콜라라는 시공업체 사장과 나눈 대화도 없었다. 폴더는 텅비어 있었다. 그녀의 글은 아무 흔적도 남아 있지 않았다. 어차피 말로 대화를 나눴더라도 마찬가지였을 터였다.

클로틸은 빈손으로 돌아왔다.

"뭐가 온 거야?"

"집배원이 이름을 착각했어. C. 루르를 C. 루리로 잘못 봤대."

18
성악 교습 2

"수업을 녹음하는 건 참 좋은 생각이야. 초조해 하지 말고 조금씩 실력을 쌓아 가면 돼. 수업이 거듭될수록 네 목소리에서 자신감이 느껴져. 음량도 점점 풍부해지고 뉘앙스도 느껴져. 네가 단번에 깨달은 것들이 조금씩 밖으로 나오고 있는 거야. 아직도 네 귀가 널 속이고 있다는 의심이 든다고 했지? 수도원 소예배당에서 첫 수업을 받았을 때를 생각해 봐. 네가 실제로 낸 목소리와 귀로 듣는 소리가 다르다고 느끼지? 당연한 거야. 네 귀에 들리는 소리는 네 노랫소리가 실내 음향을 통과해서 되돌아온 소리기 때문이야. 따라서 너를 둘러싼 환경에 따라서 네가 낸 소리가 다르게 들릴 수 있어. 천장이 궁륭이냐 아니냐에 따라, 벽이 벽돌이냐 돌이냐에 따라, 실내가 좁은지 넓은지에 따라, 벽 장식이 있느냐 없느냐에 따라 달라지는 거야. 주변 공기가 네게 전달해 주는 소리가 어떤지는 이 모든 요소들과 관련이 있어. 또한 관객이 몇 명인지도 중요해. 단지 몇 명만 앉아 있는지 실내가 사람으로 꽉 차 있는지에 따라 소리가 다르게 들리는 거야. 한 마디로 네 귀는 특정 공간, 특정 시간 속에서 발성된 소리를 듣고 있는 거지. 공기가 소리를 흡수하고 전달하고 변형시키는 거야. 귀가 널 속인다고 했지? 그런 의미에서는 왜곡한다고 말해도 무방할 거야. 그래, 때에 따라서는 완전히 다른 목소리처럼 들릴 수도 있어.

그건 마치 좋아하는 사람과 갈등 관계에 있는 상황과 비슷해. 너는 갈등을 해결해야 한다고 생각하겠지. 모든 걸 분명히 설명해서 밝히면 갈등이 없어질 거라고 믿겠지. 아니야. 네가 하는 말들은 상대방의 몸과 마음속에서 반향을 일으켜. 상대방은 그 자체로 고유한 세계 속에 살고 있어. 상대방이 듣는 네 말은 우연한 요소들과 주변 상황에 영향을 받게 되지. 그래서 항상 네 의도에 어긋나는 결과를 얻게 되는 거야.

그리고 우리 몸속에는 뼈와 연골을 통과한 소리의 진동을 인식하는 또 하나의 귀가 있어. 그렇게 전달된 소리는 '저음'으로 인식되지. 몸 내부를 통과하면서 저음의 진동수를 갖게 되는 거야. 이 귀도 일종의 여과기인 셈인데, 이것도 역시 네가 낸 소리를 있는 그대로 듣지 못하게 방해하는 요소 중 하나야."

"…(…)… 그럼…(…)… 원래의 목소리는…(…)… 결국 들을 수가…(…)… 없는 거예요?"

"계속해서 네 귀를 훈련시키는 수밖에는 다른 방법이 없어. 귀로 소리를 이해하고 감지하는 능력을 기르는 데 걸리는 시간은 사람마다 달라. 네 성대의 진동이 몸속으로 울리는 것에 주의를 기울여봐. 몸의 어느 부위에서 소리가 울리는지, 소리에 따라 그 진동이 어떻게 다른지, 저음인지 고음인지, 어떤 모음인지에 따라 진동이 어떻게 달라지는지를 보려고 노력해 봐……. 다행히도 클로틸은 그런 이해력이 상당히 빠른 편에 속해. 대신 긴장을 풀어야 돼. 그러지 않으면 네 속의 시끄러운 소음들에 마음을 빼앗겨서 소리의 울림을 제대로 들을 수가 없게 되니까."

"…(…)… 벵상 사고…(…)… 조사 결과가 나왔어요.(속삭임)…(…)… 사고 원인이…(…)… 벵상에게 있대요. …(…)… 후련하기도 하고…(…)… 심란하기도 하고…(…)… 다행히 아니마…(…)… 문디 준비가…(…)… 순조로워요."

아니마 문디 개점 이틀 전, 아직 도착하지 않은 제품들이 몇 가지 남아 있었다. 클로틸은 저녁 늦게까지 가게에 남아 일을 해야 했기 때문에, 뱅상은 가게 구경도 할 겸 퇴근해서 집에 가기 전에 가게에 먼저 들렀다.

길 쪽으로 난 통유리 진열창은 큰 천으로 가려 놓았다. 클로틸은 진열대에 향수병들을 정리하느라 여념이 없었다.

"…어…(…)… 온 지…(…)… 오래됐어?"

"아니, 방금 가게에서 나오던 아가씨가 안으로 들여보내 줬어."

뱅상은 주위를 둘러보았다.

"당신이 그린 설계도 본 적 있어……."

"…(…)… 그래……?"

"흰색 바탕과 채색된 부분이 훨씬 대조적일 거라고 상상했는데……."

"…그런데……?"

"저쪽에서 새어 나오는 빛이 흰색 바닥에도 스며들고 있어……. 그래서 두 부분 간의 대조가 약해져서 오히려 더 좋은 것 같아……. 내가 상상했던 것과 완전히 다른데?"

클로틸은 자리에서 일어나 급히 빛 조절 장치가 있는 쪽으로 걸어갔다.

"…(…)… 원하는 색깔을…(…)… 말해 봐…(…)…. 차가운 색…(…)… 따뜻한 색……."

"따뜻한 색……. 예전보다 말하는 게 나아진 것 같은데, 아니야?"

클로틸은 대답 없이 조절 장치의 버튼을 눌러 조명 분위기를 오렌지빛으로 바꿨다. 여름 저녁 빛깔이었다…….

"…… 예쁜데…… 그런데 조명을 설치할 생각은 어떻게 하게 된 거야?"

"빛은 식물에게 첫 번째로 필요한 에너지야. 여름, 겨울, 저녁, 새벽, 정오, 자정 등 시간에 따라 빛이 달라지지. 빛의 성질과 지속성에 따라 식물의 생체 주기가 변화해. 사람도 마찬가지야. 가게를 방문하는 손님들이 그 사실을 느낄 수 있었으면 좋겠어. 빛이 나비들을 끌어 모으듯이 지나가는 사람들의 시선을 끌게 될 거야. 그리고 가게로 들어오는 거지."

클로틸이 물었다.

"…(…)… 마음에 들어?"

벵상이 클로틸에게 다가와 그녀의 머리를 자신의 목 쪽으로 끌어당기며 그녀를 안았다. 다정함의 표현이기도 했지만, 그보다는 클로틸의 시선을 의식하지 않고 얘기를 하고 싶었기 때문이었다.

"마음에 들어……. 질투심이 들 정도야. 알릭스에 대해서, 그 시공 회사 사장에 대해서도 그렇고 당신 노래에 대해서도……."

클로틸은 타이핑을 하려고 부드럽게 그의 품을 빠져나왔다.

"만약 당신이 마음에 들어 하지 않으면 가게 문을 열게 된 기쁨이 훨씬 덜했을 거야……. 앞으로도 내가 해야 할 일들을 해 나가겠지만 당신이 없다면 아무 즐거움도 느끼지 못할 거야."

"당신이 날 '제로 실수 씨'라고 불렀었는데. 혹시 실망했어? 단 한 번의 사소한 실수도 용납하지 않던 유능한 조종사가 조사 결과 중대한 실수를 범했다는 사실이 밝혀졌잖아."

클로틸은 다시 한 번 그의 품을 빠져나와 타이핑을 했다.

"그 반대야. 사고 직후에도 조종 중에 당신의 반응이 너무 늦었던 것 같다고 말했잖아. 자존심이 상했겠지만 그 사실을 받아들이는 데에는 용기가 필요했을 거야. 나는 당신이 지나치게 비싼 대가를 지불했다고 생각하지 않아. 당신은 앞으로 CAP232에 올라 탈 때마다 이번의 실수를 기억할 테니까. 한 번 실수를 한 덕분에 오히려 당신 마음이 홀가분해질 수도 있다고 생각해."

벵상이 다시 클로틸에게 다가와 자판을 두드리던 그녀의 손을 잡아서 자신의 어깨 위에 올려놓고는 그녀의 눈을 지그시 바라보았다.

둘은 각자의 차를 몰고 르베이즈의 집으로 돌아왔다. 운전대를 잡은 클로틸은 사이드미러를 향해 미소를 지으며 노래를 불렀다. 그들은 아이들이 기다리고 있는 집으로 돌아갔다. 벵상이 아니마 문디를 마음에 들어 했다. 내일 알릭스도 개점 준비를 마친 가게를 보면 틀림없이 마음에 들어 할 것이다. 마치 지금의 휴전 상태가 영원히 지속될 것 같은 느낌이 들었다. 그녀는 저녁 내내 그리고 벵상과 함께한 밤 내내 그런 느낌에 사로잡혔다.

개점을 하루 앞둔 다음 날 늦은 오후, 클로틸은 알릭스가 도착하기 전에 마지막 마무리 작업을 했다. 알릭스는 지난 2주 동안 가게에 들르지 않았다. 공사가 끝난 가게를 아직 보지 못한 것이다.

알릭스가 가게 문을 들어섰을 때 클로틸은 얼굴을 붉히며 신발 끝으로 시선을 내리깔았다. 알릭스는 몰라볼 만큼 멋지게 변신한 자신의 증류기 앞에서 놀란 표정으로 한참을 서 있었다. 꼭지가 여덟 개 달린 특이한 모양의 증류기가 받침대 위에 세워져 있었다. 알릭스는 살짝 긴장한 표정으로 카운터 뒤에 가방을 내려놓고 흰색 통로를 걸어가며 주위를 둘러보았다. 클로틸은 증류기의 오른쪽으

로 난 녹색 통로를 걸어갔다. 둘은 칸막이들이 세워진 긴 가구의 양
편을 나란히 걸었다. 클로틸은 알릭스가 가게 내부를 이곳저곳 둘
러보는 모습을 지켜봤다. 가게 안쪽, 가구가 끝나는 곳에서 만난 둘
은 약간 긴장된 표정으로 미소를 주고받았다. 이번엔 서로 자리를
바꿔 조금 전과 반대로 알릭스는 녹색 통로로, 클로틸은 흰색 통로
로 발걸음을 옮겼다. 가게를 모두 한 바퀴 돌고 난 알릭스는 고무공
을 누르면 향이 나오는 칸막이의 첫 번째 칸에 가서 앉았다…….

"제비꽃…… 재스민…… 아, 민트!…… 클로틸? 어디 있어?"

"여기! (…)… 원하는 조명을 (…)… 말해 봐."

"전부 보고 싶어!…… 예전보다 말하는 게 나아진 것 같은데, 아
니야?"

두 사람은 함께 창고를 둘러보고 개점 준비와 관련된 마지막 세
부 사항들을 점검한 후에 가게 문을 닫고 말없이 주차장 쪽으로 걸
었다. 헤어지기 직전에 알릭스가 말했다.

"한 가지 놀란 게 있어."

"…(…)… 뭐?"

"아니마 문디에 한 가지 빠진 게 있어. 가장 너다운 게 빠졌
어……."

"…(…)… 뭐지?"

"음악 말이야!"

"…(…)… 내 가게가 아니라…(…)… 네 가게잖아. …(…)… 그래
도…(…)… 색깔이나…(…)… 향에 관해선…(…)… 우린 취향이 비

숫해."

"…… 알고 있니? 주변 사람들이 모두 실패할 거라고 말했던 거? 가게 문 여는 걸 친구한테 맡기는 건 지나치게 순진한 짓이라는 거지. 인테리어 디자이너와 전문가들을 고용하는 편이 나을 거라고 하더군……. 법적 문제나 기술적 문제와 관련해서 너를 잠깐씩 도와줄 전문가를 말하는 게 아니라 공사 전체를 맡을 사람 말이야. 내일 이 가게를 보고 사람들이 어떤 반응을 보일지 기대되는걸……."

클로틸은 알릭스와 좀 더 개인적인 얘기를 나누고 싶었지만, 평소보다 좀 더 친근한 볼 인사 정도로 만족해야 했다.

21
개점

아 니마 문디의 개점은 성공적이었다. 손님들은 칸막이 사이를
오가며 향을 맡았다. 부모 손에 이끌려 가게에 들어온 아이
들은 클로틸의 아이들과 함께 조명이 켜진 널빤지 앞으로 몰려들었
다. 아이들은 흰색에서 핑크색으로, 보라색에서 오렌지색으로 변하
는 조명들에서 눈을 떼지 못했다. 보는 가게 밖에 서서 사람들의 몸
짓과 소리, 색, 향 등이 한데 어우러져 정신없는 가게 안을 걱정스
러운 표정으로 들여다봤다. 초대받지 않은 사람들도 가게 앞에서
발걸음을 멈추곤 했다.

클로틸은 가게 구석에 조용히 앉아 있었다. 가게 전체가 한눈에
들어오는 위치였다. 여유 있으면서도 정확한 몸놀림으로 일을 하던

그 과묵한 조수가 그녀 옆에 와 앉았다. 둘은 서로 마주 보며 미소 지었다.

아틸레르 씨가 개점을 축하하러 들렀다.

"내 딸에게 이런 능력이 있었군."

조명과 향으로 가득한 가게 안을 들떠서 돌아다니던 밥티스트도 클로틸과 과묵한 사내의 옆에 와 앉았다. 나란히 앉은 세 사람은 북적대던 가게가 초대 손님들이 하나씩 자리를 뜨면서 조금씩 조용해지는 모습을 지켜보았다. 뱅상은 아까부터 니콜라 마르탱과 얘기를 나누고 있었다. 갓난아기는 그 아내가 니콜라의 허리에 매 준 커다란 포대기 안에 잠들어 있었다. 마지막 손님들에게 인사를 마친 알릭스가 세 사람이 앉아 있는 곳으로 왔다. 클로틸은 그 과묵한 남자가 강렬한 시선으로 알릭스를 바라보고 있는 걸 느꼈다.

클로틸 쪽으로 다가오던 알릭스는 눈 한 번 깜박이지 않고 자신을 응시하는 그의 시선을 받아 냈다.

"절 아시나요? 어디서 한 번 뵌 적이 있는 것 같은데……."

그가 알릭스에게 손을 내밀며 대답했다.

"…… 질 드 뱅셀입니다. 공사할 때 두 번인가 오셨죠. 저분과 같이 일했습니다."

그가 젊은 사장을 가리켰다.

클로틸은 깜짝 놀랐다. 그가 말을 하는구나.

알릭스가 대답했다.

"아, 참 그렇지. 기억이 나네요. 공사 결과에는 만족하세요?"

"네. 저기 있는 향 바구니들이 마음에 들어요. 마치 지금까지는 코가 있는지도 모르고 살아온 기분이에요."

비록 짧은 대화였지만 이 남자가 이 정도로 말을 한 건 기적에 가까웠다.

질 드 벵셀은 이마에 땀이 송골송골 맺힌 채로 꾸벅 인사를 하고는 가게 문 쪽으로 걸어 나갔다. 젊은 사장은 벵상과 계속 얘기를 하는 와중에도 그에게서 시선을 떼지 않았다.

벵상이 물었다.

"저 친구는 그럼 계속 약을 먹고 있나요?"

"네."

니콜라가 아이를 가슴 쪽으로 끌어당기며 대답했다. 알릭스는 좀 더 자세한 얘기가 듣고 싶어 그들 쪽으로 다가갔다. 그러나 그 이상의 얘기는 없었다.

22

손님들

가게에는 제법 손님들이 찾아왔다. 멀리서 일부러 찾아오는 사람들도 있었다. 알릭스가 원했던 대로 아니마 문디는 어른들과 아이들이 여기저기 기웃거리며 향을 즐길 수 있는 그런 장소가 되었다. 손님들은 비누와 샴푸, 차, 아로마 연고 등을 사 들고 돌아갔다.

가게를 찾는 커플들 중에는 월로 씨가 휴가 때마다 자주 방문하는 양로원 노인들과 비슷한 연배의 사람들도 있었다. 사 갈 물건을 고르느라 잔뜩 들떠 있는 부인과는 대조적으로 월로 씨는 미심쩍어 하는 표정으로 거만하게 서 있었다. 가게 안쪽의 칸막이 안에서는 같이 온 부부들이 누가 먼저 향수 재료 이름을 맞추나 내기에 열을 올리고 있었다.

알릭스는 월로 부인에게는 주로 '효능'에 대해, 미심쩍은 표정을 짓고 있는 월로 씨에게는 '성분'에 대해 설명했다.

이 '고지식한' 남자에게 자연은 좋은 것도 나쁜 것도 아니며, 이는 사실인데, 단지 '바보 같은 것'일 뿐이었다. 알릭스는 그에게 개미 이야기를 들려주었다. 그처럼 자기 생각이 강한 사람들에게는 정확한 과학적 설명이 먹히는 법이다.

"혹시 식물을 가꾸시나요?"

"아니요⋯⋯."

"그래요? 아타속 개미는 식물을 가꾼답니다. 5천만 년 전부터 이미 버섯 '재배'를 시작했고, 지금도 계속하고 있죠. 이 개미들은 구획되고 정돈된 정원을 가지고 있어요. 자신들의 성스러운 경작지에 해를 입히는 나쁜 풀이 발견되면 곧바로 외부로 옮겨 버리죠. 일테면 폐기물 처리장 같은 곳인 셈이죠. 농사지은 식량을 빼앗아 먹는 기생충만 없었다면 아타속 개미들은 근심 없이 행복하게 살았을 거예요. 그래서 개미들이 생각해 낸 게 항생제를 분비하는 악티노박테리아와 협력하는 것이었지요. 이 박테리아는 개미들을 도와주는 대가로 개미 꼬리의 얇은 상피 속 여포濾胞에 살면서 영양을 섭취해요. 그런 식으로 경작지에서 기생충을 몰아낼 수 있게 된 거죠."

이와 반대로 마치 산타클로스나 부활절 종소리를 믿듯 순진하게 자연을 '숭배하는' 손님들이 찾아올 때도 있었다. 알릭스는 이런 손님들에게 박테리아, 이끼, 해초 등에서 어떻게 청화물青化物(강한 독성을 지닌 무기화합물—옮긴이)이 생성되는지를 설명해 놓은 그림을 보여 주었다. 카사바 속의 식물 뿌리에서 흔히 볼 수 있는 현상이었다. 그런 식으로 자연에 대한 그들의 신앙에 충격을 줄 필요가 있었다! 그보다 더 순진한 손님들에게는 가축 얘기를 해 줬다. 우리 피부를 햇빛에 더 민감하게 만드는 해로운 성분을 가진 고추나물을 포식한 암소나 염소, 양들의 피부가 어떻게 타들어 가는지 설명해 주는 식이었다.

한 마디로, 가게 개업은 성공적이었다. 아니마 문디는 손님들의 다양한 관심을 모두 만족시켜 주는 그런 장소였다. 어떤 손님들은 향을 즐겼고, 다른 손님들은 시시각각 변하는 조명을 보며 즐거워했다. 손님들은 식물의 효능이나 성분에 대해 배우고 나서 어린 시절부터 줄곧 피부에 발라 온 제품들이 실제로 어떻게 제조되는지를 이해하게 되었다. 할머니와 할아버지 손님들에게 물어 찜질, 약용 시럽, 훈증법 등과 관련한 비법을 컴퓨터에 저장해서 다른 손님들이 인터넷으로 열람할 수 있도록 했다. 외국인 방문자들도 사이트를 방문해서 지식을 교환했다. 알릭스는 자주 사이트에 들러 사람들이 소개한 비법에 대해 코멘트를 달거나 각 식물이 지닌 속성과 효과를 설명했다.

손님과 방문자들은 가게 안을 한동안 둘러본 후 정원의 풀 냄새로 가득 찬 가게 안쪽의 소파에 앉아 쉬었다. 그 자리에 앉으면 덧없는 빛으로 반짝거리는 바깥의 거리와 분리된 이쪽의 작은 세계가 손님들로 북적거리는 모습을 느긋하게 바라볼 수 있었다.

23

과묵한 남자

알릭스는 클로틸이 소개한 사람에게 가게 운영을 맡기고, 자신은 매일 오후 늦게 아니마 문디에 들렀다. 오전과 저녁 시간은 약초밭과 온실에서 일했다. 가게 문을 연 지 얼마 지나지 않은 6월 어느 날, 그 느리고 과묵한 남자 질 드 벵셀이 그녀를 찾아왔다.

온실 환기를 하고 물을 주고 있던 알릭스는 갑자기 나타난 그를 보고 깜짝 놀랐다. 온실 입구를 들어서던 그는 갑자기 훅 끼쳐 오는 온기에 가슴을 부풀리며 실내에 가득 찬 장미 향기에 코를 벌름거렸다. 그 남자를 다시 만나고 싶었던 알릭스가 먼저 말을 꺼냈다.

"안녕하세요. 혹시 저희가 여기서 약속이 있었나요?"

"아니요……."

"그럼, 무슨 일로 오셨어요?"

"당신과 함께 일하고 싶습니다."

"……어…… 식물에 대해서 잘 아세요?"

"조금. 예전에."

"예전이라뇨?"

"제 아내가 정원을 가꾼 적이 있어요."

"여기 물 주는 것 좀 도와주시겠어요? 괜찮으시면 일 끝나고 강가에 가서 얘기를 나누죠. 거기 벤치를 설치해 놨거든요."

그는 느린 몸짓으로 그녀의 일을 도왔다. 알릭스의 눈에 그의 몸짓은 지난번 개업식 때보다 활력이 있어 보였다. 그의 손놀림은 빈틈이 없었다. 알릭스는 그에게 접붙이기 작업을 시켜도 문제가 없겠다고 생각했다……

물 주는 일을 끝내고 두 사람은 강변의 조그만 빈터에 있는 벤치까지 걸어갔다. 벤치에 앉은 남자의 시선은 강 상류에서 흘러 내려오는 물살에 한참 동안 머물러 있었다.

알릭스가 물었다.

"여기 출신이세요?"

"네, 쿠르셀 로르괴이외 출신이죠. 여기서 태어나긴 했지만 오래 살진 않았어요. 한창때 고향을 떠났죠. 바다를 보고 싶었어요. 기회가 오자마자 곧바로 떠났죠. 아니, 거의 가출한 셈이었어요. 부모님과는 나중에 화해를 했죠. 젊은 시절을 바다를 누비면서 보냈어요. 스무 살에 마다가스카르 여자를 만나 아들을 낳았죠. 세상에서 제일 행복한 남자가 된 기분이었어요. 바다에 대한 제 열정은 아들에게도 옮아갔죠. 아들은 스무 살이 됐을 때, 배 주인들을 대신해서 요트 따위를 원하는 곳으로 옮겨 주는 일을 했어요. 그러던 중 배 한 척을 부에노스아이레스에서 대륙 반대편의 콜롬비아까지 옮겨 달라는 부탁을 받고 떠났어요. 하지만 영원히 목적지에 도착하지 못했죠. 배는 다시 찾았지만 돛대는 사라지고 뱃전 창문의 틈새를 막아 놓은 흔적이 발견됐죠. 다른 두 명의 선원도 함께 실종됐어요. 마피아에게 당한 거예요. 곧바로 그곳으로 달려갔죠. 1년 동안 아들을 찾아 헤맸죠. 아들 사진 한 장 들고 정글과 항구와 선원들이 드나드는 술집 등 안 돌아다닌 곳이 없어요. 사람들의 대답이 엇갈렸어요. 통신이 두절된 시점 이후에 아들을 봤다는 사람들도 있었어요……. 그래서 아직도 희망을 버리지 않고 있어요."

"아드님이 실종된 지 얼마나 됐어요?"

"5년 전 일이에요. 약 때문에 기운이 많이 떨어졌지만 그래도 아들이 혹시라도 돌아올지 모르니 버티려고 애쓰고 있어요……. 매번 집 마당에 들어설 때마다 혹시 그 사이에 아들이 돌아와서 날 기다리고 있지는 않을까 하는 기대감에 사로잡혀요……. 저 자신에게 말하곤 하죠. 어차피 내일이면 아들이 집에 돌아올 텐데 걱정할 필요가 뭐가 있느냐고……. 저는 마피아들이 어떤 식으로 사람들을 상어가 우글거리는 바다 속으로 던져 버리는지 알고 있어요. 하지만 여러 명의 노파들과 한 젊은 여자가 배가 사라진 후에도 아들을 봤다고 했어요. 저는 아들이 정글 같은 곳에서 아름다운 원주민 여

자와 살고 있는 모습을 상상해요……. 아마 그 노파들과 젊은 여자
는 내가 그런 상상을 하면서 견디는 게 차라리 나을 거라고 생각했
을지도 모르죠."

"아내는요?"

"그 후로 아내를 다시 보지 못했어요. 아내는 아들이 그렇게 된
게 내 탓이라고 생각했어요. 내가 바다에 대한 열정을 아들에게 심
어 주었기 때문이라는 거죠. 아들은 다시 만날 수 있을지 모르지만
아내는 다시 만날 일이 없을 거예요. 제 부모님은 모두 돌아가셨어
요. 그래서 이곳으로 돌아왔죠. 만약 아들이 살아 있다면 제가 여기
서 기다리고 있다는 걸 알 거예요."

"그 젊은 시공 회사 사장은 어떻게 만났어요?"

"니콜라는 제 옆집에 살아요. 이곳에 와서 회사를 세우면서 제게
도움을 요청했어요. 거의 제 아들뻘이죠……. 그런 젊은이가 땅 위
에 좌초해서 반 부랑자가 된 옛 선원에게 도움을 청한 거예요. 그
부탁을 어떻게 거절하겠어요? 니콜라는 곧 태어날 아이를 기다리
고 있었어요. 저한테도 일하는 데 힘이 되었죠. 그리고 그날 당신을
만났어요. 당신과 일을 하고 싶다고 하니까 의사가 약을 반으로 줄
여 줬어요."

"왜 저와 일을 하고 싶으세요?"

"그냥요. 돈 따위는 상관없어요. 니콜라와 일하면서 모은 돈으로
스쿠터 한 대 정도는 살 수 있게 됐어요. 그동안은 약 때문에 운전
을 할 수가 없었거든요."

"그런데 왜 이 일을 하고 싶으신 거예요?"

"…… 향기가 저를 해방시켜 줬어요. 이 세상으로 다시 돌아오게
해 줬어요. 이해하시겠어요? 불안을 진정시키려고 먹었던 그 약 때
문에 제 속의 모든 게 형체를 잃고 해체되어 가고 있었어요. 그런데
아니마 문디 개업식 때 맡은 그 향들이 저를 흔들어 깨운 거예요.
목소리를 잃었지만 힘을 잃지 않는 클로틸의 모습을 보면서 조금씩
잠에서 깨어나던 참이었어요. 꿀이 가득한 벌집처럼 향으로 가득한
가게를 만들어 가는 그녀를 보면서 말이에요. 클로틸이 니콜라에게
그 가게는 자신과 알릭스 두 사람을 합쳐 놓은 것과 같다고 말한 적
이 있어요……. 당신을 봤을 때…… 그 말의 의미가 뭔지 깨달았어
요……. 지금까지 저는 아들을 기다리기만 했어요……. 이제는 클
로틸이 그랬듯이 저도 당신을 위해 일하고 싶어요."

"니콜라와 하고 있는 일은 어쩔 셈이에요?"

"니콜라와도 계속 일할 거예요. 양쪽 사이에서 적당히 시간을 조
정하면 돼요."

질 드 벵셀은 다음 월요일부터 일을 시작했다. 그의 고통이 조금
씩 증발하듯 사라져 갔다. 고추나물 즙을 섭취해 보는 건 어떨까?
라틴어 학명으로는 '하이페리컴hypericum'이라고 부른다. '유령을
쫓는 자'라는 뜻의 그리스어 '하이퍼 에이코나hyper eikona'에서 유래
된 것으로 추측된다. 중세에는 '악마를 쫓는 풀'로 불렸다. 이 풀에
는 우리 몸의 생체리듬에 매우 중요한 역할을 하는 신경전달물질인
멜라토닌이 다량 함유되어 있다. 지금까지 알려진 풀들 중에서 그

함유량이 가장 많다고 한다. 대낮의 풀은 신기하게도 밤에 마음을 진정시켜 주는 효능이 있다. 마찬가지로 한여름 풀은 겨울에 겪는 계절적 우울증을 치료해 준다.

질 드 벵셀은 알릭스가 만들어 주는 고추나물 즙을 기꺼운 마음으로 마셨다. 그는 새벽부터 온실에서 일을 하고 오후에는 니콜라의 일을 도왔다. 그리고 저녁 늦게 다시 증류 공장으로 돌아왔다. 그곳에서 알릭스를 기다리며 꽃잎을 넣어 말리거나 뿌리를 뽑는 등의 일을 했다. 밤이 되면 두 사람은 마치 아이들에게 굿나잇 키스를 해 주는 엄마와 아빠처럼 온실 안을 한 바퀴 둘러본 후 문을 잠갔다. 날씨에 따라서는 환기를 시켜 주기도 했다. 날이 갈수록 질 드 벵셀은 원기를 되찾았다. 그의 손놀림은 정확성을 잃지 않으면서도 속도가 점점 빨라졌다.

매일 나란히 서서 일하는 두 사람은 마치 부부 같았다. 그리고 어느 날 저녁, 알릭스가 그에게 손을 내밀었다. 질이 기다리던 손길이었다.

클로틸이 두 사람을 보러 들렀다 간 날, 질이 알릭스에게 말했다.

"당신이 예전보다 클로틸이 말을 못하는 것에 대해 덜 화를 내는 것 같아. 미소도 짓고 더 상냥하게 대하던걸. 조금씩 나아지고 있어……. 하지만 클로틸에게 말을 많이 하지는 않더군. 클로틸이 말을 못한다고 당신도 말을 아낄 필요는 없잖아."

알릭스가 반박했다.

"무슨 말이야? 말을 안 하는 건 클로틸이라고!"

"아니야, 당신이야."

그는 앨릭스와 함께 살게 된 후에도 자신의 집을 팔지 않았다. 그는 집 덧문을 닫기 전에 칠을 다시 하고 지붕을 고쳤다. 그리고 앞으로 닫혀 있게 될 대문 위에 나무판 하나를 걸어 놓았다. 그는 나무판에 두 개의 주소를 인두로 새겼다. 하나는 앨릭스와 함께 살게 된 집 주소, 다른 하나는 증류 공장 주소였다.

밥티스트 이야기

클로틸은 매일 저녁 아이들에게 이야기를 해 주었다. 클로틸은 목소리가 '아주 잘게 다진 고기'처럼 끊겨 나오기 시작한 이후부터 다른 방법을 찾았다. 벌써 몇 달 전부터 클로틸이 이야기를 할라치면 아이들은 "노래로 불러 줘!" 하며 졸라 댔다.

별수 없이 클로틸은 어려운 기술을 시도해야 했다. 이야기를 단숨에 노래로 부르는 기술이었다. 노래를 가능하게 해 주는 호흡이 끊어지지 않을 만큼 음정의 높낮이를 조절해야 했다. 선율이 너무 단조로워지면 곧바로 쉰 목소리가 나오기 때문이었다. 그 반대로 멜로디가 너무 다채로워지면, 그래서 잠깐이라도 음정의 길이를 생각하느라 망설이기라도 하면 이번엔 경련성 음성장애가 노래를 방해했다. 클로틸은 노래를 부르는 목소리가 말을 할 때처럼 단조롭게 가라앉아 버리는 순간 재빨리 노래를 멈추고 칠판에 그림을 그렸다. 그럴 때면 분필 가루가 비처럼 쏟아졌다.

클로틸이 수도원에서 성악 교습을 마치고 집에 돌아왔을 때 아이들은 벌써 피아노 옆 칠판 앞에 자리를 잡고 앉아 엄마를 기다리고 있었다. 벵상도 거실에 앉아 있었다. 이미 저녁을 먹은 아이들은 저녁 이야기 시간을 기다리고 있었다.

벵상은 아이들과 떨어져 거실 멧목에 앉아 신문을 읽고 있었다.

클로틸은 아이들이 이미 알고 있는 이야기를 해 주기로 했다. 이제는 가족의 '고전'이 되어 버린 밥티스트 이야기였다.

♫♫♫ …… 밥티스트는 언덕 위에 우뚝 솟은 르베이즈 마을을 자기 포도밭만큼이나 훤히 알고 있었네. 수도사가 기도문을 외우듯, 르베이즈 마을을 구석구석 기억하고 있었네……. ♫♫♫

♫♫♫ 만약 누군가가 시계나 돈주머니, 스카프 같은 것을 잃어버리면 사람들은 밥티스트에게 부탁했다네. 마을 끝 강변까지, 자기 집 언덕을 둘러싼 모든 포도밭과 초원까지, 밥티스트에게는 자기 집과 같았네. 혹시 마을 밖으로 나갈 일이 생기면 밥티스트는 온몸과 마음을 운전사에게 맡겨 버리고 눈을 가리고 가는 길도 오는 길도 보려 하지 않았네. 밥티스트에게 르베이즈 마을 밖은 없는 것

이나 마찬가지였다네. ♬♬♬

♬♬♬ 어느 날 밥티스트는 길을 잃었다네. 초봄이었네. 마을 사람들이 만물이 소생하는 계절을 축하하는 동안 밥티스트의 마음은 돌처럼 무거워졌다네. 아버지가 돌아가신 계절이기 때문이었네. 밥티스트는 머릿속에서 죽음을 내쫓으려고 소리를 질러 댔다네. 그날 밥티스트는 숟가락으로 땅을 한 움큼씩 파서 색색의 비닐봉지에 담아 들고 가서 포도주와 맞바꾸었다네. 술에 취한 밥티스트는 고래고래 노래를 부르다가 사라졌다네. ♬♬♬

♬♬♬ 밤이 와도 밥티스트는 나타나지 않았다네. 마을 사람들은 밥티스트가 그 계절에는 아파한다는 걸 알았네. 걱정이 된 마을 사람들이 그를 찾아다녔네. 아이들도 숨바꼭질을 하듯 그를 찾아 나섰네. 아무도 웃지 않았네. 사람들은 마을의 모든 다락방과 몇 백 년 된 포도주 창고와 부엌 뒷방과 초원과 포도밭을 찾아다녔네. ♬♬♬

♬♬♬ 밤이 지나갔네. 알릭스는 그날 밤 아직 공사 중인 증류 공장 근처에서 밥티스트가 노래하는 소리를 들었다고 했네. 밥티스트가 다리를 건너가는 건 처음 봤다고 했네. 아침이 오자 마을 사람들은 경찰을 불렀네. 잠수부들이 강물 속을 뒤지기 시작했네. ♬♬♬

클로틸은 그 대목에서 딸아이가 강에 빠진 줄 알고 그 앞에서 아이의 이름을 소리쳐 부르던 기억이 떠올라 몸을 떨었다. 클로틸은 아이들이 이미 알고 있는 헤피엔드를 향해 서둘러 이야기를 계속했다.

♬♬♬ 강에서는 아무것도 찾을 수 없었네. 자동차와 오토바이, 말을 탄 경찰들이 들판과 마을과 도로와 숲길을 돌아다니며 동네 바보를 찾으러 다녔네. 르베이즈 마을은 뒤죽박죽이 되어 버렸네.
밥티스트를 찾으려고 헬리콥터가 날아다녔네.
이틀째 날이 저물 무렵, 르베이즈로부터 50킬로미터 떨어진 곳의 한 곳간에서 밥티스트를 찾았다네. 밥티스트는 험상궂고 더러워진 얼굴로 추위와 갈증에 떨고 있었네. 술에 취해 강을 건넌 다음부터 아무 곳도 알아볼 수가 없었다네. 험준한 골짜기를 지나자 작은 숲에 가려 밥티스트가 사는 언덕이 더는 보이지 않게 된 거라네. 길을 잃고 겁에 질린 밥티스트는 앞만 보고 걸어갔던 거라네. ♬♬♬

♬♬♬ 밥티스트가 며칠 동안 병원에 있어야 했기 때문에 마을 사람들은 축하 잔치를 벌이지 못했네. 마을 대표단이 병원으로 밥티스트를 보러 갔네. ♬♬♬

Coda

클로틸은 밥티스트가 들려준 모험담을 이야기하는 데에는 낭독보다는 노래가 더 어울린다고 생각했다.

♫♫♫ 신의 포도밭에서 나온 포도주를 마셨다네. 맛 좋은 포도 주였다네. 사나이처럼 포도주를 마셨다네. 조금 과음한 것 같다네. 큰 소리로 노래했다네! 모든 벌판과 죽음의 마을을 걸어갔다네. 나는 노래했다네, 이틀 동안 노래했다네. 세상은 넓었지만 아무도 보이지 않았네. 말벌처럼 날아가는 비행기를 보았네. 죽음이 나를 찾으러 온 줄 알고 벌벌 떨었다네. 하지만 용케 몸을 피했다네. 이야기 나눌 사람을 찾으려고 또다시 노래를 불렀다네. ♫♫♫

뱅상은 한참 전부터 신문을 내려놓고 그녀의 노래를 듣고 있었다. 클로틸이 아이들에게 밥티스트 이야기를 해 주는 걸 들어 본 적은 있었지만 오늘처럼 낭독하듯 얘기하거나 노래하는 걸 듣는 건 처음이었다. 뱅상은 이미 열 번도 넘게 들은 이야기에 귀를 기울이며 엄마 앞에서 넋을 잃고 앉아 있는 아이들을 바라봤다. 아이들 틈에 끼어 앉은 보도 클로틸의 이야기에 귀를 기울이는 것 같았다.

밤에 잠자리에 들었을 때, 클로틸은 뱅상이 눈을 크게 뜨고 천장을 바라보고 있는 걸 봤다.

"…(…)… 불 꺼도 돼요.(속삭임)"

"응."

클로틸은 불을 껐다.

뱅상은 그녀가 아이들에게 노래를 해 줄 때 느꼈던 낯선 아름다움에 대해 말하고 싶었지만 그러지 못했다. 그녀의 노래에 대해 얘기하는 걸 꺼렸던 그였지만, 오늘 저녁엔 처음으로 그런 얘기를 나누고 싶었다. 그러나 어떻게 얘기를 꺼내야 할지 알 수가 없었다.

그때, 클로틸도 견딜 수 없을 만큼 얘기가 하고 싶었다. 그녀는 밥티스트에 대해서, 그가 음악과 맺고 있는 관계에 대해서 머릿속을 꽉 채우고 있는 생각들을 뱅상과 밤새도록 얘기하고 싶었다. 밥티스트는 무슨 일이 있어도 성가대 연습에 빠지는 일이 없었다. 단원들의 노래를 들으며 그의 영혼은 어디를 헤매 다니는 것일까? 그는 그때마다 완전한 삼매경에 빠졌다. 노래가 끝나면 참을성 없이 비비적거리다가도 다시 노래가 시작되면 곧바로 자세를 가다듬고 노래를 감상했다. 마치 학자라도 되는 양 팔짱을 끼고 짚의자에 바른 자세로 앉아 눈을 감았다. 그의 닫힌 눈꺼풀 속으로 눈동자가 움직이는 게 보일 때도 있었다. 때로 그 자세로 잠이 들기도 했다. 졸다가 깨어 휘둥그레지는 눈동자가 핑크빛 베일 같은 눈꺼풀 속에 완전히 잠겨 버리는 것이었다.

클로틸은 자신이 주변 사람들과 일상적인 대화를 나누지 못하는 건 잘 견디면서 하루라도 노래나 피아노 연주를 거르면 견딜 수 없어지는 이유에 대해 생각했다. 도대체 음악이 무엇이기에?

관악대 단원들이 부딪쳐 내는 구리 심벌즈 소리, 자기도 모르게 동요처럼 흥얼거리는 대중가요, 그릇에 담긴 달걀을 젖는 포크의 리듬, 흥에 겨워 킥킥거리며 팔을 번쩍 치켜 올렸다가는 자기 그릇에 숟가락을 두드리며 그 리듬에 맞춰 고개를 흔드는 아이, 머릿속을 텅 비게 만들어 오직 육체에만 호소하는 군대행진곡, 4성 푸가의 아름다운 구성 혹은 심포니 같은 것. 음악이란 그런 게 아닐까?

제정신을 갖추지 못한 밥티스트도 군대행진곡에 반응할까? 그렇지 않다. 그는 군대행진곡에는 아무런 관심도 없다. 심지어 구리 악기들이 부딪히는 소리와 단속적인 리듬에 조금 겁을 먹기도 했다. 그렇다고 밥티스트가 '리듬 감각이 없다'고 볼 수도 없었다. 단지 그는 자기만의 리듬대로 반응할 따름이다. 그의 이상한 걸음걸이처럼 말이다. 그는 마치 도망치듯 재빨리 열 걸음 정도를 걷다가 돌연 멈춰 서서는 휴식을 취한다. 그러고는 다시 쏜살같이 앞으로 열 걸음을 걸어간다. 그가 아무 반응을 보이지 않는 건 행진곡 박자뿐만이 아니다. 그는 사람들이 사회생활을 하며 익히는 온갖 음악들을 알지 못했다. 가령, '생일 축하합니다' 노래를 언제 불러야 하는지 모른다. 생선 가게에 가서 결혼행진곡을 부르거나 산타클로스 품에 안겨 장송곡을 부르는 식이었다. 매일 혹은 일주일에 한 번씩 방영되는 방송 프로그램 시그널 음악도 제대로 구분하지 못했다. 어쨌든 아버지가 돌아가신 이후로 그는 텔레비전을 보지 않는다. 아버지와 함께 앉아 텔레비전을 보는 게 중요했지 무엇을 보는지는 상관이 없었다. 의례의 중요한 부분을 차지하는 요소로서의 음악 따윈 알지 못했다. 모든 음악은 그의 귀에 매번 새롭고 고유하게 들렸다.

밥티스트에게는 자신만의 리듬처럼 자신만의 의식이 있었다. 매주 수도원에 와서 성가대 단원들의 연습을 지켜보는 것도 그중 하나였다. 연습이 없는 날에도 그는 수도원 의자에 앉아서 기다렸다.

그는 마음을 울리는 멜로디를 좋아했다. 그는 그런 멜로디를 '목소리'라고 불렀다. 그레고리오 성가에서 그가 듣는 것도 바로 그 목소리였다. 그는 또한 메조뇌브 부인이 클로틸의 노래 연습을 위해 연주하는 아름다운 오르간 반주 소리도 좋아했다. 그는 자신이 듣는 노래에 박자를 맞춰 준다는 의미에서 그 반주 소리를 '발소리'라고 불렀다. 이 '목소리'와 '발소리'는 그의 몸짓과 잘 어울렸다.

성가대 단원들은 노래 연습이 끝났을 때 밥티스트가 뭐라고 했는지 클로틸에게 얘기해 줬다.

"아, 참 피곤하다. 노래를 너무 많이 했는걸……. 아아아아아아아아아아아아아아!"

너무 열심히 노래를 들은 나머지 자신이 노래를 했다고 착각한 것이다. 수녀들을 포함한 성가대 단원들은 처음엔 그의 말에 그냥 웃었지만 두 번째 연습부터는 막달레나 수녀를 따라 밥티스트에게 "노래를 너무 잘 불렀다"고 칭찬하며 박수를 쳐 주었다. 그 후부터 매주 노래를 부른 사람들이 노래를 들어 준 사람에게 감사를 표하는 일이 습관처럼 되었다. 그는 그런 감사를 받을 자격이 있었다. 밥티스트는 자신에게 박수를 쳐 주는 성가대를 향해 전혀 망설임 없이 가슴에 손을 얹고 격식을 갖춰 답례 인사를 했다. 마치 디바처럼 완벽한 자세로.

한번은 이런 일도 있었다. 성가대의 노래가 완벽에 가까울 만큼 잘 나온 날이었다. 밥티스트는 노래가 채 끝나기도 전에 자리에서 벌떡 일어났다. 그는 저세상 어딘가로 시선을 빼앗긴 채 한창 성가대가 노래를 부르는 와중에 흥분해서 소리쳤다. "이 모든 게 다 우리 것이다!" 자신의 포도밭 언덕 꼭대기에 서서 마치 바다처럼 물결치는 땅 저편의 수평선을 껴안 듯 양팔을 활짝 벌린 채로 빙글빙글 돌며 소리쳤다. "이 모든 게 다 우리 것이다!"

밥티스트가 성가대 연습 시작 시간보다 늦게 도착한 적이 있었다. 밥티스트는 눈에 눈물이 가득한 채로 숨을 할딱거리며 금새 발작을 일으킬 것만 같았다. 병원에 진찰을 받으러 갔다 오는 길이었다. 그를 데리고 간 르베이즈 마을의 한 부부가 돌아오는 길에 쿠르셀 로르괴이외의 슈퍼마켓에 들르는 바람에 수도원에 늦게 도착한 거였다. 게다가 그 부부는 좋은 물건은 하나도 사지 않은 주제에 차 뒷좌석에 앉아 멀미를 하는 밥티스트가 빵 부스러기라도 흘릴까 봐 빵 조각 하나 주지 않았다고 했다.

"나쁜 자동차! 그놈 때문에 연습 시간을 놓쳤잖아……."

막달레나 수녀가 말했다.

"아니야, 아니야, 밥티스트. 너를 위해서 다시 노래를 불러 줄게. 노래 한 곡 놓쳤을 뿐인데 뭘. 널 위해서 다시 불러 줄게……."

"하지만 클로틸은요? 클로틸은 벌써 가 버린 거예요? 클로틸 노래도 못 들었는데."

"클로틸은 집에서 아이들이 기다리니까 돌아가야 했어."

"이런…… 클로틸 노래를 못 들었는데……."

밥티스트는 양손으로 머리를 움켜쥐고 울음을 터트렸다.

"다음 주에 클로틸이 밥티스트를 위해서 노래를 한 곡 더 해 주면 어때? 오직 너만을 위해서. 지금 우리가 네가 놓친 노래를 다시 불러 주듯이 말이야. 좋아?"

"내가 놓친 노래를 다시 불러 준다고요? 좋아요, 그렇게 하죠 뭐……. 그럼 앉을게요……. 여기? 아니면 저기? 어디에 앉는 게 좋을까요?"

"평소에 앉던 자리. 거기가 제일 나을 거야."

막달레나 수녀에게 얘기를 전해 들은 클로틸은 그 다음 주 금요일, 밥티스트에게 원하는 노래를 고르라고 했다. 밥티스트는 체코 노래 한 곡을 골랐다. 더 정확히 말하면, 보후슬라프 마르티누가 옮겨 적은 모라비아 전통 민요였다. 클로틸은 밥티스트를 마주 보고 서서 그의 눈을 똑바로 바라보며 노래를 불렀다. 밥티스트는 눈을 크게 뜨고 클로틸의 노래를 들었다. 그는 마치 자두를 따려고 나뭇가지를 흔들 듯 클로틸의 손을 꽉 움켜쥐고 흔들며 고맙다고 했다. 그리고는 그날이 자신에게 최고의 생일이라고 했다. 그때는 5월이었다. 그의 생일이 9월이라는 건 모두 아는 사실이었다.

밥티스트가 수도원에서 가장 좋아하는 공간은 정문 현관홀이었다. 그는 돌로 조각된 인물상들에 매혹되었다. 실제로 그 큰 수도원 건물에서 현관홀은 가장 흥미로운 곳에 속했다. 밥티스트는 정문 위의 합각머리(지붕 위 양옆에 박공으로 'ㅅ' 자 모양을 이루는 각─옮긴이) 삼각면을 바라보며 서 있곤 했다. 성령강림을 묘사한 조각을 보는 게 아니었다. 그 밑 가로돌에 새겨진 만화 같은 조각을 보는 것이었다.

기원전의 아득한 시대에 살았던 인물들이 조그맣게 새겨져 있었다. 스키타이인들과 로마인들이 나이를 먹지 않는 사람들과 엄청나게 큰 귀를 가진 파노티족 같은 전설 속의 인물들과 한데 뒤섞여 있었다. 그중에는 볼을 잔뜩 부풀리며 뿔나팔을 부는 연주자도 있었다. 작은 몸에 엄청나게 큰 머리와 촉수 같은 머리칼을 흩날리는 사람들이 그 연주에 맞춰 춤을 추고 있었다. 그 주위로는 거대한 꽃들이 만발해 있었다.

클로틸은 마치 광기의 어둠에 사로잡힌 듯 이런 생각들을 했다. 그녀는 졸음이 오자 뱅상의 품속을 파고들었다. 그녀 속에서 노래를 통해 생명을 이어 가는 그 무언가가 운하 갑문처럼 생긴 수도원 현관을 통과할 때의 그 느낌을 되살려 주었다.

25
최악의 순간

아니마 문디 개업 이후 클로틸과 벵상, 클로틸과 알릭스의 관계는 예전처럼 회복된 듯이 보였다. 그러나 알릭스의 부드러운 눈빛과 벵상의 상냥한 말과 몸짓도 잠시뿐이었다. 마치 불꽃놀이 폭죽이 시끄럽고 화려하게 터지자마자 금세 정적이 찾아오는 것과 같았다. 그들은 클로틸의 노래를 듣지도, 들으려고 하지도 않았다. 노래가 그들을 더욱 멀어지게 했다. 그들은 클로틸이 노래에만 빠져 있는 게 못마땅했다. 노래는 그들 사이의 오해를 부추기는 장애물 같은 것이었다. 그들은 더 이상 클로틸에게 심리 상담을 받거나 보톡스 주사를 맞으라고 하지 않았다. 그런 종류의 얘기 자체를 회피했다. 그녀를 비난하려는 의도가 아니라 지쳐서, 그녀를 이해하려는 노력을 포기했기 때문이다.

　클로틸도 적당히 그들을 피했다. 결국 아니마 문디 개업은 뱅상의 비행 사고에 이어 두 번째로 놓친 기회인 셈이었다. 뱅상은 사고를 당한 후 적어도 과거와 화해하게 됐는지는 모르지만 클로틸과 화해한 것은 아니었다.

　클로틸은 새로운 생활 속에 숨어 버렸다. 아니마 문디에는 더 이상 가지 않았다. 오직 아이들과 음악만이 그녀를 지탱해 주는 두 기둥이었다.

　아니마 문디가 문을 연 지 2주쯤 됐을 때였다. 클로틸은 이자벨의 진료실에서 음성치료를 받고 있었다.

　"자, 이번에는 한 번에 '해야 할 일이 있었어요'라고 말해 보세요."

　"…(…)… 해야 할 일이 있었어요……."

　이자벨은 클로틸이 마지막 음절을 채 끝맺기도 전에 재빨리 말했다.

　"거기서 해야 할 일이 있었어요."

　클로틸이 말했다.

　"…(…)… 거기서 해야 할 일이 있었어요."

　이자벨이 말했다.

　"거기서 무슨 수를 써서라도 반드시 해야 할 일이 있었어요."

　"…(…)… 거기서 무슨 수를 써서라도 반드시 해야 할 일이 있었어요."

"거기서 무슨 수를 써서라도 반드시 해야 할 일이 있었어요. 당신은요?"

"…(…)… 거기서 무슨 수를 써서라도 반드시 해야 할 일이 있었어요, 당신은요?"

"이 문장을 멈추지 않고 한 번에 발음할 수 있도록 반복해서 연습하세요……."

"…(…)… 이 문장을 멈추지 않고 한 번에 발음할 수 있도록 반복해서 연습하세요. 거기서 무슨 수를 써서라도 반드시 해야 할 일이 있었어요. 거기서 무슨 수를 써서라도 반드시 해야 할 일이 있었어요. 거기서 무슨 수를 써서라도 반드시 해야 할 일이 있었어요……."

"괜찮아요. 어쨌든 말을 했잖아요. 멋져요. 그런데 만약 조금 후에 혹은 내일, 다시 목소리가 나오지 않아도 그건 당연한 거니까 걱정하지 마세요. 알았죠?"

클로틸은 너무 기뻐서 돌아오는 길에 "무슨 수를 써서라도 반드시 해야 할 일"을 반복해서 중얼거렸다. 평소 말하는 억양으로 이 문장을 열 번 넘게 연달아 발음하는 데 성공했다. 중간에 호흡이 끊기거나 성대가 경련을 일으키지도 않았다. 클로틸은 집에서 기다리고 있는 뱅상을 놀라게 해 줘야겠다는 생각에 르베이즈를 향해 빠른 속도로 차를 몰았다. 깊은 도랑에 면한 급커브길을 돌 때였다. 그녀의 자동차가 차선을 벗어나 자갈이 깔린 반대편 갓길로 미끄러졌다.

매우 위험한 상황이었다. 그녀가 다시 반대편 차선으로 차를 돌리기 전에 맞은편에서 오는 차라도 있었다면 큰 사고가 났을 터였다. 운이 좋았다. 클로틸은 다시 침착함을 되찾고 운전대를 잡았다. 그녀는 행운의 별에 감사했다. 그리고 가족들을 대신해 항상 이 길을 운전하는 벵상에게도 미안한 마음이 들었다. 그녀는 집에 도착하자마자 자신이 제대로 말할 수 있다는 걸 보여 주려고 벵상에게 달려갔다. 하지만 예전과 똑같이 목소리가 끊어졌다. 달라진 게 하나도 없었다. 그녀는 두 단어 이상을 연달아 발음하지 못했다. 세 번째 단어는 머릿속으로만 떠오를 뿐 입 밖으로 나오지 못했다.

그녀는 다시 한 번 로봇 같은 억양으로 마지막 힘을 짜냈다.

"…(…)… 이자벨 앞에서…(…)… 말 했어…(…)…. 정말이야…(…)…. 그런데…(…)… 그냥…(…)… 따라한 거라서…(…)… 된 건가 봐."

그러고는 입을 다물어 버렸다.

벵상은 절망적인 표정으로 노트북을 펼치는 클로틸 앞에 어찌할 줄을 모르고 서 있었다.

"내 머릿속에 할 말이 꽉 차 있어. 머릿속이 빈 게 아니라고. 머릿속에서는 생각들을 또박또박 정리하고 있어. 내 말 믿어?"

"물론이지, 믿고말고."

"나한테는 이제 글과 음악만 남았나 봐."

그녀는 화가 나서 마지막 문장을 급히 지우고 거칠게 노트북을 닫은 후, 옆에 있던 칠판을 집어 단호하고 정확한 동작으로 테이블 모서리에 내리쳐서 부숴 버렸다. 그러고는 옆에 있던 의자를 끌어당겨 앉은 후 시선을 허공으로 향한 채 꼼짝도 하지 않았다. 벵상은 쪼개진 나무 틀과 세 조각 난 칠판 파편들을 쓸어 모은 후 클로틸의 머리를 쓰다듬었다. 그리고 부엌으로 가서 쓸어 담은 조각들을 소리 나지 않게 조심히 쓰레기통에 버렸다. 거실에서 클로틸이 일어서서 어딘가로 걸어가는 소리가 들렸다. 침실 쪽으로 가고 있었다.

벵상이 말했다.

"다시 말할 수 있게 될 거야. 아니마 문디 개업한 이후로 계속 좋아지고 있잖아. 다시 말할 수 있을 거야."

벵상은 지체 없이 음성치료사에게 전화를 걸었다.

"여보세요? 이자벨?……"

잠시 후에 이자벨이 르베이즈 집으로 달려왔다.

오랫동안 확신 없는 치료를 진행해 오면서 최악의 순간을 맞은 것이다. 희망은 절망이 되어 버렸다. 클로틸은 자신에게 주어진 상황을 받아들이려고 애써 왔다. 그러나 예전으로 돌아가는 게 이제 불가능해 보였다. 그녀는 슬픔으로 목이 잠긴 채 사흘 내내 침대에 누워 한 마디도 하지 않았다. 그림도 그리지 않았다. 엄마가 된 이후로 아이들을 그렇게 내버려 둔 것은 처음 있는 일이었다. 벵상이 대신 엄마 노릇을 하고 옆에서 그녀를 돌보며 집안일을 도맡아야 했다.

아틸레르 씨가 딸을 보러 왔다가 2분도 안 되어 다시 돌아가 첼로를 들고 왔다. 딸에게 바흐의 무반주 첼로곡을 들려줄 생각이었다. 마지막으로 연주를 들려준 게 꽤 오래전이었다. 그는 딸이 벙어리가 된 것도 모자라 침대에 앓아누웠다는 사실이 견딜 수가 없었다. 걱정이 되어 미칠 지경이었다. 누워 있는 딸을 보고 있자니 아내가 떠올랐기 때문이다. 그는 딸을 위해 첼로를 연주했다. 예전처럼 셋이 다시 모인 것 같은 기분이 들도록.

아니마 문디가 문을 열고 자리를 잡아 가고 있었다. 클로틸은 이제 할 일은 끝난 셈이니 정신줄을 놓아도 상관없다고 생각했다. 말을 다시 할 수 있을 거라는 희망이 좌절되자, 지난 1년 동안 참아 왔던 실망감이 한꺼번에 밀려오는 것 같았다. 그녀는 아이들 얼굴을 제대로 보지도 않고 머리를 쓰다듬기만 했다. 그것도 무기력하게 몇 번 쓰다듬다 말았다.

26
침묵과 노래 사이에서

그녀의 머릿속으로 음악이 다시 찾아온 것은 그로부터 이틀 뒤였다. 어디서 왔는지는 알 수 없었다. 굳이 피아노 앞에 앉거나 노래를 부르거나 오디오 재생 버튼을 누를 필요도 없었다. 그녀는 기억 속에 산만하게 흩어져 있는 노래 몇 소절이나 음악을 불러냈다……. 하루가 더 지나자 기억 속에서 마음대로 음악들을 골라서 불러낼 수 있게 됐다. 머릿속으로 교향곡을 골라 악기들을 따로따로 연주한 후 그 소리들을 한데 모아 다시 연주하는 식이었다. 듣기에 좋았다. 그걸로 충분했다. 그녀는 기분이 좋아졌다. 만약 메조뇌브 부인과 아이들이 조르지 않았다면 그녀는 '마지막 순간'까지 그러고 누워 있었을지도 모른다.

메조뇌브 부인이 말했다.

"클로틸, 월요일 오후 1시 수업 때 봐. 중요하게 할 얘기가 있어."

아델이 말했다.

"엄마, 일어나. 힘들어도 일어나서 이쪽으로 좀 와 봐!"

앙투안이 말했다.

"엄마, 손가락을 베었어. 피가 나. 봐 봐!"

마들렌은 엄마에게 아무것도 요구하지 않았다. 그저 엄마 옆에 누워 자신이 작곡한 곡을 흥얼거렸다. 세실을 위해 그 곡을 악보에 옮겨 적었다고 했다. 마들렌의 곡은 갈수록 복잡해지고 아름다워졌다. 마들렌은 누운 자세로 양팔을 저으며 노래를 흥얼거렸다.

보가 두 사람 곁을 지켰다.

다비드가 소리쳤다.

"엄마, 큰일 났어!"

클로틸은 다비드가 절망적으로 내지르는 소리를 듣고 침대에서 일어났다.

"물감이 다 떨어져서 그림을 그릴 수가 없어! 빨리 물감 사러 가야 돼!"

다비드는 물감이 필요했고, 앙투안은 반창고와 관심이 필요했다. 클로틸은 아델의 말이 맞았다는 걸 깨달았다. 클로틸은 힘든 몸을 일으켜 세웠다. 그녀는 한 걸음, 그리고 다시 한 걸음, 한 동작, 그리고 다시 한 동작씩 움직이기 시작했다. 침묵과 노래 사이의 간격을 건너가듯이, 그렇게 모든 게 다시 시작되었다.

27
성악 교습 3

"벌써 6월이야⋯⋯. 8월 말쯤이면 관객들 앞에서 공연을 할 수 있을 정도가 될 거야. 그때 여러 교수들이 참가하는 연수가 있을 예정이야. 직접 부딪쳐 가면서 지금까지와는 다른 방식으로 성악을 익힐 수 있는 흥미로운 기회가 될 거야."

"⋯(⋯)⋯ 벌써요?"

"하지만 8월이면 노래 연습 시작한 지 거의 1년이 돼. 그 정도면 상당한 연습량이야. 네가 이루어 낸 것도 그렇고. 지금까지 그렇게 애쓴 게 전부 혼자만을 위한 거였어? 공연 기회가 '벌써' 주어졌다고 놀라는 건 아니겠지, 설마?"

연수가 끝나면 공연이 열릴 예정이었다. 공연은 시토 지방 북쪽의 한 수도원에서 열릴 거라고 했다. 메조뇌브 부인은 클로틸에게 그곳에서 일주일 정도 머무르는 게 좋을 거라고 했다.

클로틸은 노트북을 열어 타이핑을 했다.

"아이 넷은 어쩌고요?"

"방법을 찾아봐. 만약 연수에 참가할 거라면 그 기간 동안에는 오로지 노래에만 전념해야 돼. 첫 공연이니만큼 완전히 집중하지 않으면 안 돼."

28
영원한 작별

아버지에게 부탁해야 할까? 아니면 뱅상에게? 두 사람은 클로틸이 아파서 '드러누운' 후부터 그녀에게 훨씬 호의적이었다. 코린에게 부탁하면 어떨까? 코린은 아마 아무 조건 없이, 어떤 토도 달지 않고 단지 다음과 같이 말할 것이다. "물론이지. 대신 아이들을 돌봐야 하니까 보도 맡기고 가."

그러나 두 남자에게 다음과 같은 말을 들을 게 두려웠다. "일주일씩이나! 지금 같은 때에! 그것도 단지 노래를 부르려고! 음성치료받는다, 가게 공사 한다고 정신없더니 이번엔 노래를 부르러 가시겠다고!"

그들은 클로틸이 몸져누워 있던 지난 일주일 사이에 갑자기 정신을 차려서 음성치료에 전념하는 게 얼마나 위급한 일인지 깨달았기를 바라겠지만, 결과가 정반대임을 알게 될 것이었다. 마치 지금까지 그녀가 치료에 전념하지 않았다는 듯이 말이다. 알릭스는 클로틸이 앓아누웠던 일주일 동안 질과 함께 휴가를 즐기고 왔다. 그녀는 모든 게 괜찮아진 후에야 클로틸과 벵상 부부를 만나러 들렀다. 알릭스는 클로틸에게 다정했다. 그러나 치료법을 바꿀 마음이 없으며 지금 자신의 삶에서 가장 중요한 것은 노래라는 클로틸의 말을 듣고는 일찌감치 자리에서 일어났다.

벵상은 클로틸이 좌절감에 사로잡혀 며칠 동안 침대 속에 웅크리고 있는 것을 보고 충격을 받았다. 그녀는 정말로 '아팠던' 것이다. 그는 증상이 겉으로 드러난 게 그나마 다행이라고 생각했다. 시간이 필요하다. 앞으로 다시 좌절하는 순간이 올지도 모르지만, 클로틸이 다시 말을 할 수 있는 날이 반드시 올 것이다! 그녀가 회복되길 기다리는 벵상의 마음은 애정으로 넘쳤다. 그는 자신이 지난 겨울 CAP232를 타다가 사고를 당한 후 클로틸이 자신에게 보여 준 놀라운 인내심을 기억했다. 그가 제대로 걷지도 듣지도 못하는 건 그녀가 제대로 말을 못하는 것과 다를 게 없었다. 그는 어떤 것에도 관대해질 준비가 되어 있었다. 베네수엘라의 깊은 자연 속으로 2주간 휴가를 가자고 하면 클로틸도 분명 좋아하겠지.

그런 생각에 가득 차 있던 벵상에게 클로틸은 성악 연수와 콘서트 얘기를 꺼낸 것이었다. 기가 막힌 벵상은 이전의 태도로 되돌아가 버리고 말았다. 이번에도 그는 클로틸을 도저히 이해할 수가 없었다.

"성악 연수? 콘서트? 8월? 아이들은 어쩌고?"

클로틸이 억양 없는 목소리로 대답했다.

"…(…)… 응, 그리고…(…)… 애들은…….."

"8월에 휴가를 낼 수 있을지 잘 모르겠어! 회사에 부탁한다고 되는 일이 아니거든……. 조종사를 취미로 하고 있는 게 아니란 말이야……. 휴가가 2주뿐인데 일주일 내내 집에만 처박혀 있으라고?"

"애들이랑 일주일 정도 어디 다녀오면 되잖아……. 그리고 집에 있을 경우에는 아버지가 도와줄 수 있을 거야.. 아이들 물레방앗간에 데려다 주고 하루 이틀 놀다 오라고 하면 되잖아……. 아버지에게 미리 부탁해 놓을게."

"멋진 휴가를 보내게 해 줘서 고마워……."

"아니야, 됐어. 그냥, 내가 알아서 할게."

벵상은 클로틸에게 눈길 한 번 주지 않고 베란다 창 쪽으로 걸어갔다.

"혼자 다 결정해 놓고 통고만 하는 거잖아, 지금! 불과 며칠 전만 해도 제대로 서 있지도 못했으면서……. 아니마 문디 일 한다고 온 힘을 다 쏟아 버리고, 다시는 말을 할 수 없을지도 모른다는 좌절감에 휩싸여서 말이야……. 그래서 나는 어떻게 하면 당신을 더 잘 보살필 수 있을까 생각하고 있었는데……. 다, 다, 당신은 지금 한다는 말이 혼자 일주일 동안 노래를 부르러 가겠다는 거야?"

"그럼 아이들을 누구한테 부탁하란 말이야? 옆집에 맡길까? 이 결정을 하기 전에 당신한테 허락이라도 받아야 했던 거야? 내가 연수를 가는 게 못마땅한 거야, 아니면 일주일 동안 애들을 봐야 하는 게 싫은 거야?"

그는 그녀가 노트북 화면에 쓴 글을 읽으러 왔다가 다시 베란다 창 쪽으로 돌아갔다. 그는 클로틸을 등진 채로 말을 계속했다.

"…… 당신 머릿속은 온통 음악뿐이지. 내가 집에 들어서자마자 노래를 멈추는 걸 잘 알고 있어. 도대체 당신이 찾고 있는 게 뭐야?"

"나는 음악가야. 이미 오래전에 시작했어야 할 걸 지금 하고 있는 것뿐이야. 더 늦기 전에. 이번 연수는 내게 무척 중요한 고비야. 당신이 음악에 대해서 그런 식으로 말하니까 당신이 집에 있을 때 노래를 안 하는 거야."

"작년 여름에 당신은 일을 하고 싶다고 했잖아……. 말을 못하는 상황에서 일을 찾는 게 그렇게 쉽지만은 않다는 건 잘 알아……. 하지만 알릭스 가게 문 여는 일을 잘 해냈으니까 계속 같이 일을 할 수도 있잖아……. 그리고 당신 전공은 피아노야. 피아노를 치는 데 목소리가 필요한 것도 아니고 말이지. 그런데 왜 엉뚱하게 관심도 없던 오페라를 처음부터 다시 시작하겠다는 거지? 오페라? 방탕한 18세기의 창녀들 얘기? 지나친 양심의 가책이나 매독이 지배하던 19세기 신경쇠약증 환자들 얘기 아닌가?"

"잘 알고 계시네요……. 혹시 가정주부를 위한 오페라는 없는지 말해 줄래? 음악은 나를 깨워 주고, 벼려 주고, 진정시켜 주고, 성장시켜 줘. 음악은 일종의 문과 같은 거야. 음악은 단지 그것을 듣는 것만으로도 어떤 경계를 넘게 해 준다고. 내 입으로 직접 노래를 할 때 어떤 에너지가 필요한지 당신은 잘 모르겠지만, 그 에너지를 최상으로 조절해서 소리가 나오는 순간은 마치 최고 성능의 비행기를 모는 조종사의 기분과 비슷한 거야. 그 순간을 경험하면 더 이상 그만 둘 수가 없다고."

"…… 그래서 더 이상 그만둘 수 없으면 그걸로 뭘 할 건데? 직업으로 삼을 건가? 그게 당신이 원하는 거야? 이제야 알겠군. 당신, 너무 오만한 거 아냐? 당신 나이가 지금 서른넷이야. 아줌마라고……. 경력이라는 건 최소한 스무 살이나 스물다섯 살에는 시작해야 하는 거야……. 게다가 당신은 지금 장애인이라고."

클로틸은 마지막 단어를 못 들은 걸로 하기로 했다.

"당신 말이 맞아. 너무 늦었을지도 모르지. 그래서 1년에서 1년 반 정도 나 자신에게 시간을 줘 보기로 했어."

"메조뇌브 부인과는 얘기해 봤어?"

"응, 아니."

"유명해지고 싶다는 꿈은 그렇다 치고, 당신에게 재능이 있다는 걸 어떻게 증명하지?"

"난 야망이나 경력에 대해서 얘기하고 있는 게 아냐. 하지만 재능이라면 가지고 있어. 먹고 살기 위해 일을 해야 한다고 해도 그게 음악이었으면 좋겠어. 잘은 모르겠지만, 누군가를 가르치거나, 합창단에 들어가거나, 그도 아니면 혼자서라도 노래를 할 거야. 지금 열심히 배우고 있지만 만약 아무런 결과를 얻지 못해도 지금처럼 계속 피아노를 치고 아마추어로 노래를 계속할 생각이야. 알릭스와 함께 일을 하는 것도 나쁘지 않겠지. 아니마 문디 파리점을 열어 달라는 부탁을 받았거든. 아직 결정하기 전까지 시간이 있어. 8월 연수를 갔다 오면 앞으로 어떻게 해야 할지가 더 분명히 보일 거야. 일단 관객들 앞에서 노래를 부르고 나면 지금과 같은 리듬을 계속 유지하는 게 좋을지 어떨지 알게 될 거야. 겁은 나지만 노래를 배우는 이상 언젠가는 관객들 앞에 서야 한다는 걸 잘 알고 있어. 난 지금까지 단 한 번도 관객들 앞에서 피아노를 쳐 본 적도 없어."

"…… 설마."

"음악을 좋아하고 사람들에게 내 음악을 들려주고 싶은 마음이 있으면서도 관객들 앞에서 피아노를 칠 수가 없었어. 하지만 목소리는 피아노와 다른 악기야. 어쩌면 피아노를 칠 때는 가질 수 없었던 자신감을 노래를 통해 발견할 수 있을지도 몰라. 도대체 내가 노래를 하는 게 어떤 점에서 당신을 그토록 불편하게 만드는 거지? 내가 납득할 수 있도록 설명을 좀 해 봐."

"피아노를 치던 때처럼 노래를 하면 안 되나? 진지하게 혼자 즐기면서……."

"이제 그것만으로는 부족하다고 얘기했잖아."

"나는 당신이 종교에 빠진 광신도들처럼 음악에 미칠까 봐 겁이 나. 당신은 아마도 음악이 당신의 삶을 밝혀 주고 살아가는 의미를 준다고 생각할지 모르지만 실은 그 반대야. 음악 때문에 머릿속만 복잡해지고 주변에서 고립될 뿐이라고. 무엇보다 당신은 지금 말을 할 수 없는 상태야. 시골 오페라 극장의 맨 뒷좌석에 앉아서 혼자 도취에 빠져 있는 보바리 부인과 지금의 당신이 다른 게 뭐지?"

"말이 너무 심한 거 아니야? 보바리 부인은 소설 속 인물일 뿐이야. 권태로워 죽을 지경인 여자였다고. 피아노를 치러 간 것도 핑계였고 음악을 들을 때에도 한 귀로 흘려들었어. 그 여자에게 음악은 단지 견뎌야 할 무엇이었을 뿐이야. 인생을 바꾼답시고 그녀가 견뎌야 했던 다른 모든 것과 마찬가지로. 하지만 나는 음악을 '하고' 싶어. 보바리 부인처럼 소파에 누워서 건성으로 음악을 들으며 꿈이나 꾸겠다는 게 아니야. 더군다나 난 애인도 없는걸······. 아니마 문디 개업은 성공적이었고 당신도 좋아했잖아. 애들도 잘 자라 주고 있고. 내게 중요한 건 그런 거야. 나 자신에게 1년에서 1년 반 정도 기회를 줘 볼 거야. 당신이 친절하게 가르쳐 줬듯이 내게 시간이 많지 않다는 거 잘 알고 있어. 아무튼, 이번 연수는 어떻게 했으면 좋겠어? 도와줄 거야 말 거야? 신기하지? 당신이 반대를 하면 할수록, 내게 더 분명한 설명을 요구하면 할수록 모든 게 더 명확해지니 말이야. 내가 하고 싶은 건 음악이야."

벵상은 절망했다.

"아이들이 모두 학교에 가게 되니까 그 공허감을 견디지 못해서 음악으로 도피하는 거 아냐? 내가 퇴근하고 돌아올 때마다 당신은 메조뇌브 부인을 만나러 수도원이나 쿠르셀로 부리나케 떠나더군. 애들이나 나 때문에 1초라도 지체하기라도 하면 어찌나 신경질적인 표정을 짓던지. 난 당신이 정식으로 직장에 다녔으면 좋겠어. 나와 애들 옆에 붙어 있지 않아도 되니까 좀 더 현실적인 생각들을 하며 살았으면 좋겠다고!"

클로틸의 손가락이 키보드 위를 달렸다. 그녀는 상체를 앞으로 기울이고 분노를 진정시키고자 심호흡을 했다.

"아이들은 제 갈 길을 가고 있는 거야. 나는 아이들이 남겨 놓은 빈 공간을 채우려는 게 아니라 잠시 중단했던 내 길을 가고 있는 것뿐이라고. 현실적으로 살라고? 어떻게 감히 내게 그런 말을 할 수가 있어? 이불보를 갈고, 아이의 깨진 무릎을 살펴보고, 우유를 끓이고, 등기우편이 오면 수령증에 사인을 하고, 그러는 내내 쌍둥이들은 내 옷자락에 매달려 있지. 이 모든 일을 하면서도 동시에 나는 큰애가 지금쯤 운동장 탈의실에서 옷을 갈아입고 있겠구나 생각하고 아이들을 자동차에 태우고, 급하게 신발을 신고 외투를 걸치고 집을 나서지. 돌아오는 길에는 장을 보고 집에 와서는 애들 숙제 봐 줘야지…… 이보다 더 현실적일 수 있어? 도대체 무슨 근거로 내가 공허감을 두려워한다고 생각하는 거지? 음악 덕분에 나는 지금껏 권태라는 걸 모르고 살아왔어. 내 인생에 단 한 번도…… 하지만 내가 수동적이었다는 건 인정해. 당신이 내게 기대하는 게 뭔지 알 것 같아…… 과거의 행복은 과거일 뿐이야, 벵상. 그 과거의 행복은 우리 아이들이 아직 갓난아기였던 시절의 얘기라고. 아내는 집에서 아이들을 돌보고 남편은 하늘을 날던 시절의 행복은 이제 끝났어, 끝났다고. 아이들이 모두 학교에 간 그날, 나는 그 행복과 영원히 작별했어…… 그런데도 나한테 현실적이 되라는 둥 말할 수 있어? 그리고, 제발 내 음악에 대해서 이러쿵저러쿵하지 마. 상관하지 말고 생각도 하지 마! 만약 내가 당신 곁에 붙어 있지 않는 대가로 돈을 벌어다 주기를 바란다면 그렇게 할게. 대신 아니마 문디는 아냐."

"보, 가자. 아이들 데리러 가야지."

벵상은 혼자 집에 남겨졌다. 결국 이렇게 되고 말았다. 그는 클로틸을 부추겨 자신이 두려워하던 대답을 듣고 만 것이다. 클로틸은 예전처럼 남편의 퇴근을 기다리지 않았다. 클로틸의 노래를 반대하며 그가 붙잡고 싶었던 게 바로 그거였다. 그가 꿈꾸던 조화는 이제 사라졌다.

그날 저녁 퇴근길에 그는 자신의 관대함에 스스로 도취되어 있었다. 가족 휴가 얘기를 꺼내면 얼마나 놀랄까 내심 기대하며, 언어장애로 고통받아 온 아내를 위로해 줘야겠다는 의욕에 가득 차 있었다.

클로틸은 뱅상의 선물도, 관심도 필요 없었다. 단지 일주일 동안 집을 떠나 있고 싶을 뿐이었다. 그녀는 자신의 병이 나았으면 하는 마음도 없었다. 그녀는 환자가 아니었으니까! 그녀는 단지 '공연'을 하고 싶었을 뿐이다! 벙어리든 말더듬이든 상관없으니까 공연만 할 수 있으면 그만이었다!

뱅상에게 클로틸은 이제 시험 과제 같은 게 되어 버렸다. 그는 예전으로 돌아가길 바랐다. 아이들이 아직 갓난아기였던 시절, 비행기 조종석에 앉아 있든 지상에서 일을 하든, 안심과 확신 속에서 다섯 식구의 얼굴을 그려 볼 수 있었던 그 시절로 돌아가고 싶었다. 가까이서 가족들의 일거수일투족을 감시하고 싶은 게 아니라 단지 가족들을 사랑하고 싶었을 따름이다. 자신이 원하는 상상 속 매뉴얼에 따라 식구들을 생각하며 살고 싶었던 것이다. 그러나 클로틸은 그가 상상하거나 도달할 수 없는 그 어딘가를 향해 가고 있는 중이었다. 저 하늘 위에서 자동항법장치로 날아가는 비행기의 조종석에 앉아 더 이상 예전과 같은 방식으로 클로틸의 이미지를 떠올릴 수 없게 되었다. 아이들에 대해서도 마찬가지였다. 심지어는 자신의 이미지조차 희미해지는 것 같았다.

29

사라진 떨림

벵상은 클로틸이 8월 한 주 동안 성악 연수를 떠나 있는 동안 혼자 아이들을 맡아서 돌보기로 했다. 어쩔 수 없는 동의였다. 그는 이 일로 둘의 관계가 예전보다 더 멀어질 것이라고 생각했다. 클로틸은 고맙다는 말조차 없이 마치 누에고치처럼 침묵 속으로 웅크리고 들어가 버렸다.

클로틸은 자주 앙투안과 마들렌, 다비드, 아델을 물레방앗간에 데려다 주었다. 아이들은 그곳에서 할아버지와 함께 밀가루 부대를 창고로 옮겨 쌓거나 조용히 강물을 바라보기도 했다. 때로 멋진 생각이 떠오르면 스케치북에 흑백의 그림을 그리거나, 할아버지가 들려주는 과학과 관련된 일화에 귀를 기울이기도 했다. 클로틸은 차에서 내리지도 않고 차창 밖으로 아버지에게 손 인사만 건넨 후 곧 바로 떠났다.

부녀 사이에 새로운 소통 방식이 등장했다. 얼마 전부터 아틸레르 씨는 딸에게 '말을 거는' 방법을 바꾸었다. 이메일을 보내기 시작한 것이다. 그는 매일 짧은 메시지를 썼다. 자신이 조사한 음성치료 요법들에 대한 내용이 대부분이었다. 그에게는 매일 편지를 써야 할 이유가 분명했던 셈이다.

아이들을 키우고 노래 연습 하느라 여념이 없는 와중에도 클로틸은 자주 목소리를 가다듬으려고 '브르르', '으흠' 같은 소리를 내고 다녔다. 그녀의 가장 큰 고민은 어떻게 하면 지금까지 배운 것들을 증류하여 에센스를 뽑아낼 수 있을까, 하는 것이었다. 아니마 문디 일이 끝난 후부터 그녀는 자신의 실력이 엄청난 속도로 향상되고 있음을 느꼈다.

클로틸이 3과 4분의 1일마다 퇴근하는 뱅상을 예전보다 덜 기다리게 된 건 사실이었다. 이제는 그가 집에 없는 동안 아이들이 뭘 배웠고, 뭘 했고, 무슨 얘기를 했는지 밤늦게까지 얘기하는 일도 없었다. 여전히 마들렌의 창의성에 대해, 앙투안의 예민함과 명민함에 대해, 쌍둥이 막내들의 싸움에 대해, 아델의 강한 성격에 대해, 다비드의 놀라운 그림들에 대해 남편에게 필담으로 말해 주기는 했다. 그러나 예전처럼 조금이라도 빨리 그런 얘기들을 전해 주고 싶다는 조급함도, 얘기를 마친 후의 안도감도 없었다. 벵상의 차가 집 가까이 도착했다는 신호로 보가 짖어 대면 그녀의 심장은 여전히 두근거렸다. 그러나 예전과는 다른 이유 때문이었다. 또다시 언쟁이 시작될지도 모른다는 염려 때문이었다. 그가 또다시 심기를 건드리는 말들을 쏟아내고 싸우고 화해하게 될 일이 미리부터 걱정됐다. 그래도 그가 멀리서 그녀를 향해 걸어오는 모습을 보는 순간, 그런 걱정들은 잠시 뒷전으로 밀려났다…….

어쨌든 그녀에게 이런 것은 더 이상 최우선적인 고려 대상이 아니었다. 벵상이 현관을 들어서면 그녀의 마음은 분노의 감정으로 가득차 버렸다. 그 때문에 몇 달 전부터는 벵상이 그녀의 목덜미에 입을 맞춰도 예전과 같은 떨림을 느낄 수 없게 되었다. 퇴근하는 벵상을 맞을 때마다 느끼던 감동을 되찾으려고 노력해 봤지만 허사였다.

벵상 역시 아내의 목에 입을 맞출 때마다 그녀의 볼이 더 이상 발그레하게 달아오르지 않는 것을 보고 키스하고 싶은 마음이 사라져 버렸고, 결국 그만두게 되었다.

밤에, 벵상은 클로틸을 너무 세게 껴안은 나머지 잠자리에까지 차고 있던 새 시계로 클로틸을 아프게 한 적도 있었다. 클로틸은 그를 밀쳐 냈다. 언제부턴가 클로틸은 벵상과 함께 잠자리에 드는 걸 내키지 않아 하게 되었다. 그녀는 자신의 몸을 끌어당기는 벵상의 손을 밀쳐 내곤 했다. 아이들 돌보고 노래 연습하는 것만으로도 녹초가 될 지경이었다.

클로틸은 남편의 욕망 때문에 잠에서 깨지 않아도 되는 게 편하게 느껴졌다. 늘 시간이 부족했던 그녀는 자면서도 노래를 불렀고, 뱅상은 꿈속에서 체스를 뒀다. 클로틸은 그가 잠꼬대로 비숍이니 퀸이니 하는 말들을 중얼거리는 걸 들었다.

"오 늘, 긴장하고 있는 것 같아, 클로틸."

"… 벵상이…(…)… 집에…(…)… 있어요…(…)…."

"'마스크'를 써. 너는 가수라고. 그런데 남편이 집에 있는데 왜 노래할 때 긴장이 되지?"

클로틸은 어깨를 으쓱하고 노트북 쪽으로 걸어갔다.

"벵상은 내가 노래에 너무 진지하게 몰두하는 게 걱정이래요…… 어쨌든 8월 연수는 갈 거예요."

"잘됐네……. 그런데 벵상은 네가 '진지하게' 노래에 몰두하면 자신이 뭔가를 잃게 될 거라고 생각하는 건가? 벵상에게 보여 줘. 오히려 뭔가를 얻게 될 거라는 것을."

"······ 뭘 얻죠······."

"참 답답한 노릇이군! 너도 그 답을 모르는데 남편이 뭔가를 잃을지도 모른다는 걱정에 사로잡히는 건 당연하잖아?"

소심한 반항

뱅상하고만 부딪히는 게 아니었다. 앙투안도 엄마에게 반항하는 일이 점점 잦아졌다. 그것도 보가 으르렁댈 정도로. 클로틸이 앙투안을 방에 가둬 놓은 날 저녁, 뱅상이 물었다.

"앙투안을 원망하는 거야?"

"…(…)… 앙투안을?…(…)… 내내내내가…(…)… 왜? (…)… 크는 거겠지…(…)…."

"가끔 앙투안에게 너무 심하게 대하는 것 같아서."

클로틸은 노트북을 들고 왔다.

"아니, 내 방식이 맞아. 몇 번이고 연달아서 제멋대로 굴어 놓고는 뒤늦게 엄마의 애정을 갈구하는 건 좀 너무하잖아! 너무 쉽게 생각하는 거야!"

"그러니까 이제 가족 중 그 누구도 당신에게 아무것도 요구할 수 없다는 말이군."

"지금 내가 신경을 가장 많이 쓰는 게 앙투안이야. 그것만으로는 부족하다는 거겠지. 저 녀석 하는 대로 내버려 두면 곧 내가 무슨 옷을 입는지까지 간섭하려 들걸. 오랫동안 못 입던 청바지를 꺼내 입었더니 뭐라고 하는 줄 알아? '엄마 이런 말해서 미안한데, 그 청바지 입은 모습이 정말 예쁘긴 한데, 엄마 나이에는 좀 안 어울리는 것 같아. 젊었을 때라면 또 모를까……' 어쨌든 그 청바지는 안 입기로 했으니까 문제는 해결된 셈이지."

앙투안은 소란을 일으키면서 반항하지는 않았다. 차라리 수동적인 반항이라고 하는 편이 맞았다. 앙투안은 피아노 뚜껑 위에 섬세하게 조립된 레고 블록들을 잔뜩 올려놓곤 했다. 클로틸은 그 복잡하게 조립된 레고 블록이 망가지지 않도록 참을성 있게 조심조심 하나하나 앙투안의 방으로 옮겨 놓아야 했다.

앙투안은 집 밖에서는 물론이고 집 안에서도 엄마가 말을 더듬는 걸 견디지 못했다. 주변 사람들이 클로틸의 미모나 그녀에게서 우러나오는 어떤 매력 같은 것을 칭찬하기라도 하면 얼굴을 붉혔다. 클로틸은 그걸 알아차리고 앙투안을 안심시키려고 애썼다. 그러나 그 때문에 자신의 선택을 바꾸거나 하지는 않았다. 그 청바지를 더 이상 안 입기로 한 건 예외였지만.

어느 날 저녁, 앙투안은 저녁 이야기 시간에 나오지 않았다. 클로틸은 앙투안이 반항을 하는 게 아니라 그럴 때가 되었을 뿐이라고 생각하고 내버려 두었다.

앙투안이 피아노 뚜껑을 닫아 놓으면 클로틸은 뚜껑을 열고 발성 연습을 했다. 앙투안이 좋아하든 말든 신경 쓰지 않았다.

그러나 벵상이 집에 있는 날에는 노래 연습을 하지 않았다.

아델이 물었다.

"엄마, 왜 아빠가 있는 날은 노래 안 해? 왜 '푸 트 쉬 므 프 스'나 '시트리비니', '마누엘 마누엘' 하고 노래 안 해?"

"…(…)… 다른 식으로…(…)… 음악을 할 수도 있어."

그럴 때면 음반 목록이나 자신이 부르는 노래의 작곡가들의 전기, 오페라 비평 같은 걸 공부했다. 그녀는 그날도 새벽까지 깨어 공부를 하다가 자고 있는 남편을 바라보며 생각했다. '하루 남았다. 내일 이 사람이 떠나고 나면 난 다시 노래할 수 있어.' 그녀는 잠옷으로 갈아입으며 무심결에 이런 생각을 하고 있는 자신에게 충격을 받았다. 그리고 다음 날 벵상이 집에 있더라도 그냥 노래를 부르기로 결심했다!

클로틸은 노래했다. 벵상은 하루 나절 동안 세 번이나 온 집 안에 울려 퍼지는 클로틸의 노래를 은밀히 엿들었다. 방에 앉아서 혹은 정원에서 듣는 그녀의 노랫소리가 아름다운지는 잘 알 수가 없었다. 지난번 수도원 예배당에서 스쳐 가듯 그녀의 노랫소리를 들었을 때와는 다른 느낌이었다. 그러나 이제는 피할 수가 없었다. 가끔씩 집 반대편까지 들려오는 아내의 목소리에 전율하기도 했다. 그는 아내가 노래하는 동안 그녀와 눈을 마주칠 수가 없었다. 아내가 무슨 메두사도 아닌데 말이다! 그는 그 힘에 넘치는 고음이 아내의 입에서 나온다는 사실을 믿을 수가 없었다.

저녁을 먹는 동안 그는 자신의 불편한 감정을 털어놓고 싶었지만, 그저 어정쩡한 얘기만 튀어나오고 말았다.

"당신 노래는 정확하고 강렬해……. 말을 할 때에는 무의식적인 후두 경련 때문에 고통스러워하면서 노래를 할 때는 어떻게 고른 호흡으로, 저음과 고음을 넘나들면서 그처럼 강력한 목소리를 낼 수 있지? 말을 할 때에는 더듬지 않을 때조차 김빠진 소리가 나오는데 말이야……."

그는 자신이 마지막으로 내뱉은 말에 동요되어 입을 다물지도 못하고 가만히 앉아 있었다. 클로틸이 자리에서 일어나 그의 이마에 입을 맞췄다. 뱅상은 예전에 클로틸이 정확히 똑같은 동작으로 아이들에게 키스를 해 주던 모습을 떠올렸다. 아이들은 포크를 든 손을 공중에 정지한 자세로 이 장면을 지켜보았다. 마들렌만 아무 일도 없다는 듯이 식사를 계속했다.

뱅상은 저녁 일찍 공항으로 떠났다. 그는 클로틸의 목소리가 불러일으키는 감정의 정체를 밝혀내지 못한 것에 안도감을 느끼며 집을 나섰다.

32
알쏭달쏭한 미소

클로틸은 마음이 놓였다. 벵상이 자신의 노래를 듣고 불편해한다는 것은 그가 자신의 노래를 들었다는 뜻이다. 좋은 징조였다. 그녀의 생각은 거기서 멈췄다. 우선 해야 할 일을 끝내고 나서 벵상에 대해 고민해도 늦지 않을 터였다. 클로틸의 말은 조금씩 나아졌다. 더디긴 해도 꾸준히 나아졌다. 그러나 노래하는 목소리가 점점 더 안정되고 선명하고 강해지고 있다는 게 그녀에겐 더 중요했다.

3과 4분의 1일이 지나고 벵상이 돌아왔다. 그날 밤 그녀를 안으려는 벵상을 거절하고 푹 자고 난 클로틸은, 다음 날 아침을 먹고 있는 벵상을 바라보았다. 벵상은 갑자기 혼자 미소를 지었다. 누구한테 짓는 미소일까? 무슨 장면을 떠올린 걸까?

클로틸은 벵상에게 물었다. 그는 얼굴을 붉히며 눈을 내리깐 채 대답하지 않았다. 클로틸은 벵상이 그렇게 얼굴을 붉히는 걸 처음 봤다.

그 알쏭달쏭한 미소가 늘임표처럼 하루 종일 그녀의 머릿속을 떠나지 않았다. 그 미소의 의미에 대한 궁금함이 그녀를 붙들고 놓아주지 않았다. 음악도 도움이 되지 못했다. 흐르지 못하고 정지해 버린 마그마 같은 무형의 시간 속에 있는 것 같았다. 노래도 흐름을 멈췄다.

클로틸은 피아노 앞에 앉아 흰 건반과 검은 건반 몇 개를 눌러 봤지만 그 소리는 아무런 말도 해 주지 않았다. 평소 같으면 그 건반이 내는 소리의 음색으로 날이 건조한지 습한지를 알아맞히는 그녀였지만, 그날은 아무 감각도 느낄 수가 없었다.

어제와 변함없는 건 오직 그녀를 옆에서 보살피는 보뿐이었다.

클로틸은 아이들에게 밥을 주고, 학교에서 데려오고, 얘기를 들어 주고, 대답해 주고, 로션을 발라 주고, 꾸중을 하고, 이마에 입을 맞춰 주었다.

벵상은?

그는 클로틸을 피하려고도 하지 않았고 찾지도 않았다. 그는 기다렸다.

클로틸은 오후에 잠깐 낮잠을 잤다. 잠에서 깼을 때 미열이 있었다. 마치 기억 속 상처에서 흘러나온 듯한 꿈에 시달렸다. 잠에서 깨기 직전에 꾼 꿈속에서, 그녀는 의식을 잃은 한 젊은 남자를 실은 뗏목이 바다 한가운데를 떠다니고 있는 것을 봤다. 뙤약볕에 그의 피부가 타고 있었다. 곧이어 그녀는 이국적인 울창한 숲 한가운데 있는 자신을 발견했다. 부모가 누군지도 모르는 아기에게 젖을 먹이고 있었다.

클로틸은 젖이 나올 때 느끼는 찌릿한 감각이 가슴을 스치고 지나가는 순간 잠을 깼다. 똑바로 누워 몸을 움직이지 않은 채 눈을 뜨고 천장을 바라봤다. 그녀는 정말로 젖이 나오지는 않았는지 가슴에 손을 얹어 보았다.

아이들을 데리러 갈 시간이었다.

차 안에서 클로틸은 보에게 물었다.

"난 더 아이를 낳을 생각이 없는데, 그 낯선 아이는 누구였을까?"

몇 시간 후 저녁 이야기 시간이 끝나고 아이들이 자러 간 후, 클로틸은 부엌을 정리하고 문단속을 한 다음 침대에 앉아 책을 읽고 있는 벵상에게 다가갔다.

"…(…)… 책 읽는 거…(…)… 방해 좀…(…)… 할게."

벵상이 책을 덮자, 그녀는 침대 옆 탁자에 놓여 있던 노트북을 집어 들었다.

"요즘 만나는 여자 있어?"

"…… 뭐라고?"

그녀는 방금 쓴 문장에 커서를 갖다 댄 후 글자 크기를 키웠다.

"요즘 만나는 여자 있어?"

"없어."

"나 말고 같이 자는 여자 있어?"

"…… 다른 여자랑 잔 적은 있어."

"아까 얼굴을 붉혔을 때 그 여자 생각했던 거야?"

"아니. 당신이 날 쳐다보고 있다는 걸 안 순간에 그 여자 생각을 했어. 웃은 건 다른 이유 때문이야."

"무슨 이유?"

"쌍둥이들을 생각하고 있었어. 다비드에게 준 에어버스 380 모형. 다비드와 아델이 그 모형 앞에 나란히 앉아 있었지. 아델이 비행기에 타고 싶다고 했어. 자기는 항상 1등석에만 탄다고 우기면서. 다비드는 자기 비행기라면서, 아델이 아무리 부자고 갖고 있는 돈을 전부 준대도 태워 줄 수 없다며 고집을 피웠지. 나는 몰래 그 장면을 엿보고 있다가 결국 끼어들었지. 둘이 마구 치고받으며 싸우기 시작했거든. 서로 머리채를 잡고, 한 녀석은 '탈 거야' 하고 다른 녀석은 '안 태워 줘' 하면서 말이지. 그 와중에 비행기 모형은 가엾게도 애들 무게를 못 이기고 부서져 버렸어……. 애들은 그것도 모르고 싸워 대기만 했지."

"그 여자랑 더 이상 자지 않는 이유가 뭐야?"

벵상은 시선을 피할 수가 없었다. 클로틸이 타이핑을 끝낼 때마다 노트북을 그의 쪽으로 돌렸고 그걸 읽으려면 어쩔 수 없이 그녀 쪽으로 몸을 기울여야 했기 때문이다. 곁눈질로 글을 읽는 수밖에 없었다.

"그러길 원치 않으니까."

"그 여자는?"

"안 물어봤어. 물어보고 싶지도 않아."

"다시 그러고 싶어지면?"

"이미 들켰잖아……. 다시는 그런 일 없을 거야."

"반대로 이젠 하고 싶은 대로 할 수 있게 된 거 아냐?"

"…… 당신은 내게 관심이 없어. 아이들 말고 나 말이야."

"너, 나, 우리, 애들…… 당신이 무슨 말을 하는지 하나도 못 알아듣겠어."

"당신한테 우리로는 충분치가 않아."

"그래, 식구들로 충분하다고 생각한 적 한 번도 없어. 도대체 무슨 생각으로 그런 말을 하는 거지? 단지 나는 식구들에게 너무 매여 있어서 다른 일을 할 힘이 없었을 뿐이야. 다른 남자를 만날 힘도 없었고, 나 자신을 생각할 여유조차 없었어! 당신이나 애들은 그런 내게 익숙해진 거야. 당신과 애들은 내게 가장 소중한 존재야. 그게 식구들로 충분한 게 되는 건가? 그럼 우린 애들에게 충분한가? 당연히 아니야! 그리고 그게 오히려 다행이라고 생각해!"

"당신은 이제 날 기다리지 않아."

"모두 내 잘못이야, 내 실수라고…… 물론…… 당신이 바람을 피운 것도 다 내 잘못이지."

"앞으로는 그런 일 없을 거야."

"아, 이보세요, 그거밖에 할 말이 없으세요? 당신이 스튜어디스의 향수 냄새를 맡으면서 엉덩이를 만지고 호텔 방에 데리고 들어가도 그건 내 실수지……. 그런데 당신은 니콜라에게 질투심을 느끼는 척이나 하고."

"한 번 그런 거야. 이제 그런 일 없을 거야. 마음만 먹으면 그럴 기회는 얼마든지 있었지만 그런 거에 빠져 본 적 없어. 그러니 당신도 바람피우지 마."

"…(…)… 못할 것도 없지……."

"그럼 견딜 수 없을 것 같아."

"아 아 아 아!!!"

클로틸의 목구멍에서 사납고 낮은 웃음소리가 터져 나왔다. 그녀는 양팔에 얼굴을 파묻고 흐느끼기 시작했다. 노트북이 바닥으로 떨어졌다. 그녀는 베개에 얼굴을 파묻고 누워 있었다. 벵상이 그녀를 안았지만 그녀는 밀쳐 냈다. 그러나 그녀가 진정할 때까지 침대 구석에서 조용히 기다리지 않고 클로틸의 몸 위로 올라탔다. 다리로 클로틸의 다리를 꼼짝 못하게 조이면서 상체로 클로틸의 가슴을 압박했다. 그는 클로틸의 양팔을 움직이지 못하게 붙잡고는 그녀의 옆얼굴에 머리를 갖다 대고 그녀가 알아들을 수 없는 소리들을 중얼거렸다. 클로틸은 그가 입을 닥치도록 소리를 질러 댔다.

"비켜. 이거 놔!…… 보!"

보가 밖에서 으르렁거리며 나무 문을 긁는 소리가 들렸다…….

"…(…)… 이거 놔… 보가 문을… 열 거야…(…)… 이거 안 놓으면 보한테 당신을… 물라고 할 거야!…(…)… 보가 당신을 물 거야.
정말이야."

"쉿…… 소리 지르지 마, 애들이 들어……. 쉿…… 당신, 지금 말
을 제대로 하고 있잖아……. 목소리 톤도 정상이고!"

"…(…)… 비켜…(…)… 무겁단 말이야!"

벵상이 놓아주었다.

클로틸이 일어나 앉았다.

"…(…)… 보…(…)… 괜찮아…(…)… 진정해."

보가 문 앞에 다시 쭈그려 앉는 소리가 들렸다.

1분 정도가 지나고 클로틸이 자리에서 일어났다.

"어디 가?"

"…(…)… 뗏목에서 잘 거야."

밤에 그녀가 잠든 후, 벵상은 조용히 거실로 나와 큰 소파 위에서
자고 있는 클로틸 옆에 나란히 누웠다. 숲 쪽으로 심어진 과일나무
들과 풀밭이 달빛에 적갈색으로 물들고 있었다. 그는 클로틸을 품
에 안았다. 그녀는 자면서도 이따금 흐느꼈다. 그는 잠들지 못했다.

아침에 클로틸이 말했다.

"…(…)… 이제 어떻게 했으면 좋겠어…(…)… 벵상?……"

"…(…)… 그만 울어, 제발…… 부탁이야……."

"안 울어…(…)…. 눈물이 저절로…(…)… 흘러나와. …(…)… 포

기해야 할 게…(…)… 한 가지 더…(…)… 가도 가도…(…)… 끝이 없어…(…)…. 마지막 숨이 다할 때까지."

클로틸은 자리에서 일어나 오디오가 있는 곳으로 걸어갔다. CD를 하나 골라 플레이어에 넣고 재생 버튼을 누른 후 벵상 옆으로 되돌아왔다. 벵상이 아는 곡이었다.

"……베토벤…… 당신이 다비드와 아델 출산할 때 내가 뛰어가서 들고 왔던 CD잖아……. 당신의 진통제. 베토벤 교향곡 9번……. 이 곡이 우리를 구원해 줄까?"

"…… ♪♪♪ …… 들어 봐…(…)…. 4악장…(…)… 첫 부분이야. …(…)… 아직 목소리는 안 나와. …(…)… 곧 나오기…(…)… 시작할 거야……. 벌써 목소리가 들려오는 것 같아. …(…)… 약속처럼…(…)… 들어 봐…(…)… 멋진 크레셴도야…(…)…."

클로틸은 하루 종일 몇 번이고 베토벤의 교향곡 9번을 듣고 또 들었다. 고통을 가라앉히기 위해, 남편과 함께 있는 '그녀'의 이미지를 머릿속에서 떨쳐 버리기 위해.

그 후, 며칠 밤 동안 클로틸은 꿈속에서 뗏목에 실려 떠도는 남자의 몸을 보지 못했다. 그 대신 꿈속에서 백 개의 테이블이 늘어선 식당의 요리사가 되어 있었다. 뚜껑이 들썩거리며 냄비들이 끓고 있었다. 항아리들이 무거워 들어서 옮기는 게 쉽지 않았다. 실내가 몹시 더웠다. 그녀는 거대한 부엌 안에 혼자 서 있었다. 식당에 앉아 있는 손님들은 배고파 했다. 그녀는 용기를 내려고 반복해서 중얼거렸다. "무슨 수를 써서라도, 무슨 수를 써서라도."

33

실용적인 규칙들

음 성치료 시간에 클로틸은 지금까지 세 번, '말할 때'의 호흡을 되찾을 뻔했다. 그녀가 원하는 대로 성대가 울려 주었고, 벵상이 말했듯이 그녀만의 목소리 톤으로 말할 수도 있었다. 하지만 너무 많은 집중력을 요하는 일이어서 진료실을 나설 때마다 클로틸의 몸은 녹초가 되었다. 클로틸은 기쁨을 자제했다. 그녀의 몸은 마치 타인의 몸처럼 언제라도 그녀의 의지에 거역할 준비가 되어 있었다. 살가죽 속에 잠동사니가 가득 찬 것 같은 그 몸, 억제할 수 없는 욕망으로 가득한, 언젠가는 죽을 그 몸이 제 마음대로 움직여 준다고 느낄 때는 오직 노래를 부를 때뿐이었다.

이제는 벵상이 바람을 피운 사실을 물고 늘어지지 않을 것이었다. 그럼 그와 헤어질 것인가? 물론 아니다. 수많은 사소한 이유들이 있었다. 그중 첫 번째는 그가 아이들을 배신한 건 아니므로 아이들을 아빠와 떼어 놓아야 할 이유가 없다는 것이었다. 다음으로는, 음악과 아이들 때문에 남편에 대한 그녀의 욕망이 예전보다 약해진 게 사실이라면 그런 채로 내버려 두면 그만이었다. 하지만 욕망이 멀리 달아나 버린 건 아니었다. 13년 전 그가 그녀를 꿈꾸게 만들었던 것들은 아직 사라지지 않았다. 심지어 그가 예전보다 더 잘생겨 보이기까지 했다. 그보다 더 다행인 일은, 그 '제로 실수 씨'가 두 번이나 실수를 했다는 사실이었다. 한 번은 바람을 피우고, 다른 한 번은 CAP232를 몰면서. 클로틸에게는 그런 벵상이 사랑하기에 더 편했다.

알릭스는 클로틸에게 아니마 문디 파리점 개점을 맡아 달라고 부탁했다. 그렇게 원하면 언제라도 알릭스와 함께 일할 수 있다는 사실을 알게 된 후부터, 그리고 노래를 부르기 시작한 후부터, 그녀는 자신이 자유롭다고 느꼈다. 자유롭게 관대할 수 있었고, 자신이 벵상을 사랑하는지 사랑하지 않는지 따위의 고민도 더 이상 하지 않았다. 이제 모든 게 가능했다. 벵상에게 복수할 마음 따위는 없었다. 그 대신 그녀는 마음속에 작은 창을 하나 열어 두었다. 어느 날 그 창으로 어떤 남자가 들어온대도 굳이 막지 않을 생각이었다. 벵상이 여자들에게 창을 열어 두었듯이 말이다. 그녀 쪽에서 굳이 남자들을 유혹하거나 할 마음은 없었지만, 모든 가능성을 닫아 두지도 않을 것이다. 그녀는 앞으로도 계속 그런 마음으로 살아갈 생각이었다.

벵상은 이해할 것이다. 굳이 받아들이라고 강요할 필요도 없다.

새로운 관계에 접어든 두 사람은 일상의 사건들 속에서 엄격한 평등 원칙에 의거한, 벵상의 표현에 따르자면 '실용적인' 규칙들이 하나씩 자리를 잡아 가는 모습을 지켜봤다. 치밀한 보상 관계에 바탕한 평등이었다. 밤은 여전히 우연에 지배당했다. 두 사람은 변덕스러운 연인들처럼 굴었다. 그러나 날이 밝으면 예의 바른 관계로 되돌아갔다.

벵상은 단 한 번도 아내와 헤어지고 싶다는 생각을 해 본 적이 없었다. 머리를 틀어 올리고 캡을 쓴 모습만 봤던 그 스튜어디스가 머리를 풀어 헤치고 그의 방문 앞에 서 있던 바로 그 순간조차 그런 생각은 떠오르지 않았다. 그녀는 그의 목에 매달려 달콤한 말들을 속삭였다. 벵상은 그를 만지는 손길과 그녀의 숨결에 섞여 들려오는 감미로운 말들에 취해 아무 생각도 할 수가 없었다. 클로틸과 헤어져야겠다는 따위의 생각을 할 겨를조차 없었다.

벵상은 클로틸이 남편의 배신으로 인한 분함과 슬픔이 일단 가라앉자 예전보다 더 강해졌다는 것을 금세 깨달았다. 클로틸에게는 이제 아쉬울 게 하나도 없을 것이다. 이미 예전부터 그랬는지도 모르지만.

벵상이 없는 밤, 클로틸은 잠을 이루지 못했다. 그가 또 바람을 피울지도 모른다는 걱정 때문이 아니었다. 그런 문제 따위로 두려운 건 결코 아니었다. 새로운 미래가 그녀 앞에 펼쳐져 있었다. 벵상과 맺은 이 '신약新約' 관계도 그 미래를 전제로 한 것이었다. 두 사람 각자에게 새로운 가능성이 주어진 것이다. 남을 것인가, 떠날 것인가 하는 선택이 각자에게 주어졌다. 이제 아이들도 많이 자랐고, 벵상과 클로틸이 꼭 함께 살아야 할 의무 같은 건 없었다.

클로틸에게 시간은 더욱 소중한 것이 되었다. 엄마의 눈빛 아래서 나날이 아이들을 자라게 해 주는 것도 바로 그 시간이었다. 클로틸은 이제 아이들이 엄마를 찾을 때까지 기다리면서 시간을 보내지 않았다. 아이들이 자신을 방해하도록 내버려 두지도 않았다. 걱정거리가 있어서, 혹은 아이들이 '엄마인 자신'도 해결해 줄 수 없는 문제로 엄마를 찾아 대는 바람에 잠을 제대로 못 자는 때가 여전히 많았다. 그러나 노래를 부르는 순간만큼은 자유로웠다. 그녀는 다른 곳에, 전지전능한 신처럼 모든 곳에 있었다.

시간은 변함없는 속도로 흘러간다. 의심할 여지없는 사실이다. 하지만 그 순간부터 클로틸의 시간은 엄청난 속도로 달리기 시작했다.

34
수도원에서의
성악 교습. 7월 말

메 조뇌브 부인이 말했다.

"목을 풀었으니까 이제는 쉬지 않고 네가 잘 아는 다섯 곡의 노래를 불러 볼 거야. 연수를 맡은 교수가 그중에서 두 곡을 고르면 너는 일주일 동안 그 곡들을 연습하고 가다듬게 될 거야. 이중창을 하게 될 수도 있어. 자, 시작하자. 네가 고갯짓으로 신호하면 반주를 시작할게. 이번에는 악보를 보고 해도 좋아. 중간에 음정이 엇갈리더라도 멈추면 안 돼. 어떤 일이 있어도 멈춰선 안 돼. 보후슬라프 마르티누의 체코 노래 〈희망〉과 〈즈볼레노비치〉 두 곡을 먼저 부를 거야. 막달레나 수녀님이 내게 전화로 발음 교정 시간에 네가 너무 잘 해내서 깜짝 놀랐다고 하셨어. 이제 목소리에는 특별한 문

[298]

제가 없지만, 첫 번째 노래를 부를 때는 리듬에 주의하고, 두 번째 노래를 부를 땐 빠르기에 신경을 써야 해. 아름다운 음정을 기대해 볼게. 그리고 턱에 힘을 빼고 부드럽게, 마치 손가락을 움직이거나 눈을 깜박이듯이……. 그 다음엔, 비발디의 〈이 눈빛을 보라〉와 알렉산드로 스카를라티의 〈나는 괴로움에 넘쳐〉를 부를 거야. 그리고 마지막 곡은 슈퇼첼의 〈그대가 나와 함께 계신다면〉이야. 레가토(둘 이상의 음을 이어서 부드럽게 연주하라는 말—옮긴이)……. 자, 준비됐지?"

"…(…)… 네…."

♬ ♬ ♬

클로틸은 노래했다. 그녀는 알릭스가 예배당 쪽으로 걸어오는 듯한 소리를 들었지만 개의치 않고 노래를 계속했다……. 예배당 안으로 들어선 사람은 정말로 알릭스였다. 알릭스는 노래 연습을 방해한 것이 미안해서 클로틸에게 어색한 미소를 지으며 발끝으로 걸어가 밥티스트와 막달레나 수녀 옆에 가 앉았다. 알릭스가 클로틸의 노래를 들으려고 성가대 연습 시간보다 일찍 온 것은 처음이었다. 왜 오늘에서야 그럴 생각을 하게 됐을까? 그녀를 사랑해 주는 남자가 생겨서 마음이 편해진 건가? 아니면 예전의 클로틸에 대해 품었던 이미지를 이제 믿지 않게 된 걸까? 예쁜 아이들에 둘러싸여 벵상의 퇴근을 기다리는 클로틸의 이미지 말이다. 클로틸의 침묵을 통해 그녀 역시 항상 행복한 것만은 아니라는 사실에 이제 화를 내지 않게 된 걸까?

알릭스는 성가대원 틈에 서서, 성가대 연습에 늦게 도착한 것 때문에, 그리고 그날 클로틸의 노래 연습을 놓친 것 때문에 울고 있는 밥티스트의 절망을 똑똑히 보았다. 알릭스의 눈에서도 눈물이 흘러나왔다. 그녀는 단 한 번도 클로틸이 메조뇌브 부인과 노래 연습하는 걸 보려고 성가대 연습 시간보다 일찍 와 본 적이 없었다. 그러고 싶어도 막상 발길이 떨어지지 않았다. 매번 뭔가를 포기해야 하는 것 같아서 마음이 괴로웠다. 그러나 뭘 포기해야 하는 건지조차 잘 몰랐다. 질을 만난 이후부터 알릭스는 더 이상 클로틸이 말을 못하게 된 것에 화가 나지 않았다. 단지 마음이 아팠을 뿐이다. 그럼에도 불구하고 클로틸의 노래를 들으려고 내디뎌야 하는 마지막 발걸음이 참으로 어렵게 느껴졌다. 메조뇌브 부인이 알릭스를 붙들고 클로틸의 재능을 칭찬하는 동안, 알릭스의 가슴은 흥분과 혼란으로 두근거렸다. 그녀는 빨리 그 대화에서 벗어나고 싶었다. "관객들에게는 그토록 아름다운 목소리를 들려주면서 왜 정작 자기 주변 사람들 앞에서는 말을 하지 못하는 거죠?" 그녀가 부당한 비난을 그만두기까지는 참으로 긴 시간이 필요했다.

그리고 마침내 알릭스는 한 발을 내딛었다. 클로틸의 노래는 매우 훌륭했다. 무슨 일이 있어도 노래를 중간에서 멈춰서는 안 된다고 단단히 주의를 줬던 메조뇌브 부인은 클로틸이 감정의 동요를 다스릴 수 있을까 궁금해 하며 마지막까지 반주를 멈추지 않았다.

클로틸은 노래가 잘 나오고 있다는 걸 의식했다. 느낌이 좋았다. 처음으로 자신의 내면에서 들리는 소리대로 노래를 했다. 피아노를 칠 때 1년에 한 번 정도 이런 축복받은 순간이 찾아오곤 했었다. 그녀가 지금 하고 있는 것, 이게 바로 음악이었다. 그녀의 몸은 고분 고분한 악기와도 같았다. 목소리가 그 악기에 응답했다. 그녀는 아무것도 두렵지 않았다. 무서울 정도로 노래에 집중하는 그녀의 얼굴은 무감동한 표정을 짓고 있었다. 그녀의 눈에는 하얀 돌기둥을 배경으로 빛나고 있는 알릭스의 파란 눈빛밖에는 아무것도 보이지 않았다.

연습이 끝나고 소예배당 현관에서 두 사람은 부드럽게 서로를 안았다. 그 순간 둘의 감정은 완벽하게 일치했다. 담쟁이넝쿨처럼 부드러운 포옹이었다. 밥티스트가 거리낌 없이 둘 사이에 끼어들었다. 그는 두 여자의 허리에 팔을 두르고 두 어깨가 맞닿은 곳에 얼굴을 파묻었다. 노래를 너무도 열심히 들어 준 그에게는 그럴 자격이 있었다. 성가대원들이 하나둘씩 도착해 수도원 중앙 홀에 자리를 잡기 시작하자, 그는 포옹을 풀고 재빨리 몇 걸음 걸어가다가 멈추기를 반복하며 성가대원들 쪽으로 사라져 버렸다. 그는 자신의 짚의자에 앉아서 마치 튕겨 나가려는 물건을 붙잡기라도 하듯 팔짱을 낀 양팔을 가슴에 밀착한 자세로 앉아 연습이 시작되기를 기다렸다. 알릭스도 성가대원들 사이에 자리를 잡고 섰다. 클로틸은 성가대원들이 노래를 시작하기 직전까지 알릭스에게서 시선을 떼지 않았다. 그리고 몸을 돌려 천천히 중앙 홀을 걸어 나왔다.

수도원 뒤로 난 단단한 흙길을 걷는 동안, 클로틸의 머릿속으로 지난 1년 동안의 일들이 차례로 스쳐 지나갔다. 노래 연습을 하고 또 하던 나날들, 그리고 캄캄한 밤과 망설임의 새벽을 지나 영광스럽게 타오르는 수도원의 붉은빛까지 이어지는 여정. 그 빛은 마치 자신의 노래가 다른 이들의 마음속에 일으킨 파문을 처음 본 그녀를 축하해 주고 있는 듯 보였다. 그날은 바로 알릭스가 돌아온 날이었다. 시간이 흐르고 흘러 그녀에게서 모든 것을 앗아 간다고 해도 상관없을 것 같았다. 그녀는 노래했다. 요리사가 정성스레 요리를 하듯, 벽돌공이 멋지게 벽을 쌓듯, 제본사가 책을 엮듯, 마라토너가 마지막 결승선을 통과하듯. "엄마, 내 노래 들었어?" 그녀는 자신을 스치고 지나가는 미풍에게 물었다. 그리고 한참 동안 바람에 귀를 기울였다. 아이들이 그녀에게 뛰어오는 모습이 보였다. 아이들은 마치 밤나무에 꽃이 피듯 숲 속에서 차례로 뛰어나왔다. 보가 제일 먼저 도착했다. 신을 믿지 않는 클로틸이었지만, 육체와 영혼이 하나가 되는 이 기쁨이야말로 하늘나라의 행복이 아닐까 생각했다. 음악 소리는 더 이상 울리지 않았지만 그녀의 기억 속에 고스란히 남아 있었다.

35
성악 교습 5

"♫♫ …(…)… 이게 아닌데."

"다시 해 봐. 심호흡을 하고 목청을 열고 호흡에 소리를 싣는 거야."

"♫♫♫ …(…)… 안 돼요."

"좋아, 목소리를 가다듬지 않은 상태에서 내가 소리를 완벽하게 낼 수 있을지는 모르겠지만, 제시 노먼의 노래를 하나 해 볼게…….
내가 부르는 거 잘 듣다가 곧바로 다음 소절로 넘어가는 거야, 알았지? ♫♫♫ 지금!"

"♫♫♫"

"어때? 이번엔 된 것 같아?"

"…(…)… 완벽해요. …(…)… 적어도…(…)… 제 생각엔."

메조뇌브 부인이 미친 듯이 웃어 댔다. 클로틸도 따라서 웃음을 터뜨렸다.

"정말 이런 경우는 처음 봤어……. 이번엔, 네가 완벽하게 따라 한 그 톤으로 브람스의 〈나이팅게일〉 도입부를 부를 테니까 다음 악절을 끝까지 불러 봐……. ♬♬♬"

"♬♬♬♬♬♬♬♬"

"믿을 수가 없군. 무슨 원숭이도 아니고……. 공연 직전에, 부를 노래를 미리 한 번씩만 듣고 나가면 관객들을 압도할 수 있겠는 걸……. 그런 식으로 위대한 디바의 목소리를 그대로 재현할 수도 있을 거야……. 집중력이 너무 좋아서 웬만한 기술적인 어려움은 다 소화해 내고 있어……. 믿을 수가 없군……. 내가 얘기를 해도 사람들은 믿으려 하지 않을 거야……."

클로틸이 억양 없는 목소리로 말했다.

"…(…)… 제시 노먼…(…)… 노래를…(…)… 전부 들려 주세요. …… 집중해서 들을게요……."

"아냐, 클로틸, 아냐. 장난은 그만하자. 중요한 건 자신의 목소리야. 다른 누구의 목소리도 아닌 네 목소리로 노래를 해야 해. 지난 번 수도원에서 해냈던 것처럼. 자, 다시 시작하자."

36
되찾은 우정

연수 시작일이 다가오고 있었다. 8월이었다. 클로틸은 아버지가 준비한 피크닉이 기다리고 있는 물레방앗간에 아이들을 데려다 주고 왔다. 뱅상은 곡예비행대회 준비를 다시 시작하려고 비행장에 가고 없었다. 병원에서 다시 연습을 해도 좋다고 허락한 터였다.

사고가 난 지 7개월 만에 그는 다시 연습을 시작했다. 두려움 따위는 없었다. 오로지 어서 CAP232에 다시 타고 싶다는 생각뿐이었다.

물레방앗간을 나와 클로틸은 알릭스의 증류 공장에 들렀다. 알릭스는 온실에 있다며 곧 오겠다고 했다. 알릭스를 기다리며 클로틸은 동그란 의자에 앉아 작은 유리 증류기에서 라벤더 에센스가 한 방울씩 떨어지는 모습을 지켜봤다……. 에센스 방울은 떨어진다기보다 수면 위에 살짝 내려앉는 듯이 보였다. 떨어진 방울이 아주 조금 위로 튀어 올랐다가 가라앉으면서 그 주위로 메아리처럼 천천히 동그라미들이 퍼져 나갔다.

알릭스와 질이 도착했다. 그들은 갖가지 풀을 손에 잔뜩 들고 어깨를 나란히 한 채 걸어 들어왔다. 클로틸은 질 드 벵셀을 알아봤지만 그건 겉모습뿐이었다. 몸짓이나 시선으로만 보면 그는 전혀 딴 사람이 되어 있었다. 물론 클로틸은 알릭스와 질이 이제 연인 사이라는 걸 알았지만, 그래도 그의 출현에 놀랐다.

알릭스가 수도원에 클로틸의 노래를 들으러 간 것도 사실은 질 덕분이었다. 알릭스에게 두려워하지 말고 클로틸에게 가서 몇 달간의 '침묵'에 대한 보상으로 그녀를 꼭 안아 주라고 말한 것이다. 질은 말을 제대로 할 수 없다는 게 뭘 의미하는지를 잘 알았다. 말을 아예 못하거나 혀 짧은 소리를 내거나 목소리를 제대로 낼 수 없거나 말을 더듬는 사람들에 대한 시선이 어떤 건지도 알았다. 그는 알릭스에게, 사람들의 질문에 대답하고 싶어도 입속에서 말이 나오지 않던 순간들을 얘기해 주었다. 목구멍 속을 몇 미터씩 파 내려가 그 속의 말을 끄집어내는 데에는 초인적인 노력이 필요했다. 그는 아무 말 없이 안아 주기만 해도 클로틸은 미안하다는 말을 알아들을 거라며 알릭스를 안심시켰다. 그 말을 듣고 알릭스는 곧장 수도원으로 뛰어갔다.

두 사람이 클로틸 앞으로 걸어와 섰다.

"…(…)… 좀 있다 가도 되지(속삭임). …(…)… 괜찮지? …(…)… 나도 일 거들게……."

"연수는 내일 시작하는 거야?"

"…(…)… 응……."

37
수도원 공연

수도원에서 일주일간의 연수가 시작됐다. 클로틸은 작은 독방에서 지냈다. 그녀를 바라보는 벵상의 보랏빛 눈동자도, 그녀의 몸을 더듬어 찾는 벵상의 손길도 없는 그곳에서. 밤에 엄마를 찾는 아이들의 목소리도 들리지 않는 그곳에서. 아침에 잠에서 깨면, 클로틸은 방금 전에 잠이 든 것 같은데 벌써 아침이 밝은 것에 놀라곤 했다.

하루 동안에도 여러 번 아이들이 보고 싶었다. 클로틸은 무심결에 아이들을 찾거나 기다리는 자신에게 깜짝 놀랐다. 로마네스크 양식의 수도원 아치형 통로에서는 소리가 마치 테니스공처럼 사방으로 튀어 다녔다. 클로틸은 작은 소리에도 움찔 뒤를 돌아보았다.

열린 문으로 새어 들어온 바람이 등을 오싹하게 훑고 지나갔다.

아이의 손이 머리카락을 스치고 지나간 것 같은 기분.

물론 클로틸의 아이들은 아니었다.

'어' 혹은 '마' 하는 조그만 외침 소리가 들린 것도 같고.

클로틸은 혼자였다. 보가 주위를 돌며 그리는 하얀 동그라미는 그곳에 없었다.

가수는 여자 넷, 남자 둘, 모두 여섯 명이었다.

공연은 종교음악, 바로크, 19세기 말 음악, 이렇게 세 부분으로 나뉘어 진행될 예정이었다.

클로틸이 부를 곡이 정해졌다. 슈튈첼의 〈그대가 나와 함께 계신다면〉, 비발디의 〈이 눈빛을 보라〉, 듀엣 곡으로는 오펜바흐의 〈뱃노래〉로 결정됐다.

첫 이틀 동안, 클로틸의 눈에는 주변 사람들이 마치 그림 속의 인물들처럼 느껴졌다. 자신은 그 그림 속을 드나들고 있는 것 같았다. 아이들과 보, 벵상에게서 떨어져서, 그리고 말도 제대로 할 수 없는 상태에서, 그녀는 시간표에 정해진 일과대로만 지냈다. 휴식 시간에는 쉬고 식사 시간에는 밥을 먹었다.

셋째 날, 클로틸은 함께 듀엣 공연을 하게 된 소프라노 여가수와 얘기를 나누려고 노트북을 폈다. 물론 격식을 차린 대화였다. 그 이상까지 갈 여력은 없었다. 그녀의 모든 에너지는 오직 음악에 집중되어 있었다. 직업 오페라 가수들에게는 공연 준비가 자연스러운 일과였겠지만, 공연을 난생 처음 준비해 보는 클로틸에게는 달랐다. 피아노 연주 발표회를 준비했던 경험은 아무런 도움이 되지 못했다.

날이 갈수록 클로틸의 집중력은 크레센도로 높아졌다.

아이들이 보고 싶은 마음도 덜해졌고, 눈앞을 빙글빙글 돌던 보의 이미지는 아침에 잠에서 깰 때에만 잠깐 보이고 사라졌다.

클로틸은 오직 음악에만 집중했다. 오직 자신에 대해서만 생각했다. 그녀에게는 곡 해석이나 기법, 한 악절을 어떻게 시작해서 어떻게 끝낼 것인가 하는 문제들만이 중요했다.

메조뇌브 부인은 금요일에 도착했다. 부인은 다른 교수들 틈에 앉아서 클로틸이 지난 닷새 동안 연습한 목소리를 들었다. 클로틸에게도 존댓말을 썼다. 그날은 모든 연수생이 총리허설을 위해 시토 수도원에 모였다. 시토 수도원은 르베이즈 수도원보다는 덜 화려했지만 그 수수함이 오히려 사람을 압도하는 면이 있었다. 내부는 불투명하고 두꺼운 흰빛이 다른 빛들을 흡수해서 더 어두웠고, 소리는 더 무겁고 웅장하게 느껴졌다. 클로틸은 더 '높고' 가늘게 소리를 내야겠다고 생각하면서 솔로 두 곡과 듀엣 곡 〈뱃노래〉를 차례로 불렀다.

교수들과 피아노 연주자, 가수들 모두 클로틸이 노래를 시작한 지 불과 열 달밖에 안 됐다는 사실을 믿을 수 없어 했다. 메조뇌브 부인은 말없이 동료들이 놀라워하는 모습을 즐겼다.

토요일, 공연이 열리는 날. 정해진 시간에 맞춰 클로틸은 드레스를 준비했다. 그녀는 침대 위에 검은색 드레스와 푸른빛이 도는 스카프를 펼쳐 놓고, 사람들이 시킨 대로 짙게 화장을 하기 시작했다. 오랫동안 거울에 비친 자신의 얼굴을 바라봤지만 아무 생각도 할 수가 없었다. 단지 불안한 마음으로 거울을 바라보기만 하다가, 갑자기 자신이 어머니를 많이 닮았다는 사실에 새삼 충격을 받았다. 사람들에게 자주 그런 말을 들었지만 그때마다 한 귀로 흘려들었는데.

그녀는 어머니를 생각하다가 지난밤 꿈을 떠올렸다. 클로틸은 잃어버린 목소리를 찾고 있었다. 어머니는 키 큰 풀들로 뒤덮인 미끄러운 강가를 돌아다니며 딸의 목소리를 찾아 주려고 애썼다.

메조뇌브 부인은 미소를 지으며 드레스를 입은 클로틸을 바라보았다. 순간, 메조뇌브 부인의 입에서 미소가 사라졌다.

"가서 화장하고 와!"

"…(…)… 하지만 이미…(…)… 화장 너무…(…)… 많이 했는데."

"여기 더 검게 칠하고 입술도 더 바르고, 어서."

가수들은 수도원의 어두운 회랑을 걸어가며 목소리를 가다듬었다. 그런 후 제의실祭衣室에 앉아 교회 종이 정확히 여덟 번을 칠 때까지 기다렸다. 클로틸은 불안에 떨면서 그러고 있는 자신들이 마치 '선고를 기다리는 죄수들 같다'고 생각했다. 노래를 하고 싶다는 욕구가 온몸을 사로잡았지만 공포심을 떨쳐 버리지는 못했다.

'내가 지금 여기서 뭘 하고 있지……. 왜 이런 고생을 사서 하고 있지? 내가 정말 원했던 게 이거였나?'

그들은 관객들의 박수를 받으며 대로처럼 넓은 중앙 홀로 걸어 들어갔다. 일몰 직전의 태양 빛이 하얀 석회석 벽에 반사되어 불투명하고 두꺼운, 기묘한 빛깔을 만들어 내고 있었다. 클로틸은 자신이 지니고 다니던 분필과, 아버지가 물레방앗간에서 곡물을 빻을 때의 색을 떠올렸다. 가수들은 성가대석 뒤편에 마련된 의자에 가 앉았다. 클로틸은 관객들 쪽을 쳐다보지 않으려 애썼다. 그녀는 아이들과 벵상이 그곳에 와 있는지 알고 싶지 않았다. 보와 알릭스와 아버지도 마찬가지였다.

누군가가 나와 연수생들을 소개했다. '모두' 콩세르바투아르 졸업반 학생들이었다. 다시 박수 소리가 울려 퍼졌다.

공연이 시작됐다. 클로틸의 순서는 두 번째였다. 입술이 따끔거려 손으로 비벼 댔다. 손이 식은땀으로 젖어 차갑고 축축해져 있다는 걸 그제야 깨달았다……. 입술에 짙게 바른 립스틱이 손에 잔뜩 묻어 있었다. 소프라노 파트너가 그녀를 보고 눈을 깜박이며 신호를 보냈다. "어쩜 좋아, 어서 닦아, 곧 네 차례야……. 입술 말이야. 립스틱이 사방으로 번졌어. 누가 보면 쥐 잡아먹은 줄 알겠다!"

클로틸은 재빨리 작은 거울과 손수건을 빌려서 침을 발라 립스틱을 지우고 화장을 다시 고쳤다······. '페르소나'.

노래할 때 목소리가 잘 안 나오면 어떻게 하지? 말할 때처럼 목소리가 사라져 버리면? 이자벨도 와 있을까? 클로틸은 그녀를 봐야 안심이 될 것 같았다. 그녀는 관객석을 바라봤다.

고개를 돌려 잽싸게 관객석을 훑어봤다. 이자벨의 모자처럼 부푼 검은색 곱슬머리가 곧 눈에 들어왔다.

······ 비로소 안심이 됐다.

첫 번째 가수의 노랫소리가 귀에 들어오지 않았다. 뱃속의 경련이 짚의자에 앉아 있는 그녀를 현실로 데려다 놓았다.

그녀가 앉아 있는 곳으로부터 10미터쯤 앞에서 방금 노래를 부른 가수가 허리를 굽혀 인사하는 모습이 보였다.

"클로틸, 네 차례야!"

클로틸은 자리에서 일어섰다.

무슨 곡이었지? 그래, 〈그대가 나와 함께 계신다면〉이었지. 그대가 나와 함께 계신다면······.

가수가 느끼는 공포감은 관객들이 공연장에 들어오려고 지불한 돈에 대한 대가와도 같은 것이다.

목소리가 중간에서 끊어질까, 끊어지지 않을까? 클로틸은 오직 그것만이 궁금했다.

클로틸은 떨리는 다리를 가누며 무대 위로 올라섰다. 손에 식은

땀이 나고 입술이 탔다. 관객석 전체가 형태와 색깔이 뒤섞인 덩어리처럼 보였다. 그 안에서 어깨와 머리와 손들이 제각각 꿈틀대고 있었다. 그런 움직임마저 없다면 완벽한 침묵 속에서 그들은 모두 죽은 시체처럼 보였을 터였다. 그날, 아이들 학교가 개학하던 날처럼 클로틸의 시선은 무언가 보이지 않는 곳에 가 닿아 있었다. 그녀는 한쪽 눈을 찡그리고 중앙 홀 반대편 멀리 높은 곳, 빛 한 줄기가 비쳐 들어오는 삼각형의 창을 바라보았다. 아니마 문디의 실내조명이 연상되려는 순간, 클로틸은 피아노 연주자에게 반주를 시작하라는 신호를 보냈다.

지금 내가 노래하고 있는 소절을 생각해야 한다. 그러나 너무 많이 생각해서는 안 된다. 내가 부르고 있는 가사에 귀를 기울여야 하지만 너무 거기에만 신경을 쓰면 안 된다. 흥분해서는 안 된다.

집중해야 하지만 귀머거리가 되어서도, 내 속에 갇혀서도 안 된다. 마음을 열어야 한다.

나는 노래해야 한다. 긴장을 늦추고, 땅을 단단히 딛고 서서, 호흡해야 한다……. 어머니는 생각하지 말자. 어머니는 생각하지 말자. 독일어로 노래하는 즐거움을 만끽하며 가사의 의미를 되새기되, 그것 때문에 시간을 지체해서는 안 된다……. "Bist du bei mer, geh'ich mit Freuden zum Sterben und zu meiner Ruh……." 미래의 환영 속에는 감미로운 죽음이 있네…… 높이, 레가토…….

♪♪♪

첫 번째 노래를 마치고 클로틸은 마치 부러진 나무토막처럼 꾸벅 인사를 했다. 다시 한 번 부르면 더 잘할 수 있을 것 같았다. 원한다면 다시 불러도 된다는 말을 들은 터였다. 하지만 굳이 그럴 필요는 없었다. 노래를 부르다 넘어진 것도 아니고, 중간에 가사를 잊어버린 것도 아니니까. 침을 잘못 삼켜서 숨이 막힐 뻔한 게 전부였다. 계속되는 박수 소리에 그녀는 다시 한 번 뻣뻣하게 허리를 굽혔다.

공연이 진행되면서 클로틸의 집중력도 높아졌다. 공포심은 길고 가벼운 떨림으로 변했고, 그걸 즐길 정도로 여유가 생겼다. 빨리 무대 위로 뛰어올라가고 싶은 마음에 조바심이 났다.

이처럼 의식이 또렷한 건 피아노를 칠 때 드물게 찾아오던 순간들과 지난번 르베이즈 수도원에서 알릭스 앞에서 노래를 부를 때를 제외하고는 처음이었다. 들이쉰 숨이 손가락 끝까지 온몸으로 스며들며 몸이 열리는 느낌이었다. 두려움은 행복감에 자리를 내주고 사라졌다.

클로틸은 두 번째 바로크 곡을 더 잘 불렀다. 비발디의 아리아 〈이 눈빛을 보라〉. 노래를 부르는 동안 그녀는 먼지 알갱이가 날아다니는 빛줄기 속에 앉아 있는 관객들 중 누구와도 시선을 마주치지 않았다. 이번엔 미소를 지으며 인사를 했다.

마지막 곡은 〈뱃노래〉였다. 노래가 끝난 후 아무것도 기억나지 않았다.

이걸로 끝이란 말인가?

벌써? 그토록 열심히 준비를 했건만 이토록 짧은 순간에 다 끝나 버렸단 말인가? 누군가가 무대 위로 올라와 관객들에게 얘기를 하고 있었다. 클로틸의 귀에는 아무 소리도 들리지 않았다. 그녀는 가족들을 찾았다. 아이들은 어디 있지? 저쪽 측면 입구를 들락날락하는 흰색의 보를 언뜻 본 것도 같았다. 원자핵 주위를 도는 전자들처럼 아이들이 그 주위를 빙글빙글 돌고 있었다.

가수들은 서로 포옹하며 작별 인사를 했다.

클로틸은 메조뇌브 부인과 인사를 하고 싶었다. 누군가 그녀의 어깨에 손을 올렸다. 메조뇌브 부인이었다.

"잘했어, 클로틸. 앞으로 어떤 길이 우리를 기다리고 있을지는 두고 보자고. 네게는 사람들을 귀 기울이게 만드는 힘 같은 것이 있어. 이런 현상은 음악가와 청중 사이에서뿐 아니라 음악가들 사이에서도 있는 일이야. 오케스트라 안에서도 동료 연주자들의 주의를 끄는 연주자가 있지. 동료들은 그가 연주하는 소리에 자극을 받아 더 좋은 연주를 할 수 있게 되고. 그 결과 멋진 앙상블을 이룰 수 있게 되는 거야. 클로틸, 너는 이제 음악의 문을 열었어. 다음 공연부터는 이걸 시도해 봐. 관객들 중에서 억지로 혹은 주저하며 온 사람, 그냥 할 일이 없어서 온 사람들을 찾아내서 그들로 하여금 네 노래에 귀를 기울이도록 만들어 봐. 그 사람에게 잊지 못할 여행을 선사해 주는 거야!"

교회 측랑에서 보가 제일 먼저 클로틸에게 달려왔다. 그 뒤로 아이들이 뛰어왔다. 쌍둥이 막내는 엄마가 드레스를 차려입은 건 아랑곳하지도 않고 마치 마당의 사과나무에 기어오르듯 엄마에게 매달렸다. 클로틸은 아이들을 포옹하고 입을 맞추었다. 키 작은 꼬맹이들은 양팔로 번쩍 들어 올려야 했다.

앙투안은 엄마에게 어서 옷을 갈아입고 집에 가자고 보챘다.

마들렌이 말했다.

"이탈리아 노래가 제일 좋았어. 하지만 독일 노래도 정말 잘했어."

뱅상이 천천히 식구들 쪽으로 걸어왔다. 클로틸은 변함없이 잘생긴 그의 얼굴을 보고 혼자 미소 지었다. 뱅상은 엄마에게 매달려 있는 쌍둥이와 앙투안과 보를 떼어 내고서야 아내의 허리를 안을 수 있었다. 마들렌은 아빠가 엄마에게 다가오자 알아서 옆으로 비켜 주었다.

"…(…)… 어땠어?"

"…… 잘했어. 너무 뻔한 말이긴 하지만…… 어떻게 설명해야 할지 모르겠네. 나도 너무 떨려서…… 여러 번 밖으로 나가야 했어……. 혹시 내가 소리를 내거나 한 건 아니지?"

"…(…)… 아니…(…)…."

"성악 선생님과 인사 나누고 싶은데."

"그래, 인사하고…(…)… 집에 가자."

"그래, 일주일 동안 이 도깨비 같은 녀석들과 지내느라 나도 완전히 녹초가 됐어. 장인 어른과 알릭스가 밖에서 기다리고 있어."

38
알릭스의 임신

클로틸과 벵상은 서로의 눈치를 살피는 단계를 지나, '신약'을 맺은 이후부터는 다투지 않았다. 그러나 8월 공연 이후 다시 사랑을 되찾은 두 사람은 이따금씩 말다툼을 벌이기도 했다. 흔한 사랑싸움이었다. 벵상은 처음엔 겁이 났지만 조금씩 호기심을 느끼면서 마치 다른 여자에게 끌리듯 아내에게 유혹을 느끼기 시작했다. 그는 이 애매한 감정, 새롭게 그를 사로잡는 욕망이 마음에 들었다. 마치 예전의 클로틸을 배신하고 '새로운 클로틸'과 바람을 피우고 있는 것 같았다.

9월이 되어 벵상은 다시 여객기 조종사로 돌아가 3과 4분의 1일마다 식구들에게 돌아왔고, 아이들은 새 학기를 맞아 학교에 가기

시작했다. 클로틸도 개학을 맞은 학생처럼 다시 노래 연습을 시작
했다.

　클로틸은 성악 교습이 있는 날마다 메조뇌브 부인에게 가기 전에
쿠르셀 로르괴이외의 스포츠센터에 들렀다. 몇 년 전부터 등, 머리,
발바닥에 멍이라도 든 것처럼 통증을 느껴 왔다. 이제는 노래를 위
해서라도 작은 불편함이나 가벼운 통증도 그냥 참고 넘기지 않기로
했다. 세 번의 임신에 따른 후유증에서도 벗어나고 싶었다. 리히터
지진계로 측정했다면 쌍둥이를 낳을 때가 가장 큰 강진이었을 것이
다. 출산 전후로 몸이 고생을 한 것은 그렇다 쳐도, 훨씬 전부터 그
녀는 늘 잔병치레에 시달려 왔다. 어린 시절에는 야뇨증과 귀 습진
으로 고생했고, 손톱을 물어뜯는 버릇이 있었다. 사춘기에 접어들
어서는 불면증에 시달렸다. 그녀는 어머니에게 단 한 번도 그런 얘
기를 해 본 적이 없었다. 모두, 특히 아버지는 그녀가 무슨 불평이
라도 할라치면 놀라거나 짜증스러운 표정부터 지었다. 자연에게서
모든 미덕을 선사받은, 그토록 사랑스러운 아이가 불평을 한다는
건 있을 수 없는 일이었다. 이미 그때부터 주위 사람들은 그녀가 자
신들이 기대하는 이미지에 부합하지 못하면 화를 냈다.

　그러나 음악 속에서는, 특히 노래를 부르는 동안에는 '모든 것'
이 정상으로 돌아오고 명확해졌다. 그 순간들만은, 그녀의 몸과 마
음이 자신이 해야 할 일을 알고 실행에 옮겼다. 그 순간, 몸과 마음
은 마치 코끼리와 새의 공생 관계 혹은 부드러운 소라게의 몸과 그
위를 감싸는 소라 껍질의 관계가 되었다. 노래가 열어 주는 그런 순

간들을 위해서라도 클로틸은 자신의 몸에 더 관심을 기울여야 한다고 생각했다. 그래서 몸을 보살피기 시작했다. 스포츠센터에 가면 여자들이 둘씩 짝을 지어 자전거 페달을 밟거나 수영을 하거나 웨이트트레이닝 기구들을 들어 올리는 모습을 볼 수 있었다. 그러는 와중에도 그들은 쉴 새 없이 수다를 떨었다. 클로틸은 운동을 하는 동안 아무 말도 하지 않았다. 어차피 말을 할 수 없는 상태이기도 했지만, 운동에 열중하느라 너무 숨이 차서 말을 하고 싶어도 할 수가 없었다. 그저 숨을 몰아쉬고 내쉬었다. 마치 각각의 동작이 모두 노래를 위한 연습 같았다. 운동을 마친 후에는 느긋해지려고 노력했다. 스포츠센터 탈의실 거울 앞에 앉아 집 욕실에서보다 더 공을 들여 화장을 했다. 그리고 옷을 갈아입고 새롭게 변신한 모습으로 노래를 부르러 갔다.

도중에 그녀는 아니마 문디에 들르곤 했다. 알릭스와는 자주 점심을 먹었다. 9월이 끝나 가는 무렵, 그날도 둘은 식당 테이블에 마주 앉아 있었다.

고개를 숙이고 메뉴를 들여다보고 있던 클로틸이 놀라서 물었다.

"네가 와인을…(…)… 안 마시다니."

"못 마셔. 한동안은."

갑자기 클로틸의 얼굴이 굳어졌다. 클로틸의 시선은 처음엔 미소 짓고 있는 알릭스의 얼굴로 향했다가, 이윽고 그녀가 양손으로 감싸 쥐고 있는 배 쪽으로 내려갔다.

클로틸은 가방에서 급하게 노트북을 꺼내 전원을 켰다. 노트북

이 부팅되길 기다리는 동안, 클로틸은 재미있다는 듯 미소만 짓고
있는 알릭스의 눈치를 슬금슬금 살폈다.

"혹시 임신 아홉 달, 수유 여섯 달 동안 와인을 못 마신다는 그런 얘기……?
그 기간이 지나면 다시 나와 와인을 즐길 수 있을 거라는 그런?"

"그래……. 클로틸? 울어?…… 클로틸…… 질은 나보다 훨씬 더
안절부절못하고 있어. 좀 더 기다렸어야 했나? 이미 그 사람은 '내
사람'이 됐는데 그렇게 서두를 것도 없었잖아. 이렇게 한 번에 성공
할 줄 누가 알았겠어? 물론 나는 기뻐. 그러니까 그렇게 울지만 말
고……. 클로틸……."

39
성악 교습 6

메조뇌브 부인이 말했다.

"한꺼번에 너무 많은 걸 자신에게 요구하지 마. 그럼 성대가 견디지 못할 거야. 노래를 배운다는 것은 악기를 다루는 법을 배우는 것과 똑같아. 몸이 악기인 셈이지. 정말 필요한 순간에 에너지를 발산하려면 힘을 조절할 줄 알아야 해. 마음을 가라앉혀. 목소리가 많이 좋아졌어. 예전처럼 그렇게 자신을 괴롭혀 가면서 무리하게 연습하지 않아도 돼. 이제 너는 엄연한 '성악가'야. 단지 성악가가 될 '소질'이 있는 것과는 차원이 달라."

"고음은 확실히 좋아진 것 같아요. 하지만 저음은 아니에요. 저음을 내는 게 처음보다 오히려 더 어렵게 느껴져요. 노래를 하면 할수록 더 어려워요."

"네 기대치가 높아져서 그래."

"하지만 저음으로 소리를 내려고 하면 자꾸 기어들어 가는 소리가 되어 버려요. 그렇게 하지 않으면 낮은 소리를 못 낼 것 같은 기분이 들거든요."

"왜 그 소리를 그저 저음이라고 생각하는 거지? 그렇지 않아. 너는 그때마다 똑같은 생각에 사로잡히는 거야. '나는 오페라를 연습한다. 물론 좋아서 하는 거지만 그게 다는 아니다. 내가 노래 연습하느라고 보내는 시간을 정당화하려면 나는 고통받아야 한다.' 아직도 죄책감에 시달리고 있는 거야? 착한 여자 콤플렉스는 이제 좀 벗어 버리는 게 어때, 클로틸! 네가 노래를 해도 주변 사람들은 아무것도 잃을 게 없어. 무언가를 얻으면 얻었지. 아직도 모르겠어? …… 너를 그토록 의심하게 하고 괴롭게 만드는 그 '저음'은 바로 네가 평소에 말할 때 사용하는 그 목소리야!"

"…(…)… 그만 혼내세요. …(…)… 그 얘기는 더…(…)… 하고 싶지 않아요."

"한번 내가 시키는 대로 해 봐. 저음뿐만 아니라 고음도 마찬가지야. 만약 '아' 하는 소리가 잘 나오지 않으면 칠판 같은 건 옆으로 치워 버리고 그냥 '아' 하고 소리를 내 봐……."

"…(…)… 칠판은 이미…(…)… 부숴 버렸어요……."

부인은 클로틸의 말을 못 들은 체하고 말을 계속했다.

"…… 칠판을 치워 버리고 그냥 '아' 하는 소리를 내 보는 거야……. 그리고 다시 노래를 계속하면 돼. 지금 네가 겪고 있는 어려움은 바로 네가 만들고 있는 거야. 힘들어도, 그냥 말할 때처럼

'도' 하고 낮게 발음해 봐. 그런 다음 곧바로 그걸 노래로 부르는 거야. 별 생각 없이, 가볍게, 호흡에 무리가 가지 않도록."

"도."

"노래로 불러 봐."

"♬도♬."

"이번엔 그 상태로 숨을 더 깊게 들이마신 다음, 좀 더 음색을 가미해서 내보내는 거야! 음정은 그대로 유지하고……."

"♬도♬."

"잘했어. 좀 더 낮은 음은 이마에서 나는 고음과 가슴에서 나는 저음을 연결하는 연습이 필요해. 이 둘 사이를 연결해 주는 끈 같은 것이 바로 중음中音이야. 중음을 통해 고음과 저음이 서로 만나 하나가 되는 거지. 곧 알게 될 거야. 너무 고민하지 마. 이런 작은 문제 때문에 모든 게 원점으로 돌아가거나 하지는 않아. 목소리는 계속해서 변해. 그래서 프로 가수들도 고음과 저음을 연결하는 그 끈을 계속 유지하려고 꾸준히 연습을 하지 않으면 안 되는 거야."

"처음에는 그 음정들을 부를 때 아무 어려움이 없었는데 지금은 왜 이렇게 겁이 나는지 모르겠어요."

"겁난다는 말은 이제 다시 듣고 싶지 않아! 네 느낌일 뿐이야. 뒤로 물러서지 마! 낮은 음정을 부를 땐 그냥 높은 음이라고 생각해. 그럼 제대로 소리가 나올 거야! 클로틸, 오늘 너무 지쳐 보여."

"운동을 너무 무리해서 했나 봐요……. 그리고 알릭스가 임신했다는 말을 들었어요……. 그것 때문에 집중이 안 돼요. 거기까지는 아직 상상해 본 적이 없거든요……."

"그래서 기뻐?"

"기쁜 정도가 아니에요. 너무 좋고 행복해서 심지어 혼란스럽고 당혹스러운 기분까지 드는걸요."

"…… 기뻐할 일이 하나 더 있어. 1월 1일에 공연이 잡혔어……. 가수가 열 명 정도 참여할 거야. 모두 프로고 내 제자들이야. 최고로만 선별했어. 너도 잘할 거라고 믿어. 오늘 수업은 이 정도로 끝내자. 고음과 저음이 어떻다느니, 알렉스가 임신을 했다느니, 마음이 너무 어수선한 것 같아. 이제 그만 가 봐."

40
아버지의 편지

그로부터 몇 주가 지난 일요일, 클로틸은 아이들을 데리고 이자벨의 집에 놀러 갔다. 뱅상은 연수를 떠나고 없었다. 조종사들이 정기적으로 받아야 하는 연수였다.

클로틸의 아이들과 이자벨의 두 아들이 보가 주의 깊게 지켜보는 앞에서 뛰어노는 동안, 두 사람은 낙엽들을 긁어모아 담장 구석에 쌓는 일을 했다. 두 사람이 일을 마치고 갈퀴를 제자리에 갖다 놓으려는데, 아이들이 우르르 몰려와 깔깔거리며 산처럼 쌓아 놓은 낙엽 위로 몸을 던지기 시작했다! 애써 끝낸 일이 모두 허사가 되는 순간이었다. 두 사람은 무너진 피라미드를 다시 쌓지 않으면 밥을 주지 않겠다며 엄포를 놓고 아이들에게 갈퀴를 쥐어 주었다. 아이들이 일을 하는 동안, 두 사람은 집 안으로 들어가 말과 글로 수다를 떨었다. 아이들은 일을 끝낸 덕에 저녁을 얻어먹을 수 있었다.

클로틸은 작별 인사를 하며 이자벨에게 1월 1일 공연 초대장을 줬다. 르베이즈의 집으로 돌아가는 길에 물레방앗간에 들러 아버지에게도 초대장을 줬다.

아버지는 거의 매일 클로틸에게 이메일을 썼다. 역시 완벽한 인공위성을 만들려고 애쓰던 과학자 출신 물레방앗간 주인다웠다. 초반에는 거의 비난에 가까운 말들만 써 보내던 그도 변하기 시작했다. 특히 8월의 첫 공연이 끝난 이후 9월 초에 접어들면서 말투뿐만 아니라 주제도 조금씩 달라지기 시작했다. 클로틸은 점점 길어지는 그의 이메일에 답장을 쓰느라 하루에 한 시간 이상을 컴퓨터 앞에 앉아 있어야 했다. 클로틸은 자신의 희귀한 증상이 딸의 장래를 평범한 가정주부로 결론 내린 아틸레르 씨를 다시금 혼란스럽게 했다는 것은 이미 알고 있었다. 그러나 그녀의 침묵이 아틸레르 씨로 하여금 아내의 '천성적인 침묵'을 다시 생각하게 만들었다는 사실은 뒤늦게 깨달았다. 그는 클로틸의 증상이 일깨우는 기억들을 똑바로 대면할 자신이 없었던 것이다. 그리고 곧, 죽은 아내가 이메일의 중요한 주제가 되었다.

"알고 있니? 나는 단 한 번도 네 엄마에게 첼로를 그만두라고 한 적이 없다. 단 한 번도. 물론 첼로를 계속하더라도 쉽지 않았을 거라는 건 안다. 내가 오랫동안 집을 비우는 일이 잦았으니까. 나를 따라다니든지 집에 있든지 그건 네 엄마 자유였다. 하지만 둘 중 하나를 선택해야 할 때마다 네 엄마는 집에 머무는 편을 택했다. 내가 집에 자주 있지 못하니 엄마라도 네 곁에 있어 줘야겠다고 생각한 거지. 네 엄마는 널 방과 후 시설이나 누군가에게 맡기는 걸 원치 않았어. 한번은 이제 막 데뷔를 한 네 엄마에게 좀 더 전문적으로 연주 생활을 해 보라고 격려한 적이 있다. 그때 네 엄마는 나를 위선자라고 몰아세웠다. 틀린 말도 아니야. 그러고 나서 첼로 연주가 점점 뜸해지더니 급기야 이렇게 말했다. "이 첼로 당신 가져요." 마음이 아팠지만 내가 그때 뭘 할 수 있었겠니? 알고 있니? 우리가 처음 만나게 된 것도 그 첼로라는 악기 덕분이야. 네 엄마는 내게 한 달에 한 번씩 첼로를 가르쳐 주던 선생의 조수였어. 각설하고, 네 엄마는 조금씩 첼로를 멀리하기 시작했지. 하루아침에 그만둔 게 아니야. 네가 막 걸음마를 시작할 때부터 아마 세 살쯤 되었을 무렵까지였을 거야. 그러고는 더 이상 첼로를 연주하지 않았지. 혹시 엄마가 첼로 연주하는 거 들어 본 기억이 있니? 아마 없을 거야. 그때부터 피아노를 치기 시작했어. 괜찮다고, 그렇게 지내는 편이 좋다면서. 그 문제에 대해서 딱 한 번 둘이 얘기를 나눈 적이 있다. 네 엄마는 두 가지 일을 한꺼번에 잘 해낼 자신이 없다고 했어. 너를 키우면서 이제 막 데뷔한 첼리스트로서 살아갈 자신이 없다고. 하지만 네 엄마는 단 한 번도 자신을 피해자라고 생각해 본 적이 없어. 그런 건 질색하는 사람이었거든. 그건 단지 자신의 선택이라고 했어. 음악은 다른 식으로 해도 된다고."

아틸레르 씨는 밀가루와 먼지로 가득한 물레방앗간에 앉아 이메일을 쓰다가 컴퓨터를 망가뜨리고 말았다. 컴퓨터가 천식에 걸린 셈이었다. 이메일을 쓰지 않고는 하루도 견딜 수 없다는 걸 알게 된 그는 곧장 쿠르셀 로르괴이외로 달려가 새 컴퓨터를 사 들고 왔다.

"네가 물었지. 아빠가 항상 집을 비우는 상황에서 그럼 엄마랑 네게 다른 선택의 여지가 있었겠느냐고. 글쎄…… 방법이 있지 않았겠니? 내가 위선적이었다는 건 인정하지만, 만약 네 엄마가 첼리스트의 길을 가겠다고 결정했다면 나도 도왔을 거야. 가령, 내가 식구들을 보러 좀 더 자주 집에 들른다든가, 집에 유모를 둬서 네 엄마가 자유롭게 외출할 수 있게 하든가! 하지만 네 엄마는 음악가로 사는 건 취미로 음악을 즐기는 것과 다르다고 말하더군. 여행도 자주 다니고 밤늦게까지 연습도 해야 하니까. 그럼 너에 대해서도 그만큼 신경을 덜 쓸 수밖에 없다는 거지. 네 엄마는 그걸 원치 않았어. 그래서 그런 결정을 내렸던 거야."

클로틸은 아버지의 말을 이해했다.

"네 엄마는 친구는 많지 않았지만 매우 가까운 친구가 몇 있었다. 엄마가 가장 가깝게 지냈던 두 사람, 기억하니? 한 사람은 서예에 푹 빠져서 일본에 가서 살았지. 처음엔 왔다 갔다 하다가 일본에 머무는 기간이 점점 길어지더니 결국 거기에 눌러앉은 거야. 네 엄마가 그 친구를 보러 일본에 가서 2주 동안 지내다 온 적이 있다. 네가 여름학교에 가 있었을 때, 기억나니? 다른 한 친구는 교통사고로 세상을 떠났다. 네 엄마가 암 진단을 받기 5년 전이었다……. 나는 네 엄마가 날 만나지 않았더라면 어떻게 됐을까 생각해 보곤 한다……. 좀 더 엄밀하게 말해서, 네 엄마의 운명이 내 운명과 겹치지 않았다면 어떻게 됐을까. 다른 남자와 결혼했더라도 같은 선택을 했을까? 딸로서 엄마에 대해 어떤 기억이 남아 있는지 얘기해 주겠니?"

클로틸은 어머니의 몸짓, 그 몸짓 속에 깃들어 있던 침묵, 그리고 그녀가 집 안의 물건이나 화초 따위를 돌보던 모습을 기억했다. 어머니는 늘 신중하고 우아하게 행동했다. 클로틸은 어머니와 함께 요리를 하곤 했다. 어머니는 단 한 번도 속 깊은 얘기를 털어놓은 적이 없었다. 목소리 한 번 높인 적도, 문 닫는 소리, 의자 끄는 소리 한 번 크게 낸 적도 없었다. 클로틸은 어머니가 첼로를 '매우 잘' 연주한다는 걸 알고 있었다. 그러나 어머니에게 왜 첼로를 더 이상 연주하지 않는지 물어보지 않았다. 어린 나이에도 왠지 그 질문은 해서는 안 될 것 같다는 느낌이 들어서 감히 물어볼 엄두를 내지 못했다. 클로틸은 어머니가 아버지에게 준 첼로를 손질하던 모습을 기억했다. 줄을 갈고 공들여 광택을 내고 세심하게 조율을 한 다음 몇 소절을 연주해 보곤 했다. 물론 조율이 잘됐는지 확인하는 정도였다.

음악과 음악사에 대한 지식이 해박했던 어머니는 클로틸과 달리 현대음악에도 관심이 많았다. 어머니는 하루 중 시간을 정해 놓고 혼자 음악을 '감상했다'. 두 친구가 떠나 버리고 클로틸도 대학에 가고 난 후부터는 남편이 없는 날이면 거의 하루 종일 음악만 들었던 것 같다. 어머니가 세상을 떠나고 이웃들이 해 준 말이었다.

"기억하니, 클로틸? 네 엄마가 공연 보러 가는 걸 얼마나 좋아했는지? 표를 구하려고 2년을 넘게 기다려야 할 때도 개의치 않았단다. 프랑스 전국을 누비는 것도 모자라 빈, 밀라노, 런던까지 가서 공연을 보곤 했지. 기억하니? 가족들 표를 구하지 못했다고 네 엄마가 공연을 포기한 적은 없었어. 혼자서라도 보러 갔지. 그렇게 자신만을 위한 시간을 보낸 거야. 기억하니? 암 말기에 접어들자 네 엄마는 음악을 들을 힘조차 없었지. 네 엄마가 견딜 수 있던 소리는 강물 흐르는 소리뿐이었어."

물론 클로틸은 기억했다.

클로틸의 가족은 정기적으로 공연을 보러 다녔다. 어머니가 제안하고 준비를 도맡았다. 클로틸은 공연장에서 듣게 될 음악보다는 옷을 차려입은 어머니의 변신에 더 관심이 많았다. 공연장에 갈 때면 어머니는 귀부인처럼, 여성스러운 옷을 입었다. 하이힐을 신고 눈과 입술에 화장을 하고, 진주 귀걸이와, 역시 같은 진주로 만든 펜던트가 달린 목걸이를 했다. 클로틸은 공연장에 가는 길에 어머니, 아니 그 여성과 나란히 걷는 것을 좋아했다. 클로틸은 사람들이 '두 사람'을 쳐다보는 게 자랑스러웠다. 아버지는 항상 두 사람으로부터 조금 떨어져서 걸었다. 클로틸은 표를 한 장밖에 구하지 못한 어머니가 예쁘게 치장을 하고 밤에 혼자 집을 나서는 모습을 보며 속상해 하던 기억을 떠올렸다.

어느 날 저녁, 세 식구가 함께 공연을 보러 가려고 준비하고 있는데 아틸레르 씨의 직장 동료가 아내와 아이들까지 데리고 집에 찾아왔다. 비행기가 12시간 연착되어 하룻밤 머물 곳이 필요하다고 했다. 아이들 중에 클로틸 또래의 여자애가 있어서 클로틸은 아빠와 함께 집에 남아야만 했다. 아틸레르 씨는 아내가 다음과 같이 말해 주길 은근히 기대했다. "할 수 없죠 뭐. 공연은 포기해야죠. 뭔가 먹을 것 좀 내올게요." 그러나 어머니의 입에서 나온 말은 "그럼 이따 봐요."였다.

클로틸은 그토록 예쁘게 옷을 차려입고 자기를 그 멍청하고 재미없는 계집애와 함께 집에 남겨 둔 채 혼자 집을 나서는 어머니를 죽도록 원망했다. 클로틸은 아버지에게 보내는 이메일에 그날 일을 쓰면서 혼자 웃었다. 어머니의 목소리가 다시 들리는 것 같았다. "그럼 이따 봐요." 아버지와 딸은 어이가 없다는 표정으로 모자 쓴 어머니가 미소를 지으며 문 밖으로 사라지는 모습을 바라만 보았다.

클로틸이 언어학 공부를 위해 집을 떠나자, 어머니는 여러 공연장에 회원으로 가입했다. 아버지는 연구를 위해 대부분 외국에 가 있었으므로 어머니는 혼자서 공연을 보러 다녔다.

"어머니와 함께 나눈 대화 중에 특별히 아버지에게 말해 줄 만한 내용이 없네요. 서로 얘기는 많이 했지만, 엄마가 당신 자신에 대해 얘기하는 건 들어 본 적이 없어요. 어머니는 내게 자주 속 얘기를 털어놓게끔 만들어 놓고서 정작 당신의 속 얘기는 하지 않았어요. 그럴 기회가 올 때마다 화제를 딴 데로 돌리곤 했죠. 그게 겸손함이었는지 자존심이었는지는 모르겠어요."

아틸레르 씨는 이메일을 다음과 같은 말로 끝맺었다.

"1월 1일 공연에 가마. 네 입에서 나오는 그 디바의 목소리가 여전히 내겐 낯설다. 네 말하는 목소리를 듣고 싶다는 마음만 더 간절해져. 어쨌든 네 목에서 뭔가 소리가 나오는 거잖니. 그게 뭐든 간에."

41

크리스마스 푸가

크리스마스 아침. 클로틸의 식구들은 서로 선물을 교환했다. 뜯겨진 포장지와 리본이 공중으로 날아오를 때마다 아이들의 환호성이 울려 퍼졌다. 그 사이 지쳐 보이던 보도 다시 젊음을 되찾은 것 같았다. 작은 강아지처럼 숨을 헐떡거리며 아이들 사이를 껑충껑충 뛰어다녔다. 그 순간만은 자기 몸뚱이가 얼마나 크고 무거운지 잊어버린 것 같았다.

그토록 넓은 거실에서, 클로틸과 벵상은 소파 한구석에 앉아 있었다. 크리스마스트리 밑에 놓아 둔 선물이 하나씩 개봉될 때마다 아이들과 보가 어찌나 난리법석을 피워 대는지 조금씩 밀려나서 그곳까지 피신하게 된 것이었다.

식구들은 정신없이 어질러진 집에서 파자마 차림으로 늦은 아침을 먹었다. 집 안에서 꼼지락대던 아델과 다비드가 옷을 갈아입으러 뛰어가자 보가 그 뒤를 쫓아갔다……. 크리스마스는 이걸로 끝인가?

그게 다는 아니었다. 벵상은 클로틸에게 향수 하나와 스카를라티의 소나타 스물다섯 곡이 실린 악보집을 선물했다. 클로틸은 미소 지으며 악보를 넘기다가 자신이 아직 연주해 보지 못한 소나타 한 곡을 골랐다. 그녀는 그 곡을 오늘 중으로 한번 쳐 봐야겠다고 생각했다.

벵상이 말했다.

"놀리지 마! 피아노 악보 고르느라 머리 아파 죽는 줄 알았어. 당신이 스카를라티 곡을 연주하는 걸 들어 본 적이 없는 것 같아서 고른 거야. 노래 악보를 살까도 생각해 봤지만 그쪽으로는 완전히 문외한이라서. 그런데 뭐가 그렇게 웃겨?"

그는 클로틸의 어깨에 팔을 두르고 자기 쪽으로 끌어당겼다.

눈구멍이 두 개 뚫린 상자를 뒤집어쓰고 있던 앙투안이 갑자기 벌떡 일어섰다. 남자 골격을 갖추기 시작한 몸이 길고 가느다란 뱀처럼 보였다. 앙투안은 다정하게 앉아서 얘기를 주고받고 있는 엄마와 아빠 쪽으로 다가왔다. 엄마 아빠의 다정한 모습에 기분이 좋아진 것일까? 그게 전부는 아니었다.

앙투안은 뻣뻣한 자세로 몸을 꼿꼿이 세우고 무거운 표정으로 엄마와 아빠가 앉아 있는 곳으로 걸어왔다. 그 뒤로는 방금 벗어 던진 상자가 나뒹굴고 있었다.

클로틸은 만약 말을 할 수 있었다면 다음과 같이 물었을 것이다. "무슨 계시라도 받은 거니, 앙투안? 유령이라도 본 거야?" 앙투안은 엄마에게 방금 선물 받은 악보집을 보여 달라고 했다. 앙투안은 작곡가의 초상화를 한참 동안 들여다보았다. 그리고 악보를 대충 넘겨 보더니 클로틸에게 돌려주었다. 앙투안은 스카를라티의 초상화를 보고 자신이 궁금해 하던 것에 대한 답을 찾았다는 표정으로, 앞으로는 피아노를 치지 않겠다고 선언했다. "다시는 피아노 안 칠 거야. 피아노는 여자애들이나 치는 거야."

클로틸이 노트북에 타이핑을 했다.

"그게 무슨 바보 같은 소리야. 이 악보집 표지에 있는 도메니코 스카를라티는 평생 동안 클라브생(쳄발로—옮긴이)을 연주했어. 스카를라티는 여자가 아니었잖아."

"여자 같은 머리를 하고 있잖아."

클로틸은 타이핑을 마치면 노트북 화면을 앙투안 쪽으로 돌려 주었다. 앙투안은 엄마가 쓴 문장을 다 읽으면 다시 노트북을 엄마 쪽으로 돌려 주었다.

"네 나이에 설마, 당시의 '유행'을 모르고 그런 말을 하는 건 아니겠지?"

"……"

"…… 피아노를 더 이상 치고 싶지 않으면 그만 쳐도 돼. 대신 무슨 악기를 하고 싶니?"

"다 싫어."

"좋아. 그럼 솔페지오를 하면 되겠네. 새로 오신 솔페지오 선생님이 아이들을 어떻게 가르치는지 설명해 줬어. 선생님 말씀대로라면 네가 지루해 하거나 할 일은 없을 거야. 평범한 선생님이 아니거든. 선생님이 수업 중에 옆에 있던 커다란 트렁크를 열어 보여 줬는데 그 안에 전 세계 타악기가 다 들어 있더라. 신기한 악기가 너무 많아……. 아이들이 리듬에 맞춰서 춤을 추고 긴 소리, 짧은 소리도 연습하고, 재밌겠더라. 노래도 가르쳐 준대……."

"솔페지오는 이미 배웠어. 노래도 별로 부르고 싶지 않아!"

"노래는 원하지 않으면 안 불러도 돼. 하지만 솔페지오도 여러 단계가 있어. 너는 이미 실력이 좋으니까 가장 어려운 반에 등록하면 될 거야."

"솔페지오 배우는 것도 싫고, 다음번 엄마 공연도 보러 가고 싶지 않아."

"공연을 보러 오고 안 오고는 네 자유야. 하지만 네가 솔페지오도 안 배우고 음악도 관두겠다고 하는 건 받아들일 수 없어. 음악은 계속 공부해야 돼. 음악은 단지 예술의 한 형식이 아니야. 네 생각과 감정을 자극하고 살찌워 줄 뿐 아니라, 네게 뭔가를 배우고 듣는 자세를 길러 주기도 해. 너를 교육하는 건 부모로서 내 의무야. 그중에서 음악은 필수과목인 셈이지."

앙투안은 마치 입술 끝으로 뭔가를 마시는 듯한 자세로 고개를 꼿꼿이 든 채 미심쩍은 표정으로 눈을 내리깔고 엄마의 글을 읽었다.

"아빠는 어떻게 생각해?"

"그 부분에 관한 한 엄마가 전적으로 옳다고 본다."

앙투안은 엄마 쪽으로 고개를 돌리며 말했다.

"나는 엄마 치마가 싫어."

"결국 유행과 관련이 있는 문제였구나. 어떤 치마를 말하는 거니?"

"공연 때 입은 드레스."

그렇게 말한 후 앙투안은 돌아서서 가 버렸다. 아까보다는 덜 뻣뻣했지만 여전히 건방진 태도로.

당혹스러워진 벵상은 클로틸의 어깨를 감싸고 있던 팔을 풀었다.

"방금 앙투안이 한 행동을 뭐라고 부르면 좋을까?"

"선전포고? 질투? …… 사춘기? 그런 것 중 하나겠지."

마들렌은 피아노 밑에 연극 무대를 만들고 있었다. 곁눈질로 딸을 살피던 클로틸은 마들렌이 자신들의 대화를 한 마디도 놓치지 않고 듣고 있다는 것을 알았다.

클로틸은 피아노 앞에 앉았지만 노래를 부르지는 않았다. 갑자기 그럴 용기가 사라졌다. 그 대신 1월 1일 공연 때 부를 곡의 반주를 연습했다. 헨델의 〈리날도〉에서 뽑은 아리아 〈사랑하는 신부여〉와 비발디의 오페라 아리아 〈오라, 오라, 그리운 이여〉. 앙투안은 그 사이 키가 더 컸다. 걷는 자세도 달라졌다. 볼은 홀쭉하게 들어가고, 올해 들어서는 머리칼도 점점 갈색으로 변하기 시작했다. 앙투안은 지금 자기 방에서 혼자 무슨 생각을 하고 있을까?

막내 쌍둥이들은 밖에 비가 오건 바람이 불건 아랑곳없이 보와 함께 마당에서 뛰어놀고 있었다. 진눈깨비가 날리기 시작했다. 하늘로 고개를 젖히고 진눈깨비를 받아먹으면서 곧 눈이 내리길 기다리는 것도 지쳤는지, 아델과 다비드는 나무 위로 기어오르기 시작했다. 우물쭈물 내리지 않는 눈과 싸움이라도 하려는 듯 더 높이, 더 높이 기어올랐다. 보는 아이들이 행여 나무에서 떨어질까 봐, 마치 나무에 열린 겨울 열매라도 따려는 듯 그 밑을 팔짝거리며 뛰어다녔다. 아이들이 와자지껄 웃는 소리가 들렸다. 클로틸은 앙투안도 동생들처럼 그렇게 웃었으면 좋겠다고 생각했다. 몇 달 후면 열두 살이 될 터였다. 상자 따위를 뒤집어쓰고 보내는 크리스마스도 이번이 마지막일 것이다.

아델과 다비드는 고개를 젖히고 뛰어다니며 하늘에서 떨어지는 진눈깨비를 받아먹었다. 진눈깨비가 마침내 눈으로 변했다. 집 안과 밖에 걸려 있는 크리스마스 전구에 불이 들어왔다. 앙투안과 마들렌도 동생들과 보가 뛰놀고 있는 마당으로 나갔다.

옷을 갈아입은 클로틸은 거실 한가운데에 서서 창밖에서 벌어지는 광경을 바라보았다. 거실에는 아직도 상자와 포장지 등이 어지럽게 널려 있었다. 또 한 번의 크리스마스가 이렇게 추억에 자리를 내주고 있었다. 클로틸은 거실 정리를 좀 미루기로 했다. 의자를 베란다 창 앞으로 끌어다 놓고 앉아서 마당 풍경을 바라보았다. 보는 마치 점묘법으로 그림을 그리듯 하얀색 동그라미를 그리며 빙빙 돌고 있고, 아이들은 벌써 색색의 썰매를 들고 나왔다. 하늘에서는 점점 굵은 눈발이 흩날렸다. 닫아 놓은 거실 창 너머로 희미하게 새어 들어오는 아이들의 웃음소리를 들으며 그 광경을 지켜보면서도 클로틸의 머릿속은 앙투안 생각으로 가득 차 있었다. 마치 한 손가락으로 두 박자 동안 건반을 누르면서, 동시에 나머지 손가락으로 다른 음을 연주하는 것과도 같았다. 이번엔, 이제 다 컸다고 엄마 쪽으로는 눈길 한 번 주지 않고 마당에서 뛰어놀던 앙투안이 엄마에게 먼저 다가올 차례였다.

금세 눈이 쌓이기 시작했다. 거실 창 너머로 들려오는 아이들의 와자지껄한 웃음소리에 맞춰 시간이 참 잘도 갔다. 클로틸이 식구들을 위해 바닐라 뷔슈(크리스마스 때 먹는 장작 모양의 케이크—옮긴이)와 핫초콜릿을 준비했을 때는 아직 오후였는데도 조금씩 해가 기울고 있었다. 클로틸이 부엌에서 간식을 준비하고 있는데, 앙투안이 들어와서 옆으로 오더니 말없이 엄마 어깨에 손을 얹었다. 그것만으로도 충분했다. 클로틸은 앙투안을 안아 주었다.

"도와줄래?"

"응. 엄마, 말하기 전에 숨을 들이쉬지 않았어. 억양도 생기고."

"…(…)… 그러게."

아이들이 정신없이 간식을 먹어 대느라 조용해진 순간, 낮잠에서 깬 벵상이 느린 걸음으로 다가왔다. 테이블 끝에 앉아 한입에 간식을 먹어 치운 벵상은, 접시를 물리고 나서 일어서며 눈사람을 만들자고 제안했다. 아이들이 환호성을 질러 댔다.

"클로틸, 사진 좀 찍어 주겠어?"

클로틸은 벵상이 '수도사의 망토'라고 부르는 커다란 모자가 달린 어두운 색 망토로 단단히 무장하고, 한 손에는 비디오 겸용 카메라를 들고 마당으로 나갔다. 그녀가 셔터를 한 번씩 누를 때마다 즐거운 장면들이 과거의 한순간으로 고정됐다. 클로틸은 카메라 모드를 비디오로 바꾸었다. 얼굴을 가린 망토 모자가 비디오 렌즈 주위로 흩날리는 눈을 막아 주었다. 그녀의 크고 어두운 실루엣이 남자와 아이들과 개 주위를 돌며 동영상을 촬영했다. 클로틸은 흐르는 필름 속에 식구들의 목소리와 움직임을 기록했다. 보와 마들렌이 피사체 범위를 벗어났다.

　무한한 침묵의 틈 사이에서 길을 잃은 단 하나의 음표로 이루어진 음악이 존재할 수 있을까? 그런 게 있다면 바로 사진 아닐까? 사진 속 이미지란 우리의 상상력이 슬픔과 행복, 진짜 혹은 꾸며 낸 경험들을 끄집어내는 틈 같은 것이 아닐까? 혹은 바닥없는 우물, 박자도 리듬도 음자리표 하나 없는 음표 같은 것?

　한 장의 사진은 아무것도 말해 주지 않는다. 아니, 너무 많은 말을 하는 건지도 모른다. 어쨌든 만약 집에 불이 난다면 신분증이나 악보보다 아이들을 찍은 사진과 필름을 제일 먼저 챙길 것이다. 안방 입구에 걸려 있는 아이들 사진과 어머니 사진을 제일 먼저 들고 나갈 것이다. 제정신이 아니라고 해도 상관없다.

　클로틸은 엄마로서, 그리고 딸로서 그 사진들을 간직하고 싶다. 이따금씩 그 사진들을 넘겨 보며 다시는 돌아오지 않을 그 순간들을 머릿속에 각인시키고 싶다. 방금 낮잠을 깨서 아직 꿈속을 헤매

듯 먼 곳을 바라보는 눈빛, 고사리 같은 손, 입가와 머리카락에 묻은 요구르트 자국. 모두 자기 눈으로 보고 손으로 찍은 장면들이다. 이미 지나간 시간이지만 그 시간은 모두 클로틸에게 속해 있었다.

벵상은 현관에 걸어 둔, 아이들이 태어나기 전에 둘이서 찍은 사진과 아코디언처럼 접었다 펼 수 있는 앨범을 들고 나갈 거라고 했다. 그 앨범 속에는 조금씩 집이 완성되어 가던 모습을 순서대로 찍은 사진들이 담겨 있다.

클로틸은 조금씩 완성되어 가는 눈사람을 카메라에 담았다.

사진을 찍으면서 그녀는 목소리를 잃어버리기 전날 밤, 그러니까 아직 그녀가 노래를 시작하지 않았던 그날 밤을 떠올렸다. 벵상은 그때 비행기를 타고 하늘을 날고 있었고, 아이들은 잠들어 있었다. 클로틸은 문득 사진을 보고 싶었다. 그녀는 아이들이 태어나서 두 살 무렵이 될 때까지 찍은 사진들이 담긴 앨범을 펼쳤다. 그녀의 손은 마치 뒷걸음질을 치듯 앨범을 넘겼다. 앨범을 넘기는 그녀의 손은 뭔가에 중독된 사람마냥 사진들을 탐했다. 초콜릿이나 와인, 포커, 마약을 탐하듯, 욕망에 이끌린 손이 타인의 몸을 탐하듯.

클로틸은 믿기지 않는다는 표정으로 아이들이 갓난아기였을 때 찍은 낡은 사진들을 봤다. 그렇게 사진들을 한참 들여다보고 있다가 정신이 들면, 다행히 아주 가끔이긴 했지만 마음 한구석에 금이 가는 듯한 느낌에 사로잡힐 때가 있었다. 그러나 음악은 단 한 번도 그녀에게 그런 기분을 안겨 주지 않았다. 그날도 그런 기분에 사로잡혀 있던 클로틸은 가라앉은 몸과 마음을 추스르고자 바흐의 푸가 중 한 곡을 들었다. 왜 푸가였을까? 푸가는 무언가를 연결해 주는 곡 형식이기 때문이다.

각각의 다른 성부가 서로를 차례로 모방하며 연이어 연주되는 곡 형식. 일정한 규칙에 따라 같은 주제가 계속해서 반복된다. 주제, 대對주제, 응답 등 다양한 성부가 서로에게 대답하는 형식으로 교차 연주된다.

사람들은 흔히 바흐의 〈푸가의 기법〉을 눈으로 듣는 음악이라고 말한다. 그 현란한 기교 때문이기도 하지만 첫 대위적對位的 성부에서 나타난 주제의 모든 가능한 변형을 차례대로 펼쳐서 보여 주기 때문이다. 그렇게, 클로틸은 지난 시절의 사진들이 열어 놓은 괄호를 바흐의 푸가로 다시 닫을 수 있었다.

Coda

크리스마스가 그렇게 마무리되고 있었다. 사진을 충분히 찍었다고 생각한 클로틸은 차가운 공기에 몸을 떨며 가족들과 눈사람을 내버려 두고 걷기 시작했다. 그녀는 카메라를 캥거루 아기 주머니처럼 생긴 망토 앞주머니에 넣고 숲을 향해 걸었다.

그녀는 숲의 풍경 속에 흐릿한 옛날 흑백사진처럼 홀로 서 있었다.

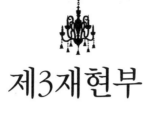

제3재현부

recapitulation

"넌 이제 프로 오페라 가수가 된 거야."
그녀의 가슴속에서 폭죽 터지는 소리가 들리는 것만 같았다.
그녀는 드디어 '누군가'가 된 것이다.

01
향유고래와
쉬쉬 부인의 향수

산책을 마치고 돌아온 클로틸은 완성된 눈사람의 사진을 찍었다. 팔이 있어야 할 자리에 헐벗은 나뭇가지를 꽂고 선 눈사람은 하루뿐인 영광을 누리고 있었다. 한쪽 팔은 이미 떨어져 나가고 없었다. 크리스마스 전구 불빛 아래 서 있는 괴상한 모습의 지휘자 같았다. 클로틸은 저녁을 준비하러 갔다. 아이들은 아빠와 함께 아침에 포장만 풀고 내버려 둔 장난감들의 작동 방법을 연구하고 있었다.

알릭스와 질이 집에 찾아왔다. 질이 선물을 안고 들어오자 아이들은 다시 한 번 시끌벅적 난리를 피웠다.

마들렌은 아로마 연고를 만들 수 있는 기본적인 도구를 선물 받았다. 알릭스가 마들렌을 위해 특별히 만든 것이었다. 나무 상자는 질이 직접 만들었다. 마들렌과 알릭스는 나란히 앉아 각각의 재료를 어느 정도 비율로 첨가해야 하는지 소곤소곤 얘기를 나눴다.

알릭스는 마들렌에게 냉침법冷浸法으로 연고를 만드는 방법을 가르쳐 주겠다고 했다. 그 방법대로 하면 향이 나는 연고를 만들 수 있을 거라고 했다. 다른 아이들도 장난감을 내팽개치고 두 사람 쪽으로 다가왔다.

알릭스가 말했다.

"먼 옛날 사람들은 아마도 고추나 풀잎 같은 향료를 기름 속에 첨가하는 과정에서 지방질이 식물의 향을 흡수한다는 사실을 알았을 거야. 그렇게 해서 우리의 먼 조상들은 꽃을 기름이나 유지 속에 담가 두는 법을 배운 거야. 그것을 오랫동안 햇빛 아래 두면 꽃과 기름이 서로 잘 섞여서 기름 속에 향이 충분히 배어들지. 그런 후에 천으로 지방분만 걸러 내는 거야. 나중에는 그렇게 얻은 크림을 순수한 알코올로 처리하는 방법도 발견했지. 알코올 역시 향을 잘 흡수하는 성질이 있다는 걸 알게 된 거야."

알릭스가 설명을 마치자마자 다비드가 졸라 댔다.

"향유고래와 쉬쉬 부인의 향수 얘기 또 해 줘요!"

"좋아. 여러 번 들어서 다 아는 얘기겠지만! 용연향龍涎香은 잘 날아가 버리거나 쉽게 변하는 향을 고정시키는 데 사용하는데, 원래는 먹이로 삼킨 오징어나 낙지의 주둥이에 상처를 입은 창자벽을 보호하려고 향유고래 몸에서 분비되는 치료제 혹은 진통 물질 같은 거야. 어느 날, 매우 늙은 향유고래 한 마리가 세상을 떠났어. 죽은 향유고래의 몸은 바다 속으로 흡수되어 녹아 버렸지. 몸통도, 상처 난 창자도 다 없어지고 향유고래 몸에서 남은 것이라곤 그 용연향 뿐이었어. 물보다 가벼운 용연향은 바다 위를 떠돌아다니다 사람들에게 발견됐지. 향수 만드는 사람은 용연향을 햇볕에 말렸어. 생선 냄새가 섞여 있었으니까. 영리하고 참을성 많은 사람이었지. 몇 달을 참고 기다리자 마침내 그 흐물흐물한 물질에서 향이 나기 시작했어. 바다 냄새와 차 냄새가 섞인 듯한 향이었지. 그 사람은 그걸 순수한 알코올 속에 담가 두었어. 다시 몇 달을 참고 기다린 끝에 드디어 용연향을 얻을 수 있게 된 거야. 향유고래의 상처 난 창자 속에서, 파리의 쉬쉬 부인 가게의 변덕스러운 향수들을 길들이고 고정할 수 있는 향이 탄생한 셈이지……."

마들렌이 물었다.

"일테면 죽음의 냄새 같은 거예요?"

"아니, 그 반대야. 바다의 냄새지."

질과 클로틸의 눈이 마주쳤다.

아이들은 "얘기 더 해 줘요!" 하며 졸라 댔다. 알릭스는 이번엔 해리향海狸香 이야기를 시작했다. 쉬쉬 부인의 향수 가게에 도움을 준 용연향이 향유고래의 창자 속에서 나왔다면, 해리향은 비버의 꼬리 근처에 있는 한 쌍의 포피선包皮腺(포유류의 음경 또는 포피 주변에 있는 분비샘—옮긴이)에서 만들어진다. 이 해리향이 쉬쉬 부인의 남편이 멋진 동물 향을 만들 수 있는 재료가 되었다는 얘기였다.

설명을 들은 다비드와 아델은 '우웩' 하며 바닥에 쓰러져 손으로 코를 그러쥐고 구역질을 참는 시늉을 했다.

"애들아, 혹시 사향노루에 대해서 들어 봤니? 부르고뉴에서 아주 멀리 떨어진 아시아의 고지대에서 살아. 프랑스의 노루와 비슷하게 생겼지. 사향노루는 배 밑에 작은 주머니를 하나 달고 다니는데 이걸 '머스크musk'라고 불러. 사향노루는 혼자 다니는 걸 좋아하고 성격도 사나운 편이야. 하지만 몸이 10킬로그램 정도로 왜소한 편이라 이 동물을 보호할 방법을 찾아야 했어. 이 동물을 멸종 위기에서 구하기 위해, 그리고 남자들이 좋아하는 향수 재료를 구하기 위해 사람들은 사향노루를 길들였어. 하지만 우리에 갇히자 사향노루는 배 밑에 그 작은 머스크 주머니를 만들지 않는 거야. 아무리 기다려도 주머니가 생기지 않았어. 그 이유를 알아보니, 야생의 사향노루가 머스크를 만드는 이유는 제 영토를 표시하기 위해서였던 거야. 그런데 우리 안에 갇히니까 군이 그럴 필요가 없었던 거지……. 향수 만드는 사람들은 다른 방법을 찾아냈지. 인공적인 합성물로 머스크 향을 재현하기로 한 거야. 그 속에 사향노루의 까다로운 성격을 고스란히 담아서 말야. 재밌지 않니? 짐승의 창자나 생식기에서 추출한 향이 가장 섬세하고 세련되고 미묘한 향들을 고정시키는 데 사용된다는 게……."

마들렌이 말했다.

"학교 선생님이 우리 머릿속의 원시적인 뇌에 대해 얘기해 줬어

요. 그 뇌가 냄새를 맡는대요. 리듬을 느끼는 것도 그 뇌라고 했어
요. 그러니까 우린 그 원시적인 뇌와 새로운 뇌를 함께 가지고 있는
셈이죠. 사람이 걸으려면 두 다리가 있어야 하듯 음악을 위해서도
두 개의 뇌가 함께 필요하다고 해요. 그래서 음악을 들으면 기분이
좋아지나 봐요."

알릭스가 물었다.

"그런데 오늘 보가 안 보이네. 어디 갔어?"

방에 올라갔다 내려온 클로틸이 말했다.

"…(…)… 보, 찾았어. …(…)…내 침대…(…)… 옆에 누워 있어.
…(…)… 지친 것 같아(속삭임)."

02
병든 보

크리스마스 다음 날, 클로틸과 뱅상은 낑낑거리며 앓는 보를 동물병원에 데려갔다. 보는 밤새 앓았다. 기침도 조금 했다. 아침에 잠에서 깬 아이들이 평소처럼 보를 쓰다듬으며 아침 인사를 하려 하자 피아노 밑으로 숨어 버렸다. 밥도 먹으려 하지 않았다.

수의사는 크리스마스의 피로가 채 가시지 않은 얼굴로 말했다.
"곧 열두 살이에요. 이미 늙었어요. 개가 아프다고 놀라시는 걸 이해할 수가 없군요. 이 정도 몸집에 지금까지 한 번도 아픈 적이 없다가 이제야 아프기 시작했다는 게 더 놀랄 일이에요!"
보는 관절 통증과 백내장 초기 증세를 보이고 있었다. 심장에도 문제가 있었다. 숨을 헉헉거리거나 기침을 하거나 자주 지치는 것도 그 때문이었다. 의사는 약을 먹이면 고통이 좀 가라앉을 거라고 했다. "하지만 너무 기대하진 마세요. 앞으로 살날이 얼마 안 남았어요."

동물병원에서 돌아온 클로틸은 공연 준비를 위해 피아노 앞에 앉았다. 그녀가 피아노 의자에 앉자마자 보가 천천히 다가와서 피아노 밑에 쭈그리고 누웠다. 마들렌은 보에게 자리를 비켜 주었다. 마들렌이 자리를 비운 틈을 타서 다비드와 아델이 피아노 쪽으로 슬금슬금 다가왔다.

"보를 혼자 내버려 둬!"

아이들이 깜짝 놀라 멈춰 섰다. 클로틸 자신도 놀랐다. 이틀 사이에 두 번씩이나 특별히 신경 써서 호흡을 하거나 별다른 노력을 기울이지 않고도 말을 할 수 있었던 것이다. 그녀의 입에서 절제되고 분명한 목소리가 나왔다. 아이들은 말대꾸할 엄두도 못 내고 곁눈질로 엄마를 보며 뒷걸음질을 쳤다. 보는 곧 잠이 들었다. 클로틸은 피아노 건반으로 화음을 맞춘 후 뱃속으로 숨을 들이마셨다. 그러나 입 밖으로 지친 목소리만 새어 나왔다. 하는 수 없이 공연에서 부를 곡을 피아노로 연주해 보는 걸로 만족해야 했다. 그러고 나서 그녀는 스카를라티의 소나타 한 곡을 연습했다.

클로틸은 좀 더 차분해진 상태로 피아노에서 일어섰다. 조금 있으면 보에게 약을 줘야 할 시간이었다. 보는 계속 잠만 잤다. 보의 옆구리가 빠른 박자로 들썩거렸다. 살아 있다는 증거였다. 클로틸은 보의 새하얀 털과 옆구리 속으로 드나드는 공기가 만들어 내는 리듬을 기억 속에 담아 두었다.

벵상이 말했다.
"소나타 마음에 들어?"
"…(…)… 당연히 마음에 들지."
"당신, 예전보다 더 길게 말했어. 그것도 여러 번."
"응…(…)…. 벵상, 보가 우릴 떠나."
"쉿……."

크리스마스 이틀 후.
벵상은 매년 떠나는 가족 여행을 다시 계획하고 있었다. 추운 르베이즈의 겨울과 유럽에서 멀리 떠나고 싶어 했다. 지난 2월에는 비행기 사고 때문에 여행을 하지 못한 터라 이번 겨울에는 꼭 떠나고 싶다고 했다.
그러나 클로틸은 병든 보를 남겨 두고 갈 수 없다고 했다. 보가 집에 있는 한 멀리 떠난다는 건 생각할 수 없는 일이었다.
다시 눈이 내리고 있었다. 클로틸은 그날도 노래 부르기를 단념했다. 12월 31일로 예정된 총리허설 전에 메조뇌브 부인과 하기로 한 마지막 연습도 힘들 것 같았다. 이자벨도 이메일로 무리하지 말라고 충고한 터였다.

클로틸은 메조뇌브 부인에게 눈이 많이 와서 연습에 가지 못하겠다는 내용의 이메일을 보냈다. 사방이 눈에 뒤덮였다고 과장했다. 클로틸은 죽음을 기다리는 보에 대해서도, 남자가 되어 가는 앙투안에 대해서도 언급하지 않았다. 두 존재가 그녀 속에 벌려 놓은 틈 사이로 노래의 흐름이 방향을 잃고 새어 나가고 있다는 말도 하지 않았다. 앞으로 앙투안과 부딪혀야 할 일이 두려운 건 아니었다. 어차피 살아 내야 할 시간이었다. 그러나 보 없이 살아간다는 것, 보가 그녀 곁에 더 이상 있어 주지 못할 거라는 상상은 참으로 낯설게 느껴졌다……

메조뇌브 부인에게서 답장이 왔다.

12월 31일 총리허설에는 반드시 와야 해. 목에 목도리 하고, 걸어서 오든, 썰매를 타고 오든. 어쨌든, 꼭 와야 돼.

03
공연

클로틸이 겁을 집어먹기 시작한 건 총리허설에 갈 준비를 하려고 거울 앞에 앉았을 때부터였다. 수면이 일렁이듯 공포가 밀려왔다. 그녀는 거울 속, 긴장으로 굳어진 얼굴을 한 여자가 가엾게 느껴졌다. 클로틸은 그녀에게 용기를 잃지 말라고 말해 주었다. 그러나 쿠르셀 로르괴이외로 가려고 집을 나서는 순간, 공포심이 그녀를 통째로 삼켜 버리고 말았다. 욕지기가 솟고 다시 왔던 길을 되돌아가거나 땅 위에 주저앉고 싶었다. 관객은 없지만 극장과 무대, 프로 가수 혹은 프로가 될 예정인 가수들이 그녀를 기다리고 있었다. 클로틸은 과연 자신이 그들 사이에 낄 자격이 있는지 의심스러웠다.

한시라도 빨리 공포심을 떨쳐 버리려고 너무 집을 일찍 나선 탓에, 클로틸은 리허설 시간보다 훨씬 일찍 시립극장에 도착했다. 근처 수영장에라도 들렀다 가야 했다. 그녀는 수영을 하며 머릿속에 가득한 시끄러운 생각들을 떨쳐 내려고 애썼다. 그렇게 어느 정도 시간이 지나자 몸이 물을 스치며 내는 잔잔하고 울림 없는 소리만 규칙적으로 들려왔다. 배경음으로, 아이들의 왁자지껄한 웃음소리가 유리로 둘러싸인 커다란 홀 안으로 반짝이며 물결치듯 퍼져 나갔다.

극장으로 가야 할 시간이었다. 클로틸은 마지막으로 잠수를 해서 풀장의 가장 깊은 바닥까지 내려갔다. 그곳에서 클로틸은 두 눈을 감고 죽은 사람처럼 온몸에 힘을 뺐다. 더 이상 위도, 아래도, 고음도, 저음도 없었다. 보글거리며 새어 나오는 조그만 공기 방울들 사이로 자신의 희미한 심장박동 소리만 들렸다. 그녀의 몸은 물과 함께 흔들리며 물살의 일부가 되어 갔다. 그녀는 물속으로 녹아 들어가는 듯한 그 기분을 즐기며 더는 버틸 수 없을 것 같은 순간까지 물 밖으로 나가지 않았다. 거의 기절할 것 같은 느낌이 들어서야 발로 바닥을 박차고 위로 솟아올랐다. 폭탄처럼 수면 위로 솟구쳐 오른 그녀는 숨을 헐떡거리며 허파 가득 숨을 들이마셨다.

한껏 멋을 부린 클로틸이 극장 안으로 들어섰다. 관객석 가운데로 난 통로를 걸어 내려갔다. 메조뇌브 부인이 무대 앞으로 나와 손짓으로 무대 뒤로 통하는 길을 가리켰다. 두 사람은 파이프처럼 좁은 복도를 따라 피아노가 한 대 놓여 있는 조그만 방으로 갔다.

메조뇌브 부인은 조금도 지체하지 않고 클로틸에게 발성 연습을 시켰다. 연습이 진행되면서 클로틸의 목소리는 쉰 소리에서 점차 울림이 있는 소리로 변해 갔다. 목소리가 어느 정도 안정되자, 클로틸은 에너지의 흐름을 한 곳으로 모으려고 노력했다. 수영을 하면서 부드러워진 몸이 고분고분하게 반응했다. 그녀의 목소리는 물속에서 수영을 하듯 앞으로 나아갔다. 그녀는 수영할 때 들리던 그 소리처럼 조용하면서도 힘찬 자신의 목소리를 들으며 노래를 계속했다. 더 높이 더 멀리, 고음을 내야 하는 순간이 오자 클로틸은 유리 천장에 부딪혀 울려 퍼지던 수정처럼 맑은 아이들의 웃음소리를 떠올렸다.

클로틸과 메조뇌브 부인이 무대로 돌아왔을 때는 피아노 조율사가 작업을 막 마친 참이었다. 메조뇌브 부인은 클로틸에게 누가 먼저 물어보지 않는 한 성악 공부를 시작한 지 1년 반밖에 안 되었다는 말을 절대 해서는 안 된다고 주의를 주었다. 그리고 클로틸을 가수들과 피아니스트에게 소개했다.

클로틸만 빼고 모두 느긋해 보였다. 가수들에게 각자의 공연 순서가 적힌 프로그램이 배포되었다. 내일 있을 공연과 정확히 똑같은 순서로 리허설이 진행될 예정이었다.

메조뇌브 부인이 말했다.

"목소리는 충분히 준비된 상태니까, 무리하지 말고 고음 부분에서 흔들리지 않게만 하면 돼. 목청을 열고 호흡은 깊게. 평소에 하던 대로만 해."

가수들 중에서 두 사람의 노래가 클로틸의 귀를 사로잡았다. 그녀는 마치 옷 가게에서 옷을 입어 보듯 그 목소리들을 흉내 내고 싶었다. 소프라노 여가수의 곡 해석이 인상적이었다. 남자 가수의 노래도 그녀를 사로잡았다. 그는 아름다운 목소리 울림에다 호흡과 발성도 완벽하게 조절했고, 보통 실제보다 느린 템포로 부르게 마련인 곡을 빠른 속도로 소화해 냈다. 덕분에 클로틸은 그 곡이 가진 새로운 면을 발견할 수 있었다.

그 두 사람 외에는 특별히 기억에 남는 가수가 없었다. 클로틸의 차례가 왔다. 반주자가 헨델의 아리아 〈사랑하는 신부여〉의 도입부를 연주하기 시작했다. 클로틸은 지난번 보가 옆에서 잠들어 있을 때 그 곡을 연주했을 때처럼 지금 자신이 직접 피아노를 치고 있다는 착각이 들었다. 손가락 끝에 건반의 감촉이 느껴질 만큼. 그녀는 숨을 들이쉰 후 노래를 시작했다. 'Ritorna ai pianti miei(울고 있는 내게 돌아와다오)'라는 대목에서 'pian' 하고 세 박자 동안 길게 음절을 늘여 부르는 순간, 클로틸은 이미 경험한 바 있는 그 기묘한 집중 상태에서 깨어났다. 그녀는 힘들이지 않고 그 고음에 도달한 후, 무리하지 않고 적절한 음정에 도달했다. 수영장 물속에 머무르던 그 순간처럼.

그러나 비발디의 오페라 아리아 〈오라, 오라, 그리운 이여〉를 부를 때에는 그 마법 같은 순간이 다시 찾아오지 않았다. 지나치게 가사에 신경을 쓴 나머지 감정이 동요되어 여러 번 목소리가 흔들렸다.

클로틸은 내일 공연에서 이 노래를 부를 때에는 절대 앙투안을 떠올리지 않겠다고 다짐했다.

'임무를 완수한' 가수들은 서로 악수를 하면서 의례적인 격려를 주고받은 후 헤어졌다.

메조뇌브 부인은 클로틸을 칭찬했다. "내일, 오늘 했던 대로만 부르면 돼. 그리고 잊어버리지 마. 관객들 중 한 명을 골라서 네 노래에 귀 기울이게 만드는 거야!"

다음 날, 1월 1일. 뱅상과 아틸레르 씨는 클로틸과 함께 공연장으로 향했다. 아이들은 보와 함께 알릭스와 질의 집에 있기로 했다.

클로틸은 분장실에서 준비를 했다. 그녀는 첫 공연 때 입었던 검은색 드레스를 입지 않았다. 앙투안이 그 드레스를 좋아하지 않았기 때문이다. 그 대신 검은색 바지에 바로크 스타일의 깃과 소매가 달린 선홍색 재킷을 입었다.

뱅상은 분장을 마친 '그' 목소리의 주인공이 등장하자, 그 지나치게 연극적인 아름다움에 순간 움츠러드는 기분이었다. 클로틸은 뱅상에게 자신의 목에 걸린 목걸이를 풀어 달라고 부탁했다.

"왜 목걸이를 풀려고 하는 건데?"

"목을 조이는 것 같아서…(⋯)…. 재킷 어때? …(⋯)… 어렸을 때 이후로…(⋯)… 이런 옷 처음 입어 봐…….."

"좋은데. 당신 살 빠진 것 같아."

"…(⋯)… 아니, 근육이 생겼어…(⋯)…. 운동해서…(⋯)… 봤어…(⋯)… 허리가 다시 생겼어……."

벵상은 양팔로 아내의 허리를 안았다. 배꼽 주위가 터서 갈라진 그녀의 배는 홀쭉했다. 그는 그 배가 그녀의 좁은 골반 사이에서 한때 거대한 공룡 알처럼 부풀었던 때를 떠올렸다.

"당신 예뻐. 그게 궁금했던 거지? 너무 예뻐. 오늘 당신이 세상의 주인공이야."

"…(⋯)… 추워."

벵상은 웃옷을 벗어 클로틸의 어깨 위에 걸쳐 주면서 목걸이 없는 그녀의 목에 키스했다. 예전에 그가 해 주던 그 키스였다. 클로틸은 눈을 감고 두려움도 공연도 모두 잊어버리고 벵상을 끌어안고 그의 입술 위에 스치듯 입을 맞췄다.

메조뇌브 부인이 전자피아노 건반을 들고 나타나자 두 사람은 연애 장면을 들킨 연인들처럼 재빨리 서로에게서 떨어졌다. 메조뇌브 부인은 벵상의 매력에 반해, 벵상의 웃옷을 걸치고도 추위와 불안으로 덜덜 떨고 서 있는 클로틸은 본체만체했다. 벵상의 입술은 특유의, 약간은 도발적이면서도 짓궂은 미소를 띠고 있었다. 클로틸은 가볍게 대화를 주고받는 두 사람 사이에 끼어들었다. 그녀는 너무 추워서 등이 아플 지경이라고 말했다. 입이 바짝 타고 손에 식은

땀이 났다.

메조뇌브 부인이 말했다.

"긴장해서 그래. 당연한 거야."

노트북에 타이핑을 하면서도 클로틸은 몸을 떨고 있었다.

"아이를 낳을 때 아픈 게 당연하다는 걸 안다고 해서 덜 아픈 게 아니잖아요."

무대에 오르기 전의 공포심에 익숙해지기란 쉬운 일이 아니었다. 차라리 다른 데로 관심을 돌릴 수 있는 방법을 찾는 게 나았다. 클로틸은 아이를 출산할 때마다 이번에는 절대 소리 지르지 않겠다고, 고통을 참아 보겠다고 다짐하곤 했다. 그러나 웬걸. 매번 그녀는 지독한 고통을 참지 못하고 소리를 지르며 보를 찾곤 했다. 그러나 지금, 그녀의 뱃속은 이제 막 나오려는 아이 대신 공포심으로 가득 차 있었다. 텅 빈 뱃속이 안쪽으로부터 쪼그라드는 것 같은 기분이었다.

클로틸이 여전히 떨고 있는 모습을 보고 메조뇌브 부인은 좀 더 부드러워진 어조로 말했다.

"일단 노래를 시작하면 떨리지 않을 거야, 클로틸. 그때부턴 두려움을 연기로 표현하는 거야. 'caro sposa', 사랑하는 사람을 다시는 못 볼지도 모른다는 두려움, 그 사람이 'vieni' 하는 너의 부드러운 부름에 다시는 대답하지 못할지도 모른다는 두려움을 연기하는 거야. 어쩌면 오늘도 어제처럼 놀라운 순간이 다시 찾아올지도 몰라. 어제 네가 'vieni'를 노래할 때 목소리가 떨렸던 그 순간 말이야. 네가 생각한 것만큼 목소리가 심하게 흔들리지는 않았어. 관객들의 마음을 사로잡을 수 있을 만큼, 딱 그만큼이었어. 네가 해낼 수 있을지 궁금했는데, 역시 해내더군! 그럴 줄 알았어. 어제의 감동을 다시 느끼게 해 줘……. 뱅상, 나중에 공연 끝나고 봬죠."

뱅상은 고분고분 아무 말 없이 발소리를 죽이며 방을 나갔다. 그는 걱정스러운 눈길로 클로틸을 흘낏 돌아보고는 문을 닫았다.

"…(…)… 어제…(…)… 아무도 저한테…(…)… 잘했다고…(…)… 말해 주지…(…)… 않았어요."

"그런 말은 다른 가수들이 아니라 관객들한테 듣는 거야."

클로틸은 너무 긴장한 나머지 〈사랑하는 신부여〉를 어제만큼 자유롭게 소화하지 못했다. 그녀는 두 번째 차례를 기다리는 동안 집중력을 발휘해 오직 한 가지 생각에만 몰두하며 머릿속을 비웠다……. 그리고 다시 무대에 올라가 〈오라, 오라, 그리운 이여〉를 불렀다. 단어 하나하나에 집중해서, 각각의 자음과 모음에 집중해서. 레가토. 고음이 흔들리지 않도록 주의하며 입으로 숨을 들이쉬었다. 산소가 그녀의 폐부 깊숙이, 뱃속까지 가득 차올랐다. 그녀는 가사의 의미를 음미하면서도 그것을 더 잘 표현하고자 거리를 잃지 않으려 애썼다.

그녀는 관객들의 박소 소리를 들으며 메조뇌브 부인이 원했던 바로 그것을 해냈다는 걸 깨달았다.

공연이 끝난 후에도 클로틸은 언제까지고 극장 안에 머물고 싶었다. 그녀는 뭔가를 깜박 잊고 왔다는 핑계로 왔던 길을 되돌아갔다. 곧바로 극장을 떠나고 싶지가 않았다. 그 안을 배회하며 공연의 여운을 즐기며 자기만의 시간을 갖고 싶었다……. 말을 할 수 없는 게 오히려 다행이었다. 그녀를 가로막고 서서 질문을 퍼부어 대는 사람들에게 대답을 할 필요도, 음악에 대해 이론적으로 설명할 필요도 없었다. 그녀는 손짓으로 자신이 말을 할 수 없다는 걸 설명하고는 놀라서 입이 벌어진 그들을 뒤로한 채 총총히 자리를 떴다.

그녀가 원한 건 그냥 음악을 '하는 것'이었다. 연인들이 사랑을 하듯, 작가들이 글을 쓰듯. 무슨 말이 더 필요하겠는가. 말로 충분하지 않으니까 말을 하는 게 아닐까.

극장 안을 배회하던 클로틸은 아버지와 마주쳤다. 클로틸을 찾아다니던 그는 막상 무대 분장을 한 딸과 마주치자 쑥스러워하며 눈을 내리깔았다.

"네 엄마가 살아 계셨다면 자랑스러워했을 거야."

"…… 아버지는요……."

"나? 완전히 압도됐다. 맷돌 속의 낟알들처럼 납작해지고 말았지."

04
프로 오페라 가수

쿠르셀 로르괴이외와 수도원을 오가며 노래 연습을 하는 사이
에 금세 겨울이 훌쩍 지나갔다. 수도원에 가면 늘 그렇듯 밥
티스트와 막달레나 수녀, 그리고 성가대원들을 볼 수 있었다. 아이
들을 키우고, 집과 정원을 돌보고, 아버지에게 편지를 쓰고, 마치
자신의 아이를 기다리듯 알릭스와 질의 아이가 태어나길 기다리는
사이, 그렇게 겨울이 가고 봄이 갔다. 매일 늦은 오후가 되면, 클로
틸은 움직임이 둔해진 보와 함께 학교에 가서 앙투안과 마들렌, 다
비드와 아델을 데리고 왔다. 그녀는 네 명의 아이들과 책가방과 음
악 소리와 아이들의 고함 소리로 터져 버릴 것 같은 차를 몰고 집으
로 달리곤 했다.

클로틸은 일주일에 한 번 사촌 코린의 슈퍼마켓에 들러 장을 봤다.

"예전에는 네가 말을 못하는 것 때문에 주변에 민폐를 많이 끼쳤던 것 같은데, 지금은 모든 게 정상으로 돌아온 게 신기하단 말이야! 네가 말을 할 수 있게 된 것도 아닌데. 어떻게 된 건지 말해 봐! 맞다, 말할 수가 없겠구나. 장 볼 물건 목록이나 줘! 그리고 나한테 얘기할 땐 이 칠판을 쓰렴. 애들 안 쓰는 물건들 틈에서 찾아냈어. 컴퓨터 화면은 읽기가 힘들어. 나는 매출이나 재고 조사 때 말고는 컴퓨터는 안 쓰거든. 자, 분필. 다음번 공연 때에는 나도 구경 가고 싶어. 너무 예뻤다고 하던데! 왜 웃는 거야? 비웃는 거야 뭐야? 그런데 보는 차에서 안 내리네?"

보는 상태가 나아져서 특별히 아픈 데는 없었지만 그때 이후로 갑자기 늙어 버렸다. 마치 오랫동안 늙지 않고 버텨 오던 힘이 크리스마스 하룻밤 사이에 무너져 버린 것 같았다. 가끔씩 빠른 걸음으로 돌아다니기는 해도 더 이상 뛰지는 못했다. 좋아하는 색의 공을 봐도, 뼈다귀 냄새를 맡아도 마찬가지였다. 눈은 백내장 때문에 푸른 막으로 뒤덮였다. 앞이 잘 보이지 않으니까 항상 레이더처럼 귀를 쫑긋 세우고 바닥에 코를 박고 킁킁거리며 돌아다녔다.

벵상과 클로틸이 맺은 신약 관계는 갈수록 새로운 색채를 띠어 갔다. 클로틸의 예전 모습에 덜 집착하게 된 벵상은 새로운 클로틸을 사랑하려고 노력했다. 클로틸은 벵상을 더 이상 자신을 도우러 와 주는 아이들 아빠로서, 그녀의 일상을 가슴 뛰게 만드는 잘생긴 남자로서 기다리지 않았다. 단지 있는 그대로의 벵상을 기다리려고 애썼다.

앙투안은 '사사건건' 엄마와 부딪혔지만, 다행히 마음에 맞는 친구들을 찾아서 어울려 다니느라 정신이 없었다.

알릭스는 클로틸의 침묵에 예전보다 훨씬 잘 적응했고, 아틸레르 씨는 딸의 상태에 절망하지 않았다. 그는 계속해서 딸과 편지를 주고받았다. 그렇게 하는 게 두 사람 다 더 편했다.

이자벨의 음성치료 덕분에 아주 느린 속도이긴 해도 클로틸의 상태는 조금씩 나아졌다. 그러나 평범하게 말을 할 수 있을 정도는 아니었다. 아직도 말을 하려면 미리 말할 단어들을 머릿속으로 일일이 준비한 다음 호흡에 집중해야 했다. 그러나 클로틸은 그 정도에 만족할 줄 알게 되었다. 그녀는 이자벨에게 자신이 예전에, 아무도 그녀의 침묵을 불편해 하지 않는 그런 순간이 오면 다시 말을 할 수 있을 것 같다고 말한 적이 있음을 상기시켰다. 클로틸은 그 순간이 그리 멀지 않았음을 느꼈다.

5월 공연 때, 메조뇌브 부인이 말했다.

"긴장이 되는 건 당연해. 그건 네가 바보가 아니라는 증거야. 긴장 없이는 노래를 잘 부를 수 없다고 자신을 타일러 봐."

"…(…)… 떨려요."

"안 그래 보이는데?"

"목이 타는 것 같아요."

"그럼 물을 마셔……. 방금 긴 문장을 말했어……. '목이 타는 것 같아요'라고. 평소처럼 억양도 없이 고작 세 음절 발음하려고 미리

부터 숨을 들이쉬지도 않고 단번에 말했어……. 클로틸, 네가 말을 했어……. 예전에는 그렇게 하나, 둘, 셋, 넷……. 여덟 음절을 한 번에 발음한 적이 없다고."

　무대 뒤편에서 기다리는 동안, 시간이 정지된 것 같았다. 그녀는 최후의 심판 순간을 기다리며 기도문을 외우듯 브람스나 비발디의 노래 가사들을 흥얼거렸다. 그리고 운명처럼 그녀의 차례가 왔다. 마치 처음 산기産氣가 느껴지는 순간 같았다. 그 다음부터는 어떤 식으로든 잘 해내는 수밖에 없다.

　그녀는 조명 속으로 걸어 들어갔다. 눈앞에 아무도 보이지 않았다. 마침내 피아노 반주자가 도입부를 연주하기 시작했다. 높이 솟구쳤던 목소리가 바닥으로 곤두박질치는 순간, 그녀의 눈에 관객들의 얼굴이 보이기 시작했다. 마스크를 쓴 쪽은 소리의 메신저인 자신이 아니라 종이 인형처럼 의자에 붙박여 있는 관객들인 것 같았다. 그들은 내게 뭘 기대하고 있는 걸까? 그토록 한꺼번에 몰려와서 단 한 사람에게 시선을 집중하는 그 낯선 만남 속에서 그들은 뭘 찾고 있는 것일까? 그녀는 그들이 거울 속에 비친 자신을 바라보듯 그녀를 바라보게 만들어야겠다고 생각했다. 가장 멀리, 객석 맨 뒷줄에 앉아 있는 관객들을 향해 노래를 불러야겠다고 생각했다.

　그녀는 이탈리아어 혹은 독일어로, 즉 '외국어'로 노래하고 있었지만, 관객들이 그녀의 노래를 알아듣고 있다는 느낌에 사로잡혔다. 아주 미세한 어떤 것이 그 사실을 말해 주고 있었다. 하지만, 그림자처럼 의자에 앉아 있는 관객들이 조금 전보다 몸을 더 꿈틀거리거나 한 건 아니었다. 활기를 띠기 시작한 건 오히려 그녀였다. 그들에게 소리를 전달하는 메신저로서 자신이 부르고 있는 그 노래의 반향에 스스로 반응하고 있었던 것이다. 뭐라고 정의할 수 없는 무언가가 그들을 모두 감싸며 하나로 이어 주고 있었다. 그 속에서 그들은 자기 자신과 대면하고 있었다.

공연을 본 메조뇌브 부인의 평은 다음과 같았다.

"브라보. 각 소절마다 호흡도 적절했고, 포르테 부분은 무리하지 않으면서 강하게 잘 표현했고, 피아노 부분은 섬세하면서도 소리가 잦아들거나 하지도 않았어……. 녹음을 해 두었으니까 나중에 들어 봐. 넌 이제 프로 오페라 가수가 된 거야. 오늘 공연에는 괜찮은 목소리를 찾으러 다니는 관계자들도 와 있었어. 결과는 두고 보자고. 만약 허락한다면 내가 아는 사람들에게 녹음을 들려주고 싶은데. 다음 단계로 넘어갈 마음의 준비는 된 거야?"

"네."

'넌 이제 프로 오페라 가수가 된 거야.' 클로틸은 스승에게서 들은 그 말을 반복해서 중얼거렸다. 그녀의 가슴속에서 폭죽 터지는 소리가 들리는 것만 같았다.

그녀는 드디어 '누군가'가 된 것이다.

마음속에서 누군가의 목소리가 말했다. "'누군가'가 됐다고요?

어떻게 그런 말을 할 수가 있죠? 말도 안 돼요! 그럼 지금까지 당신은 어머니로서 아무도 아니었다는 말인가요?"

난처해진 클로틸은 손가락을 비틀며 그 목소리에 대답했다. "그래……. 네 말이 맞아. 내 말은, '단지 누군가'가 됐다는 거야. 생명을 만들고, 언어와 죽음을 배우고, 관계를 맺으면서 동시에 그 관계를 풀어내는 법을 배워야 하는 어머니라는 존재만으로 항상 살 수는 없다는 말이야. 내가 단지 엄마였을 때에는 내가 그런 존재였다고 느낄 때가 많았어. 하지만 그 보편적이고 강력한 존재와 정반대로, 나 자신이 그냥 한 마리의 짐승, 주기적인 변화와 동요에 지배당하는 하나의 육체에 불과하다고 느낄 때도 있었어. 나는 모든 것, 혹은 아무것도 아닌 것 사이에서 선택을 강요당하고 싶지 않아. 이상적인 존재가 되고 싶지도 않고 아예 눈에 띄지 않는 존재가 되고 싶지도 않아. 둘 중 어느 쪽을 선택해도 결과는 똑같을 거야……. 나는 사람들이 내가 평화롭게 엄마 노릇을 하도록 내버려 두길 원해. 그러려면 '단지 누군가'가 되지 않으면 안 되는 거야. 그리고 그냥 혼자서 해 본 생각일 뿐이야. 그냥 해 본 소리라고. 그러니까 다른 사람들에게 소문내지 말아 줬으면 좋겠어."

'프로페셔널'. 아, 이 못생긴 단어가 이토록 예쁘게 보이다니. 클로틸은 이 단어의 어원에 해당되는 단어의 의미를 떠올렸다. professer. 공식적으로 선언하다…….

그녀는 프로의 삶을 자기가 원하는 방식으로 살고 싶었다. 그냥, 'amatore'(이탈리아어로 '아마추어'라는 뜻—옮긴이)로, 그저 음악을 사랑하는 사람으로 남고 싶다면 그렇게 하면 그만이다. 그러나 '여성' 혹은 '어머니'라는 일반적인 명칭이 아닌 다른 명칭으로, 즉 다른 마스크를 쓰고 타인들 앞에 나설 수 있다는 건 참으로 편리한 일이기도 했다.

이 거추장스러운 명칭을 가지고 뭘 하면 좋을까? 어떻게 하면 좋을까? 현재로선, 그저 즐기는 수밖에.

원대한 희망을 품고 있다가 실제로 그런 결과를 얻는 것만큼 당황스러운 일도 없다. 더욱이 그 희망을 위해 치열하게 노력했다면 더 당황스럽다.

그때 알릭스가 클로틸의 성공을 축하해 주려고 대기실을 찾았다. 그녀는 한 손은 무거운 배 밑에, 다른 한 손은 허리를 짚고 느릿느릿 걸어왔다. 출산 예정일이 이미 일주일이나 지난 상태였다.

곧 새로운 세계를 경험하게 될 친구에 대한 모성애 같은 감정에 북받쳐, 클로틸은 자리에서 일어나 알릭스를 안아 주었다.

"…(…)… 이름은…(…)… 뭐라고…(…)… 지었어?"

알릭스가 짜증난 목소리로 대답했다.

"고도……. 기다리는 데 지쳐서……. 그래도 네 노래 듣는 동안에는 기다리는 거 잊고 있었어."

"…(…)… 곧 올 거야."

05
베토벤 교향곡 9번,
첫 세 악장

이틀 후, 성악 교습을 마치고 집으로 돌아가는 차 안에서 휴대 전화 벨이 울렸다. 지난 1년 반 동안 그녀에게 전화한 사람은 없었다. 그녀는 오로지 문자메시지만 받았다. 알릭스였다. 먼 곳에서 들려오는 듯한 그녀의 목소리는 차분했다. 출산이 임박해서 병원으로 가는 중이라고 했다. 말을 할 수 없는 클로틸은 수화기에 대고 머릿속에 퍼뜩 떠오른 노래 한 곡을 불렀다. "…… ♫♫♫ …… ♫♫♫." 쇼팽의 자장가였다.

클로틸은 쌍둥이를 출산하던 때를 떠올렸다. 너무도 극심한 고통에 그때까지 거부해 온 마취 주사를 놔 달라고 부탁했다. 그리고 마취 효과가 나타나기를 기다렸다. 그러나 마취제를 엉뚱한 곳에 주사한 건지, 아니면 다른 이유가 있었던 건지 기다리던 진통 효과는 좀처럼 나타나지 않았다. 눈물이 계속 흐르는 중에도 이 어이없는 불운에 웃음이 나왔다. 더는 견딜 수 없을 만큼 진통이 심해지자, 클로틸은 뱅상에게 집에 가서 CD 하나를 찾아서 분만실로 갖다 달라고 부탁했다.

"무슨 음악을 갖고 오지?"
"……베토벤, 교향곡 9번, 푸르트벵글러."
그것 말고 뭐가 있겠는가? 어쨌든 그런 순간에 푸가를 들을 순 없는 노릇이었다.

뱅상은 CD플레이어와 베토벤 교향곡 9번을 가지고 돌아왔다. 음악 소리가 분만실 가득 울려 퍼졌다. 클로틸은 뱅상에게 목소리나 합창단 노랫소리가 나오는 부분은 듣고 싶지 않으니까 첫 세 악장만 듣게 해 달라고 했다. 뱅상은 3악장이 끝나고 노랫소리가 나오기 직전에 플레이어를 다시 앞으로 돌렸다. 그리고 다시 3악장이 끝나면 또다시 앞으로 돌리기를 반복했다. 뱅상은 아이가 나오는 순간까지 그런 식으로 반복해서 CD플레이어의 버튼을 눌러야 했다. 클로틸은 자신의 벌어진 다리 사이로, 벽에 걸린 동그란 벽시계를 쳐다봤다. 아이를 출산할 때마다 항상 봐 온 그 시계. 4악장은 아이를 낳고 집에 돌아가자마자 들어야지. 그러고 있은 지 벌써 열 시간이 넘어가고 있었다. 배가 찢어지는 것 같았다. 결국 제왕절개를 하려고 그 고생을 한 건 아니었다. 아이의 생명이 위험하지 않은 한 좀 더 애를 써 보고 싶었다.

그녀 곁에는 음악이 있었다. 그녀가 그토록 좋아하는 아다지오 악장. 그녀는 온 신경의 무게를 음악에 기댔다. 드디어 오직 음악에만 열중할 수 있게 된 순간, 고통이 사라지고 진통도 견딜 만한 것이 되었다. 아이 하나가 나오고 또 하나가 나왔다. 기쁨의 순간, 환희의 순간이었다.

그로부터 몇 년이 지나고, 쌍둥이를 바라볼 때마다 클로틸의 머릿속에서는 그 위대한 교향곡이 머릿속에서 울려 퍼지곤 했다. 클로틸은 그 손님을 정중하게 문 밖으로 내보낸 후 다음번에 만나자고 약속하고 헤어졌다. 그 기억의 방문이 항상 반갑기만 한 건 아니었다. 그럴 때마다 감정이 지나치게 고조되는 게 싫었다.

새벽 4시에 질에게서 전화가 왔다. 전화기를 손에 쥐고 잠이 들었던 클로틸은 첫 벨소리가 다 울리기도 전에 전화를 받았다. 아들이었다. 이름은 '마티아스'. 출산까지 오래 걸리긴 했지만 산모와 아이 모두 건강하다고 했다.

클로틸이 물었다.
"…(…)… 질은 어때요?"
"…… 나중에 커서 아들이 바다가 좋다고 하면 떠나도록 해 줄 생각이에요."

　그렇게 고도 혹은 마티아스가 태어나고 여름이 갔다.

　두 가족은 함께 일드레로 여행을 떠났다. 벵상과 질은 함께 모험담을 주고받았다. 매번 비행을 할 때마다 백 명이 넘는 승객들의 생명을 책임져야 하는 벵상은 홀로 배를 타고 바다를 누볐던 질을 부러워했다. 그러나 질은 벵상에게, 단 한 번의 사고가 CAP232를 몰다가 낸 것이었음을 상기시켰다. 보호해야 할 승객이 오직 자신뿐이지 않았느냐고 위로했다.

　클로틸은 따뜻한 햇볕 아래서 다시 찾은 알릭스와의 우정을 마음껏 즐겼다. 클로틸은 바닷가에서 행복하게 뛰어노는 아이들을 바라보며 곁에 누워 있는 보의 털을 쓰다듬었다.

　그러나 그 순간에도 클로틸의 마음은 초조했다. 르베이즈에 돌아가 다시 노래를 부르고 성악 교습을 받고 수도원에 가고 싶었다. 머리를 틀어 올리고 꽃무늬 치마를 입은 메조뇌브 부인도 보고 싶었다.

06
또 한 번의 기회

그 해 9월. 메조뇌브 부인은 매우 흥분해서 클로틸을 맞았다. 지난 공연 때 녹음한 클로틸의 노래를 이번 여름에 주변의 아는 사람들에게 들려줬다고 했다. 그중에는 샤티이 페스티벌 감독도 포함되어 있었다. 그런데 그 감독이 1월에 있을 오디션에 클로틸이 와 주기를 바란다고 했다. 페스티벌은 8월로 예정되어 있었다.

"어때, 나가 볼래?"

"…(…)… 네."

"그 페스티벌에 대해서 들어 본 적 있어?"

"…(…)… 네."

"그때까지 연습할 시간은 충분해."

샤티이 페스티벌은 20년 가까운 역사를 가지고 있었다. 오페라에 관한 한 최고 수준을 자랑하는 이 페스티벌에는 오페라에 조예가 깊은 관객들과 프로 오페라 가수들, 의욕 넘치는 신인들이 몰려들었다. 클로틸은 그래서 관객들을 실망시킬까 봐 혹은 스스로 실망하게 될까 봐 겁이 난다고 메조뇌브 부인에게 썼다.

메조뇌브 부인이 말했다.

"아니. 네가 노래를 시작한 지 2년째인데 거의 6년 정도 연습한 수준에 도달해 있어. 그만큼 열심히 했다는 증거야. 설마 내가 동료들 앞에서 망신당할 짓을 사서 한다고 생각하는 건 아니겠지? 그리고 오디션에 초대한 건 내가 아니야. 녹음을 듣고 나서 네 노래를 직접 들어 보고 싶다고 한 건 페스티벌 관계자들이라고."

"오디션에서는 무슨 곡을 부르죠? 곡이 정해져 있나요?"

"다음 주 화요일에 정해질 거야. 내가 악보를 가져올 테니까 같이 연구해 보자고. 그리고 나이 제한이 서른다섯 살이라던데, 참가 신청 전에 서른다섯 살을 넘거나 하진 않지?"

"네."

"그럼 됐어."

각각 다른 시대와 장르의 곡을 네 곡 불러야 한다고 했다. 그리고 가능한 한 네 곡의 가사가 모두 다른 언어일수록 좋다고 했다. 그 부분은 안심할 수 있었다. 클로틸에게는 별로 어려운 일이 아니었다.

이번엔 메조뇌브 부인이 특별히 이틀에 한 번씩 클로틸을 만나 연습을 도와주었다. 르베이즈의 클로틸 집까지 직접 오는 경우도 있었다. 메조뇌브 부인은 클로틸에게 이번 오디션이 페스티벌 공연 자체보다 훨씬 중요한 관문이라는 사실을 강조했다.

두 사람은 일주일에 한 번은 클로틸의 집에서, 나머지 두 번은 수도원에서 연습을 계속해 나갔다.

예정대로 1월에 샤티이에서 오디션이 열렸다.

클로틸은 이틀간의 여행을 위해 짐을 쌌다. 아버지와 알릭스, 질이 아이들과 보를 맡아 주기로 했다.

벵상은 그녀가 떠나는 날 집에 돌아올 예정이었지만, 클로틸의 출발 시간보다 조금 늦은 저녁에야 도착할 터였다.

그 밖에 현지 숙박과 같은 잡다한 문제들은 클로틸과 함께 동행할 메조뇌브 부인이 처리해 주기로 했다.

07
샤티이 오디션

오디션이 열리는 장소는 초라했다. 계단식 강의실 같은 곳이 무대라고 했다. 클로틸을 놀라게 하고 동시에 우울하게 만든 건 시골의 조그만 학교에서 오디션을 치러야 한다는 사실이 아니라, 심사 위원들의 얼굴을 지나치게 가까이에서 마주 봐야 한다는 것이었다.

클로틸은 심사 위원들의 얼굴을 하나하나 살펴봤다. 심각한 얼굴을 하고 있는 이들도 있고, 무례하다는 느낌을 줄 정도로 자연스러워 보이는 이들도 있었다. 클로틸은 벽 구멍 뒤에 숨어 밖을 엿보는 생쥐처럼 은밀하게 심사 위원들과 오디션 응시자들을 관찰했다. 응시자들은 모두 긴장감으로 거의 초죽음이 되어 있었다. 그녀보다 더 긴장하는 것 같았다. 가수로서의 장래가 걸린 문제였으므로 긴장하는 것이 당연했다. 그럼 내게는 뭐가 걸려 있는 걸까?

클로틸은 앞으로 걸어 나가 사람들 틈에 자리를 잡고 섰다. 평소보다 긴장감을 잘 다스릴 수 있었다. 긴장감이 손아귀를 빠져나오지 못하도록 꽉 붙들었다. 두 사람 모두 용기를 내야 했다. 왜냐하면 이번엔 메조뇌브 부인이 안절부절못하는 티가 역력했기 때문이다.

클로틸은 텅 빈 울림소리가 나는 교실에서 오디션을 준비했다. 교실 구석에 피아노 한 대, 의자 하나, 작은 탁자, 악보대 하나가 전부였다.

클로틸이 가장 먼저 불려 나갔다.

모두 네 곡을 불러야 했다.
- 몬테베르디의 〈나를 죽게 하소서〉
- 헨델의 메시아 중 〈기뻐하라〉
- 베를리오즈의 〈장미의 정령〉
- 베르크의 〈나이팅게일〉

무대에 오르면서 클로틸은 마음을 다스리려고 애썼다.
'심각할 것 없어. 단지 음악을 즐긴다고 생각하면 돼.'
클로틸은 반주자에게 시작 신호를 보냈다. 그러면서 피아노 반주자의 눈을 똑바로 쳐다봤는데, 갑자기 머릿속이 하얘졌다. 무슨 곡이었더라? 첫 가사가 뭐였지?

이마에 땀이 맺히기 시작했다.

클로틸의 시선과 움찔하는 몸짓을 본 반주자는 어떻게 해야 할지 모르는 눈치였다. 그는 클로틸에게 질문을 하는 듯한 눈짓을 한 번 보내고는 혹시나 하는 마음에 '도-미-라' 하고 첫 도입부를 쳤다. 그랜드피아노 한편에 올려놓은 클로틸의 오른손 바닥으로 그 세 음정의 울림이 그대로 전달됐다. 그 화음의 울림이 클로틸을 다시 현실 세계로 되돌려 놓았다. 클로틸은 불러야 할 노래 제목을 떠올렸다. 'Lasciatemi morire'……. 간청하는 말이 두 번씩 반복되는 사이로 일종의 레치타티보(대사를 말하듯이 노래하는 형식—옮긴이)가 삽입된 곡이었다.

클로틸은 노래했다.

다음 곡은 〈기뻐하라〉.

클로틸은 어둠에서 빛을 향해 걸어 나왔다. 불편하던 몸은 이제 존재감이 느껴지지 않을 만큼 가벼웠다. 클로틸의 목소리가 온 방을 에너지와 기쁨으로 가득 채우며 울려 퍼졌다.

그 느낌, 그 놀라운 집중력, 날선 몸과 영혼이 황홀하게 결합하여 하나가 되는 그 순간을 위해 클로틸은 노래했다.

지원자는 모두 스무 명이었다. 마지막에는 그중 여섯 명만 남게 될 것이었다.

다른 일곱 명과 함께 최종 오디션 대상자 명단에 든 클로틸은

〈장미의 정령〉과 〈나이팅게일〉을 불렀다. 그녀는 '장미의 정령'에게 온몸을 맡겼다. '물뿌리개l'arrosoir'라는 말이 나오는 슬픈 대목을 부르는 순간, 그녀는 노래를 위한 한낱 도구에 불과했다.('아직 물뿌리개에서 뿌려진 은빛 눈물들이 내게 진주처럼 맺혀 있을 때 그대는 나를 꺾었지'라는, 장미가 부르는 가사가 나온다.—옮긴이) 그녀의 눈먼 몸이 물살을 타고 흔들리듯, 그녀의 목소리는 소리의 공간 속을 흘러 다녔다.

베르크의 〈나이팅게일〉에 대해 말하자면, 이 빈 출생 작곡가의 노래를 독일어로 부르는 동안 클로틸은 열한 살 때 처음으로 외국어 수업을 들으면서 다른 언어로 말할 수 있다는 사실에 감탄했던 기억을 떠올렸다. 이 곡은 클로틸에게 사실상 네 번째 곡이 아닌 첫번째 곡과도 같았다. 모든 두려움이 사라지고 그녀는 아주 편안한 마음으로 노래했다. 보를 위해, 그리고 오디션장 구석에서 울고 있는 메조뇌브 부인을 위해 노래했다.

음악이 멈췄다. 마지막 화음의 여운이 완전히 잦아들 때까지 클로틸은 미소 띤 얼굴로 기다렸다. 그녀는 고개 숙여 인사하고 그 조그만 계단식 강의실을 빠져나왔다.

메조뇌브 부인은 교실들 사이로 복잡하게 나 있는 복도 한가운데서 그녀를 기다리고 있었다. 두 사람은 서로 얼싸안고 큰 소리로 웃었다. 두 사람은 아무 말도 하지 않았다. 클로틸로서는 당연히 말을 안 하는 편이 더 쉬웠다. 클로틸은 옷을 갈아입고 메조뇌브 부인과 함께 다른 지원자들의 노래를 들으러 갔다. 건방져 보일 수도 있는 행동이었다. 그러나 클로틸은 경쟁자들이 두렵지 않았다. 결과에 초연했기 때문이다. 음악이 후광처럼 클로틸을 감쌌다. 그녀는 그렇게 자신의 방식으로 음악의 일부에 참여할 수 있었던 것에 만족했다. 그녀는 행복했지만 냉정을 잃지 않았다.

클로틸은 여름 페스티벌 참가자로 선발됐다.

메조뇌브 부인이 말했다.

"그렇게 무감동안 표정을 짓고 있다니. 최고의 가수들과 경쟁해서 선발됐는데 흥분되지도 않아? 다른 지원자들 노래 들었지?"

"네."

"아, 아, 아…… 그래서?"

"남자 가수 한 명이 떨어졌어요. 제가 심사 위원이었다면 뽑아 줬을 것 같은데. 올 여름에 제가 노래를 잘 부르면 그 다음엔 어떻게 되는 거죠?"

"음악 관계자들이 널 보러 오겠지."

"저희 집으로 가요. 선생님이 벵상에게 얘기해 주세요. 저녁에 퇴근해서 집에 올 거예요."

클로틸은 르베이즈로 차를 몰았다.

졸고 있다가 방금 깬 메조뇌브 부인이 물었다.

"그런데 왜 아까부터 혼자 그렇게 웃고 있는 거야?"

"…(…)… 노래를 하고…(…)… 식구들을 보러…(…)… 가는 길이잖아요."

메조뇌브 부인이 클로틸의 합격 소식을 알렸다. 벵상은 약간 어색하게 클로틸에게 축하의 말을 건넸다. 평소에는 감정을 잘 드러내지 않던 마들렌은 흥분해서 펄쩍펄쩍 뛰어다녔다. 클로틸이 걱정을 할 만큼.

메조뇌브 부인은 살짝 벵상에게 반해 있었다. 흠잡을 데 없는 외모에 자신을 절제할 줄도 아는 남자였다. 하지만 표정 어딘가가 굳어 있는 게 노래를 잘 부를 것 같은 인상은 아니었다. 부인은 벵상에게 정원을 구경시켜 달라고 했다. 아이들도 따라나섰다. 관절 통증으로 자주 나다니지 않던 보도 그 뒤를 쫓아갔다.

클로틸은 저녁을 준비했다. 정성스럽게 사프란을 빻고, 색깔 있는 식탁보를 깔고, 겨울 추위 속에 남아 있는 장미 한 송이를 꺾어 스승님의 접시 옆에 놓아 두었다.

08

라일락색 스카프

추운 겨울이 지나고 다시 봄이 왔다. 클로틸은 그 사이 아이들과 보를 보살피면서 페스티벌 준비로 긴장된 나날을 보냈다.

그녀에게 이번 페스티벌은 최종 구술시험이나 다름없었다. 클로틸은 훌륭한 공연을 선보여야겠다는 욕심을 버리고 그냥 최선을 다하겠다고 마음먹었다. 그게 가장 이상적인 방법일 터였다. 그런 생각 때문에 밤중에 자다가 깨기도 했다. 그녀가 찾고 있는 건 관객들의 박수 소리가 아니었다. 요란하게 박수를 치지 않아도, 관객들이 그녀의 노래를 들었다는 의미로 무언의 신호를 보내 준다면 그걸로 충분했다. 관객들이 마지막 음정의 떨림이 완전히 잦아드는 최후의 순간까지 기다려 주기만 하면 되었다.

실례지만 부인, 직업이 어떻게 되시죠?

음악가예요. 엄마이자 음악가죠.

클로틸에게 증류 공장에서 노래 연습을 하는 새로운 습관이 생겼다. 아니마 문디보다는 원 재료에서 에센셜 오일을 짜내는 증류 공장이 더 좋았다. 그녀는 한밤중에 디지털 키보드를 들고 증류 공장에 가곤 했다. 높은 천장의 공장 안, 탱크와 증류기들에서 들리는 금속성 울림과 물소리 속에 서서 노래했다. 알릭스는 자주 그녀의 노래를 들으러 왔다. 그럴 때는 질이 마티아스를 재웠다.

겨울 동안 음성치료에 진전이 있었다. 주변 사람들은 클로틸이 예전 같으면 적어도 열 번은 나눠서 발음할 문장을 두 번에 말하는 걸 보고 깜짝 놀랐다. 클로틸은 기뻤지만 음성치료실 밖에서는 무리하지 않으려고 애썼다. 세 개의 긴 문장을 더듬지 않고 말할 수 있을 정도로 상태가 호전된 건 사실이었지만, 그러려면 여전히 상당한 노력이 필요했다. 좀 더 참을성 있게 기다려야 했다.

뱅상은 클로틸이 마치 경기에 임한 육상 선수처럼 살림을 하고, 아이들을 보살피고, 페스티벌을 준비하는 모습을 지켜봤다. 가끔은 이번 페스티벌이 또 한 차례 집안에 몰고 올지도 모를 혼란을 걱정했다. 그러면서도 클로틸이 그 페스티벌에서 어떤 성과를 거둘지 궁금해 하는 자신을 발견하고 깜짝 놀라기도 했다.

4월 어느 날, 뱅상이 쉬는 날이었다. 그는 쿠르셀 로르괴이외에 가려고 나서는 클로틸을 붙잡고 말했다.

"내가 점심 살까?"

"…(…)… 그럼 운전은…(…)… 내가 할게."

클로틸은 운동을 마치고 탈의실에서 검은색 바지와 같은 색의 꼭 끼는 재킷을 입었다. 속에는 아이보리색 폴라티를 입었다. 화장을 하고 머리칼은 자연스럽게 흘러내리도록 내버려 두었다.

서른다섯 살, 그녀는 처음으로 거울 속 자신의 모습을 편한 마음 으로 바라볼 수 있게 되었다. 그렇다고 자신의 미모에 우쭐하거나 만족한다는 말은 아니다. 다만 마음이 편해졌을 뿐이다.

클로틸은 라일락색 스카프를 두르고 스포츠센터 문을 나섰다. 벵상이 기다리고 있었다.

두 사람은 시내의 식당에서 점심을 먹었다. 아이들 없이 둘이서 만 외식을 하는 게 참 오랜만이었다. 정말 이 여자가 아이 넷을 둔 엄마란 말인가?

벵상은 그녀를 바라보며 걱정하는 척했다. 하지만 클로틸과 얘기 를 하면서도 그녀에게 시선을 보내는 주변 남자들에게 신경을 썼다. 클로틸은 노트북 화면을 벵상 쪽으로 돌려 주며 대화를 계속했다. 그녀는 벵상의 작은 연극을 눈치 채지 못할 만큼 바보가 아니었다. 그러나 그에게 다정한 말을 건네며 연기에 참여했다. 벵상은 아내를 걱정하고 싶은 거였다. 그렇다면 그러도록 내버려 둘 일이다.

클로틸은 벵상과 헤어져 메조뇌브 부인을 만나러 큰 걸음으로 걸 으며 복식호흡으로 엉덩이 바로 위, 허리 깊숙이까지 숨을 가득 들이쉬었다. 노래할 준비였다. 메조뇌브 부인과 샤티이 페스티벌에 서 있을 듀오와 트리오 공연에 대해 얘기를 나눈 후, 지난 오디션에 서 불렀던 곡들을 연습했다.

"나날이 발전하는구나. 널 보면서 내가 얼마나 행복한지 모를 거 야, 클로틸."

09
커 가는 아이들

7월, 클로틸 가족은 알릭스와 질, 마티아스와 함께 보를 데리고 다시 한 번 일드레로 여행을 다녀왔다. 수의사는 보가 아직도 살아 있는 게 기적이라고 했다.

보는 네 다리로 우뚝 서서 멀리 바닷가에서 뛰놀고 있는 아이들을 간신히 바라보았다. 하지만 아이들 곁으로 뛰어갈 엄두를 내지 못하고 낑낑거리는 소리를 내다가 클로틸 옆자리 그늘에 다시 드러누웠다.

보는 거의 움직이지 않았다. 떠날 준비를 하고 있었다. 참 긴 죽음이었다.

이제 앙투안은 열세 살이 되었다. 아이의 눈에는 엄마와 아빠 사이가 지나치게 평화로워 보였다. 여전히 서로 사랑하는 부모를 두었다는 게 뭔가 어색하고 잘못된 일처럼 여겨졌다. 하지만 부모가 사이좋게 지내든 싸움을 하든 이제 아이는 크게 상관하지 않았다. 아이의 관심은 아주 가까운 몇 명의 친구나 비디오게임, 컴퓨터 같은 것에 쏠려 있었다. 그리고 곧 누군가를 사랑하게 될 터였다. 앙투안은 거의 자기만큼 키가 자란 마들렌과도 더 이상 놀지 않았다. 학교에서든 동네에서든 앙투안은 마들렌과 함께 돌아다니는 걸 좋아하지 않았다. 함께 외출할 때면 친구들이 너무 마들렌을 쳐다보는 게 부담스럽게 느껴졌다. 앙투안은 자주 아버지를 따라서 비행장에 갔다. 자기도 조종사가 되고 싶다고 했다. 하지만 아버지의 비행을 구경하기보다는 격납고 안에서 정비사들의 작업을 지켜보는 걸 더 좋아했다.

마들렌은 오빠가 자기를 피하는 대로 내버려 두었다. 아이에게는 지혜와 여유가 있었다. 더 시간이 지나면 오빠와 다시 가까워질 거라는 걸 알았다. 마들렌은 예전 그대로 항상 예의 바르게 행동했지만 변덕이 심했다. 막 열두 살이 된 아이는 키가 크고 날씬하고 아름다웠다. 마들렌은 어린 여자애들이 가끔씩 보이는 덧없고도 강렬한 매력을 지녔다. 그래서 똑바로 마주 보기가 민망할 때도 있었다. 마들렌은 갈수록 피아노 밑에 혼자 웅크리는 일이 잦아졌다. 마들렌은 피아노 앞에 누워 마지막 남은 시간을 보내고 있는 보에게 들어가도 좋은지 허락을 구하곤 했다. 하지만 피아노 밑에 무대를 만들어서 인형을 가지고 놀거나 하지는 않았다. 대신 베개를 가지고 와서 보 옆에 누워 혼자 공상을 하며 시간을 보냈다. 그 외의 시간은 대부분 작곡을 했다. 이제 악기는 거의 연주하지 않았다. 마들렌은 콩세르바투아르에서 청소년들과 젊은이들을 위해 개설한 작곡 모임에 나갔다. 클로틸이 노래 연습을 할 때에는 자진해서 피아노 반주를 해 주었다. 이제 클로틸은 딸이 옆에서 피아노 반주를 해 주지 않으면 노래의 음색이 바뀌는 것 같은 기분이 들었다. 그 순간만큼은 엄마와 딸의 마음이 완벽하게 통했다.

다비드가 그림에 재능이 있다는 건 의심할 여지가 없었다. 이미 다섯 살 때부터 단짝인 아델과 밖에서 뛰어노는 때를 제외하고는 오직 그림만 그려 댔다. 아홉 살이 된 지금까지도 변함이 없었다. 한때 열심히 그림을 그리다가 점점 싫증을 느꼈던 형과 누나와 달랐다. 다비드는 항상 움직이는 사람을 그렸다. 그 움직임은 언제나 다른 사물이나 인물과 결부되어 있었다. 풍경이나 정지한 사물을 표현하는 정물화 같은 건 절대 그리지 않았다. 다비드에게 그림은 이야기를 하는 방식이었다. 그래서 만화를 무척이나 좋아했다. 가끔은 그림에 너무 빠져서 지내는 아이가 걱정되어 억지로 방에서 데리고 나와 이야기를 하며 관심을 다른 곳으로 돌리려고 할 때도 있었다.

아델은 너그러운 성격이었지만 참을성이 없어서 기회만 있으면 화를 냈다. 아델은 궁금한 것도 참 많았다. 발키리 여신(북유럽 신화에서 오딘을 섬기는 싸움의 처녀들―옮긴이) 같은 체격에, 보랏빛 눈동자는 항상 호기심으로 가득 차 있었다. 아이는 친구들을 자신의 인디언 텐트로 초대했다. 규칙을 엄격하게 준수하지 않는 사람은 그 텐트 안에 들어갈 자격이 없었다. 아델은 텐트 안에 앉아 재빨리 숙제를 해치우곤 했다. 특히 수학 숙제를 하는 속도가 빨랐다. 그것만으로는 부족한지 연달아 다비드의 숙제까지 대신 해 주었다. 아틸레르 씨는 손녀의 데카르트적인 명석함에 감탄하여 수학과 관련된 수수께끼나 자신이 개발한 기하학 문제들을 내주곤 했다. 그때마다 아델은 대단한 집중력을 발휘하여 문제에 매달렸다. 아델은 인디언 텐트로 엄마도 초대했다. 아주 드물긴 해도 마들렌을 함께 초대할 때도 있었다. 클로틸은 기꺼이 그 초대에 응했다. 아델은 최소한 이틀 전에는 공식 초청장을 보냈다. 덕분에 텐트에 가져갈 과자를 구울 시간은 충분했다. 그 모임에 어울리는 사리와 배경음악을 고르는 건 마들렌 몫이었다.

10
페스티벌

샤티이 페스티벌이 시작됐다. 벵상과 아이들은 수도원에서 클로틸의 공연이 열릴 때 보러 오기로 했다. 이번엔 식구들이 클로틸의 등을 떠밀었다. 오히려 클로틸이 집을 떠나는 걸 망설일 정도였다.

가수들과 연주자들은 샤티이 성 부속 건물에 묵었다. 클로틸은 다른 두 명의 여가수와 함께 '내무반' 같이 생긴 방에 묵었다. 일종의 홀 같은 곳에 마련된 그 숙소는 군대 야영지 같은 분위기를 풍겼다. 클로틸은 악기가 든 상자에 기대어 앉아 연주자들이 악기에 광을 내면서 지난 휴가와 곧 떠날 휴가에 대해서 떠드는 소리를 들었다……. 가수들은 자기들끼리 1년 혹은 2년 기간으로 맺은 계약에 대해서, 콘서트와 연주회에 대해서, 음반 녹음에 대해서 얘기했다. 클로틸은 자신이 마치 공중에서 흩날리다가 먼 곳에 혼자 떨어진 색종이 한 조각, 혹은 앨범에서 빠져나온 사진 한 장같이 느껴졌다.

출연진은 여자 가수, 남자 가수 각각 세 명씩이었다. 페스티벌 둘째 날, 목소리를 가다듬고 공연 때 부를 곡을 연습한 클로틸은 이제 더는 자신이 공연에 참가할 자격이 있는지 따위를 생각하지 않았다. 그녀는 노래했다.

그녀는 노래했다. 이번엔 피아노 한 대가 아니라 오케스트라 전체가 연주했다. 말 그대로 폭탄이 터지듯 강렬한 소리의 울림이 클로틸의 등 뒤로 고스란히 전해졌다.

이번 페스티벌에서는 이틀 동안 공연이 열릴 예정이었다. 클로틸은 모차르트의 곡 〈티투스 황제의 자비〉 중 〈나는 가오, 나는 가오〉를 솔로로 부르고, 모차르트의 〈돈 조반니〉 중 듀엣 곡 〈내 손을 잡아 주오〉에서 체를리나 역을 맡게 됐다. 그리고 글루크의 오페라 〈오르페오와 에우리디체〉 중 트리오 곡 〈다정한 사랑〉에서 오르페오 역을 맡았다. 그 다음 날 공연에서는 이미 잘 아는 곡인 베를리오즈의 〈장미의 정령〉을 부르고, 마스네의 〈베르테르〉 중 샤를로테의 아리아 〈눈물아 멈추지 마라〉를 부를 예정이었다.

그중에서 기술적으로 가장 까다로운 곡은 〈나는 가오, 나는 가오〉였다. 이 곡을 소화할 수 있는 두 명의 여가수 중에서 클로틸이 선택된 것이었다.

가장 매력적인 곡은 글루크의 트리오 곡이었다.

그러나 듀엣 곡 〈내 손을 잡아 주오〉는 고역이었다. 연출자는 클로틸이 코미디를 연기하길 바랐다. 좀 더 절제되고 정적인 스타일을 추구하는 글루크의 트리오 곡 연출자와는 달랐다. 그 덕분에 트리오 곡을 부를 때에는 '연기'의 어려움을 피해 갈 수 있었는데. 오페라 예술에서 성악과 불가분의 관계인 연극적 요소에 신경 쓰지 않고 노래에만 전념할 수 있었다는 뜻이다. 계속 화만 내는 듀엣 곡 연출자 때문에 클로틸은 노래를 제대로 부를 수가 없었다.

그런 분위기에서 제대로 된 소통은 불가능했다. 분위기가 점점 험악해졌다. 연출자가 '이래라, 저래라' 하며 바보 같은 표정으로 입을 삐죽거리는 연기를 해 보였지만, 클로틸은 시키는 대로 따라 하지 못하고 가만히 서 있기만 했다. 그녀는 그의 지시를 이해할 수가 없었다. 모차르트의 음악으로 충분한 장면을 굳이 인형극으로 만들 필요는 없지 않은가. 그는 다른 사람들과 달리 클로틸이 연기를 해 본 경험이 없다는 사실을 이해하려고 하지 않았다. "문제는 그게 아니야." 그럼 뭐가 문제지? 클로틸은 그의 요구를 충족시키고자 할 수 있는 한 최선을 다했다. 그러다가 그가 결국 속에 있던 말을 내뱉고 말았다. 클로틸과의 작업이 그토록 힘든 이유가 언어 장애 때문이라는 것이었다.

"…(…)… 그게 무슨 상관이죠……."

클로틸은 그곳을 나와 버렸다. 멍청한 자식. 화를 내거나 말대꾸를 하거나 언성을 높이지도 않았다. 이럴 땐 말을 못한다는 게 오히려 다행이었다. 안 그랬으면 서로 험한 말을 퍼부으며 '한바탕' 싸움이 벌어졌을 것이다.

클로틸은 무대 뒤편에서 연출자의 요구에 '프로답게' 대응하지 못한 자신을 탓하며 괴로워했다. 자신이 이 공연에 참가할 자격이 있는가, 하는 의심이 다시 그녀를 사로잡았다. 그녀는 자신이 무대에 어울리지 않는다고 생각했다. 특히 오페라가 그랬다. 모두 저녁식사를 하고 있을 것이었다. 어차피 배는 고프지 않았다. 어떻게 하면 사람들 틈에서 내 자리를 다시 찾을 수 있을까?

오늘 아침까지만 해도 그녀에게선 빛이 났다. 사람들은 클로틸이 〈나는 가오, 나는 가오〉를 부르자 박수를 쳐 주었다. 섹스투스 역할이었다. 그녀는 무리하지 않았다. 그래서 당연히 듀엣 곡을 부를 때에도 그런 확신이 들 거라고 기대했다. 그러나 지금은, 지금까지 혼자서만 노래를 해 왔기 때문에 앞으로는 다른 가수들과 노래하는 법을 새로 배워야 한다는 생각이 들었다. 풀이 죽은 클로틸의 어깨가 축 늘어졌다.

메조뇌브 부인이 찾아와 그녀를 위로하려 했다. 클로틸은 당장 가 버리라고 화를 내고 싶었지만, 꾹 참고 그냥 혼자 있게 해 달라고 부탁했다.

듀엣 파트너인 바리톤 가수는 연습 중에 전혀 클로틸 편을 들어주지 않았다. 연출자의 끊임없는 지시에 클로틸이 제대로 호응하지 못하자, 그는 마치 이 실력 없는 여가수와 자신은 다르다는 듯 두 걸음쯤 뒤로 물러서서 묵묵히 바라보기만 했다. 그런 그가 저녁이 되자 무대 뒤편에 숨어 있는 클로틸을 찾아왔다.

필립이 말했다.

"클로틸? 좀 앉아도 될까?…… 괜찮아질 거야. 적어도 노래에 관한 한 아무 걱정할 필요 없어. 3년 만에 그 정도의 기술과 역량에 도달하다니 대단해……. 다른 사람들에게 미안해야 할 일이라고."

"……"

"하지만 한 번도 연기를 해 본 적은 없잖아. 연출자에게는 연기가 가장 중요하니까, 그런 당신을 이해할 수가 없었던 거야."

"……"

"내가 도와줄게……. 내가 연기는 좀 하거든. 같이 연습하자……."

클로틸은 쓴웃음을 터뜨렸다.

"…(…)… 코미디는 한 번도…(…)… 해 본 적이 없어……."

필립이 말했다.

"…… 나는 모든 사람들에게 연기에 대한 재능이 있다고 생각해……. 너도 마찬가지야. 아마 스스로도 놀라게 될걸? 가자."

두 사람은 제대로 된 연기가 나올 때까지 반복해서 연습했다. 필립은 클로틸을 웃게 만들려고 모든 수단을 동원했다. 덕분에 클로틸은 예상했던 것보다 더 빠르게 연기에 몰입할 수 있었다. 그녀는 연기했다. 그리고 혼란한 마음으로 잠자리에 들었다. 해야 할 일이 산더미 같았다.

나머지 이틀은 순식간에 지나갔다. 공연 날이 가까워지면서 준비 작업에 가속도가 붙어 정신분열증에 걸릴 지경이었다. 하지만 클로틸의 마음은 거센 파도가 몰아친 후처럼 고요하기만 했다. 공연 전날, 온 도시가 구경꾼들과 표를 구하려는 사람, 사진기자들과 카메라들로 북적거리기 시작했다. 음악에 온 신경을 집중하고 있는 클로틸에게는 이 소란이 배경음처럼 들렸다. 그리고 드디어 공연일이 되었다. 클로틸은 아무 생각도 할 수가 없었다. 사람들이 '이걸 해라, 저걸 해라' 지시해 주는 게 오히려 고맙게 느껴졌다.

클로틸은 벵상이 보는 앞에서 필립과 코미디를 연기하는 게 낯설게 느껴졌다. 알릭스와 아버지, 아이들 앞에서 다른 사람을, 그것도 살인자 역을 연기해야 한다는 게 어색하기만 했다.

페스티벌이 끝나고, 클로틸은 참가자들과 뒤풀이를 했다. 연출자가 와서 클로틸의 연기를 칭찬하며 이런 '괴짜'는 처음 본다고 했다. 뒤풀이가 끝나자 엄청난 피로가 몰려왔다. 벵상이 그녀를 자동차까지 부축했다. 다음 날, 눈을 떴을 때 그녀는 언덕 비탈의 집에 누워 있었다. 르베이즈 수도원에서 미사를 알리는 종소리가 울렸다. 아이들이 침대 위로 뛰어올랐다. 보는 어디 있지? 보는 조금 떨어진 곳에 누워 클로틸을 바라보고 있었다.

11

로열오페라 주연 가수

며칠 후, 메조뇌브 부인이 클로틸에게 여기저기서 프로 오페라 단 오디션 제안이 왔다고 말해 주었다. 페스티발 참가 제안도 있었다.

"푹 쉬면서 천천히 이 제안들을 생각해 봐. 그 다음엔 평소와 다름없이 노래 연습을 계속 해야지."

클로틸은 정원을 돌보며 보와 함께 휴식을 취했다. 그리고 9월이 왔다. 식구들 모두 휴식을 마치고 학교로, 직장으로 복귀할 준비를 했다.

9월 중순 어느 날, 수도원에서 성악 교습을 마치고 클로틸은 악보를 챙기고 있었다. 그때 누군가 회랑을 따라 걸어오는 발자국 소리가 들렸다. 알릭스와 막달레나 수녀, 밥티스트도 그 소리에 귀를 기울였다. 반원형 아치 사이로 그 발자국의 주인공이 모습을 드러내자, 메조뇌브 부인은 살짝 놀란 표정을 지었다. 메조뇌브 부인이 그 여자에게 다가갔다. 나이가 예순쯤 돼 보이는, 키가 크고 우아한 여성이었다. 붉은색 투피스 사이로 허리 곡선이 살아 있었다. 굽 높은 구두를 신고, 어깨에 흰색 실크 스카프를 두르고 있었다. 그녀가 메조뇌브 부인에게 자신을 소개했다…….

그러고는 두 사람이 클로틸이 서 있는 쪽으로 다가왔다.

메조뇌브 부인이 말했다.

"클로틸, 랑베르 부인이셔. 현재 로열오페라 감독으로 계시는 분이야."

"안녕하세요, 아틸레르 부인. 샤티이 페스티벌에서 공연하시는 걸 봤습니다. 한 친구가 추천을 해서 이렇게 직접 만나 뵈러 왔어요. 이미 다양한 제안을 받으신 걸로 알고 있습니다. 메조뇌브 부인 말로는 아직 계약을 맺은 곳은 없다고 하시던데, 저도 제안을 하나 드리고 싶어서요. 만약 제안을 받아들이신다면 준비할 시간은 충분히 드릴 거예요. 그리고 첫 오페라 출연으로는 상당히 유리한 조건이에요. 오페라뿐 아니라 드라마적이고 낭만적인 측면을 모두 경험해 보실 수 있을 거예요. 극의 폭이 상당히 넓기 때문에 부인의 기량을 마음껏 펼쳐 보여 줄 수 있을 뿐 아니라 한 단계 발전할 수 있는 기회가 될 거예요. 3악장의 경우에는 상당히 까다롭고 힘이 많이 들 거예요. 대신 1년 후에 공연을 시작할 예정이니까 연습할 시간은 충분하다고 봐요. 마스네의 〈베르테르〉에서 샤를로테 역을 맡아 주셨으면 합니다. 원래 그 역을 맡기로 했던 가수가 상황이 여의치 않게 됐어요. 그래서 부인을 떠올렸죠. 직접 부르신 노래 두 곡의 녹음을 동료들에게 들려주고 의견을 물었더니 모두 제 의견에 동의하더군요. 부인에게 이 배역을 맡겨도 관객들을 놀라게 하면 했지 실망시킬 일은 없을 거라는 데 의견이 일치했어요! 곧 서른여섯 살이 되실 텐데, 오페라 가수로서 가장 성숙한 기량을 보여 줄 수 있는 절정기라고 할 수 있죠. 아틸레르 부인은 바로 그 지점에서 출발하시는 거예요. 잘 알고 계실 거라고 믿어요. 저희가 최상의 조건에서 공연을 준비할 수 있도록 도와드릴 겁니다. 열흘 안에 답변을 주세요."

9월, 어느 토요일 밤, 로열오페라의 무대. 물결무늬의 긴 검은색 드레스를 입은 클로틸은 붉은색과 금색으로 수놓아진 막을 등지고 서서 관객들에게 인사했다. 가슴 밑에 두른 손바닥 크기의 넓은 천이 그녀의 큰 키를 돋보이게 했다. V자 모양으로 파진 가슴선 양쪽으로 셔츠처럼 깃이 달려 있었다. 호박색 리본으로 묶은 그녀의 머리칼은 곡선을 그리며 자연스럽게 흘러내렸다. 클로틸은 둥글게 프레스코화가 그려진 궁륭 천장 너머는 지금 어떤 날씨일지 궁금했다. 브라보, 하는 외침 소리가 음악이 멈춘 공연장을 가득 메웠다. 클로틸이 샤를로테 역을 맡은 마스네의 〈베르테르〉 첫 공연은 그렇게 끝이 났다.

클로틸은 오페라의 주역을 연기해 낸 것이었다. 그녀는 절제된 흥분과 깊은 집중력의 낯선 세계에서 서서히 깨어났다.

관객들은 만족한 것 같았다. 동료 가수들이 클로틸이 혼자 무대 앞으로 나설 수 있도록 손을 놓아 주었다.

환호성을 외치는 6백 명 관객들의 미소 띤 시선이 그녀에게 집중 됐다. 클로틸의 가슴은 텅 비고 동시에 충만함으로 차올랐다. 마치 잠수부가 바다 속 심연에서 천천히 수면 위로 올라오듯이.

클로틸은 처음엔 불규칙하게 울리다가 점점 하나가 되는 박수 소리를 들으며 서 있었다. 관객들에게 다시 한 번 인사를 하면서 그녀는 오늘 밤에 찾아올 침묵은 어떤 느낌일지 궁금해졌다.

그렇게 클로틸은 다시 현실로 돌아왔다. 그녀는 관객들을 정면으로 응시했다. 놀라서 이마 위에 그어졌던 주름이 펴지고 다문 입술이 양쪽으로 갈라지면서 그녀의 얼굴에 미소가 번졌다.

클로틸은 지금까지 시선을 피했던, 무대 오른편 위 특별석 쪽을 바라봤다. 다비드와 아델이 껑충껑충 뛰고 발을 구르며 법석을 떠는 모습이 눈에 들어왔다. 앙투안이 손을 흔들었다. 벵상은 팔짱을 끼고 벽에 기대서서 무대 쪽을 바라보고 있었다. 그는 무표정한 얼굴로 관객석과 아내를 번갈아 가며 보았다. 마들렌은 자리에 앉아 박수도 치지 않고 어렴풋한 미소를 띤 채 강렬한 눈빛으로 엄마를 응시하고 있었다. 클로틸은 마들렌에게 같은 시선을 보낸 후, 고개 숙여 인사했다. 그건 오직 딸에게만 보내는 답례였다.

13

보의 죽음

다음 날 새벽. 호텔 방에서 벵상은 르베이즈에서 보를 돌보고 있던 코린의 전화를 받고 잠을 깼다. "보에게 작별 인사를 하고 싶으면 서둘러서 오세요. 시간이 얼마 남지 않았어요."

몇 달 전부터 보의 건강 상태가 악화됐다. 보는 눈도 보이지 않고, 귀도 듣지 못한 채 꼼짝 않고 누워 있기만 했다. 보를 만지고 싶을 땐 살짝 쓰다듬기만 해야 했다. 밥도 잘 먹지 못했다. 새가 모이를 먹듯 하더니 급기야는 아예 입도 대지 않았다. 보는 클로틸과 아이들을 눈으로 좇다가 잠이 들다가 하면서 대부분의 시간을 보냈다. 천천히 차가운 물속에 몸을 담그듯, 보는 죽음을 준비하고 있었다.

클로틸은 수레에 얹은 침상 위에 보를 눕혔다. 클로틸은 잠깐 정원에 나가 회양목을 동그랗게 다듬을 때에도 침상에 보를 싣고 나와 곁에 두었다. 로열오페라 첫 공연이 끝나고 집에 돌아온 오후에도 클로틸은 그렇게 마지막으로 보 곁에서 정원을 손질했다.

클로틸이 이따금 보의 옆구리를 쓰다듬어 주면서 정성스럽게 회양목 가지를 자르고 있을 때, 벵상이 와서 그녀에 대한 평이 실린 기사를 읽어 주었다.

"샤를로테 역을 맡은 가수는 놀라운 감성과 재능, 아름다운 목소리를 겸비했다. 열정적이면서도 절제된 연기가 섬세한 감정을 폭넓게 펼쳐 보여 주었다. 클로틸 루리 아틸레르는 다른 가수들이 쉽게 도달하지 못한 경지에 별 어려움 없이 도달했다. 참으로 불공평한 일이 아닐 수 없다. 그녀는 재능 있는 신인의 면모를 뛰어넘어, 매우 높은 음악적 성숙도에 도달한 가수만이 줄 수 있는 감동을 우리에게 선사했다. 무한하게 넘쳐나는 공기 속에서 길어 올린 듯한 호흡, 부드러우면서도 고른 발성, 어떤 기복 있는 멜로디나 가사도 소화해 내는 능력을 보라. 그녀의 목소리는 공연장 끝에 앉아 있는 관객들에게까지 찾아와 귀를 기울이게끔 하는 힘이 있다."

클로틸은 들것 위로 몸을 굽혀 보에게 말했다.
"들었지, 보…(…)… 모두 너를 위한 거야."

회양목이 완전히 동그란 모양을 갖추게 되자 그들은 집으로 들어갔다. 클로틸은 자신의 '뗏목' 곁에 보의 들것을 옮겨 놓고, 그 앞에 앉아 한 손으로 보의 어깨를 쓰다듬으며 마지막 순간을 함께했다. 보의 호흡이 점점 느려지면서 들숨 사이의 간격이 길어졌다. 보는 오후에 마지막으로 눈을 떴다가 감았다. 그리고 밤이 시작될 무렵에 숨을 거뒀다. 그 순간, 클로틸은 깊이 숨을 들이마셨다. 마치 보가 내쉰 마지막 숨을 유산으로 간직하기라도 하려는 듯.

그 사이 키가 더 큰 아이들이 어린 시절 자신들을 돌봐 준 그 '피터 팬의 유모' 주변에 모여들었다. 흰색 털에 덮인 보의 몸은 굳어 있었다. 수도원 근처 클로틸의 집은 정적에 휩싸였다.

다음 날, 클로틸 가족은 숲 근처 은행나무 옆에 보를 묻었다. 벵상은 어린아이처럼 울었다. 아틸레르 씨와 코린, 알릭스, 질, 그리고 알 수 없는 말을 웅얼대는 마티아스도 왔다. 이제 남자가 된 앙투안이 보의 커다랗고 하얀 몸 위로 흙을 덮었다. 가족들은 제각각 생각에 잠긴 채 집을 향해 발걸음을 옮겼다.

모두 거실에 모였다. 오늘은 코린조차도 별로 말이 없었다. 마들렌이 없어졌다는 사실을 제일 먼저 깨달은 건 클로틸이었다. 피아노가 있는 곳도 살펴보고 방에도 들어가 봤지만 마들렌의 모습은 보이지 않았다.

단지 확인을 위해 둘러봤을 뿐이었다. 클로틸은 마들렌을 찾으려면 어디로 가야 하는지 알았다. 클로틸은 집을 나섰다.

그녀는 보를 부르려고 휘파람을 불려다 멈칫했다. 그녀는 차를 놔두고 수확기에 접어든 울퉁불퉁한 포도밭을 가로질러 갔다. 그때 밥티스트가 나타났다.

"오, 클로틸! 포도를 딴다, 포도를 딴다, 올해도 포도가 맛있어! 와인도 맛있어, 클로틸!"

클로틸은 4년 전 마들렌의 학교 뒤편에서 걷기 시작했던 그 길을 다시 걸어가고 있었다. 그녀는 밥티스트를 지나쳐 혼자서 강변 쪽으로 걸었다. 그녀는 퀴르 강의 둑이 있는 곳까지 내려가 그날 보가 달리기를 멈췄던 그 지점에 섰다. 강가에도 건너편에도 마들렌은 보이지 않았다. 불안이 섬광처럼 스치고 지나갔다. 클로틸은 자기도 모르게 소리를 질렀다.

"마들렌!"

"응, 엄마!"

그 목소리는 강 건너편 위쪽에서 들려오고 있었다. 몇 년 전 그날, 마들렌을 발견한 그 떡갈나무 중간쯤에 마들렌이 앉아 있었다.

"마들렌……. 어떻게 강을 건넌 거야?"

"…… 저기 다리로 건너 왔어."

"그 위에서 뭐가 보이니?"

"모든 게 다. 음악도."

"내려오렴. 집에 가야지."

"엄마, 말 한다……."

퀴르 강의 푸가

첫판 1쇄 펴낸날 2011년 9월 20일

지은이 | 안 드라플로트 메드비
옮긴이 | 정기헌
펴낸이 | 박남희
편집 | 박남주, 노경인, 김주영
마케팅 | 구본건
제작 | 이희수
디자인 | Studio Bemine

종이 | 화인페이퍼
인쇄 | 청아문화사
제본 | 정민제본

펴낸곳 | (주)뮤진트리
출판등록 | 2007년 11월 28일 제318-2007-000130호
주소 | 서울시 영등포구 양평동 2가 37-2 양평빌딩 301호
전화 | (02)2676-7117 팩스 | (02)2676-5261
E-mail | geist6@hanmail.net

ISBN 978-89-94015-36-1 03860